想想她。

Miss her

冬先生 著

Contents 目次

序章　爪子

聽過狼與狐狸的故事嗎？

在森林裡有隻危險的狼，他和狐狸生活在一起，卻總是欺負狐狸。他餓了，就會命令狐狸去找吃的，他威脅她說：「如果我餓了，就會把妳給吃掉。」

狐狸對狼說：「附近有個村莊，那裡的羊欄裡有兩隻羊，如果你願意，我們就去偷一隻來。」

於是狐狸溜進了羊欄，偷了一隻小羊出來，她把羊交給了狼，立刻就躲開了。

狼吃完了羊，覺得不過癮，他想再吃，卻發現狐狸不見了。狼決定自己去偷羊，沒多久就被發現他的農夫們痛打一頓。

狼受了傷，他找到狐狸，生氣的問狐狸跑哪裡去了，狐狸卻只是說：「你為什麼要那麼貪心呢？」

第二天，他們來到了鄉間田野，狼又命令狐狸替他找吃的，他依然威脅她說：「如果我餓了，就把妳給吃掉！」

不遠處有戶農家，那家的女主人正在煎薄餅，狐狸嗅了嗅，她說：「我們去偷一點來吃吧！」

狐狸找到了放薄餅的盤子，她偷了六張薄餅給狼，隨後又躡手躡腳的走了。

狼吃完了薄餅還是覺得不夠，他左顧右盼找不到狐狸，於是親自跑到那戶農家，想把整個盤子給推下來，於是盤子摔到了地上，變得粉碎。

被驚動的農夫跑了出來，農夫看見了狼，便與其他人用棍子打他。狼再次受了傷，他找到狐狸，生氣的問她又跑去哪了。

狐狸只是再次問他：「你為什麼要那麼貪心呢？」

第三天，狼依然要狐狸去替他找吃的，狼卻不知道，這已是他的死期。

狐狸說有戶農家正在醃肉，醃好的肉就放在地窖的木桶裡。狼這次不再讓狐狸單獨去了，他們一起鑽進狹窄的洞口，通過了地窖，狼看見那裡有很多肉，便開始大快朵頤。雖然狐狸也愛吃，但她總是邊吃邊東張西望，沒多久就會跑去洞口，試試自己能否從狹窄的洞口鑽出去。狼問她在幹麼，狐狸說：「我只是在觀察有沒有人靠近。」

此時，他們聽見了農夫回來的聲音，狐狸跳了起來，一溜煙的從洞口鑽了出去。狼也想跟著逃跑，但他吃了太多，把肚子撐得鼓鼓的，卡在了洞口無法動彈。

農夫發現了狼，很輕易的就把他給打死了。

狐狸愉快的跑回森林，她非常非常高興，因為她終於能擺脫那頭壞心又自負的狼了。

第一章　狼與狐狸

「學務處廣播，736 班馮想想，請立刻到學務處。736 班馮想想，請立刻到學務處。」

馮想想抬起頭，額頭上還印有睡痕，她抓抓瀏海，擋住了痕跡。

前桌的葉信司轉過頭，皺眉朝她問道：「沒事吧？這學期都第幾次了？」

馮想想沉默著，聳聳肩，神情透著無奈。

都第幾次了？她也想問。明明沒做什麼，卻被學校列為問題學生，久而久之，她好像不做些什麼都對不起自己。

叩叩──

馮想想打開學務處的門，在成為這所學校的新生以來，她最熟悉的就是通往教官室與學務處的兩條路線，還有這個背影。

宿衍。

他轉過身，朝她淡淡的揚起嘴角。

馮想想看著他，握緊拳頭，想起了一則格林童話──《狼與狐狸》。

「馮想想，又是妳。」學務主任手環著胸坐著，頭頂上反射著燈光。

馮想想走向前，一語不發，她垂眼看著自己的腳尖，也看著身旁那人的腳尖。

她到底哪裡惹到他了？

「頂樓的噴漆是妳做的吧？」

「噴漆？不是，我沒玩過那種東西。」

「有人看見妳帶噴漆罐上頂樓了，還狡辯？」

「所以主任單憑一個人的『舉報』，就認定我是犯人嗎？」

「不只一個人，其他人也看見了。」

馮想想愣了一下，抬起頭，看著宿衍無動於衷的側臉，她的指甲扎進了手心裡。

「你看見了？」馮想想瞪著他，又問：「你確定你真的看見了？」

宿衍側過頭似笑非笑的看著她道：「是。」

馮想想笑了一聲，她看向主任。

「主任，這學期已經第四次了，每一次都是同一個人舉報我，難道你不會懷疑他的動機嗎？」

「動機，能有什麼動機？看到錯誤就舉報，有什麼不對？倒是妳，這次——」

「我沒做！我沒噴漆、沒作弊、沒破壞公物。但我現在已經有兩支警告了。」

「妳要是真的沒做，為什麼又不願意請家長來學校？妳隱瞞——」

「我只是不想為了子虛烏有的事情——」

「妳再插話試試！」主任大聲喝斥。

馮想想咬著唇，嘴裡瀰漫著一點血的味道。

主任站了起來，語重心長的對她說：「要不是學長想救妳，他也不會常常跑學務處。」

「不就是他舉報我的嗎？」馮想想瞪向宿衍。

「宿衍是年級代表，他當然是作為三年級的代表來——」

「學長，你確定沒有其他話要說？」馮想想冷著眼，憤憤的問宿衍。

再次被打斷的主任沉下臉，而一旁的宿衍只是微笑的看著她說：「我們都希望妳越來越好。」

「虛偽！」

「馮想想！」

主任與馮想想的怒吼聲，同時穿透了學務處外的長廊。

馮想想拿著一張悔過書走出學務處，再累積一支警告就會變成小過了，所以學務主任「網開一面」，先保留這次的警告。

她緊抓著悔過書，突地停下腳步，身後的人也停了下來。

她轉身面對著宿衍，舉起那張被她揉皺的悔過書，問道：「你滿意了嗎？」

宿衍笑了，他聳聳肩。

「上次是毀壞學生會的桌椅，這次是噴漆，那下次呢？」

「妳應該問妳自己？」

「我跟你有仇嗎？」

宿衍沉默了下來，似乎在思考著什麼，看在馮想想眼裡，只覺得他彷彿又再打著什麼壞主意。

「為什麼總是玩這種下三濫的把戲？」

「下三濫？」宿衍揚起嘴角，上下打量著她。

馮想想的呼吸變得沉重，她立刻掉頭離開，因為只差一點，她就會衝上前撕掉他的假面具。

如果可以，她也想身在童話裡，擺脫狼，害他被亂棒攻擊，然後消失。

酒、香水、廉價菸草，氣味相互混雜著，這是馮想想每天都會聞到的味道。

馮想想的母親不常回家，工作日夜顛倒，但她的氣味就宛如緊攀著建築物的藤蔓，柔軟卻強韌。

從「地下酒店」的紅牌，到如今的負責人，也就是所謂的媽媽桑，馮丹瑜是怎麼養大她的，馮想想再清楚不過。

馮丹瑜為此付出青春、健康，還有母女間的相處時光，而馮想想的父親身分不明，不過她也從未好奇過，這種老套的身世之謎，她一點也不在乎。

她只希望馮丹瑜能少喝點酒。

大家都說酒精是關不住寂寞的，但馮丹瑜永遠都不懂這個道理。

馮想想看著躺在沙發上睡著的馮丹瑜，嘆了口氣。

「媽，」她蹲下，輕搖著馮丹瑜，「在這裡睡會感冒。」

馮丹瑜低吟了一聲，勉強睜開雙眼問道：「幾點了？」

「我剛放學，五點半了。」

馮丹瑜點點頭，起身要去洗澡，馮想想叫住她：「妳今天要在家吃飯嗎？」

「要出門了。」馮丹瑜看向她，「錢不夠嗎？」

「夠，妳快去洗澡吧。」

馮丹瑜是個情緒敏感的女人，精神狀態時好時壞，平常睡醒了就去洗澡、上班，偶爾會一個人在客廳發呆，更壞的情況是歇斯底里的發著酒瘋。

馮想想走進廚房熱昨晚的剩菜，馮丹瑜洗好澡，化好妝從房裡出來時，馮想想已經吃完了，正背對著她洗碗。

馮丹瑜從她身後走過，放了兩千元在餐桌上便出門了。

馮想想聽著門關上的聲音，轉過頭，看著桌上的兩張鈔票。

直到現在，她依然無法理解，所謂的「負責人」，是否就是一個不能常回家的職位。

◆

馮想想放學後要留在學校打掃女廁，得維持一個月。

她認命的將暖暖包塞進口袋裡，戴上口罩、拉上外套拉鍊。

她習慣了。

至少她身邊還有一個夠義氣的好友。

葉信司雙手插著口袋，站著三七步，在教室外面等著馮想想。

「大小姐，妳是好了沒？」

「誰是大小姐？」馮想想笑了笑，作勢要踹他一腳，葉信司笑著躲開。

他們一路閒聊著，葉信司還跟馮想想分享他昨晚是用什麼摔角招式鎖住他老爸的脖子。

「你們這種遊戲要玩到什麼時候啊？」

「這才不是遊戲，是戰爭，」葉信司蹲起馬步，「我只需要一個鎖喉摔——」

葉信司話還沒說完，臉上的笑容瞬間垮了下來。馮想想順著他的視線，看見了站在前方不遠處的宿衍，他的神情就像在看著兩個笨蛋。

馮想想也收起笑容，氣氛頓時凝結。宿衍維持著一貫的淺笑和步調，就這麼從他們的身邊經過。

宿衍擦過她的肩，馮想想握緊拳頭。

狡猾的人。

她竟然曾對他有好感。

當時馮想想還是新生，第一個向她搭話的就是宿衍。他的笑容很溫暖，陽光灑在他身上，耀眼的像天使光圈。

葉信司聽了仰頭大笑，「什麼天使光圈？那傢伙？」

馮想想嘆了口氣，她沒騙人，因為宿衍才是那個騙子。

「我們都認識那麼久了，你還不知道我最容易被騙啊！」

「當然知道，憑我們從小的交情，妳已經瞎了十七年的狗眼——喂喂！」葉信司閃躲著馮想想的拖把攻擊，往後退了幾步，「難道不是嗎？是誰國中的時候被學姐欺騙，當了代罪羔羊！喏，國小的時候不也總是幫誰誰誰抄罰寫嗎？結果人家根本就沒把妳當朋友——」

「夠了喔……」馮想想瞪向葉信司，「這裡是女廁欸，你可以滾了嗎？」

「誰叫某人要在學校頂樓噴漆，被罰掃一個月的廁所？」

「葉信司！不要一直戳我痛處！更何況我根本就……」

「我當然知道妳沒做。但妳以為事情那麼簡單？學校甚至不願花時間調查妳是不是真的幹了這些事？」

馮想想一語不發。

葉信司從小就愛罵她笨，他說的對，她就是個大笨蛋。

她或許是遺傳了馮丹瑜的感性，只要有誰對她好一點，她就會在心裡放大對方的好，然後加倍的付出。

葉信司說，這種人最容易被騙、被利用。

馮想想回憶起那時的宿衍，他好像無時無刻都在她身邊，以學長的身分幫助她，在她要跌倒的時候，輕輕的扶她一把。

馮想想晃晃腦袋，把過去的思緒拋掉。

她看向葉信司，認真問道：「我只想知道，我到底哪裡得罪他了？」

葉信司也無法回答馮想想的問題。

宿衍對她的惡意就像一場突如其來的大雨，令人猝不及防。直到他展露真面目，馮想想才意識到，過去宿衍的好，都只是他有意的捉弄。

所以他很狡猾。

清洗後的積水在排水孔處形成了小小漩渦，馮想想看著地上漸漸消失的泡沫，而葉信司看著她，兩人都沉默了下來。

◆

宿衍幾人站在二年級的走廊上，俯瞰著下方的操場。736 班正在上體育課，宿衍瞇起眼，看著正在測長跑的馮想想。

「宿衍，你還不膩啊？」李瓊勾起宿衍的手。

宿衍瞥了她一眼，李瓊才不甘願的鬆開他，無趣道：「她到底哪裡好玩？我都快無聊死了。」

「至少，比妳有趣多了。」宿衍笑了笑，他們的朋友也在一旁訕笑。

最後李瓊臭著臉，踱著步離開了。

「宿衍，說真的。她到底哪裡得罪你了？」王正愷走向前，看著底下的馮想想。「第一次看你這麼執著於一個人。」

「可能……磁場不合？」宿衍若有所思的看了操場一眼，「我只想找點樂子，你們適時配合點就行了。」說完便轉身離開。

他身後的人面面相覷，最後也跟著宿衍一起走了。

對於許多人來說，宿衍就是一個難以理解的存在。宿衍不是一個會交心的對象，他身邊雖然圍繞著許多人，但似乎沒有一個真心的朋友。

宿衍的父親宿允川，是商界的知名人士。年輕時分家，創立自有品牌「Endless」，同年成立了Endless Hotel 無盡酒店，並在宿衍出生後，於「Endless」旗下成立了 Cellar Hotel 地下酒店。

於是宿衍走到哪兒，似乎都被掛上了「無盡」的標籤。

宿衍坐在書桌前盯著電腦沉思，他看了眼手錶，指尖開始在桌面上敲著節拍。

叩叩、叩叩——指針也在喀喀的走著。

時間一到，宿衍勾起嘴角，一封匿名的郵件準時寄到了宿衍的信箱。

早晨七點鐘，馮想想使盡全力奔跑。

她跑到穿堂，還沒來得及緩口氣，就看見聚在布告欄前竊竊私語的人群。

她伸手推開眼前的人，拚命的往前擠，只見布告欄上被貼了張海報，標題寫著：

「舉報！736 班馮想想與葉信司，校外同居，影響學校風氣、危害校譽。」

標題底下，還放了幾張他們一起上下學、一起出入同棟公寓的照片。

馮想想怔怔的看著照片，竟沒有力氣取下這些不實指控。

「馮想想，妳愣著幹麼?」葉信司吼道，上前推開圍觀的人群，氣憤的撕下那張海報，揉成一團，丟在地上。

馮想想看向他。

「學務處廣播，736班馮想想、葉信司，請立刻到學務處。736班馮想想、葉信司，請立刻到學務處。」

學校的廣播就像往常般響起，學務主任的聲音穿透了馮想想的耳朵，她雖然已經習慣了，但這次卻牽連了無辜的人。

「怕什麼?走啊!」葉信司抓起馮想想的手。

馮想想下意識的甩開，抬起頭，看見宿衍一行人站在二樓走廊，才說道:「好……」

葉信司怒視著宿衍，朝他的方向呸了一聲。

學務處內，主任手環著胸，手臂下有大大的肚子撐著。他在辦公桌前走來走去，最後才坐回椅子上。

「說吧，這是怎麼回事?」

「主任，這是誤會——」

「我要馮想想說。」主任看向馮想想。

馮想想直視前方，主任身後的牆上掛著「信任與基石」的匾額。

「我和葉信司是鄰居，住在同一棟公寓，中間只隔著一面牆，所以我們才會一起上下學。」馮想想看向主任，「我想學生資料裡應該也有登記我們的住址吧？」

「沒錯。但為什麼你們會被拍到這樣的照片？」

「我們沒有同居。」

「我問的是，為什麼你們會被拍到這樣的照片？」主任又重複了一次。

馮想想和葉信司互看一眼，不明白主任想表達什麼。

「如果你們在校外沒有這些親密舉動，也就不會被人拍到這些照片。」

馮想想看著主任，難以置信。

「穿著學校制服，就代表著學校的形象。」主任的視線掃向了馮想想，「所以，就更應該注意你們的言行舉止。」

「主任！我們沒有——」葉信司扯著喉嚨正要反駁些什麼，就被馮想想攔了下來。

葉信司看著馮想想的手，她的指尖因為用力而泛白，他沉下臉，一句話也說不出口。

直到他們走出學務處，馮想想抬眼對著葉信司笑了笑，「還好主任沒打算懲處。」

「懲處什麼啊？我們又沒做錯！」葉信司對著馮想想吼道，他轉頭看了眼學務處，便把馮想想拉到一邊，「所以一直都是這樣嗎？妳被宿衍栽贓陷害，最後主任都是用這種態度處理？」

馮想想沒說話。

「媽的……」葉信司捲起衣袖，「宿衍那混蛋！」

「阿司，」馮想想拉住他，「你不要再衝動了啦。」

「都這樣了妳還要我冷靜？」

「我不想再連累你了。」她搖搖頭，「宿衍這次會玩這種低級的把戲，就是想在他無聊的生活中找點樂趣，所以你不要中他的計了。」

「妳不覺得委屈嗎?」葉信司看著馮想想。

「妳莫名其妙被陷害、被戲弄，更何況上高中前妳根本就不認識宿衍。」葉信司咬牙切齒的說道，「我倒覺得，是我連累了妳。」

「什麼意思?」馮想想疑惑的看向他。

葉信司沉著臉，正要說些什麼時，一道聲音就傳了過來，「真不怕死耶。」

馮想想和葉信司循聲抬頭，看見了站在二樓走廊上的宿衍與李瓊，還有他們的幾個朋友。

宿衍神色冷漠，彷彿一切都與他無關，他依然只是個被推崇的模範生。

馮想想盯著宿衍夾在領帶上，那枚屬於學生會的銀色領帶夾，而葉信司在馮想想的耳邊咆哮，和李瓊互罵著。

馮想想抓住葉信司的手，並轉頭看著他。

從小到大，她已經像這樣攔著葉信司無數次。雖然他是個善良又仗義的人，不過他性格衝動，拳頭總是動得比腦袋快，所以很常被誤解。

葉信司與宿衍，不論形象、性格都是南轅北轍，而受到的待遇也是。

「才剛出學務處，就迫不及待的在這裡卿卿我我啦?」李瓊又繼續冷嘲熱諷。

「干妳屁事!」葉信司沖著李瓊吼。

「真可憐。」馮想想仰視著宿衍，「我總算知道你為何害人不淺。」

宿衍垂眸，冷淡的看著她。

「因為在你無趣的人生裡，也只有身邊這群膚淺的人可以陪伴，所以才需要用這種下三濫的手段來消遣。」

「妳！」李瓊尖著嗓音瞪著馮想想。

她看了李瓊一眼，才對著宿衍說道：「謝謝學長，讓我明白什麼是物以類聚。」馮想想拉著葉信司，「走吧。」

葉信司痛快的冷笑一聲，並朝宿衍比了大大的中指。

宿衍挑起眉，看著馮想想離去的背影，再一次在心裡打起算盤。

過了幾天，關於馮想想與葉信司話題的熱度才消退。班上的同學會問他們，到底是惹到了誰，才會被誣陷？

宿衍就是罪魁禍首——儘管事實如此，馮想想也只是搖搖頭說：「我不知道……」

比起經常被廣播的馮想想與性格衝動的葉信司，任誰都會選擇相信模範生形象的宿衍。

馮想想只是不明白，自己沒家世沒背景，更不愛出風頭，可是她現在不僅要承受宿衍的攻擊，還得默默計算著自己還有幾天的廁所要掃。

到這個地步，她甚至懷疑起自己是否真有做過什麼壞事了。

馮想想趴在桌上喃喃道：「無辜……嗎？」

「馮想想，妳好了沒？」

教室外的葉信司不耐煩的探頭進來，馮想想這才從桌面抬起腦袋，「你不是要先去補假單嗎？」

「啊？不用啦。」

「你給我去補喔，」馮想想轉頭瞪他，「到時候曠課一堆看你怎麼畢業。」

他搔搔頭，「那我等一下再去廁所找妳。」

「你直接回家啦。」

葉信司摳摳耳朵假裝沒聽見，直接去補假單了。

被爆出「同居」的事情後，這陣子只要他們並肩走在學校，總會被人偷瞄幾眼，這讓馮想想感到有些彆扭。

她無奈的嘆了口氣，不情願的走到教室後面拿水桶，廁所的工具間裡雖然有掃具，就是缺了水桶。

馮想想心中嘀咕著，抬起頭，看見站在教室外的李瓊，臉色一變。

她直接走過李瓊身邊，刻意忽略她。李瓊原先驕傲的笑容頓時消失，她身邊還站著幾個女孩，這幾人常仗著和宿衍有點交情而在校園裡橫行。

馮想想不希望與她們有更多接觸，免得到時候又有把柄讓宿衍抓在手裡。馮想想聽見身後跟來的腳步聲，不耐煩的把水桶重重放在洗手檯上，打開水龍頭，水嘩啦的流，她的肩膀被推了一下。

「喂。」李瓊見她無動於衷，不滿的又推了她一下。

馮想想往前踉蹌了幾步，轉頭看向她，「學姐，妳也算學生會的人，霸凌學妹不大好吧？」

「我們沒霸凌啊，只是有事想找妳聊一下。」

「在廁所聊？」

李瓊沉下臉，伸出手抵住了馮想想的肩膀，「閉嘴。」

馮想想看著她們，想到了成群結隊的細尾獴，而此刻站在廁所外，探頭把風的某個學姐，就像站直著身體，四處瞭望的「哨兵」。

馮想想笑了出來。

「還敢笑？妳搞清楚狀況，」李瓊放開馮想想，手抱著胸，居高臨下的看著她，「我要妳離宿衍遠一點，不要一直纏著他。」

「又是這種俗不可耐的劇情。」馮想想諷刺一笑，「請問學姐，妳是哪一隻眼睛看到我纏著宿衍？分明就是——」

李瓊出聲打斷她，「別以為我不知道妳在玩什麼把戲，妳不就是故意要引他注意嗎？」

「我故意什麼？」馮想想幾乎要跳了起來，「難道光是談個戀愛，智商就會降低嗎？」

「什麼？」李瓊瞪大眼睛，看起來又更像獴科動物了。

「我也很想知道，我到底是哪裡惹到他了，他才會想盡辦法陷害我、捉弄我，連我身邊的人都不放過，所以！」馮想想咬牙，「我現在真的沒有心力去關心妳和宿衍的愛情故事，如果可以請妳自己管好他，不要讓他總是來找我麻煩——」

水嘩啦落下，就像一場突如其來的大雨，馮想想猝不及防。

就像宿衍。

水桶被丟在一旁，匡噹的聲響在廁所裡迴盪著。

馮想想的瀏海滴著水珠，白色的制服緊貼在她的身上，透出了裡頭的背心，還有隱約露出的肩帶。她怔怔的看著地板，心裡的火在瞬間被澆熄了。

「幹麼還跟她說那麼多，直接這樣不就好了？」其中一個學姐說道，她煩躁的看著手錶，「所以處理好了沒？等一下不是要去吃飯嗎？」

李瓊得意的看著馮想想，「原來是我做的不夠明顯，妳才聽不懂我說的話。那我就好心的解釋一遍。」她拎起馮想想溼透的髮尾，「我不管妳和宿衍是誰招惹誰，我只要妳離宿衍遠一點。懂嗎？」

「懂個屁啊？」廁所門口傳來一聲咆哮，馮想想抬起頭，對上了葉信司憤怒的雙眼。他走向前，把李瓊推到一旁。

李瓊撞上廁所的門，朝葉信司尖聲罵道：「你敢動手！你就不怕我——」

葉信司脫下外套，蓋在了馮想想身上，他瞪著李瓊一行人，威脅道：「我可沒有妳們的宿衍溫柔，所以信不信妳再多說一句屁話，我就撕爛妳的嘴？」

「你——」

葉信司沉下臉，他逼近李瓊，「我已經找教官了，如果妳不怕被趕出學生會，那就留下來。我們的帳一筆一筆算？」

李瓊氣的不行，身邊的人拉著她的手，把她拖出了廁所。臨走前有人踹了無辜的水桶一腳，它咕嚕嚕的滾了一圈。

馮想想低聲問他：「你真的找教官了？」

「妳覺得可能嗎？」

「謝啦。」她扯著嘴角笑道，「英雄救美，好帥喔。」

葉信司沒理會馮想想故作輕鬆的調侃，他看著她。

「妳是不是犯太歲？」葉信司用手提起自己的嘴角，卻哭喪著臉，「唉，拜託妳不要每次難受就這樣嘿嘿嘿的笑。」

「……我哪有嘿嘿嘿？」

「就是嘿嘿嘿。」葉信司無奈的抓著她的衣襬，擰出了一攤水，「現在要怎麼回去？」

「就跟平常一樣啊。」

「妳還想用走的？跟我去車棚，我載妳！」

馮想想靠近他，一臉諂媚的討好道：「哇——有朋友真好耶。」

「誰是妳朋友？」葉信司驚訝的看向她，「是奴隸。」

馮想想笑了，她跟著葉信司走出廁所，皮鞋因為進了水，發出嘎嘰、嘎嘰的怪聲。

她在想，或許除了葉信司之外，全世界的人都跟她有仇。

傍晚時分，葉信司獨自坐在客廳裡，他沉著臉，緊盯著門口。

剛才回家的路上，葉信司注意到一輛黑色轎跑緊跟在他們後面。

他故意繞了點路，但那輛車的路線始終和他們一致。而後知後覺的馮想想卻只叫葉信司騎慢一點，壓根沒注意他們多繞了幾條路，甚至是被跟蹤。

葉信司站了起來，他拉開窗簾，剛才還停在轉角處的轎跑已經失去了蹤影。司機的跟蹤技術差勁，或者，他們沒想要刻意躲藏。

「……宿衍。」葉信司低語，他轉過頭，看著沙發後的牆面，馮想想就住在隔壁。葉信司想起她委屈又強顏歡笑的模樣，他握緊拳頭，心裡的想法逐漸成形。

此時在另一頭的宿衍下了車，他對司機說道：「今天的事別讓我爸知道。」見司機應了聲，宿衍才轉身離去，進了地下酒店。

雖然這裡只是附屬的酒店，私下進行的勾當也不少，但卻是宿衍最常待的地方。

他身穿學生制服，沒人將他攔下來，門外的保鑣還朝他微微頷首，似乎都習慣這麼一個人的存在。

宿衍站在地下的穿堂盡頭，若有所思的看著眼前大約兩層樓高的壁畫。

一年前，他在新生名單裡看見了馮想想的名字。她是宿衍不想面對的存在，她就像壁畫上剝落的某處，是來不及修補的汙點。突然出現在面前的這個馮想想，已經不再是從前調查的紙本資料，而是一個活生生的人，開朗、天真、置身事外。

在宿衍刻意扮演的溫柔形象之下，她所流露出的崇拜與傾慕。單純、愚蠢，太容易輕信他人。

就連此刻，在他操控的陷阱裡，馮想想依然會重複著一樣的舉動，跳進陷阱、爬出來，怒視著他，再說些能夠強大自己內心的話。倔強，卻又無力反抗。

她不肯屈服，也不自量力。

宿衍伸手摸上眼前的這幅壁畫，畫工精緻，手感卻略微粗糙。

他冷淡的眼神中蘊含著其他情緒。四周寂然無聲，只剩下宿衍沉重又緊繃的脈搏，撲通——

撲通——

撲通。

「早。」

宿衍幾乎整夜都待在地下，澡是在那裡洗的，乾淨的制服也是在那裡換的。他沒什麼睡意，草草吃完飯店的 Buffet 就直接來到學校。

他沉默的看著眼前的人，葉信司跨腳坐在他的座位上，臭著臉向他說早安。

班上的其他人面面相覷，宿衍則是揚起嘴角，說道：「去學辦談吧？」

「不了，我和你們學生會的氣場不大合，會反胃。」葉信司斜他一眼，「還是你有什麼事情不好在這裡談？」

宿衍笑了笑，他對班上的寥寥幾人說道：「你們可以暫時離開一下嗎？他似乎有事要和我聊聊。」

在其他人走出教室後，宿衍便收起笑容。他關上門，沉默的看向葉信司。

「昨天那群人是你指使的吧？」葉信司站了起來，走向宿衍，「李瓊。」

宿衍挑起眉，似笑非笑的看著他。

「我不管你跟那八婆到底是什麼關係，」葉信司一步向前，抓起宿衍的衣領，「你就好好談你的戀愛，幹麼又牽扯到馮想想？」

宿衍撥開葉信司的手，「在說廢話前，能不能先動動腦子？」

「裝傻？我知道昨天跟在我們後面的人就是你。你沒看見馮想想有多狼狽嗎——」

「狼狽？」宿衍傾身向前，對上葉信司的眼睛，笑問：「干我屁事？」

「你有事就衝著我來，招惹無辜的人算什麼？」

宿衍微微蹙眉，直到理解他的話後，才又勾起嘴角挑釁，「你該不會認為——我是因為你才會接近她？別傻了，我根本沒把你放在眼裡。」

「操——」葉信司聽了便掄起拳頭朝宿衍揮去，對方閃避不及，挨了葉信司一拳。

宿衍冷下眼擦了把嘴角，順勢往對方的腹部補上一腳，葉信司往後踉蹌，最後跌坐在地。

「還要繼續嗎？」宿衍冷著臉看向他。

葉信司爬了起來，衝到宿衍面前。宿衍一把抓住他的手臂，使勁一擰，直到葉信司悶哼一聲，他又問了一次：「還要繼續？」

葉信司抬起腳，朝他狠踹，而宿衍鬆開手，往後退了一步。

他們冷漠的看著彼此，直到葉信司一個跨步，宿衍才迅速的閃到葉信司身後，按住他的手臂牽制他，兩人頓時扭打成一團。

宿衍最終把葉信司壓在身下，居高臨下的看著他，葉信司的眼裡充滿著憤怒，而宿衍的眼裡卻少了溫度。他面無表情的看著葉信司，然後高高的掄起拳頭——

「阿司！」

當馮想想聽到消息趕到之後，宿衍與葉信司才剛被拉開。宿衍站了起來，沒多久便被許多人包圍住，而葉信司依然坐在地上。

他倚靠著牆，怔怔的看著馮想想，「妳怎麼來了？」

「那你呢？怎麼會在這？」馮想想反問他。

在場的人都在關心宿衍，雖然馮想想早已習慣這樣的差別對待，但當她看見一起長大的葉信司為了不讓自己擔心，正艱難站起來的模樣，她的心裡頓時揪成了一團。

馮想想沉下臉，攙扶著葉信司轉身離開。

宿衍看向他們離開的背影，便又恢復笑容對周遭的人說沒事。

李瓊來到班上看見宿衍這副模樣，驚訝的跑向前，一臉擔憂。李瓊喜歡宿衍的事情眾所皆知，於是聚在宿衍身邊的人紛紛識相的避開，只留下他們兩人在教室前方。

李瓊的手伸向宿衍的臉龐，他輕輕避開了，他低頭靠近李瓊，在她耳邊低聲問：「不解釋昨天的事嗎？」

「我……」李瓊左右看了看，才沒底氣的狡辯道：「是她太囂張了，我只是想幫你——」

「我說過了，」宿衍離開她的耳側，冷漠的看著她，「這是我的事，不用妳插手。」

李瓊咬著唇，她知道宿衍一直都不喜歡有人插足他的事，更何況他們彼此都很清楚，她時常以宿衍的女友身分自居，但事實卻不是如此。所以李瓊會去找馮想想麻煩，最主要還是為了她自己。

李瓊紅了眼眶，懦懦的低下頭，她明白宿衍是真的生氣了。

馮想想使勁踐著葉信司的手。

他哀聲求馮想想放過他，但只換來更暴力的對待。

馮想想生氣的捶了他一拳，才說道：「我們不要去保健室，先換個地方。」

葉信司揉著手臂，疑惑的看向馮想想，「我本來就不需要去啊，我那麼強壯——嘶！」他話還沒說完，便扯到了嘴角的傷口，牛皮吹到一半就破了。

馮想想瞪他一眼，「我的意思是宿衍也有動手，他絕對不會把事情鬧大，所以他會負責掩蓋掉的。」

「誰需要他掩——」

「阿司！我拜託你，不要再這樣了。」她停下腳步，認真的看著他。

「如果你帶這些傷去保健室，老師一定會懷疑。不過傷口還是要處理！」

葉信司無可奈何的垂下肩膀，「所以咧？要去哪？」

馮想想思考了一下，才回答：「去小樹蟲？今天沒心情待在學校了……」

小樹蟲是一家停業的二手書店，後面有個隱密的倉庫，那是他們從小的祕密基地。

「妳竟然會主動提議蹺課？」

「……閉嘴啦，還不是因為你！」

葉信司笑了笑，最後又扯到了傷口，他齜牙著，看向馮想想的背影，瞬間又想起她昨天溼淋淋的模樣，火氣頓時又衝了上來。他拉住馮想想，說道：「不去了。」

馮想想皺眉，不解的看向他。

葉信司才又說：「怎樣，打個架就要躲起來？難道要我什麼都不做，然後下次再看妳被欺負嗎？」

馮想想沉默了下來，她看著葉信司臉上的傷，轉過頭。他們與宿衍之間已經有了一段距離，並且隔著一整排的教室窗戶，而馮想想竟然就這麼與教室內的宿衍對上眼睛。她愣了愣，接著才輕聲的對葉信司說道：「這和處理傷口是兩回事。」

她瞪著宿衍，對方也挑釁似的微微揚起嘴角。

馮想想知道，她不能太在意，但也沒有放寬心的氣量。

對她來說，似乎就沒有什麼中庸之道可言。

「怎麼可能坐以待斃？」馮想想不甘心的攥緊拳頭，「當然是以牙還牙，以眼還眼。」

在宿衍面前，就只能反抗了。

天空有點灰濛濛的，就像此刻的馮想想。

葉信司打了哆嗦，對剛才馮想想在他身上抹藥的狠勁還餘悸猶存，心想以後不敢再胡亂揮拳頭了。

「等一下要一起吃飯嗎？」葉信司問她。

馮想想疑惑的看向他，葉信司只是抓抓頭說道：「妳不是一個人在家嗎？我爸今天會開伙，供應晚餐喔。」

馮想想笑了笑，「好，那我先放一下東西。」她邊說邊拿出家裡鑰匙，葉信司抱著手，倚靠在馮想想的家門上等她，未落鎖的門就這麼被他給推開了，葉信司趕緊跳了開來。

他們怔怔的看著眼前緩緩敞開的門，面面相覷。

「妳沒鎖門？」

「……鎖了。」馮想想愣了愣，喃喃道：「媽？有那麼早嗎……」她雖這麼說，臉上卻有藏不住的笑意，她推開已半開的門，快步走了進去。

「喂！妳就不怕是小偷？」葉信司氣急敗壞的罵道，也跟著跑了進去。

「媽，妳今天怎麼這麼早？」

馮丹瑜正在哼著歌，看起來心情很好，她看見馮想想就上前抱她，接著也撲向葉信司。

葉信司難為情的避開馮丹瑜的胸部，要推也不是，抱也不是。好在馮丹瑜沒熱情太久，她放開葉信司，隨手摸摸他俐落的短髮，說道：「晚上還要去工作呢。」

「喔……」馮想想咕噥了一聲。

「不過我今天可以跟想想一起吃飯喔。」

「真的？」馮想想聽了迅速的抬起頭，「確定？」

「確定。」馮丹瑜笑了笑，走向房間，「我先去換衣服。」

「那我去買菜。」馮想想扔下書包，笑著對葉信司說：「阿司，幫我跟葉叔叔說，下次我再去你們家吃晚餐。」

馮想想一臉雀躍，葉信司看了也跟著笑了出來。

「對了，想想——」馮丹瑜從房裡探出頭，「明天我休假喔，等妳放學後我們一起出去吃飯，很久沒出去吃了對吧？」

馮想想眼睛一亮，「竟然還有休假？」

「因為馮丹瑜小姐這一年的表現實在太好了，所以上面放我假嘍。」她自我稱讚一番，才又進了房間。

馮想想捏捏手臂，看向葉信司，說道：「阿司，我的力量總算回來了。」

她眼裡飽含笑意，葉信司也勾著嘴角，用鼻子哼哼笑。馮想想又說：「晚上等我媽出去工作，我們就在門口集合。所以你趕快回去吃飯——」

「……啊？妳又想幹麼？」

「哼——」馮想想不懷好意的笑了一聲，說道：「既然都有力氣了，那當然就要幹點大事！」

天色已黑，馮想想躡手躡腳的竄進學生會辦公室，她盡量壓低身體，差那麼點就要匍匐前進了。葉信司跟在她身後，無奈他比馮想想高上太多，所以為了配合她，葉信司就只能讓自己貼在地面上。

馮想想一進入辦公室，立刻就爬了起來，她手插著腰，要葉信司將門關好鎖上，她環顧整間辦公室，在找到宿衍的辦公桌後滿意的點點頭。

「這就是大事？」葉信司看著馮想想，她正鏗鏗鏘鏘的從後背包裡倒出一堆工具。

「嗯，」馮想想拿起螺絲起子，「我們先從解體椅子開始。」

「……就這樣？」

馮想想抬起頭，問道：「不然你有更好的辦法嗎？」她坐在地上，把椅子傾倒，彎著腰觀察椅子底下的構造，「說到底我們就是沒地位沒人緣，既然無法與他抗衡，那至少要煩死他！」

「妳不怕又被抓去學務處？」葉信司站著不動，就這麼看著馮想想瞎忙，「到時候就真的百口莫辯了，白痴。」

「但這已經是第四次了。」馮想想的神情有些不甘，「我知道現在做的事情，對宿衍來說肯定是不值一提的惡作劇，可是這也總比你去揮拳頭好。」

「所以妳想說這是為了我？」

「這是為了我自己。高中只有三年，就算我……」馮想想緊抿著嘴，把要說出口的話吞了下去，才繼續說道：「我原本是想忍到畢業，不過現在改變主意了。既然他們都認為我是這樣的人，如果不做點什麼就太對不起自己了。」

葉信司看她開始專注的對著椅腳胡亂搗弄，他嘆了口氣。

「走開啦，笨手笨腳。」他把馮想想推到一邊，開始轉著其中一個螺絲，「我竟然陪妳幹這種幼稚的蠢事……」

「幼稚？」馮想想站了起來，她戴上塑膠手套，拿出三秒膠，「你和你爸每天玩摔角就不幼稚喔？」

「我說了那不是玩，是戰爭！」葉信司朝她揮著螺絲起子，「手很酸欸，這種最好是鬆得開啦。」

馮想想點點頭，從背包拿出迷你的電動起子。

「……電鑽？」

「你快點。」馮想想一扔，葉信司慌忙的接上了。

她將宿衍桌上的物品拿起來，並在底下擠了一圈三秒膠後放回原位，她往下用力壓了壓，確保那些物品緊緊的黏在桌面上。馮想想自我滿足的揚起笑臉，葉信司見了撇撇嘴，才正式埋頭在解體大業上。

翌日，宿衍微微瞇起眼，他盯著桌面看，這裡分明被人動過。

他用指尖敲著刻了名字的立牌，而立牌依然緊黏在桌面上分毫未移。宿衍思考了一會兒，便朝椅子踹上一腳，椅子果然應聲解體。他直接漠視，找人把整套辦公桌椅都給換了。

接著宿衍轉身，面向靠牆的一排置物櫃，裡頭的資料和書本全都被一頁頁黏得死死的。他的臉色一沉，把淪為廢紙的資料一本本的扔在地面上，學辦漸漸飄散出難聞的樹脂味，在場的人開始暗自猜測，到底是誰那麼閒？甚至還有把資料逐頁塗上白膠的耐心。這麼一想，竟覺得有些好笑。

而一旁幫忙替換辦公桌的同學才剛把桌子抬起來，原本緊栓著的抽屜卻在一瞬間全掉落下來，發出了刺耳的撞擊聲，辦公室裡只迴盪著匡噹、匡噹——

場面有點滑稽，有人差點笑了出來。他們瞄向宿衍，發現他臉上一點表情也沒有，他只是一本本的扔著資料，直到地面上的紙本囤積成了一座小丘。

宿衍側過臉，其他人再也看不清宿衍的表情，只覺得陰惻惻的。

「什麼時候這裡也任人出入了？」宿衍低聲問道，在場的人愣了愣，接著又見他轉過頭，臉上還是掛著淺淺的笑，「後續的整理會比較麻煩，資料的備份在誰那？」

王鴻有點拿不定宿衍的情緒，他遲疑的半舉著手，回道：「在我這。」

「那就麻煩你或李瓊幫我們重新列印幾份。」宿衍抬眼，掃了辦公室一圈，「看來這惡作劇是針對著我來的，我會負責——」

「宿衍。」不知何時出現的王正愷打斷了他，宿衍不被察覺的皺了眉頭。王正愷朝著窗戶努努下巴，「窗簾好像有點問題。」

宿衍調頭一看，雖然窗簾一如往常被好好的綁在一邊，卻還是能從皺褶中看見它微微露出的坑洞。他走向前，輕輕的鬆開綁帶，唰的一聲，一把將它拉開。窗簾帶起了漂浮在空氣中的微小顆粒，也揚起了許久沒人理會的窗溝灰塵。

宿衍身後開始有了動靜，最終只有與他比較熟識的王正愷噗嗤一聲，笑了出來。

窗簾布上被剪出了一個個的坑洞，可能刀有點鈍，邊邊都被弄得參差不齊。

仔細一看，坑洞形成了縷空的「混蛋」兩字。早晨的陽光從洞裡傾瀉出來，乍看下竟然還有點金光閃閃。

宿衍漠然盯著眼前的「藝術品」，身後王正愷的笑聲還未停下。有幾人跑向前，見宿衍沒其他反應，便先將窗簾拆下來。

「要找主任嗎？」有人問道。

宿衍的嘴角還是掛著若有似無的笑容，但四周的空氣都因他的沉默而凝重起來，他們察覺不到宿衍是否在生氣。

宿衍伸手摩娑著被取下的窗簾，「……不用了。」

他緩緩的收起笑容，說道：「我可以自己處理。」

馮想想與葉信司到了學校，今天的校園有些吵鬧。她難得好心陪葉信司走到腳踏車棚停車。一大早還沒有多少學生到校，但周圍的人看起來有些亢奮，有些人交頭接耳的講著悄悄話，然後又呼朋引伴的跑向某處。馮想想疑惑的左看右看，還是沒猜出是怎麼回事。
兩人走到了穿堂，葉信司實在耐不住好奇，於是把正準備上樓的馮想想拉了下來。
「欸，我們去看看。」
「看什麼？」
「不覺得那些人都往操場跑嗎？」葉信司指了指身後，他拽著馮想想走出穿堂，再往前走就能看見操場中央的茵茵綠草地。
「去湊什麼熱鬧啦？」
「嘿——」葉信司故意伸著腦袋，鼻子嗅了嗅，「不瞞妳說，我聞到了犯罪的味道。」
馮想想無奈的笑罵道：「你屬狗嗎？」
葉信司得意的聳肩，接著卻硬生生的停下腳步，身後的馮想想毫無準備的撞上他的後背。
「你幹麼？」
馮想想揉著額頭，往前看去，接著便是一愣，頓時浮現了與葉信司同樣的神情，他們的笑容僵在了嘴邊，看著司令臺上的混蛋窗簾，它被大咧咧的掛在上頭。窗簾的四個角都被人穿上了尼龍繩，綁在了柱子上。風吹進了窗簾布上的混蛋坑洞，它正不安的晃動著，要是沒有尼龍繩牽制，它早就飛到了遙遠的某個地方……至少不是在這裡供人觀賞。
葉信司轉頭看著「混蛋窗簾」的製造者，馮想想也茫然的回望他，儘管她在做這些事的時候才誇下豪語，但真到了這一刻，她還是反應不過來。
葉信司用眼神徵求馮想想的意見，見她不說話，才說道：「我去把窗簾弄下來。」
「不……我去。這是我剪的，你去的話不就被懷疑了嗎？」
「喂——」葉信司拉住她，「別忘了我們是『共犯』，學辦裡的東西有一半是我拆的。」

葉信司的話宛如一陣悶雷，敲醒了馮想想腦袋，難得的母女相處讓她樂昏了頭，她蹲了下來，極為懊惱的掩著臉。她這次之所以會決定反抗，就是因為宿衍做的事情已經波及到了身邊無辜的葉信司，但她這次的舉動卻和宿衍沒什麼差別。

葉信司跟著蹲下，擔心的看向馮想想。

「沒事吧？」他皺著眉，把馮想想拉了起來，「要不是妳一直要我冷靜，我現在早就——妳怎麼了？」

「阿司，對不起。」

「……妳現在最該對不起的，就是這個節骨眼了還不做正事，在這邊演什麼內心戲？有什麼事能等我把窗簾拆了再說嗎！白痴！」葉信司無可奈何，隨即一溜煙衝向司令臺。

馮想想看著葉信司飛快離去的背影，這才回過神來，她邁開腳步跟著往前跑，撥開了人群，見葉信司撐手跳上臺，她也從兩側的樓梯跑了上去。

繩子被他們使勁拉扯，臺下的觀眾面面相覷，認識他們的人朝葉信司問道：「你又發什麼瘋？這……該不會是你弄的吧？」

「廢話少說，你有沒有剪刀？美工刀也可以。」葉信司又朝周圍的人問道：「老師來了沒？」

那人遞上美工刀回答他：「呃——還沒。」

葉信司鬆了口氣，才剛推出刀片，那人又說道：「但是教官來了。」

「啊？」葉信司愣了幾秒，他轉過頭，果然看見教官正氣勢洶洶的走來。而另一邊的馮想想卻只顧著跟女同學借剪刀，完全沒發現教官正兇狠的瞪著她。

女同學表情古怪的指著馮想想身後，她疑惑的轉過頭，才剛發現教官，就被一面人牆擋住了視線。

葉信司僵著臉，下意識的擋在馮想想面前，他在心裡暗叫不妙，他被這個教官盯了好幾次，之前才在教官面前發誓要好好做人……不，是做個好學生，現在又出這事，很難保證教官還會再放過他。

葉信司還在糾結著，就被身後的人推開。馮想想放開他的手臂，從他背後走了出來，她來到葉信司身前，把他擋在身後。

葉信司怔怔的看著馮想想的背影。

「馮想想，又是妳。」就像是每個遊戲關卡的觸發臺詞，無論是主任還是教官，見到她似乎都會說上這句話。

「……」沒錯，又是我。馮想想無奈的在心裡這麼回答。

「混蛋？」

馮想想聽了驚訝的看向教官，意識到對方只是在唸窗簾上的字後，才又默默的低下頭。

「葉信司，又是你。」

多熟悉的一句話，馮想想愣了愣。

「沒錯，又是我……」葉信司一臉悲壯，把馮想想剛才的心裡話說了出來。

馮想想轉過頭，用手肘狠狠的撞了葉信司的腰側，他彎下腰，周圍傳來細細的笑聲。

「不要搗亂！」馮想想低聲罵道。

「放心，我跟賴教官很熟——」

「不，你是跟校規很熟。」教官沉下臉，冷冷的說道。

葉信司從教官的眼裡讀出了危機，看來這次是免不了懲處了。

司令臺下這時又傳出了嚷嚷的聲音，教官皺著眉要他們全回教室打掃，話還沒說完，就見宿衍緩緩從司令臺的樓梯走了上來。

「教官早。」

「嗯，你們有什麼事？」

跟著宿衍出現的還有活動部長和美宣幹部。活動部長對教官解釋道：「學生會原定校慶期間在表演廳做展覽的計畫。這窗簾……似乎是我們內部溝通不良的結果。」

「混蛋適用於展覽嗎？」教官問。

只見活動部長了愣了愣，宿衍這才說道：「教官，這是學生會的失誤，會長正在釐清這中間的問題，所以我代他來處理這件事，很抱歉。」

「那這兩隻呢？」教官懷疑的看向馮想想與葉信司。

他們的表情都很不好，葉信司緊攥著拳頭，馮想想也緊緊抓著他的手臂，以防他衝動。

宿衍瞥了他們一眼，這個眼神對於馮想想來說包含了很多情緒，有輕視、嘲笑……

「他們因為之前被舉發的事情，所以被派來學生會做一些——雜事。」

馮想想瞪向宿衍，他身邊的人已經將窗簾取下來，放在了地面上。

教官雖有疑慮，但副會長與活動部長都在這，他的確找不出其他問題。於是教官又語重心長的對葉信司叮嚀了幾聲，才轉身離去。

宿衍若有所思的垂眼，他背對著眾人，看著被扔在一旁的窗簾，接著一腳落下，踩上了「混蛋」，並緩慢的碾壓。

「學生會只幫你們到這，你們的東西還是得自己負責。」他看著窗簾意有所指道：「因為垃圾就得清去它該去的地方，不是嗎？」

「你！」

「阿司。」

馮想想攔住了葉信司，司令臺下還是有人聚集在此，而宿衍此刻的舉動代表著學生會對他們釋出的好意，更何況在場的人心裡都很清楚，窗簾上的「混蛋」跟學生會沒有半點關係。

學生會的人將圍觀同學打發走了，沒多久這裡就只剩下他們三人，太陽還是一般大，宿衍的笑容卻不復存在。

「你又想做什麼？」葉信司上前幾步，他惡狠狠的瞪著宿衍，儘管他和馮想想都知道這次是他們理虧，但宿衍的做法實在太噁心。

「我是在幫你，」宿衍冷冷掃了馮想想一眼，「你就這態度？」

「不用你多管閒事。」葉信司咬牙說道，「你還是沒變，一樣虛偽！」

「沒錯——不過事實就是如此，」宿衍冷笑，「我能說得動教官，而你不行；我敢虛情假意，而你不敢。我和以前一樣沒變，你也是，一樣衝動無知。」

宿衍緩慢的走向他們，在葉信司面前停下腳步。

「我可以的，你卻不行。」他看著身前的馮想想，聲音卻細如螻蟻的鑽進葉信司的耳裡，「這就是我和你的差別。」

馮想想握著葉信司的手，陡然下降的溫度漸漸回暖。

葉信司瞪著前方，只差一個念頭，他的拳頭就可以碰到宿衍臉上，最好打得他滿地找牙。葉信司深吸口氣，回握住馮想想的手，她的力度也說明他們有著同樣的糾結與憤怒，葉信司彎下腰，他單手扯向窗簾，頭也不回的拉著馮想想離開。

馮想想看著葉信司，她能了解就算他平時表現的再大咧咧、滿不在乎，還是會被宿衍的三言兩語傷害，因為這是葉信司藏在深處的自尊心。

他們遠離了宿衍，馮想想扭過頭，打算用眼神明示自己有多討厭他，但宿衍站在司令臺上，就像躲進了陰影裡，他的影子也模糊著。這裡樹葉婆娑，風也吹得恰到好處，明明陽光正好，宿衍身邊卻圍繞著司令臺上的陰森氣息。

馮想想愣了愣，接著下意識的轉回腦袋，忘了自己本該做些什麼。

葉信司將混蛋窗簾丟進子母車裡，資源回收處瀰漫著不明朗的味道，他站在原地，背對著馮想想，看來得花一段時間才能嚥下這口氣。馮想想低下頭，絞盡腦汁也摸索不出可行的安慰話語，就連平常罵宿衍的架式也擺不出來，因為自從她拉著葉信司一起闖入學辦開始，還有剛才她使勁抓著他的手，阻止他正面抵抗宿衍……

馮想想這才明白，比起打架宣洩，讓葉信司在那人的輕視下離開，或許對他來說才是真正錯誤的選擇。

整天下來，葉信司都冷著臉，有人上前問他窗簾的事情，都被他冷冷的視線轟走。馮想想嘆口氣，她要葉信司今天先回家，不用再等她掃廁所了，他沉默著沒回答，到了放學時間還是默默的站在教室門口，連水桶都先幫她拿好了。

「妳今天不是要跟妳媽出去吃飯嗎？」葉信司主動開口。

馮想想記起這件事也淡淡的笑了，她有多久沒和媽媽在外面吃飯了呢？

「我說你，不要心情不好就不吃飯喔。」

「怎麼可能，飯還是要吃的。」葉信司咕噥。

回家的路上，馮想想恢復了囉嗦本性，葉信司被她嘮嘮叨叨的煩夠了，也三兩句的回敬她，最後又開始鬥嘴了起來。

馮想想站在家門口，在進門前喊住了已打開隔壁家門的葉信司。她知道他回血的能力很快，一下子又能生龍活虎，但馮想想還是有話想說。

「阿司，」馮想想猶豫了一下，才看著他說道：「這次錯在於我，所以我不需要誰來保護，就算早上我被教官逮到，記個懲處也是應該的。」

「……妳想說什麼？」

「你知道我討厭虛情假意的人。」

「……嗯。」

「所以──我需要的是可以陪我一起做錯事、一起挨罵的朋友，雖然感覺不怎麼樣。」

「要求還真多。」葉信司笑了一聲，「我看起來不怎麼樣？」

「嗯。」馮想想毫不猶豫的點頭，她又笑道：「但當朋友足夠了。」

在馮想想進門後，葉信司看著空蕩蕩的區域許久，她的形狀似乎還殘留在那。葉信司摸摸鼻子，也進了家門。

馮想想悄悄的打量四周，這是間高價位的餐廳，也難怪馮丹瑜要她換上新買的洋裝，說她也到了該打扮自己的年齡了。馮想想微微蹙眉，看著這件被硬換上的洋裝，她不懂為何要選在今天特別「打扮」，還得穿上一件不大合身的衣服。

馮丹瑜現在的職位薪水並不低，可是帶馮想想來這種地方卻是第一次。其實比起連菜單都是外語的這間餐廳，她還是更喜歡小時候和媽媽在小吃攤吃麵的時候，那是簡單的店面和熱騰騰的湯麵，還有貼在牆上的手寫菜單，以及老闆娘溫暖的笑臉。

「想想，我去一下洗手間，在這裡乖乖坐好，不要亂跑喔。」

馮想想回過神，她笑了笑，對馮丹瑜說話的語氣感到無奈。明明前一刻馮丹瑜才在耳邊提醒她，長大了要更愛漂亮一點，此刻卻又把她當成需要被保護的小孩，連對她說話的語氣都變得幼稚。

馮丹瑜不常回家，生活作息和她幾乎顛倒，她們母女之間難得才能聊上幾次。

這陣子馮想想為了應付考試和對付宿衍焦頭爛額，她們就連說話的時間都變少了。不過值得慶幸的是，最近馮丹瑜的精神狀況不錯，喝的酒少了，發的瘋也就少了。她逐漸有了以前的影子，笑口常開，像個少女。

馮想想無聊的撐起下巴，等著馮丹瑜回來點菜，她一個人坐在這，什麼姿勢都覺得拘謹，最後索性就以自己舒服為主，不然她絕對會丟下馮丹瑜逃出這裡，直接去小吃店點碗麵吃。

馮想想抬起頭，怔怔的看著前方大片的落地窗，神情突地有些驚訝。

宿衍剛下車，他還穿著學生制服，臉上依然沒表露任何情緒。玻璃窗擦得很乾淨，上頭沒有半點灰塵，但因為傍晚陽光傾瀉而下，宿衍的身影看起來有些朦朧。

在宿衍走進餐廳的同時，馮想想也下意識的垂下腦袋，她小心的抬眸，瀏海遮住了她的眼睛，她還能從髮隙間偷瞄幾眼。

宿衍似乎也發現了她，但馮想想一時忘了，宿衍未必把她放在眼裡。只見宿衍斜了馮想想一眼，然後目不斜視的經過了她。

馮想想僵硬的揉揉臉，心裡多少為自己過度的反應感到尷尬，她緩緩的扭過頭，宿衍的身影早就消失在身後的轉角了。

所以說，人只要倒楣就會諸事不順，吃個飯竟然還遇見了最不想遇見的人。

「在想什麼？」馮丹瑜一回來就見女兒若有所思，她摸摸馮想想的頭，在她旁邊坐下，「有什麼想吃的嗎？」

「媽……妳還補妝啦？」馮想想看著馮丹瑜臉上完美的妝容，還有重新盤起的頭髮，嘀咕道：「不就是吃個飯而已嘛——」

她話還沒說完，身旁的馮丹瑜便站了起來，馮想想疑惑的抬頭看她，只見馮丹瑜翹著好看的嘴角，朝著某處招手。馮想想順著她的視線一看，一名和馮丹瑜差不多年紀的男子正朝她們走來，他西裝筆挺、目光炯炯，因為稜角分明的輪廓，眉眼間總透著嚴肅，要不是他面帶笑意，馮想想真會以為對方來談的是筆生意。

「允川——」馮丹瑜和對方擁抱了數秒後才分開。

馮想想看著眼前兩人的親暱，大概也猜到一二，心裡的感覺說不上來，只覺得原來今天的這頓晚餐，不單單只是吃飯而已。

「妳就是馮想想吧？我想見妳很久了。」他見馮想想還一臉茫然，便朝她伸出手。

馮想想遲疑了一下，扯著嘴角笑了笑，在他們雙手交握的那刻，她看著眼前的人，竟有種熟悉感從心頭掠過。

他在馮丹瑜對面的位子坐下，坐姿端正、五官俊朗，馮想想不但挑不出什麼毛病來，還被這急轉的劇情弄得腦筋一片空白。他們無語的相望著，馮想想怨懟的看了馮丹瑜一眼，似乎在怪她為何要介紹男友也不早說，這已經不是驚喜，而是驚嚇了。

「抱歉，來晚了吧？」他叫了服務員，便朝她們遞上菜單，「先點餐吧。」

「可是……」

「別理他了，不守時的小子。」

馮想想聽了他們的對話，更加疑惑的看向馮丹瑜，無奈她滿眼只有坐在對面的情人，一個眼神都不給自己。馮想想只好繼續低下頭玩手指，反正她也不會點菜，馮丹瑜和男人的眼神又黏呼呼的，馮想想很難融入。

「我來了。」

馮想想的手指剎那間停止了動作，熟悉的氣息、熟悉的語調，這讓馮想想頓時寒毛豎起，她僵硬的抬起頭。

宿衍卻好似沒感覺到馮想想的震驚，服務員替他拉開椅子，而宿衍一派輕鬆的坐下，他身上的制服已經換下，臉上掛著不鹹不淡的笑容，說道：「抱歉。」

「宿衍，」馮丹瑜似乎有些緊張，她笑道：「你和你爸越來越像了。」

「阿姨好，」宿衍看向她，「我們好久不見了。」

馮丹瑜聽見宿衍說的話，隨即僵了嘴角，眼裡愉快的情緒也淡了不少。

雖然馮想想不明白這平凡的一句話為何會動搖到馮丹瑜，但她此刻卻無暇思考，她一時間收到的訊息太多，她的理解能力停擺，平時再厲害的嘴巴也彷彿繳械。她怔怔的看著宿衍，而流動在他們四人之間的氣氛既詭異又僵持。

「點餐吧。」宿允川一語劃破了沉默，連語氣都淡了。

隨著時間的流逝，馮想想沒注意到他們是何時點好了餐，她只聽見馮丹瑜在她耳邊要她快吃。餐桌上除了她，另外三人都有一句沒一句的閒聊著，馮想想緊握刀叉，她沒勇氣抬頭，卻又能感受到從對面傳來的視線，彷彿在逼著她面對現況。

「宿衍，你怎麼受傷了？」馮丹瑜問道。

馮想想也看向宿衍的嘴角，那裡還掛著葉信司弄出來的瘀青，已經淡的差不多了。

宿衍不在意的笑了笑，「不小心撞到的。」

嘴角的傷，淺顯的謊言，宿衍無意圓他劣質的謊，馮丹瑜與宿允川也沒再多問。

這宛如一種默契，若有似無的疏離感，好似這之間有座無形的檻，每個人都坐在自己的位子上，沒人越線，沒有更多探究。

這刻，馮想想的思緒逐漸清晰了起來，並開始高速的運轉著。

她總算察覺，這裡是「Endless」旗下的連鎖餐廳，本身就和宿衍有著大大的關聯。只是剛才馮想想不甚在意，所以壓根沒注意到。

而她也能確定，剛才宿衍進餐廳時的確有看見自己，他無視般的走過，此刻又自然而然的出現在她面前，所以馮想想心想，宿衍其實早就知道宿允川與馮丹瑜的事情了。

一直以來她所困惑的原因，宿衍的惡意似乎開始撥雲見日。

那大大小小的雨點，以及每一次的傷害，他們就宛如思想還沒成熟而互相攻擊的毛小孩，馮想想開始思考著她與宿衍，還有他們父母之間的關係——頓時，她的腦筋轉了過來，然而全身的血液卻開始逆流。

這一年來發生的所有事情，在馮想想腦中以瑣碎的片段浮現，好像全能湊成一塊，卻又湊得不明不白。

馮想想無措的抬起頭，她對上了宿衍的雙眼。

他們有過幾次這樣的對視，不過沒有任何一次是像此刻讓人難以呼吸。

宿衍移開目光，他做足了表面功夫，例如臉上從沒落下的笑容和平靜的語調，就只有和他對視片刻的馮想想能清楚的察覺，這個人不及眼底的笑意，還有對這份感情的不屑一顧。

如果這是笑話就好了，但現實世界卻是如此嚴肅。

學校宛如一件大型斗篷，馮想想就藏在裡面，而同樣身在斗篷裡的宿衍，已經有半個月沒使絆子了。

他們之間就如那頓晚餐，至少還維持著表面的短暫和平。

「馮想想——」葉信司敲響馮想想的桌面，「妳最近不是恍神就是發呆，說吧，到底怎麼回事？」

馮想想一副欲言又止的模樣，最後嘆了口氣，只說道：「我要去廁所。」

葉信司盯著馮想想的背影，總覺得哪裡不對勁。

馮想想這兩天有些消沉，但連她自己也不確定原因為何，畢竟媽媽與宿允川帶給她的衝擊其實淡了不少。

馮丹瑜曾試探她對宿允川的印象如何，她糾結了一陣，最終也只能吐出：「長得帥。」

馮想想摸摸額頭，覺得頭暈，卻也沒感覺體溫有不正常。馮想想彎下腰洗把臉，上課鐘聲在這時叮鈴的響起，她起身的剎那又是一陣目眩，她手撐著牆，緩慢的走出廁所，竟正好撞見了學生會幾人，馮想想一愣，未擦乾的水流過她的臉頰，在下巴處凝成了水珠撲簌落下。

她看著宿衍，而他身旁的李瓊眼神不善的看著她。馮想想自認倒楣，轉身就想離開。

「看到學長姐不會問好嗎？」李瓊手抱胸，微微抬起下巴，卻又趕緊閉上了嘴，她偷瞄著宿衍，自從上次惹宿衍生氣後，李瓊就很少主動挑事了。

她見宿衍表情沒變，似乎也沒有其他想法，氣焰頓時高了起來，她得意的看著馮想想。

馮想想這陣子煩悶的不行，此刻又覺得暈眩，她轉過頭，語氣冷淡的問：「你們來一年級的次數是不是太頻繁了？」明明是李瓊挑起的事，馮想想卻是看著宿衍，「還是說，這就是學生會的特權？」

宿衍揚手攔住了正要發難的李瓊，他神情漠然，無動於衷的移開目光，他的眼神總是如此，不用挑明，就讓人感覺被輕視。

馮想想攥起拳頭，她本該習以為常，但這幾日的狀態幾乎要讓她失去理智。

宿衍就像個操控者，他知道許多事，並且捉弄著馮想想，讓她有種被無故定罪的感覺，接著宿衍又出現在馮丹瑜與宿允川之間，彷彿在嘲笑馮想想被蒙在鼓裡，是個徹頭徹尾的傻子。

那一頓晚餐難以下嚥，她食不知味，而宿衍卻是以修長的手指操控著刀叉，優雅的切劃開骨肉，送進嘴裡，細嚼慢嚥。

這樣的對比讓人火大，憑什麼宿衍永遠都高人一等，自己就得一次次的被他打擊？

「那晚就是你針對我的原因嗎？」馮想想脫口而出，她感覺到身後的人停下腳步，於是馮想想得逞般的扭過頭，她瞪著宿衍，在其他人探究的眼神下，又刻意重複了一次，「那晚，就是你針對我的原因嗎？」

李瓊瞪著雙眼，視線在宿衍及馮想想的身上徘徊著。

在這所學校裡，馮想想早就沒什麼能再被詆毀的了，而宿衍不同，他在外還得維持著儀表堂堂的形象。

宿衍微微挑起眉，不大明顯，可是李瓊注意到了，她下意識的抓住宿衍的手臂，想問他是怎麼回事。宿衍沒看李瓊，他和馮想想的視線毫無溫度的交纏在一起，他對其他人說道：「你們先去吧，我等一下再跟你們會和。」

「宿衍……」

「只是宣布暑期事項，應該不難吧？」宿衍看向李瓊，她頓時噤了聲。

李瓊沉著臉看向馮想想，隨後才領著其他人離開。

宿衍這時才緩慢說道：「我不主動找妳，妳還不習慣了？」

「是啊，你都能招惹我了，我就不能惹你嗎？」

馮想想觀察著宿衍的神情，見他依然雷打不動，一股火氣也不知道該往哪裡吞。她這時終於感受到自己漸高的體溫，她往前一步，把重力集中在腳心，這才承認自己大概是病了。

「學長，你應該要給我一個理由。」馮想想的身體不由自主的往前傾，施力的雙腳像是踩在棉花上，「你應該知道，這對我來說不公平。」

「不公平？」

「難道公平嗎？我的高中生活幾乎要被你給毀了。」馮想想上火，她的雙眼瞇成了一對貓眼睛，不過她沒有貓咪從容的氣質，牙齒差點被咬得喀喀作響，「就因為你看不起我們嗎？」

馮想想見宿衍總算有了其他表情，這才開始端詳起眼前的敵人。

她注意到，在宿衍冷淡的眼神下，也有淡淡的陰影覆蓋在他的眼眶，宛如這人捉摸不定的情緒，馮想想幻想著自己也能掄起拳頭，在宿衍的眼睛上烙下名副其實的「黑眼圈」。

「你早就知道我媽和你爸的關係，所以也知道我媽的職業了，對吧？所以你看不起我們，是覺得我媽配不上？」

「妳想說的就是這個？」

「因為我只能想到這個理由。」想到馮丹瑜會被人用有色眼光看待，她就會想哭，「我媽她……是一個很好的人，雖然脾氣不大好，也很情緒化，但是她——」

「馮想想，」宿衍打斷她，「我不想知道妳媽是怎樣的人。」

「……如果你不再對她抱有偏見，那你對我做過的事，我會全抵銷，當作沒發生過。」

「我不需要妳抵銷。」宿衍走向前，「我對她的職業也沒有任何興趣。」他逼近馮想想，兩人一前一退的回到廁所外牆，藏進了沒人會看見的死角裡。

宿衍嘴角帶著諷刺的笑意，低聲說道：「但妳知道嗎？妳媽在『地下』工作，妳知道地下酒店嗎？那是我爸的領地之一。所以，他們很早之前就在一起了——在我媽死之前。」

宿衍灼熱的氣息吐在馮想想的耳鬢上，她立刻遮住耳朵，腦袋卻在瞬間轟隆作響，一陣暈眩後，馮想想試圖把宿衍推開，宿衍卻順著她的動作抓住她的手臂，馮想想痛得擰起眉，因為宿衍臉上沒有的怒意，全都表現在他的手心裡。

馮想想緊咬著唇，再痛也不想發出聲音，她不願在宿衍面前再次淪為弱勢者。

「什麼意思？」

「妳知道妳媽是什麼貨色嗎？插足別人婚姻的第三者，而妳是她的產物，所以馮丹瑜帶來的傷害，我會分毫不差的全記在心裡，因為……」宿衍放開她的手，馮想想少了支撐的力量便往後倒去，她的背部緊貼在牆面上，冰冷的牆也降不下馮想想此刻的體溫，她怔怔的看著宿衍。

產物？這是她第一次聽到這種說法。而宿衍此刻表露的，是馮想想未曾看過的複雜神情，想必自己的表情也與他一樣狼狽吧？

馮想想用盡全身的力量，就只為了消化宿衍捎來的訊息。

直到她眼前的陰影消失，並聽見了宿衍離開的腳步聲，馮想想才注意到自己的手臂，上頭被宿衍烙上了清晰的掌印，那漫長的幾秒，她以為宿衍會扭斷她的手。

馮想想抬起頭，攙扶著牆走了出去，她雙腳發虛，開始覺得寒冷，儘管如此，馮想想依然對著宿衍的背影吼道：「……沒證據之前最好小心說話，要是再聽到你汙辱她，我絕對不饒你！」

馮想想臉色蒼白，她的聲音漸漸消逝，只剩下宿衍的腳步聲清楚的迴盪在長廊裡。

馮想想看著慘白的天花板，她的視線模糊，眨了眨眼，感受到頭重腳輕的無力感。她的喉嚨乾澀的發疼，只好艱難的爬起來，將水一飲而盡。

她蹙眉回憶著，只記得自己撐著身體回教室，最後的印象是被葉信司攙扶在懷裡，她對阿司說想回家。

房門被推開，葉信司無奈的倚在門框上，說道：「服了妳，都發燒了還堅持不去保健室，也不看醫生，就要回家。」

「……有嗎？」馮想想的聲音有些沙啞，她不記得這段了。

她不常生病，不過病起來就會很嚴重，她不喜歡看醫生，討厭消毒水和櫃檯報數的聲音，她討厭診所的味道，也討厭醫院的急診室，因為她以前很常帶著馮丹瑜去醫院，馮丹瑜會因為工作而受傷、會因為酒瘋而受傷，也會自殘過。

「唉——」葉信司嘆了口氣，他遞上體溫計，一瞬也不瞬的盯著馮想想看。

她被盯著慌，便耷拉著腦袋，乖乖把體溫計夾在腋窩，閃避對方的視線。

「別躲了，我不會逼問妳。」葉信司在床沿坐下，「等妳想說的時候再說。」

馮想想猶豫了一會兒，又想起宿衍說的那些混話，最後只輕輕應了一聲，什麼都不想說。

不久後，房外響起開門的聲音，葉信司起身，對馮想想說他有打電話給馮丹瑜。馮想想怔怔的看著他離去的背影，如果同樣的情況發生在往常，馮丹瑜是不會那麼快趕回來的。以前的馮想想會看著天花板發呆一天，或者睡一天，就等著媽媽半夜回來，替她蓋好被子。

馮想想看見馮丹瑜進了房門，想問她怎麼可以提早回來？是不是因為宿允川的關係，她連工作時間都變得自由了？但馮想想只是躺在床上，讓馮丹瑜冰涼的手覆上她的額頭，她看著馮丹瑜，開始想睡了。

馮丹瑜眼神憂心忡忡的，可是給人的感覺卻煥然一新，馮想想已經沒有從她身上聞到頹靡與夜晚的潮溼味了。

馮想想牽扯著嘴脣，想對她說些什麼，然而宿衍的影子卻在腦海裡一晃而過，她要宿衍閉嘴，要他小心說話，不准他汙辱馮丹瑜，但……

「媽……」馮想想碰著馮丹瑜的手，最終又虛弱的垂了下來，她啞聲問道：「妳是第三者嗎？」

在馮想想禁不起睡意闔上眼的瞬間，最後映入眼簾的，是馮丹瑜愕然的臉。

當她再次醒過來時，已經凌晨四點多。

馮想想緩慢的吐了一口氣，雖然全身僵硬，但已經輕鬆了不少。此時家裡除了時鐘在走的聲音，就什麼都沒有了。

燈沒開，房裡暗得模糊，客廳裡只有窗外路燈照射進來的橘黃燈光，一閃一閃的，看來準備壽終正寢了。

馮想想循著菸味轉過頭，看見馮丹瑜盤腿坐在椅子上，她的臉被氤氳的煙埋藏著，菸頭上的火光隨著馮丹瑜的吸吐時深時淺，馮想想沒有靠前，她不敢說話。

「過來坐。」

馮想想愣了一下，才慢吞吞的走向前。椅腳邊的菸灰缸堆著菸蒂，馮想想抬起頭，她吞忍著二手菸，還有此刻的壓抑氛圍，她知道這時的馮丹瑜不再像個長不大的少女。

馮丹瑜輕彈煙灰，低聲問：「想想……妳怎麼會那麼問？」

「我問什麼。」馮想想的語氣不是疑問句，她只是想拖延時間，因為她還沒想好一套說詞，這就是她一時口快所釀成的結果。

「妳說，我是小三。」

「我沒說妳是小三。」

「妳有。」

「我沒有，我只是在問妳。」

「那妳為什麼要問我？是因為……宿衍嗎？」

在兩人沒停歇的對話之後，又是一陣沉默。馮想想抱著膝蓋，她不明白為什麼會從馮丹瑜口中聽見宿衍，他就像一個鎖不緊的開關，讓她想哭，比起她生病時孤單一人還想哭。她恨不得打自己嘴巴，但又能如何？不安只會無限放大，她想起了在某段日子裡，馮丹瑜只要醉了就會唸著的那個名字，就是宿允川。

「想想，」馮丹瑜的語調平靜，卻也帶點冰冷的沙啞，「妳會嫌棄我嗎？」

「我永遠不可能嫌棄妳。」馮想想急忙解釋。

她接著深吸口氣，緩慢說道：「媽，你們的過去都與我無關，我很自私……我只想顧好我們自己的生活，或許曾經有誰因此而受傷，但這都不是我所關心的。」馮想想垂下眼，雖然這些不是百分百的實話，卻也不算違心之論。

「我只是在想……我是他的孩子嗎？」

馮丹瑜猛然抬起頭，馮想想終於能看清楚她的臉。

「想想，不是妳想的那樣。」

馮想想笑了笑，「那就好。」

窗外的路燈果然一聲哀號，徹底熄滅了，她似真似假的笑容也融入黑暗裡。

「我只要有妳就夠了，我很容易滿足，只要妳不難過。」

她的聲音在客廳裡飄散，接著又隨著煙頭火光一般黯淡下去，客廳裡一片沉寂，連聲嘆息也沒有。

馮丹瑜安靜的起身，她摸著馮想想的臉頰和額頭，隨後就響起了關門的聲音，馮丹瑜離開了家，說要上班了。

馮想想獨自坐了許久，直到窗外天邊開始泛白，她才拉開窗簾，在淡淡的光線裡，她彎腰收拾著煙灰缸，以及散落在地的菸灰。

這時馮想想微微一頓，她的視線來到了餐桌上，神情從茫然到不敢置信，她手中的菸灰缸脫落，裡頭的煙蒂傾洩而下，玻璃質量的菸灰缸也應聲破裂。

她看著桌上的照片，那是她與葉信司之前被惡意舉報的同居照，還有她的懲處單與悔過書。

馮想想看著本不該出現在這的東西，她想起剛才馮丹瑜問的，「是因為宿衍嗎？」

這句話，就好像馮丹瑜在問她：「是因為我嗎？」

馮想想下意識的想追出門找馮丹瑜，想跟她解釋這是她自己的問題。馮想想之所以慌張，是因為她的媽媽很脆弱，幾乎受不了打擊。

此時窗外的光線還不夠透亮，客廳有些灰濛濛的，馮想想撞到了衣架而跌倒，菸灰缸的碎片在馮想想手腕上劃開了一道淺淺的傷口，而衣架在同時傾倒，發出巨響。

馮想想開始哭泣。

她被陷害冤枉的時候沒哭，被輕視的時候也沒哭，因為她自認為能夠好好消化，可如今牽扯到的是馮想想唯一的家人。

馮丹瑜就像她從地下酒店帶回來的菸灰缸一樣，是玻璃做的。

後來，她換上制服，因為病未痊癒，所以臉色還有些蒼白，但她已經不再哭泣了。

馮想想吞了顆感冒藥，灌下一杯水，她在掃完玻璃碎片後，開始替自己處理傷口。直到六點整，馮想想起身，她帶上書包離開，沒有去敲葉信司的家門，而是獨自前往學校。

馮想想進到只有寥寥幾人的教室，拿起水桶後又離開，身後有同學提醒她不用再去掃廁所了，但馮想想充耳不聞。她將水桶添滿水，再從工具室裡拿出拖把浸在水桶裡。她的思考能力打折，目的只有把水弄得混濁。

她提起笨重的水桶前往學辦，腳步也走得堅決。

馮想想原本忘了很多事，但她現在全想起來了。她小時候雖然常被欺騙，但如果有人掀她裙子，她就會踩回一腳，如果有人踩她的腳，她就會把對方的鞋子扔到操場。有一次，葉信司在她抽屜裡放了假蟑螂，當天馮想想就去商店買蟑螂屋，放在教室一晚後，隔天便把黏著真蟑螂的蟑螂屋放進葉信司的抽屜裡。

馮想想是很容易相信別人，很容易被騙，但她有仇必報。

她知道身為副會長的宿衍會提早到校，所以她也提早來。她提著水桶，頭雖然還暈著，但思緒清晰，水沿路灑了一點，到了學辦後，水就剩半桶了。

她先把水桶放下，把書包裡的懲處單與悔過書撕碎了全數奉還在宿衍的辦公桌上，她想起了家外面熄滅的路燈，還有馮丹瑜低垂的眉眼。

她被憤怒支配，提起水桶，把裡面的髒水潑向他的辦公桌。遺憾的是水還沒倒盡，馮想想的手就猛然被牽制住了，她看向身後的宿衍，對方也冷冷的看著她。馮想想掙脫開來，把剩下的水潑向宿衍，這人終於表現出怒意，水有抹布與清潔液的臭味，髒水將他的制服染上一片深沉的顏色。

「妳搞什麼?」

「問你!」

宿衍抓住馮想想，兩人開始拉扯，馮想想變得更加激動，她的委屈，以及對馮丹瑜的愧疚全在這刻傾瀉而出。宿衍的制服鈕扣被扯下兩顆，馮想想胡亂掙扎著，一拳又一拳無力的打在宿衍身上，也把他露出衣領的項鍊扯壞，宿衍這下終於忍無可忍，他憤怒的把馮想想按在牆上。

她在宿衍臉上看見了明顯的怒意，馮想想痛快了起來，她手腕上的傷口裂開，宿衍的制服沾到了一點血，而馮想想面不改色，她揪著宿衍的衣領，紅著眼眶對他吼道:「別忘了!在你為自己的所作所為驕傲自滿的時候，比你努力生活的卻大有人在——所以，就憑你這個陰險、自負的混蛋……你不可能一直踩著我，我也不會永遠在你腳底下!」

馮想想的話語如棒槌打在宿衍的胸膛上，卻鑽不進他胸口最深處的地方，她說的一字一句不斷在學辦裡迴盪著，儘管宿衍怒氣未消，卻也愣了幾秒。馮想想使盡最後的力氣，就為了往宿衍身上倒髒水，她在表現她的憤怒，顫抖的雙手依然緊抓著宿衍的衣服不放。

直到馮想想的呼吸逐漸虛弱，宿衍才鬆開她。

馮想想的視線開始模糊，心想著絕不能在宿衍面前倒下，可是思緒卻變得渙散了，在爆發過後，她的意志力已所剩無幾。

馮想想渾身無力，她往前傾倒，而宿衍下意識的接住她。馮想想倒在他的臂彎裡，她灼熱的體溫碰觸在宿衍身上，他的眼神依舊冷漠，卻因為她的話語變得複雜，他不懂為何馮想想總是不厭其煩的，重複著徒勞無功的反抗。

宿眼看著她緊閉著雙眼，卻依然深鎖的眉間。

他心裡又想，為什麼她都無意識了，卻還不忘掙扎。

聽說她是被宿衍抱進保健室的。

葉信司若有所思的看著馮想想，她還沒醒。從保健室轉送到附近的醫院，連吊了兩瓶點滴，折騰了半天，等馮想想睜開雙眼，時間也差不多被消耗完了。

她看見葉信司沉重的眉眼，他的眼神晦暗，而他們無聲的對視。馮想想沉默許久，最後問道：「你在想什麼？」

葉信司抹了把臉，「妳先說，妳和宿衍是怎麼回事？」

他們的目光在無聲的對峙著，最終虛弱的馮想想宣告戰敗，她說道：「他把紀錄全寄到我家，」她苦笑，「我媽知道我在學校的慘況了。」

葉信司站了起來，他煩躁的壓下差點蹦出口的粗話，「妳有什麼打算？」

「不知道……但我不想讓他好過。阿司，他憑什麼站在高處？」馮想想低語：「我要拉他下來。」

葉信司觀察著馮想想的神情，前陣子說要以眼還眼的這個女孩，此刻的心境又不大相同了。她和葉信司認識的每個人都一樣，心緒層層疊疊，思緒也時近時遠，她一樣偶爾衝動、偶爾禍從口出，偶爾也會幹點後悔事，但在葉信司的心裡，馮想想還是和其他人不一樣。

因為他所認同的就只有馮想想這個人，如果僅此一人，那這個人就會是最特別的。

葉信司暗自做了決定，他為馮想想蓋好棉被。

「妳先休息，這瓶打完就可以了。」

「你要去哪？」馮想想愣了一下，隨即撐起身體，「阿司，這是我自己的事，我要自己——」

「這不是妳自己的事！」葉信司轉過頭，這是他第一次對馮想想發這麼大的脾氣，「妳忘了？我和他也有私怨。更何況我不可能放著妳不管，如果真的把我當朋友……那就給我躺好、等著！」

馮想想怔怔的看著葉信司離去的背影，最後連「不想拖累你」都堵在心口，因為他說了有私怨，更有不容忽視的堅決，那儘管她有千言萬語，也全化為烏有了。

幾日後，馮想想終於大病痊癒，她都不習慣自己病懨懨的樣子，葉信司打量她一圈，發現她終於滿血復活，連噓寒問暖也免了。

他把手中的東西遞給馮想想，那是一張9K大小的牛皮信封，厚度大約三公分，看來裡面裝的資料不容小覷，馮想想遲疑了一會兒，直到葉信司將水喝完了，才在他的注視下拆開信封。

她看著資料，隨著時間的流逝，她的心臟開始劇烈鼓噪著，一股難以言喻的興奮之情在胸口叫囂，馮想想看向葉信司，對方則是給她一抹了然的得意笑容。

葉信司從口袋裡拿出一個銀色的隨身碟，說道：「這是舉發用的海報。之前做報告的時候有在妳電腦安裝影印的程式吧？我爸晚點會在家，所以我們就趁妳媽不在的時候——」

他搬起一箱A4紙，繼續說道：「印到墨水耗盡為止！」

「遵命——」馮想想立刻插上隨身碟，一副躍躍欲試的模樣，隨後卻又頓了幾秒，她遲疑的問：「這些你是怎麼弄來的？」

「……妳知道我爸也在地下酒店工作吧？」葉信司聳聳肩，「我偷了他的工作證。」

馮想想沒再多說什麼，只要確定葉信司不是透過不法管道就好，她知道葉信司並不喜歡提起他爸在地下酒店工作的事情。

葉力恆四十出頭，看起來卻比實際年齡蒼老，他和兒子不同，葉信司總是一副和社會有仇的樣子，常常大吼大叫，而葉力恆總是笑瞇瞇的，每次笑起來眼角的魚尾紋就會加深。

葉力恆和馮丹瑜在同個地方工作，是十幾年的工作夥伴。馮丹瑜從酒店紅牌升職為女孩們的「負責人」，而葉力恆則從接送女孩們上班的司機，升職成了經紀人。

馮想想也隱約猜測到，葉力恆在宿家的產業下工作，或許就是造成葉信司與宿衍有私怨的其中原因，但就像葉信司不會逼問馮想想發生什麼事一樣，她也不會主動問起。因為他們了解彼此，這種時候，無聲就是最好的關心。

「明天我會晚點到學校，妳就先想辦法散布這些……妳一個人可以嗎？」

「當然——我可是會噴漆又破壞公物的傑出人物，只差殺人放火就能達標十惡不赦了。」馮想想苦笑，接著又裝作不經意的問：「倒是你那麼閒，為什麼還會晚到？」

葉信司笑了，他早就看出馮想想在套話，於是他用手中空白的 A4 敲了敲馮想想的腦袋，低聲說道：「做好妳該做的，別擔心我啦！」

◆

這是屬於早晨的清爽與陽光，周遭的熱度會隨著時間而升高，晝夜節律也隨著四季而長短交替，這時候的夜晚比較短暫，代表又是一個夏天。

馮想想回憶起去年夏天的自己，剛進高中的她就像個笨蛋，在學校裡迷了路，到處都找不到葉信司的身影。她當時走到二樓走廊，走廊的中央處突出了大約十米的空間，在穿堂上方形成了一個挑高的半圓陽臺，往前看可以眺望穿堂，另一邊就能看見整片操場、司令臺，還有彷彿延伸到天際的升旗臺。

馮想想當時就站在那個地方，往下望去，便與站在穿堂中央的宿衍四目相交，馮想想當時還沒見過他，於是下意識的避開目光，她左顧右盼，最終還是沒找到葉信司。

學校裡有很多大樓，教學大樓、行政大樓、實習大樓等等，她甚至連教室在哪棟樓都不清楚，馮想想懊惱的扒著腦袋，接著又察覺到那股詭異的視線，宛如芒刺在背，馮想想狐疑的轉過頭，便看見剛才對視的那人依然站在穿堂中央，周圍的人川流不息，只有他停在原地，宿衍表情柔和，嘴角揚起了溫柔的笑意。

宿衍朝她走來，「需要幫忙嗎？」

那就是她與宿衍的第一次相遇，他的笑容與聲音就那麼突如其來的闖入馮想想的生活，而那個瞬間，就是宿衍的第一個謊言。

馮想想緊抓著書包，微小的回憶片段在腦海裡紛飛著，書包裡有著牛皮信封，還有占滿整個空間的舉發海報，沉重的書包，令馮想想的心情浮躁，甚至有些興奮。

經過司令臺，早被銷毀的那張混蛋窗簾彷彿還高掛在那，她踩上升旗臺左側的小階梯，深吸口氣，爬上了一層樓高的升旗臺……

旗子依然飄揚著。

啪嗒。

啪嗒。

啪——

葉信司沉默的看著宿家大門，灰沉的氣息，宛如葉信司暗晦的眼睛。他鑽進了宿家側門，這裡空間狹窄又隱身於暗處，所以鮮少有人經過，但葉信司對這熟門熟路，他一路壓低腦袋，步伐沉重且緩慢，直到確定四下無人，他才縱身跳進了被樹木遮擋住的矮牆，他加快腳步，開始小跑步，暗藏在背袋的球棍在混亂中戳著他的腰側、背椎……它在不斷的提醒葉信司，已經到了可以打破那扇窗的時候了。

馮想想閉起眼，她在等著底下的人們聚集起來。

隨著時間流逝，越來越多學生打著哈欠進入校門，經過操場的同學不免佇足，好奇的打量著站在高處閉目養神的馮想想。

馮想想在心裡想著，是從何開始，又是哪件事觸發了她的地雷。

那晚馮丹瑜留下的菸蒂所帶給她的勇氣，馮想想除了憤怒，其中或許更包含著不甘心。

不甘她曾經喜歡過的那雙溫柔笑眼……那個被陽光照得毛茸茸的背影、他杏色的制服背心，還有他的銀色領夾，他是曾經美好的學長，與幻想。

「我叫宿衍，妳叫什麼名字？」

馮想想睜開雙眼，拉開了書包拉鍊。

「我是二年級的學長。妳讀哪班？這裡對新生來說有點複雜，」他說：「妳跟我走吧。」

她在心裡想著，是從何開始，又是哪件事觸發了她的地雷。

為什麼她所盼望的，最終總會破滅？例如家庭，例如父母，例如……宿衍。

馮想想抽了一小疊海報，毫無預警的往下灑落，手中的動作一氣呵成，耳旁是風與紙張交替的聲音，異常吵雜，卻使馮想想激動的心臟開始平靜。

原來這沒什麼，沒有想像中的緊張，也沒有得逞的勝利感。

這時，在一片喧鬧聲中，海報中的主角總算出現在這裡，同學們紛紛為宿衍讓出一條路。

宿衍緩慢的走向前，仰頭看著馮想想。

從第一次相遇開始，時隔了近一年，馮想想終於再次站在高處，看著他。

同行的李瓊與王正愷撿起地上的海報，兩人擰起眉，身為主角之一的王正愷立刻沉下臉。

馮想想讓自己揚起嘴角，無論是外表上，還是心理上，她終於有了站在高處的實感。

她拿出信封裡的相片，踮起腳尖，把照片往更高的方向灑落，她聽見了刷拉——

還有自己的笑聲。

葉信司站在大面落地窗前，這是宿衍的房間。

漆黑的窗簾遮蓋住裡頭的景象，中間有著十幾公分的縫隙，光線從外頭強擠進室內，葉信司舉起球棒，使出他十幾年來最大的力量與憤怒，他砸向窗口，隨著一次又一次的撞擊，玻璃龜裂，最終成了碎片。

風揚起了宿衍房內的黑色窗簾，陽光傾瀉，布滿了原本陰暗、密不通風的房間。急促的警鈴聲在瞬間響起，震耳欲聾的——

衝擊著他心裡的裂縫。

宿衍看著漫天的照片與舉發海報落下，上頭全是宿衍與其他人出入地下酒店的照片，有未成年飲酒、吸菸，以及王正愷等人對女孩左擁右抱、打壓服務員的畫面，而宿衍卻始終冷眼旁觀、坐視不管。

宿衍看著那些從天而降的「真相」，以及得意洋洋的馮想想，他隨手抓起落在眼前的照片，裡頭的人全扭打成一團，而自己則無關緊要的站在一旁吞雲吐霧。

不知道為什麼，他明白一直以來所塑造的形象將被抹滅，但他的某條神經卻陡然鬆落，宿衍勾起嘴角，整個人竟痛快了起來。

第二章　森林入口

當管家連同保全趕來時，葉信司正倚靠在牆上仰著頭喘氣。宿衍房裡的大型傢俱只被砸了一二，因為時間有限，葉信司只能雜亂無章的發洩。

葉信司瞪著門口的保全，汗水沿著他緊繃的線條流下，他沒打算逃跑或掙扎。他始終認為一物降一物，宿衍的自大，最終能由自己降伏。但現實是，葉信司發現自己能做的事所剩無幾，他暗自折騰了那麼多年，最後卻只敢在憤怒上種下希冀，他要打破這扇窗，他引頸翹望的破壞、破壞……然後呢？

葉信司見保全依然站在門前不動，空蕩的窗口也出現了幾位身穿一樣制服的保全，但他們全直視著前方，似乎在等誰發號司令。直到領頭者的手機終於響鈴，對方看了螢幕一眼，便擺手做了手勢，蓄勢待發的保全一湧而上，結果只需要一人就足以把葉信司扭進另外的房間。

混亂間，葉信司瞥見了被撞掉在地的保全手機，短短幾秒，那行簡短的字卻深深的烙印在葉信司眼裡。

「不用送警局，關房裡。」

葉信司頓時雙眼充紅，他使勁揮開一人，就會有另一人撲上來扼住他的手腕。

他奮力的掙扎著，他知道自己持棍棒闖進來的做法很愚蠢，但他就是想給宿衍不痛快。更重要的是，破壞這裡是他一直以來所深埋的執念，直到那天——馮想想對他說：「阿司，我要拉他下來。」

於是葉信司的執念，就隨著那女孩的成長破繭而出。

在門即將關上的剎那，他似乎能從管家的眼裡讀出不耐與輕視。新鮮的氧氣開始往外竄騰，他的自尊心也一點一滴的跟著流失，碰——

門關上的此刻，葉信司猛槌幾下門板，接著便頹然的蹲了下來，房裡重回黑暗，但他卻看清了自己一直不願面對的事實。

儘管他預謀了許久，儘管他如願闖進宿衍的房間，但破窗後面，卻得面臨更大的空虛。

他預想過，他十之八九會被送往警局，不鹹不淡的人生從此就被記上一筆，接著他還是會繼續過上他怎麼樣都好的生活。而宿衍依然鄙視他，笑他打爛他的東西，最後能獲得什麼?那個時候，葉信司就能狂妄的對宿衍嗤笑道:「是沒得到什麼，但至少我爽到了!」

他雖不計較後果，可他卻連一個結果都沒猜中。或許他還能慶幸自己「不用送警局」可以少條紀錄，但「關房裡」，就代表著自己得像砧板上的魚，任人宰割。

就如同宿衍傳給保全的那封簡訊，他總在提醒著葉信司，別不自量力了。

散落一地的真相，卻沒人敢撿。圍觀的同學如鳥獸散，馮想想被教官抓著手腕，臉上卻沒有一絲後悔，她依然冷眼看著宿衍，眼裡寫滿著暢快與得意。

宿衍深深的看她一眼，直到學生會的人把散落的照片及海報全數交到他手中，他才如願從馮想想臉上抓到一閃而過的動搖。

宿衍收起手機，嘴角噙著笑，手中的照片刻意在她眼前晃了晃，沉重的厚度，連同宿衍的無傷大雅，全撞進了馮想想茫然的眼神裡。

過了許久，她還能依稀聽見主任說要通知家長到校，她卻無法再做反抗，她的腦袋似乎被猛然轟炸過，她還沒來得及消化宿衍剛才的笑容，混亂的大腦裡卻有四個字異常清晰——白費力氣。

那葉信司呢？

馮想想下意識的想找葉信司，映入眼簾的卻只有剛進學務處的宿衍與王正愷，她隨即移開視線，繼續向窗口探望。

學務主任看見宿衍，便無奈的捏著眉心。

「出入不良場所、未成年吸菸、飲酒、鬥毆，儘管是在校外，但還是嚴重違反校規。」

「主任，那不是不良場所，是正規經營的酒店。」宿衍似笑非笑的解釋道。

「宿衍，你爸不會每次都來替你收拾爛攤子。」

馮想想錯愕的抬起頭，她直瞪著主任。

「記支警告、愛校服務四週。至於王正愷你——」

「主任。」馮想想打斷他，她極力忽視宿衍望過來且頗有興致的眼神，她無法抑制滿腔的憤怒和委屈，「宿衍的懲處不應該只有這些。」

「有哪裡不對？」主任不耐煩的說道，「馮想想，妳這一年內犯的糊塗事有多少？我對妳已經算寬容，現在同樣的懲處落在宿衍身上卻不行了？」

「我不需要寬容，我只希望學校查明真相。」

「妳之前寫的悔過書就代表妳承認自己犯過的錯誤，現在卻要翻供了？」

馮想想頓時啞口無言，她的無力反抗，如今卻變成了證供。

馮想想緊咬著唇，她才意識到自己最大的錯誤，就是任宿衍為所欲為。

「主任……你剛才說，誰會替宿衍收拾他的爛攤子？」馮想想捏緊拳頭，「所以你早就知道宿衍私下的行為?那他一直往我身上潑的水、我所背的黑鍋，會不會也是主任刻意的縱容——」

「馮想想!」

主任看起來氣極了，他拍桌而起，大肚腩撞倒了桌上的筆筒。

學務處內除了筆筒滾落的聲音，還細細響起了王正愷在一旁看戲的低笑聲。

主任喘口氣，他重新坐回椅子上，硬忍下怒意，他看著馮想想說道：「妳剛才說的話我可以當作沒聽見，但是妳不承認錯誤，屢勸不聽甚至還擾亂學校秩序，這幾條我不會放過妳。這次必須聯絡家長到校。」

「聯絡家長」就像一道休止符，她怔怔的看著主任，氣焰頓時萎靡。

「我媽工作很忙，連我都很難聯絡到她。」馮想想沉默了很久，最終只能擠出這句話。

「學校會負責聯絡。」主任這時連個眼神都懶得給她，擺擺手便要她離開。

短短幾十分鐘，馮想想從茫然到得意，再來是憤怒，接著是此時的無力感，她著實體會了一把「高空彈跳」的刺激。她一人走回教室，葉信司還是不在，她心裡始終懸著一塊石頭。

她剛才的「英勇事蹟」早就傳進了教室裡，宿衍的擁護者對她翻白眼，也有人因為不想被波及而與她保持距離，至於純粹好奇想上前詢問的人，被馮想想一頭趴在桌上給隔絕了。

一直撐到了放學，馮想想總算按捺不住了，她沒見到葉信司，她甚至不知道他在消失的這段時間做了什麼，但他答應會晚點到那就是晚點到，不可能會消失一整天。

照他們的計畫，馮想想敢肯定葉信司的去向一定和宿衍有關。於是在放學鐘聲響起的同時，她就提起書包跑出了教室，並在學長姐的注視下找到宿衍的班級。宿衍看見她一點都不吃驚，似乎早有預感，馮想想瞪著他，更加篤定了心中的猜測。

「葉信司人呢?」馮想想問道。

宿衍笑而不語，他直接走出教室，把馮想想留在身後。

馮想想瞪著宿衍的後腦杓，賭氣似的緊跟著他，一路上眾人的視線幾乎都黏在他們身上，直到宿衍停在一臺車前，馮想想才停下腳步，差一點就要撞上他的肩膀。

宿衍在司機疑惑的眼神下轉身，他沉默的看著馮想想，對方則是瞪著眼睛，一字一句的問道：「葉、信、司、人、呢？」

宿衍回頭便直接進了車內，司機尷尬的站在車門旁與馮想想乾瞪眼。

「上車。」

馮想想愣了愣，隨後彎下腰對著車內的宿衍說：「不用，你可以直接告訴我在哪。」

宿衍沒說話，他盯著馮想想，這讓她很不自在，不久後他才開口。

「我不會給妳住址。除非妳跟我走，否則——」

「住址？他在你家？」

「……」

馮想想承認，儘管她很不願服輸，儘管她恨透了宿衍的眼神，但他總會讓人下意識的服從，馮想想百般不願意，卻還是硬著頭皮上車。

「妳跟我走。」

相似的一句話，最初的悸動或許早已消失殆盡，當時的學長是學長，而此刻的宿衍，就只能是宿衍了。

他們一路無言，圍繞在他們之間的全是沉默與壓抑的氣氛，包括眼前這氣勢磅礡的大門。

馮想想悶聲問道：「他人呢？」

宿衍依然不把她當回事，於是馮想想只能悶頭繼續走，她無暇欣賞這裡的裝潢，她只想立刻找到葉信司，然後離開這裡。

剛進家門，馮想想就發現不對勁，她仰頭一看，因為挑高兩層的天花板，在一樓客廳就能直接看見二樓走廊，就在其中一間房門前，一名身穿制服的保全背手站立，馮想想愣了幾秒，她越過宿衍跑上階梯，想要伸手開門，卻被保全攔了下來。

「讓開。」馮想想憤怒的瞪著對方，但那人無動於衷。

「……想想？」房內傳來葉信司遲疑的聲音。

「阿司！」

「妳怎麼在這？」

馮想想轉過頭，對著宿衍罵道：「你把他鎖在裡面，這是限制人身自由，是犯罪行為！」

葉信司槌了門，他在房內急躁的喊道：「馮想想，不用和他說那麼多，妳現在立刻回去！」

宿衍忽略了葉信司的存在，而是對馮想想悠悠說道：「葉信司盜用他人的工作證潛入酒店，不僅跟蹤、私闖民宅，還破壞我的私有財產，這些也全都能構成犯罪。那我們一起去自首，如何？」

馮想想怔怔的看著宿衍，房內的躁動也在瞬間停了下來。宿衍用眼神示意，保全這才將房鎖打開，葉信司總算出現在他們眼前，此刻他的雙眼因為氣惱而通紅，拳頭僵直在兩側，他狠狠的瞪著宿衍，馮想想也複雜的看著葉信司。

「那也是我自己的問題，你帶馮想想來是什麼意思？」

馮想想打斷葉信司，她問宿衍：「我們該怎麼做，你才會原諒葉信司？」

宿衍笑了笑，他示意保全離開，二樓就只剩下他們三人，但這依然是個開放式的空間，一點隱私都沒有。

「知道我為什麼不乾脆把他交給警察嗎?」

「沒興趣。」馮想想冷冷的看著他,「我問的是解決辦法。」

礙於宿衍才是真正握有把柄的人,所以她不但要壓抑自己的情緒,還要注意著葉信司的動向。

宿衍轉而看向葉信司,問道:「你爸是在地下工作吧?葉力恆?」

葉信司在聽見父親名字時愣了一下,緊握的拳頭不自覺的鬆落了,他咬牙,「你想幹麼?」

「在你用他的工作證幹蠢事之前,怎麼就不猜我會幹麼?」宿衍緩慢說道:「而這就是你們求人的態度。」

「……我知道了。」馮想想抿著嘴,最終開口:「對不起。」

「馮想想!」葉信司抓著馮想想的手。

馮想想瞪著他,「現在還有比你爸更重要的事情嗎?我們都知道,這份工作對他來說有多重要。」

馮想想除了馮丹瑜,就沒有其他親人了,所以對她來說,從小陪在身邊的葉力恆與葉信司也是最重要的人。

她沒有把自己想的那麼偉大,所以她更不會有光憑她一人之力就能處理好這件事的想法,但她能想到的辦法就只有如此,道歉,接著可能得繼續承受宿衍的惡意,或者就乾脆魚死網破。

馮想想見宿衍微微揚起的下巴,或許是真的精神錯亂了,她是第一次看見宿衍真正含有笑意的眼睛。

宿衍的目光來到了她與葉信司相握的手上,他瞇起眼,看起來興味盎然,他微笑道:「葉信司今天所破壞的費用,還有葉力恆的工作證,我這裡倒是有一個解決辦法——」

馮想想緊握著葉信司的手,耳旁陡然響起小時候兒童電臺播出的格林童話,女主播用溫柔甜美的音調說著：「這時，狼開始了不懷好意的打算——」

葉信司擔心連累馮想想，他忍無可忍的說道：「宿衍，牽扯無辜的人有意思嗎？」

宿衍看向馮想想，「無辜的人？」

「對，我不無辜。」馮想想避開視線，她討厭宿衍看她的眼神，「所以我們該怎麼做？」

「我做的事我來負責。」葉信司搶話道。

宿衍的話語尖銳，他一字一句的回答：「但這裡不需要你。」

馮想想的視線在兩人之間來回移動，頓時覺得自己就像個局外人。

她過了一會兒才出聲：「我不認為這裡有什麼需要我的地方。」

「我身邊——還有學生會，都缺個人手。某人破壞的房間也需要收拾。」

「我想你家應該不缺收拾的人吧？」

「是，所以葉信司製造的垃圾，卻要一個不相干的人善後？」

「……我知道了。」

「別用這種眼神看我，我認為我們的交易很公平。妳的朋友行事魯莽，最後卻連自首的勇氣都沒有。」宿衍從口袋裡抽出葉力恆的工作證，丟到葉信司的腳邊，「還自以為能獨攬全責。」

「走吧。」馮想想無視宿衍，她撿起工作證，拉著葉信司離開。宿衍就這麼目送他們走下階梯，直到馮想想轉過頭問道：「你說這是交易？」

宿衍揚眉，似笑非笑的看著她，「至少有了能隨意使喚的人。」

馮想想看著他，眼神在他身邊悠晃了一圈，她身旁的葉信司也反常的安靜。

馮想想的視線回到宿衍身上，「宿衍，你總認為我們不自量力，但我們只是量力而行而已。而你……其實和我們是一樣的。」她仰頭看著位於上位的人，「請你記住自己今天自視甚高的樣子，因為總有一天你會發現，我們都是同種人，沒有誰比較高等。」

宿衍看著馮想想的背影，還有被她牽著走的葉信司。他面無表情的回房，推開房門，那裡暫時沒了窗戶，窗簾隨風揚起，啪嗒——

宿衍沉下眼，地板上全都是細碎的玻璃。

啪嗒——

「**來學辦**。」

馮想想收到宿衍的簡訊後，她抱起沉重的廢紙箱，雙腳也彷彿被綁上了鉛塊。雖然主動提起要補救的人是她，但只要想到之後都要被宿衍使喚，馮想想就極度不情願。

「資料印好了?」宿衍頭也沒抬，馮想想瞪他一眼，沒回答。

她一直以為學生會就是一個裝模作樣的自治團體，偶爾幫忙處理學生事務、舉辦些特定活動，能有什麼好忙的?但暑假將近，有新學期的學生活動，還有新生訓練及迎新，她偏偏趕上了學期末學生會事務繁忙的時候。

「今天放學跟我走。」

馮想想愣了愣，她看向宿衍，發現他沒抬頭也能流露出「我就是在發號司令，妳能拿我怎樣?」的訊息。

馮想想含糊的應了一聲，學辦裡只剩下操作影印機的聲音。她拿著印好的幾張通知單走出學辦，等來到布告欄前的時候，她回想這裡會釘著關於她的不實指控。

馮想想突然意識到，原來從學辦出來之後，她的腦海裡就只存在著一件事——她終於對「跟我走」這三個字免疫了。

馮想想將通知單擺於布告欄上，將圖釘深深的扎了進去。

◆

她看著眼前的景象，覺得一團糟。

被擊破的那扇窗已經重新安裝好了，但一地的玻璃碎片卻沒有被清走，就好似主人想盡辦法維持現狀，只為了將它原封不動的獻給某人，好讓她收拾乾淨。

馮想想問宿衍：「你這幾天都睡哪？」

宿衍沒理會她，馮想想這才想起二樓整排房的景象。宿衍始終不發一語，雖然馮想想也不想和他說話，但她覺得自己遲早會被這種氣氛悶出病來。

當房裡只剩下馮想想一人時，她才確定真的不會有人來幫她。

宿衍的房間不小，多虧了葉信司的蠻力，需要清理的區塊毫不集中，東零西落的，有斷腳的椅子，也有碎裂的燈罩，馮想想摸摸下巴，思考著凹陷的床頭杆該怎麼處理，之後她無奈決定，還是先把玻璃清乾淨。

她有的時間不多，沒多久太陽已經西下，打開燈，房裡黃澄澄的意外溫潤。馮想想坐在床沿，看著清理不到三分之一的房間，馮想想還是低估了這些工作，她沒想到需要花費這麼長的時間。

馮想想決定先回家，剩下的改天再繼續，她伸著懶腰走向房門，餘光卻瞥見了宿衍的電腦桌，桌體比想像中堅硬，桌面上只有被重力擊中而留下的坑疤。

馮想想看著掛在某層抽屜上搖搖欲墜的密碼鎖，鎖頭已經開了，葉信司肯定是用盡了全力。

那是祕密嗎？

她想，如果以打掃的名義打開它，那就是合理的。

馮想想還沒看見鎖在抽屜裡的東西，卻提前喪失了判斷能力，她走向前，把密碼鎖取下，她心裡遲疑，但舉動卻毫不馬虎，馮想想打開抽屜，看見一封紙袋。除此之外，抽屜裡什麼也沒有。

她邊注意著房門外的動靜，輕手打開紙袋，之後她怔怔的看著桌面，紙袋裡全是她與馮丹瑜的資料，馮想想看著印有自己照片的紙張，反應卻比想像中的冷靜，因為這全是她早就猜測過的，宿衍清楚她的所有。

她把資料全放回紙袋裡，闔上抽屜，卻在離開房間時帶走了密碼鎖。

馮想想下樓說道：「我要回去了，剩下的下次再處理。」

「還有這個。」她攤開手心，將密碼鎖遞給他，「還你。」

宿衍微微一愣，他看向馮想想，卻沒見到她有什麼特別的反應。

「丟了吧？」宿衍問。

馮想想沒有多說，直接把鎖頭扔進一旁裝水的花瓶裡，撲通——

走出宿家後，馮想想覺得肩上的壓力輕了不少，但心裡的重量卻分毫未減。

直到上了公車，她頭靠著窗，看著爬上窗溝的螞蟻。她在想，如果人到了一個臨界點那會是什麼模樣呢？

剛才，她甚至沒有仔細看資料的內容，她可能下意識的在逃避，宿衍一開始的接近果然是有目的的。

她難以忍受宿衍時而惡劣時而沉默的形象，她更受不了自己竟然在無意之間，被他列在了計畫中的清單內。

她的「學長」，只不過是清單中的其中一項，最後結局是被紅筆標記了一句「已完成」，於是，宿衍原形畢露。

她拿起手機，聊天軟體上有最近剛加入的宿衍，甚至在電話簿裡也存上了宿衍的號碼，這好讓她隨傳隨到。馮想想捏著眉心，最終在訊息欄打上一串字，毫不猶豫的按下傳送。

「如果你以為我是宿允川的女兒，而這就是你針對我的原因，那你放心，我們沒有血緣關係，我也沒興趣喊你哥哥。請別再做幼稚的反抗了！」

同樣幼稚的一段宣言，馮想想無奈的靠回車窗上，窗溝的螞蟻已排成了隊形。她嘆口氣，她想，這是今天的第幾次嘆息？

宿衍就像野狼回閘，看起來安安分分，但野性似乎還在，讓人安生不得。

自從那封訊息後，宿衍就沒再使喚過馮想想，這讓她不免擔心，他又想做什麼？

馮想想在校門口等著馮丹瑜，今天是家長到校的日子。諷刺的是，要不是今天馮丹瑜必須來學校，她就有好些日子沒看見馮丹瑜了。

「媽……」馮想想看著她，對方卻默不吭聲。她看起來剛從地下酒店出來的樣子，夏天卻套件大衣，臉上塗的是工作妝。馮想想這才猛然意識到，她媽媽早已沒了前陣子沉浸在戀愛裡的少女模樣，她變得更少回家。

她最近一心只想要「報仇」，最終還是落得讓人使喚的結果，當初的得意就像場鬧劇，她與葉信司都黯然下場了，馮丹瑜卻還未落幕。

自從那天的氤氳煙霧，馮丹瑜留下了一缸的煙灰，餐桌上是馮想想在學校的紀錄。

馮想想看著馮丹瑜，沒錯，就是自從那天——

「是因為我嗎？」馮想想脫口而出。

馮丹瑜看著她許久，最終才低聲說道：「不，想想，這都是因為我。」這句話就像那枚圖釘，往馮想想的胸口深深扎了進去。她的不安以不可見的速度擴大，她抓住馮丹瑜的手，試圖阻止她繼續前進，而馮丹瑜只是向門口的教官詢問學務處的位置，教官聞到了馮丹瑜身上殘留的酒氣，不經意的擰起眉，這使馮想想的指尖在手心裡越陷越深。

接下來的一切就像洪流，快要將她淹沒，她明明都做好了準備，腦裡的海綿卻也到了盡頭，再也吸收不了一點水份，看來她還是高估了自己的吸收能力。

馮丹瑜垂眼聽著學務主任介紹女兒的種種事蹟，而馮想想腦筋一片空白，只剩下一個片段在腦海裡重複播放，在某個夜晚裡，馮丹瑜喝著酒，輕聲的對馮想想聊到她名字的由來。

「媽媽跟妳說妳為什麼會叫想想——那是因為——是因為一個很隨便的理由，妳會失望嗎？」

「不會，我不會失望啊。」

隔天，情緒反覆的馮丹瑜卻在動脈上割了一道深口，除此之外還有大大小小深淺不一的傷疤，她的血蜿蜒，她的血渲染在死白的地磚上。

馮想想不知道自己為什麼會想起這段記憶，馮丹瑜已經向她保證不會再傷害自己，她的情緒比起幾年前也好上太多了。

她抬起頭，看見馮丹瑜正笑著和主任周旋，偶爾會愧疚的低頭道歉。她聽見馮丹瑜對主任說儘管她很忙，但一直都把馮想想教得很好，她的女兒不會做這些事。

家長必說的金句馮丹瑜都說了，主任只能禮貌性的笑了笑，額頭上卻冒起青筋，如果是從前的馮想想，看到這個畫面一定會笑出來，但她這次卻沉重的難以呼吸，因為她隱藏在斗篷裡的事情，最終還是在媽媽面前原形畢露了。

她緩緩看向站在主任身邊的宿衍等人，有之前跟著舉報的人，也有當證人的角色，而李瓊單純是為了看戲。她看著李瓊幸災樂禍的笑容，乾脆把目光放在宿衍身上，宿衍神色自若，表現著一名局外人應有的姿態。

直到馮丹瑜準備離開，馮想想才移開在他身上的視線，她在想，這個人會不會有一絲的愧疚？

馮丹瑜離開前摸摸馮想想的頭，她的手心沒有熱度，陽光底下穿著大衣也沒使她流出一滴汗，她抬眸深深看了宿衍一眼，馮想想沒注意到。

「媽，妳對我失望嗎？」

「不會，因為我相信妳。」

主任要送馮丹瑜到校門，路上也不知道會和她說些什麼。馮想想看著她的背影，有些鼻酸，葉信司這時才趕來，一下子就被馮想想安撫走了，她說沒什麼好操心的。

學務處裡頓時只剩下對立的兩邊，學生會，與馮想想。

馮想想轉身要離開，但她知道李瓊不會那麼輕易放過她，她對自己有莫名的敵意。這時李瓊果然開口了，不過她沒有叫住馮想想，而是說道：「有看見她媽媽穿的大衣嗎？是有什麼見不得人的？」一句話，就讓馮想想停下腳步，她冷冷的抬起眼，看著李瓊在窗上的影子。

「剛才還有酒味對吧？」李瓊又對身邊的人問道。她說的話嚴重踩到了馮想想的底線，見不得人？她轉過身，瞪著李瓊。就連宿衍唆使人寄懲處單到她家都沒讓她如此生氣，她當時就算病著也要對宿衍潑水、揪著他的衣領罵他，可是這次卻無法這麼做。

「是因為特種行業——」

「李瓊。」

宿衍總算開口，他看著李瓊，只喊了一聲名字就讓她閉上嘴巴。

馮想想緊握拳頭，眼淚在眼眶打轉，對她來說，不論是被栽贓還是在廁所被圍堵，都沒有比現在狼狽。她想上前揪住李瓊的頭髮，想抓破她漂亮的臉蛋，但只要一想起馮丹瑜剛才道歉的模樣，馮想想就知道她無法這麼做，她隱忍的放下手，直接轉身離開。

「馮想想。」宿衍叫住她，馮想想暗自冷笑一聲，宿衍果然不會放過大肆嘲笑她的機會嗎？

宿衍要其他人先走，他見李瓊還想說什麼，便冷眼對她說：「如果妳想繼續拉低學生會的形象，我會踢妳出去。」

時間滴答的走，主任牆上掛著有布穀鳥的鐘。

「幫我解決愛校服務。」

馮想想難以置信的瞪著宿衍，不明白這人怎麼能夠自我到這種程度。

「這是最後一次。」直到宿衍這麼說，馮想想才疑惑的皺起眉頭。

「我不會再叫妳來學生會，也不用再去我家。妳幫我這次就能抵銷賠款，而我們互不相欠，沒必要再有交集了。」

馮想想愣了數秒，接著卻笑了出來。她不願探究宿衍是為了什麼才說這些話，因為他本來就自我到了極點，更讓人難以理解。

「互不相欠？」儘管馮想想再生氣，她似乎在瞬間複製了宿衍的技能，她面無表情的對他說：「雖然不知道你是以什麼心態說這些話，但我並不需要你的『原諒』。宿衍，不管我們上一代是如何，但光是我們兩個……你欠我太多了。所以不管是學生會還是你家，我會繼續我該做的事情，你不必抵銷我欠你的東西，但同樣的，你欠我的帳我不會忘，我會跟你討回來。」

馮想想說完便扭頭離開，她終於能真正走出學務處而不再被任何人打斷。在關上門的剎那，整點的鈴一響，布穀鳥彈出時鐘，布穀、布穀的叫喚著。

從前，宿衍身邊也有一座布穀鳥鐘。

比起學務處裡的，家裡的那座更加精緻且深沉。在木屋輪廓上方是一扇精緻的小門，內部的齒輪喀喀轉動，整點一到，破門而出的是一隻棕色的大杜鵑。牠在報時，牠在提醒著，「你該去餵藥了。」

每到那個時候，宿衍就會走進媽媽房裡。她是一個溫柔的女人，有一個好聽的名字，陳尹柔。她會坐在窗邊，窗臺上會鋪著毛毯，也塞滿柔軟的枕頭，她就坐在那望向窗外，偶爾會默默流淚。

宿衍就這麼看著她，也不知道該說什麼，他只能遞上藥罐子，「別哭，妳該吃藥了。」

這時，陳尹柔會轉頭看著他，她會說——

宿衍，你真像你爸爸。

一場噩夢。

這是宿衍睜開雙眼後，腦裡浮現的第一個念頭。

他有多久沒夢見陳尹柔？一年、兩年，甚至更久。

他起身，映入眼簾的是一幅掛在床尾的畫。那是取自地下酒店的壁畫，它被縮小了尺寸，就這麼掛在一瞬開眼會看見的地方，被賦予了生命。

宿衍從小就被說像父親，一樣深邃的五官，就連同眼神也一樣相像。他曾從保母與管家口中聽見類似的話，「這樣的眼神出現在十多歲的孩子臉上，就有點毛骨悚然了。」

儘管如此，宿衍還是不會受宿允川重視。跌倒了，父親只會淡淡的瞥他一眼，所以他就學著自己爬起來。成績不好會被忽略，但全校第一就會有錢進帳，那時他才知道，要生活，先要有好成績。

當宿衍被無視，家裡的所有人也會跟著無視他，因為這個小少爺不需要哄、不需要討好，於是不論是管家、保母、終點幫傭，對他來說，終究也只是幾個「下人」而已。

宿衍厭惡著關於從前的一切，他厭惡著，明明是宿允川在別的女人懷裡流連，而陳尹柔卻說：「要是宿允川在外面有個孩子，我就不會太愧疚了。」

宿衍當時就待在陳尹柔的房裡，那是宿家唯一能讓他安心的地方。但他卻感到麻木，因為在陳尹柔說出這句話的同時，他便不明白自己存在的意義了。

他厭惡著，自己是由不相愛的兩人所生下的「產物」。

宿衍揉了把臉，他沒意識到自己睡了場午覺，等意識到了，就是夢見陳尹柔對他微笑的時候，她仰頭吞了幾顆藥，而藥罐不小心掉落地面，咕嚕的滾。

他步出房門，遇見了也正巧從另一房走出來的馮想想，他們對視幾秒，宿衍又淡淡的移走了目光，就像沒看見她一樣。自從收到她的簡訊之後，宿衍就開始會做一些夢。這樣的狀態，彷彿回到了六年前。

「如果你以為我是宿允川的女兒——我們沒有血緣關係——」

「請別再做幼稚的反抗了！」

馮想想的這封簡訊，連同這彷彿被計畫好的相遇，從無趣，變得更加無趣了。

這就是他為何會收手的原因，但馮想想卻對他說：「我會跟你討回來。」

她是真的不懂嗎？他們從來就不是對等的關係。

他們從來就不是相同的。

馮想想看著宿衍下樓的背影，悄悄的翻了個白眼。儘管手裡還搬著從某人房間清出來的檯燈和相框，她還是堅持等到宿衍離家了才下樓，這裡沒了宿衍，空氣都清新了起來。

她不知道該把這些東西搬到哪，也不知道該問誰，這裡安靜的詭異。馮想想放下檯燈，轉轉發痠的手腕，緊接著卻聽見了喁喁細語，在宿衍離開後，宿家的幫傭才開始說話，她們壓低音量，馮想想依稀聽見有人說道：「哎呀——終於走了。」

馮想想愣了愣，心想宿衍連在家都不受人待見，她笑著搖頭，又想以他的個性這也是理所當然的。

「他這幾天都睡在夫人房裡，自從夫人走了之後——有什麼事嗎？」說話的婦人看見馮想想便及時住了口，她向身旁的另名女性遞了眼神，兩人默契的繼續手邊的工作，擦拭著原本就一塵不染的櫥櫃。

「……請問這些要丟哪？」

婦人看了看馮想想手中的東西，指著廚房右側的轉角說道：「先放那裡的倉庫就好，比較大型的東西就找我登記一下，我們會打電話叫人來收。」

「好。」馮想想點頭。

直到她走進轉角，那兩人才又繼續剛才的話題。

「所以夫人是怎麼走的——」

「她身體一直都不好——」

馮想想邊走邊注意客廳裡的聲音，她催促著自己的腳步，但雙腳卻唱反調似的越走越慢，直到幾乎要聽不見遠處的聲音了，馮想想這才停下腳步。

「——是病死的——」婦人的聲音又清晰了一點，「聽說生了場大病。」

「——所以是因為太傷心——個性才……」

「不不，那是妳沒來得我早，宿衍的個性本來就——」

「陰陰沉沉的，嚇唬人喔——」

馮想想重新拿起檯燈，直徑走向倉庫，婦人交談的聲音被她拋在腦後，她不打算聽下去了，好像如此才能稍微減輕她偷聽的罪惡感。

這是一段與她不相干的過去，但也正因為對象是宿衍，所以心裡有些複雜，她想起宿衍對馮丹瑜與自己的態度……這一切，真的與自己不相干嗎？

馮想想垂下眼，手中破裂的相框裡空無一物，連一張相片也沒有。她逼自己轉念一想，心情複雜又如何？宿衍可是個混蛋，她可不會因此減少對宿衍的怨氣。馮想想這麼想著，又不禁加快了腳步，只希望能盡早把他的房間恢復原狀。

回到家後，馮想想彷彿回到了幾年前，這種感覺她再熟悉不過，酒氣與菸味正刺激著馮想想全身的毛細孔，而她的腦細胞彷彿死了又再生，胸口一陣翻騰，冒出過熱的縷縷灰煙。

一早出門前，馮丹瑜就在家了，她坐在客廳細數著手裡的鈔票，這個月的生活費、下個月的……

她們草草吃了早餐，馮丹瑜又回到客廳，一次又一次的數錢。馮想想出門前擔憂的看向她，最後晃晃腦袋把壞念頭全趕走，直到現在回家了，馮丹瑜果然已醉得一蹋糊塗。

她想問：「媽，妳不用上班嗎？」但停頓了一會兒，卻發現自己問不出口。

「其實，我真的不希望妳去了。」馮想想喃喃自語，終於把心裡話說出口：「是因為我才心情不好對嗎？之前是為了宿允川喝醉，那這次呢？」

馮丹瑜不可能聽見，她夢囈著，咕噥幾聲又翻了一圈，腳邊的酒瓶被她踢倒，匡噹一響。

「妳答應過我的，現在卻又靠酒醉來逃避問題。」馮想想低下頭，「媽……我今天會這樣從來就不是妳的錯，妳什麼時候才會明白？」

馮想想替她蓋好被子，「——什麼時候才會長大？」

馮丹瑜皺起眉頭，掙脫了馮想想的手，她翻了一身，乾脆把自己藏在被子裡，她的喉嚨乾啞，眼睛也乾澀，她在棉被裡悄悄的睜開眼，卻連滋潤的眼淚都流出不來了。

◆

「我做了一個夢。」葉信司握著掃帚，下巴抵在手背上。

「什麼夢？」馮想想搖晃著掃帚，「預知夢？夢見我們在幫宿衍做愛校服務？清理游泳池？」

此處是乾枯的游泳池，裡頭的水早被抽乾，只有落葉和樹枝鋪成的地毯，還有幾顆紅褐色的果實點綴，她與葉信司站在游泳池中央，仰頭看著沒有雲朵的湛湛藍天，這裡已經有一學期無人使用了，然而四周似乎還飄散著若有似無的消毒水味。

葉信司摸摸鼻子，「……這本來就是我惹出來的麻煩，怪我把妳拖下水。」

「我也認為是我把你拖下水的啊。」馮想想看向葉信司，笑道：「不過就像你之前說的，你的事就是我的事，所以我們就一起受苦受難吧。」

見葉信司還是沉默著，馮想想便回到正題，「所以你到底做了什麼夢？」

只見葉信司一腳踩著樹枝，喀嚓一聲，樹枝應聲斷裂，清脆的徘徊在空蕩的泳池裡。

「我夢見我爸了。」葉信司瞇眼回憶著，「妳還記得小時候我們常聽的那首歌嗎？很老的歌了。」

「哪首？」

「呃——」葉信司為難的抓抓腦袋，嘴裡哼著不成調的曲，最後乾脆把記得的幾句歌詞東拼西湊，正經八百的唸著：「就，雨在風中——什麼的……你的影子在我腦海飄盪？搖曳？」

馮想想回憶了一會兒，說道：「齊豫的嗎？〈你是我所有的回憶〉？」

「對！靠，妳還記得？」

「你不是也記得？」

「不，我可喊不出歌名。」葉信司乾笑兩聲，「總之，我夢見我爸不知道哪根筋不對，站在餐桌上唱這首歌，妳也知道他的歌聲，簡直人神共憤，最後我聽不下去，只好在旁邊摔跤——」

「噗——摔跤？」馮想想仰頭大笑，「太白痴了吧！」

「我哪知道啊，夢不是都這樣嗎？毫無邏輯！」

馮想想笑了一陣，擦擦眼角，說道：「可是——咳！可是，這也不算沒邏輯吧，以前我們就很常聽見這首歌啊，你爸會放，我媽也會唱這首歌。」

「……但怎麼會突然夢到？」

「我也不知道。」馮想想聳肩，「或許……就只是突然夢見了，沒特殊意義吧？」

馮想想拿出手機，感嘆了一聲：「好懷念啊——」於是她開始搜尋這首歌，接著兩人又相視而笑，手機裡開始傳出輕輕旋律，齊豫優美的歌聲無法複製，直到落葉成堆，他們垂眼傾聽。

雨在風中，風在雨裡——

你的影子在我腦海搖曳。

雨下不停風，風吹不斷雨——

風靜雨停，仍揮不去想念的你——

「這首歌幾年了？」葉信司感慨問道。

「不清楚，總之比我們都老。」

看小雨搖曳，看不到你的身影——

聽微風低吟，聽不到你的聲音——

「二十年？三十年？」

「都說不清楚了！你可不可以安靜一點？」

眼睛不看，耳朵不聽

你是我所有的回憶……

「馮想想！原來妳在這！」一道急吼吼的聲音突如其來，打斷了這首歌。馮想想仰起頭，疑惑的看著正彎腰喘氣的同學。

葉信司把音樂切掉，問道：「怎麼了？」

「沒聽見廣播嗎？班導喊妳去導師室，我們找妳很久了！」

「這裡的廣播早壞了——」

「說重點。」馮想想打斷葉信司，她擰著眉，感覺有哪裡不對勁，她的不安感陡然上升到高處，懸在了喉嚨口，她急忙問：「到底怎麼了？」

「這……我也不知道，但好像滿急的。」同學擦擦汗，又問：「該不會妳家出了什麼事吧？」

馮想想和葉信司面面相覷，葉信司看出她眼裡的不安，率先回過神，他推著馮想想爬出泳池，把不鏽鋼梯踩得匡噹作響，於是氣氛更加緊張壓抑了。

馮想想被葉信司拉著跑，她心裡想著，為什麼葉信司比自己還要緊張？又或者，是自己始終在逃避關於馮丹瑜的問題。

她早就意識到了馮丹瑜的狀態，她一再確認馮丹瑜是否沒事，也可能是在說服自己，她要讓自己相信馮丹瑜不會重蹈覆轍、不會毀約。所以在確認完之後，她還是會扭頭走出家門，心想等回家後，再替馮丹瑜蓋上棉被，讓她好好睡上一覺，只要這樣就沒事了。

葉信司推開導師室的門，班導見到馮想想便立刻站了起來，她瞪向遲來的馮想想，無奈的開口。

馮想想怔怔的看著班導，直到班導說出：「已經通知警衛室，也替妳請好假——」這時，她才真正清醒過來，她掙開葉信司的手，直接跑出了導師室。

她的臉色慘白，並想起了媽媽最初的模樣，那是唯一一張泛黃的舊照片，打扮清純的馮丹瑜，綁著兩束麻花辮，她燦爛的笑著，懷裡是襁褓中的嬰兒。

葉信司焦急的追向馮想想的背影，看見她慌亂的步伐，並撞在了對向的人身上，馮想想跌落在地，眼淚也在瞬間滑落。

「同學，抱歉抱歉！」葉信司趕上前，也沒空抬頭看一眼，他拉起馮想想，慌張的抹去她的眼淚，「去車棚，我載妳！」

馮想想彷彿在大海中抓到了浮木，她緊抓著葉信司的手臂，卻重新變回了傀儡，任由葉信司拉著她跑，四周吵雜的聲音變得強烈，而他們變得渺小。

馮想想看了眼葉信司，接著便垂下腦袋直盯著自己的腳步，而眼淚成串的掉落。剛才在泳池裡，葉信司說他夢見葉叔了，可是馮想想卻從未夢過馮丹瑜。

那首歌讓她回憶起某個片段，馮想想依稀記得，馮丹瑜當時說她做了一個夢，她哼著這首歌，夢見了一個男人。

現在想起，那人也許就是宿允川吧？

馮丹瑜當時瞇著眼，她問……

「想想，妳的夢裡也有這樣的人嗎？」

「什麼樣的人？」

「嗯——只會在夢裡出現的人。」

她也依稀記得，馮丹瑜的落寞。

宿衍詫異的看著他們的背影，隨後僵硬的拍拍胸膛，剛才被馮想想撞上之處，似乎還留著被她印下的淚痕。宿衍磨蹭著拇指，那點潮溼感很快就消失無蹤，他移開視線，重新提起步伐，走到一半，又停在了走廊中央，佇立著。

不論過去未來，對於她們來說，都只是一些數不清的日子而已。

她依然討厭診所與醫院的味道，依然討厭消毒水，討厭櫃檯報數與急診室的聲音。

而這裡的急診推床，就像葉信司的自行車，輪子轉動著，他們都在前往某個地方。例如亮燈的手術室，以及醫生的一句：「沒事了。」

馮想想這才相信，馮丹瑜這幾年看似好轉了，其實不安定的種子還深埋於她的體內，儘管外頭已結痂，底下卻還在化膿，她的傷口被血肉包覆，血管正傳輸著名為悲傷的毒藥，而這種情緒就是罪魁禍首。

「基本上，現在的安眠藥難以致死？是嗎？」馮想想盯著手術室上的紅燈，喃喃開口。

葉信司側頭看著她，他將馮想想的手藏在自己的手心裡，聽她繼續說。

「我媽是知道的，藥物不但有管制，她更明白那與致死量的差距。所以早就做好了準備，就怕自己沒死成。」

「馮想想。」

「為什麼我會知道？」馮想想面無表情的看著前方，他們坐在手術室前的等候椅上，炎熱的溫度衝不破椅面帶給她的冰冷，「因為我媽以前嘗試過。你一定記得吧，是葉叔叔送我們去醫院的。」

「妳別再說了。」

「是她背棄對我的承諾——」

「馮想想！」

「……她太過分了！」馮想想站了起來，對著手術室吼道。

葉信司掩住她的嘴，直到馮想想的喘息聲越來越失控，他才鬆開手來。

她的胸腔被滿滿的憤怒與悲傷淹沒，臉上全是無聲的淚水，她光是今天就要把眼淚都流光了，因為儘管她怨懟，卻也從未像此刻如此自責過。

葉信司紅著眼，他把馮想想抱入懷裡，手輕撫她的背，希望她可以冷靜下來。他說：「想想，別說會讓自己後悔的話。」

馮想想閉起眼，開始少見的嚎啕大哭。

不知道過了多久，她的聲音逐漸變小。她原本可以阻止。

馮想想無力的倚靠在葉信司懷裡，對方依舊輕輕拍著她的背，並用整身的力量支撐她。而馮想想無聲的看著不知何時出現在轉角的宿衍，他們就這麼相望著。這一刻，他們之間的憤怒彷彿消散，他們茫然的看著對方，甚至能看見彼此的動搖。

馮想想不好奇為何宿衍會出現在這，她已經不再哭泣，因為哭過一次就好了。而宿衍看著她許久，接著才緩慢的轉身離去。

他孤單的腳步聲迴盪在長廊裡，手術室的門也在同時打開。

他們看似背道而馳，卻有著同樣的道路——

他們都在期盼著救贖。

◆

四周靜謐，眼前是伸手不見五指的黑暗，這裡的氣流綿延而細長，它在探測他的鼻息。宿衍可以躺在床上一動也不動，他可以掩住雙耳，讓自己不受外界干擾。

他可以迷惘一陣，然後假裝自己是個什麼都不懂的人，無知便無罪。他可以躲在陳尹柔的房裡，開始緬懷自己曾有的思緒，他開始假裝在意，在意自己是孤獨的。

這麼做，才像是他該有的人生。

宿衍悄悄的關上門，身上還殘留著那房裡的味道，潮溼，與執迷不悟。

陳尹柔的房間，曾是宿衍的防空洞。她的眼淚源自於她血液裡的水分；她的味道源自於藥罐。而她的香氣，是為了遮掩住自己的味道，為了遮掩住逐漸衰弱的生命。

自從陳尹柔走後，這間房的意義便不再相同，它再也無法確實的調配出保護色，它只剩狹窄的空間，頭碰於頂，難以站立。

從那時候開始，這裡只能讓宿衍深陷於懺悔，讓他認知錯誤。

於是他走出房門，他會開始假裝不在意，不在意自己是孤獨的。

這麼做，才像是他該有的人生。

另一頭，馮丹瑜在加護病房觀察了一晚後被轉到了普通病房，葉力恆與葉信司這才離開醫院。而馮想想杵在門外，看著馮丹瑜這副模樣久了，她並不好受。病房長廊有回音，這使她想起了宿衍離開的腳步聲，沉重且漫長，不是那個人慣有的姿態。

醫生走出病房，馮想想抬起頭，盯著對方輕啟的嘴脣。醫生的嗓音低沉，有著安撫意味，馮想想這時才微微垂下肩膀。

「藥物過量引起的中毒——」醫生的話語在長廊環繞一圈，又進到她的耳朵裡，「如果不是及時發現——釀成大事——」

馮想想雙眼通紅，她越過醫生的肩膀，看見了頭髮微亂的宿允川，他的模樣有些狼狽，領帶已鬆，外套隨意的搭在左肩，襯衫上有幾顆鈕扣已經散開。

「所幸，一般藥房出售的大眾藥品毒性較低……」

馮想想冷眼看著宿允川，她移開視線，重新將注意力放在醫生身上。

「必須觀察六小時才能決定是否可以出院，這期間如果有任何問題……」

直到醫生離開，馮想想也回到病房，並在宿允川面前將門關上。

馮想想無法保證自己能在面對宿允川時保持鎮定，因為他在身為一個長輩的同時，更是媽媽的「情人」。

宿允川倚靠著牆，深深吸了口氣，當他看見馮想想的眼神後，他便知道自己無法主動拉開那扇門。

臺灣的夏天炎熱，儘管醫院冰涼，可他還是滲出了一層熱汗，從德國直達臺北，十四個小時後他馬不停蹄的回到這座城市。

他腕上的錶正煩躁的隨著脈搏發出聲響，滴答、滴答——

滴答——

滴——

答。

宿衍推門，進入宿允川的書房，眼神冷漠的轉了一圈，手裡持著手機，他問道：「確定回來了？」

「是，今早抵達臺北。」

「公司呢？」

「……沒回公司。」

宿衍結束通話，他坐在宿允川的書房裡，雙手抵著額頭思考，他早就猜到這個結果。他離開房間，走向轉角的倉庫，在一排櫃架下方藏著一個中型紙箱，倉庫裡一層不染，只有角落的紙箱積了一層灰，宿衍沉下眼，許久後才打開箱蓋，映入眼簾的是一座布穀鳥鐘，已經老舊了，但未腐朽。

他抱起沉重的鐘，箱上的灰沿路緩緩掉落，他打開了陳尹柔的房門。

如果把鐘放回原位，這樣會不會就能回到原點……

宿衍杵在門前發愣，雙臂彷彿感受不到重量，他沉默的抬起眼，雙眼充血，看著掛在床尾的那幅畫。

想起了這時才從德國趕回來的宿允川，終於忍無可忍，將布穀鳥鐘摔向地面，頂端的針樅樹輪廓應聲斷裂——

匡噹！

陳尹柔的房裡，久違的傳出巨響。

「別這樣，宿衍。以後當杜鵑鳥出來，你就來媽媽房裡。」

「可是牠每小時就會出來一次。」

「是，所以宿衍要乖，每小時都要來我房間。做個乖孩子——」

宿衍看著布穀鳥鐘，他用盡了全力，但布穀鳥鐘耐摔，除了一開始斷裂的細長針樅樹，其餘的沒被傷到分毫。

循聲趕來的管家怔怔的看著宿衍，這是他第一次看見宿衍失態的模樣，頓時不知該如何是好。這間房就像淨土，除了一星期一次的打掃，沒有人敢私自進入這裡。

「備車。」

直到宿衍低沉沙啞的聲音從房內傳來，管家才回過神。

「去醫院。」

宿衍走出房門，他與管家擦肩而過，頃刻間，竟又恢復了平時冷淡的模樣。

宿衍隨著年齡的增加，他的情感卻在倒退，他就像一片荒蕪沙漠，他的情緒被沙所覆蓋。其實他也曾擁有一片小小綠洲，陳尹柔會在那處灌溉，水會滲入地下砂岩層，流向他的土地並形成水源。但漸漸的，陳尹柔卻只能虛弱的澆水，最終，水裡頭有傷悲，綠洲也逐漸從他心中消失。

來到了醫院，宿衍冷冷的看向宿允川，他的父親有了鬍渣，正仰頭看著某處，彷彿在思念著某人。

這個畫面讓宿衍憤怒，他想起了馮想想的眼淚，他不明白她的眼淚為何會讓自己如此動搖，而此刻，他看見了宿允川的深情，卻只覺得噁心。

宿衍的胃部開始灼熱，這是比往常還要更真實的情感，他從小就學會在父親面前妥協，卻也從未退縮過。他始終認為，母親是他龜縮在空殼內的唯一理由，他只是一再的，試圖鞏固陳尹柔在自己記憶中的形象——她是一名可悲的受害者。只有這麼做，他才能堅強，絕不向宿允川投降。

他走向前，停在宿允川身前，對方淡淡的看向他，不久後又移開視線。就如從前一樣，一個空氣做的兒子。

「回臺灣的第一件事不是回家，而是找情人？」

宿允川這時才有了反應，他怒視宿衍，雙眼因為疲憊而布滿了血絲，「你最好注意自己的言詞。」

「你知道事情為什麼會變成這樣嗎？」宿衍站到宿允川身側，兩人的肩膀隔著適當的距離，「是因為我。」

宿允川瞇起眼，父子陰鷙的眼神幾乎相同。

「因為我對她女兒做了不正當的施壓。」

「你！」宿允川憤怒的低吼一聲，他翻身抓住宿衍的衣領，粗暴的將他壓制在牆上，宿衍後腦撞上泥牆，耳邊嗡嗡作響。

他卻笑道：「這是你教我的！應該要懂得利用我們特有的『勇氣』，對阻礙自己的存在進行適當的處置。還記得媽養的那對小鸚嗎？我只是把你做過的事情，落實在——」

「宿衍！」

宿允川掄起拳頭，狠狠揮向他，宿衍受了一拳而跌落一旁。

他仰起腦袋，血液從嘴角流出，脣齒間布滿了紅色，他冷冷的看向宿允川，「爸，你還記得媽是哪天死的嗎？」

在一陣緊繃的氣流中，病房的門終於被打開，馮想想嘗試冷眼看待，但周圍似乎流轉著宿衍血液的味道，這時醫護人員也正好趕來制止。

馮想想道了歉，並保證不會再犯，對剛才放心離開。她對宿衍說道：「這裡是醫院。」

宿衍起身，他抹去嘴角的血。

宿允川見到馮想想，他遲疑的向前，直到馮想想一個跨步，她再次攔住了宿允川的視線，整個人擋在病房前。

「……你回去吧。」

「想想，我——」

「回去吧，已經沒事了。」

「不，我必須親眼確定她沒事。」

馮想想看著宿允川，「伯父，我接下來要說的話或許很唐突，但我還是要說。」馮想想垂下眼，「我雖然不知道事情的經過，也不想多管閒事，但如果我媽當年真的是介入你們家庭的第三者，那就請你不要再來找她了，我不相信你會給她幸福。」

宿允川佇立在前，眼神複雜，而身後的宿衍卻突地揚起嘴角，低聲的笑了出來。蒼白的病房外，響起了嘲諷的笑聲，一陣陣的，宛如齒輪鬆脫的鐘。

宿衍諷刺卻痛快的笑著，他一抹眼角，稍前沾上的血液在他眼角留下了紅痕。

他看著父親此刻的背影，還有馮想想堅定的眼神，他想起了遙遠的那晚，宿允川難得出現在陳尹柔房裡，他親眼目睹，宿允川站在鳥籠前，毒死了陳尹柔的那對小鸚。

只因為那對鳥太吵，打亂了宿允川的步調。

日後，他依然會記得在這裡所發生的一切。

只要不合宿允川心意，宿衍就會被隔絕於家門之外，或許是一天、兩天，或許更久，宿衍在外遊蕩，遍尋不著他的棲身之所。

這樣的經歷他有過幾次，一次是為了反抗，他在考試中交了白卷，當晚宿衍連家都不能回，他在大門旁蹲了一夜，直到隔天宿允川出門，他的座車從宿衍身旁呼嘯而過，而原本對宿衍視而不見的管家這時才又重新出現，提醒宿衍可以進門了。

另一次是宿允川毒死陳尹柔的那對小鸚，宿衍當時看著母親悲傷的神情，便將小鸚的屍體放在宿允川的桌上，沒有原因，他就是想這麼做。那次宿衍遊蕩了更久，他在外徘徊了兩天，宿允川的司機看不下去，將他帶回家裡安置了一晚，隔天宿衍被允許回家，而司機被解僱了。

接著就是這次，宿衍漠然的看著前方，按下大門的對講機。不久後管家提著書包及一袋輕便的行李出來，裡頭裝有制服和幾套衣物，管家垂眼遮上，又目不斜視的離開。

一如往常，這就是他從小的生存方式，有了成果，才能換來相對的收穫。他在宿家吃的米、睡的床，以及他的生活費都是這麼來的，學業、成績、聽命行事，換來的收穫就是他有資格進「門」。

他的童年就像本故事。

他姓宿，這就是故事的開端。

他在父親面前一直毫無勝算，以前是為了母親，現在她走了，卻還有地下酒店。那裡有母親的設計，還有她的畫。

宿衍不可能再像從前，被轟出門了就蹲在家門旁，等待自己再次被允許的時間。可儘管如此，他依然無處可去。現實就是這樣，他可以高高在上被人欽羨，但只要脫去宿家的外殼，他就什麼也不是。他從一次次的咬緊牙根，到此刻的漠視，是因為他已經清醒，他知道只要在宿允川刻意的操作下，他的生存能力便會被扼殺，他的父親要他知道，沒有宿允川，宿衍就什麼也不是。這就是他們父子的相處方式。

不知不覺間，宿衍來到了地下酒店，這裡是他唯一想到的地方。

不過門衛一看見他便擋在他身前，宿衍冷冷的看著他，對方只是說道：「抱歉，這是宿先生的指示。」

宿衍笑了笑，掃了眼門衛的名牌便不發一語的離開了。一夜之間，連門衛都換了一批，全是宿衍沒見過的人。

他還未成年，甚至連單獨入住其他飯店的資格都沒有，他只能漫無目的的走著。

在某個夜晚，陳尹柔看著空蕩蕩的鳥籠，她對宿衍這麼說道：「你要抬起頭來。」

宿衍卻只能將房裡的燈熄滅，他陪著母親渡過漫漫長夜，卻迷失自我，因為他始終不明白自己存在的意義。

陳尹柔彷彿還存在於他的耳畔，她陰魂不散，她輕聲細語著，這使宿衍窒息，卻又無法捨棄他曾經擁有過的，來自母親的情感。

宿衍抬起頭，仰望地下酒店的全貌。

他想，只要還沒到筋疲力竭的時候……

宿衍陡然想起了某個人的眼淚，他下意識的前往某個地方，他需要休息。

馮想想無奈的看著病房外的宿允川，他照三餐出現在這裡。

馮想想轉頭看向馮丹瑜，她已經清醒過來，卻還是一副病懨懨的模樣，她剛對上馮想想的眼睛，卻隨即移開視線，她虛弱，也愧疚。

直到馮想想關上病房的門，馮丹瑜才開口說道：「想想，對不起……是媽錯了。我只是難以承受……因為我，妳受宿衍欺負了對嗎？」

「我說過了，這件事跟妳沒有關係，為什麼妳總要把責任往自己身上扛呢？」

「因為我是妳媽。」馮丹瑜垂眼，「宿衍過得並不好，他怨恨我是應該的，但他不該把事情牽扯到無辜的妳身上。妳知道嗎？我並不光是因為宿衍欺負妳而難受，最主要的原因是，我連對宿衍發脾氣的資格都沒有，我無法保護妳，因為我——」

「媽。」馮想想打斷她接下來要說的話。她看著馮丹瑜發紅的眼睛，反而沒了真實感，她無法準確的回憶起這段時間對宿衍有多憤怒，也無法回憶起她曾經對學長的悸動。

這一年來他們都做了些什麼？

「妳休息吧。」馮想想說完便起身，她背對著馮丹瑜清理水壺，以為這樣就能中斷她與母親的談話。

直到身後的馮丹瑜又開口，她說：「想想，我和宿允川分手吧。」

馮想想心裡發堵，因為她原本就是這麼打算的，就算馮丹瑜再怎麼捨不得，她都要說服馮丹瑜放下這段感情，她希望她們母女可以遠離宿家父子。可是當馮丹瑜主動提起，馮想想卻無法繼續說服自己，她可以把宿允川隔離在門外，但她憑什麼要馮丹瑜放手？儘管會受傷，但她的媽媽，明明也是值得被愛的。

「妳為什麼要勉強自己呢？」馮想想深呼吸，她平靜的轉過頭，微笑道：「我已經長大了，不需要妳替我負責了，媽。」

馮丹瑜怔怔的看著她，而馮想想又說道：「妳很想念他吧？所以你們不需要分手，我和宿衍的事情……其實我和他已經達成共識，我會解決的，妳相信我嗎？」

馮丹瑜紅著眼睛，沒有回答。

馮想想笑了笑，她拉開門，看著宿允川詫異的眼神，他快速的與馮想想擦肩而過。

宿允川擁抱馮丹瑜，馮想想聽見了從病房內傳出的哽咽聲。

她趕緊拉上門，將自己隔絕於門外。

她想回家了。

嚓——

宿衍環顧了一圈，這裡空間狹窄，但光線充足，傍晚的陽光柔和的打在公寓走廊，門外的架子上懸掛著幾個盆栽，底下有傘架及生鏽的紅色澆水壺。

宿衍將視線移回門口，門板上除了掛著一張有趣的「謝絕推銷」的牌子，還黏有幾張便條紙。

宿衍隨手拿起一張，上面寫著「**買肉、雞蛋，還有蛋糕！**」他又抬眼看著另一張紙條，「**阿司，我不在家！直接老地方拿鑰匙。**」

宿衍看完，他憑著直覺拿起澆水壺，發現鑰匙就藏在底下。

他將澆水壺放回原位，又隨處看看，仰起頭，發現頂上的感應燈快壞了，燈罩裂了一半，而他的視線沿著裂痕移動，映入眼簾的，是牆上有些龜裂的漆。

宿衍掃過這裡的一景一物，他側頭，陽光暖暖的打在臉上，而鳥群朝晚霞處飛去。

宿衍走了一天，他蹲在門邊，閉上眼，聽著漸漸接近的腳步聲。

陽光鑽進了樓梯轉角的牆，上頭有著一孔孔的鏤空雕刻，幾束光線就這麼打在馮想想詫異的臉上。

「你怎麼在這？」

宿衍沒有回答，他仰頭看著她，因為他自己也不明白。

「你怎麼知道我家？」馮想想問出口，便發覺這個問題太傻，於是她改口道：「你想幹麼？」

宿衍依然沉默，他們無語的對望著，馮想想看著對方眼裡的血絲，扭頭打開家門，頭也不回的進去了。

宿衍看著眼前緊閉的門板，他再次閉上雙眼，靠著牆，耳邊傳來細細的蚊蟲聲，天邊逐漸暗沉了。不知道又過了多久，宿衍在半昏半醒間又聽見門被用力打開的聲響，他艱澀的睜眼，頂上的感應燈閃了幾下，而小蚊蟲在燈邊圍繞，時不時傳出細微的撞擊聲。

「你到底想幹麼？」馮想想瞪著他，「要睡就回家睡，不要在我家裝死人會影響房價！」

「我沒地方去。」

「……關我什麼事？」馮想想在他們之間比劃，「你忘了我們發生過的事嗎？」

「沒忘。」宿衍這麼直白的回答，反倒讓馮想想說不出話來。

她一臉疑惑，「所以，你怎麼會在這裡？」

「……」

馮想想無法和眼前的人溝通，於是她只能繼續瞪著對方，說道：「快走，要是你以為我會收留你，那就大錯特錯了。」

馮想想關上門，剛才的氣勢卻在瞬間消逝，她看著地面，又轉身看著門上的貓眼。

昨天宿允川與宿衍在病房外的動靜並不小，她該聽的、不該聽的，全都清楚的傳進耳裡。當時的馮想想其實正貼在病房門上，朝小窗口偷偷窺探著，直到宿衍被打了一拳，她才驚覺，自己有出門阻止的「義務」。

「爸，你還記得媽是哪天死的嗎？」

宿衍的聲音低沉而沙啞，馮想想當時怔怔的瞪著小窗口，下意識的轉過頭，看著還在病床上緊閉雙眼的馮丹瑜。她的心跳開始變得沉重，於是馮想想拉開門，看見了宿衍流出的血，心跳卻又驟然加速，她想起了手術室的燈，還有抱著阿司哭泣的自己。

她知道這很沒道理，但她還是打開家門，她緊抓著門把，門喀喀響了兩聲。

「進來。」

她深怕自己下一秒就會後悔，只好趕緊轉身進門。許久後，她還是沒聽見身後的動靜，為了掩飾心虛，她只能惡狠狠的對著門外吼道：「蚊子會飛進來！」

宿衍這時才遲疑的撥開門簾，明明此刻是他求助於人，卻還是一臉冷漠，馮想想咕噥道：「面癱。」

他們之間除了沉默，似乎做什麼都不對。

馮想想拉上客廳窗簾，身後傳來關門的聲音，馮想想這時才遲疑，該不會引狼入室吧？

她擺出防衛的姿勢，扭過頭，卻是瞪著宿衍問道：「……吃了沒？」

馮想想無奈的走向廚房，她打開冰箱，知道這一切都沒道理，她討厭宿衍，也知道宿衍不是好人，但她同時也明白，宿衍並不是會對誰上下其手的人。而根據是什麼?馮想想沒有根據。

身後悄然無聲，她轉過頭，對上宿衍沉靜的雙眼，時間流轉，冰箱總算發出了開太久的警示聲。

「為什麼讓我進來?」

「不知道。」

「沒警覺性?」

「那你出去。」

馮想想關上冰箱，她手環胸，四周又恢復了安靜。過了許久，宿衍還是打斷了僵持，他又問了一次:「為什麼讓我進來?」

「不知道。」馮想想垂下眼，「那你為什麼會來我家?還有我媽出事的那天，你為什麼會出現在醫院?」

「……不知道。」

馮想想抬眸，她無奈的苦笑，問道:「我們很好笑吧?」

她背向宿衍，再次打開冰箱。因為她不想費心相處，也不想找話題。

馮想想看著冰箱內還有前幾天幫馮丹瑜留的飯菜，她將飯菜清出來倒入廚餘袋，她的思緒開始飄向身後，在宿衍身邊悄悄的繞了一圈，又繼續飄向了家門之外。

今天，她之所以會在馮丹瑜與宿允川擁抱的瞬間，在聽見啜泣聲的瞬間關上門。

可能就跟此刻的心情一樣。

她或許是有點失落，或許是覺得寂寞了吧。

馮想想坐在病床旁和馮丹瑜細細交談，她發現，當人面臨了抉擇，便會知道自己是善變的。

她在這裡睡了一晚，宿允川也暫時被馮丹瑜勸了回去。馮想想一大早就爬起來，和馮丹瑜討論出院事宜，她不確定自己該不該對媽媽坦白，有個不懷好意的男子此刻正單獨待在她們家裡。馮想想開始後悔自己當下的衝動與心軟，她逃離了家，卻忘了留下宿衍可能會產生的「隱患」。

宿允川也是一大早就現身在病房內，早上六點出現，直到晚上十點才離去，面對宿允川這十足的「好丈夫」模樣，馮想想既無奈又反感。她看著宿允川，就會想起宿衍，宿允川的笑容越是溫和，就越是讓她想起宿衍的冷漠。

馮想想對馮丹瑜說她要回家一趟，明天再來辦出院手續。

「出院？」宿允川愣了愣，他看向馮丹瑜，「不行。」

「醫生說了，這兩天就可以準備出院，只要後續——」

「不行。」

馮想想聽著宿允川專制的語氣，不禁蹙眉。她問：「伯父，出院與否不是你能決定的吧？」

馮丹瑜見氣氛緊張，便緩和笑道：「允川，我身體已經沒事了。更何況我待在這裡，想想就得一個人待在家，這不好。」

宿允川看向馮想想，但她已經背對他。馮想想在心裡偷偷吐槽馮丹瑜，平時她工作繁忙，兩人幾乎日夜顛倒，所以嚴格來說馮想想也是一個人生活的。

但她沒再多說，她只是拉上門，阻斷了宿允川若有所思的視線。

宿衍暫時離開了馮想想的家，他用澆水壺底下的鑰匙將門鎖上。

他招了臺計程車，又再次回到地下酒店。他已經忘了自己對此執著的原因，也許就如他印象中的一樣，這裡充滿著母親的設計與裝潢，還有那片有著綠色荊棘的壁畫。他只是想來這碰碰運氣。

宿衍看著不遠處，門衛目不斜視的站在原地，宿衍輕輕蹙眉，這還是昨天擋他下來的人，今天卻放任他走進大廳。宿衍若有所思的倒退幾步，他對門衛問道：「怎麼回事？」

「這是宿先生的指示。」

以他這次對馮丹瑜母女造成的傷害，宿允川不可能如此輕易的放過他，但為什麼？

宿衍沉下眼，他不發一語的來到壁畫前，等著一通電話。

他看著宿允川的來電，毫不猶豫的按下接通，「真不像你。」宿衍伸手觸摸，壁畫的風景栩栩如生，這讓他想起了從前，「你要我做什麼？」

「做你該做的。」

「還想要我做什麼，做個『乖兒子』？」

「你應該明白，不能如我所願的人我不需要。」

「是，包括對待感情也是如此？」

宿允川沉默數秒，直到他掛上了電話，宿衍才低笑幾聲，面對這種情況，他總是想嘲笑他們父子間的相處，他想嘲笑自己的任人擺布，更想嘲笑宿允川陷入感情的模樣。

眼前的壁畫，先入眼的是半面矮牆，上頭有著藤蔓，而牆後便是綿延山景，在近處的一棵大樹上，綁著老舊的鞦韆。雖然景色普通，但透過創作者的雙手，使這片畫鮮明了起來。

這讓他想起從前。

當時陳尹柔難得出了宿家的門，她帶著宿衍來到某處，那時的宿衍還小，四周荒蕪，只有幾棟老建築和平房，雜草叢生。

但陳尹柔來到這裡後卻神采飛揚，她一掃病態，連說話的聲音都高亢了起來。宿衍回憶當時的陳尹柔，他突然想起了老屋外的舊磚頭與錯縱蜿蜒的道路，還有滿地的枯黃落葉。當時正飄著綿綿細雨，土壤潮溼，似乎還飄散著肥料味。宿衍捏著鼻子，他拉拉陳尹柔的裙角，說想走了。

而陳尹柔只是在一旁堆起磚塊，她拍一拍，要宿衍上來。

宿衍艱難的踮著腳尖，他踩在不大穩固的磚上，陳尹柔要他加油，不要他小心。他扶著矮牆，看著另一頭的風景，對向有綿延的山脈，以及大樹下綁著的鞦韆。

「只要站在這上面，你就可以看到更遠的地方。如果家裡的小鸚從鳥籠裡飛出來了，你猜牠們會飛得多遠呢？」陳尹柔摸摸他的腦袋，說道：「宿衍，你知道我們最終會走到哪裡嗎？你只需要站上來，抬起頭，看一看。」

那塊舊磚頭，在毛毛細雨之後，被晚霞照得暖手。

那塊舊磚頭，就是陳尹柔的謊言。

「宿衍，你在這裡等媽媽，我要去見一個人，一下下，一下下就好。」

他站在高處，看到的或許是前途似錦，但身後卻是一片荒蕪，因為他身後沒有人，沒有任何人。

當時陳尹柔離開了許久，她去見一個人，而宿衍卻從磚上跌落，側腰被刻下了一道傷口，疤痕至今還在。

他明白自己的無能為力。

不論是陳尹柔的結局、宿允川的結局，或是自己的結局，都是老天蓄謀已久的。

宿衍一直都知道，其實陳尹柔與宿允川並沒有虧欠彼此，只因為他從陳尹柔身上得到的愛比較多，所以他才寧願站在她的身邊，想替她遮掩她的不堪。他想將母親塑造成一個悲情的人，於是他假裝什麼都不知道，他開始怪罪於別人，寧願其他人來承擔這個錯誤，這麼做，他才可以順道結束自己的故事，或者，證明自己存在的意義。

至今，這儼然就像那道疤痕，已深根，成了他的習慣。

宿衍回到公寓，看著正在替盆栽澆水的馮想想，對方見到他，也愣愣說道：「我以為你走了。」

「嗯，所以來和妳說一聲。」

「那麼有禮貌？」馮想想微微一頓，又問：「你今天是怎麼鎖門的？我記得我沒給你鑰匙。」

宿衍沒回答，只是瞥了澆水壺一眼，馮想想見了便詫異的瞪著他。

「你怎麼知道？」

「很好找。」

「……」

「我拿完東西就走。」宿衍打開門，早晨的室內充滿陽光，他這才看見昨晚沒注意到的玄關處，鞋櫃上擺著幾個相框，其中一張的馮丹瑜穿著樸素，麻花辮垂在耳邊，她懷裡抱著嬰兒，模樣青春，笑容也純粹。宿衍問道：「她……好點了嗎？」

馮想想以為他們之間不存在單純的問候，更何況對象還是馮丹瑜。

「你又再打什麼主意？」馮想想問道，她走向前，那張泛黃的老照片映入眼簾。如果不是被相框保存著，馮想想很擔心這張照片會隨著歲月消散在空氣中。

宿衍看向她，問道：「這是妳？」
馮想想看著照片裡的嬰兒，輕聲回道：「不是。」
宿衍看了她許久，也不知道在想些什麼，最後竟開口說道：「我媽她，是藥物過量走的。」
這句話就像顆震撼彈，投入馮想想毫無防備的大腦裡。
「我們對外宣稱是生病，但這並不是主因。」
馮想想不明白宿衍怎麼會突然說這些，
「宿衍，我不想知道。」馮想想下意識的阻止他，她想起了那天在宿家聽見的話，她當時躲在轉角處，眼前是狹窄的倉庫，而婦人的話語失真，這讓她感到負擔，「你沒必要和我說這些。」
「是慢性中毒。蓄意的，日積月累。」
「宿衍，」馮想想攥緊拳頭，「你說這些的用意是什麼？」
「我之前說的是認真的，賠款和葉信司的事，我可以當作沒發生過。」
「為什麼？」
「我說過了，不想再和妳有所交集。」
他們無聲的對視，過了許久他才又開口說：「那我欠妳的，妳想我怎麼還？」
馮想想沉默不語，她曾發下豪語說要向宿衍討回來，但事實上卻毫無進展。事發突然，她忘了該如何去責怪，她甚至不再在意自己是否有洗刷冤屈。
宿衍見她沒反應，便說道：「我去自首。」
馮想想垂下眼，「不用，我們以後就當不認識吧。」
宿衍在離開前又回頭看了一眼，這裡很平凡，沒有太溫馨的氣氛，但更重要的是，這裡沒有宿家的冰冷。

宿衍打開門，前方卻同時出現了一抹人影，他看著眼前怒不可抑的葉信司，淡淡的移開視線，與他擦肩而過。

「你怎麼還敢來這裡！」葉信司攔住宿衍，他眼神複雜，看起來十分憤怒。

而宿衍沉下臉，他冷漠的看著對方，並單手扼住葉信司的手腕，宿衍心想，他究竟要被人抓幾次衣領？

「放手。」宿衍低聲命令，直到馮想想的雙手覆蓋住他們的手腕。

馮想想出聲制止，「阿司，先放開他。」她使勁將兩人分開，宿衍趁勢甩開葉信司，他斜了對方一眼，便頭也不回的直接離去。

葉信司不想這麼放過他，想追向前，卻再次被馮想想阻止了。

「阿司！」

「妳搞什麼？」葉信司甩開她的手，質問道：「那傢伙為什麼會在妳家？妳讓他進門？」

「這很難解釋，他——」

「他又欺負妳？」葉信司咬牙，「他又拿什麼威脅妳？又是我？還是我爸？」

「……事情不是你想的那樣，」馮想想緊緊抓著他的手臂，深怕他又一時衝動釀成錯誤，她想解釋，卻不知道該如何起頭，「還記得我生病那天嗎？你問我怎麼了，我沒有告訴你。」

「……」葉信司皺眉，一臉疑惑。

「其實我媽和宿允川……在交往。」

「阿姨和宿允川？」葉信司震驚的看著她，眼裡彷彿還有其他情緒，周遭的氣氛似乎被他渲染成了壓抑的顏色。

「是。」她抬頭看著葉信司，吶吶的回答，以為他還在生宿衍的氣。

「沒事的，你放心。」馮想想拍拍葉信司的手，「宿衍也沒有我們想像的那麼壞。」

葉信司錯愕的看著馮想想，瞪著眼睛說道：「妳還幫他說話。」

「我不是幫他說話。」馮想想解釋，「是因為我們犯的錯已經造成，我不想再為此糾結，而且我們也說好了，以後就當不認識。」

「妳相信他？」

馮想想不解的看向葉信司，「阿司，你為什麼反應要這麼大？」

「……因為妳之前才說過要討回來，轉眼之間卻變了。」

馮想想垂著腦袋，輕聲說道：「因為我媽還在醫院，我煩了、累了，難道這還構不成我放棄的理由嗎？」

葉信司聽了便安靜了下來，最終轉身離去。

馮想想看著葉信司的背影，此刻的阿司並不正常，雖然他平時就容易衝動，不過這卻是他第一次沒理由的發脾氣。

馮想想思考著，自己是否遺漏了什麼訊息。她無奈的蹲了下來，近期發生的事讓她難受，而此刻連她唯一的好友都轉身離去，她心想，自己是否又做錯了什麼？

夜晚，葉信司坐在電腦桌前，過了許久，他還是打開了抽屜，裡頭有一條精緻的項鍊。細長的白鋼鍊中央，鎖著一枚皮織的黑色年輪，表面是同心圓的環，紋路疏，向陽。

葉信司沒有伸手觸摸，最終將抽屜闔上，長長的吐出了一口氣，他在此刻驚醒，他根本沒什麼可懷念的，他擁有的，就只有一條項鍊而已。

生活似乎又回歸於平靜，就宛如氣候總是瞬息萬變，但雨點終將止於土壤間，還予自然。

馮想想手撐著頭，這是一個百般無聊的午後，她用腳尖踢踢葉信司的椅角，他轉頭看了一眼，要她別吵。

這幾天馮想想都乖乖去敲葉信司的家門，等他一起去學校，他們都向彼此道了歉，但馮想想沒有主動開口問他怎麼了，因為這一直都是他們之間的默契。

而宿衍……那個在門前等待的少年已不存在，他褪去那幾日的黯淡，又變回了那個高高在上的少爺。

馮想想閉上雙眼，她不清楚心裡的感受是什麼。

在室外的泳池邊，李瓊不解的看著宿衍，她問道：「為什麼不叫馮想想來就好？」

宿衍沒回答，他總是坐在池邊看手機，頭也不抬，一副興致缺缺的模樣。

「當初不是就說好讓馮想想替你做愛校服務嗎？」李瓊不滿的踢踢腳邊的掃帚，「這算什麼啊？」

「需要理由嗎？我膩了。」宿衍不耐的看著她，他站起身來說道：「王正愷人呢？他別想把工作丟給我。」

「宿衍，」李瓊眼神複雜的瞪著他，「這不像你。」

她雖然對宿衍感到不滿，卻無法反駁他什麼，於是她扔下水管，獨自一人爬上泳池，一聲不吭的離開。

這裡，只剩水管噗嚕嚕的淌著水，在太陽底下緩緩的蒸發。

城市的街燈與酒店的霓虹遮擋住了夜色，葉信司鑽進了地下酒店的後門，那是連結廚房與回收場的通道。

他靜悄悄的潛入，門衛沒有發現他。葉信司不會保護過任何人，他宛如在漁網裡的魚，撲騰的掙扎，他以為只要用力就能求生。

馮想想已經好一陣子沒去學辦，宿衍也不再找她麻煩，但葉信司並不相信宿衍的為人。他進不了宿家，而學生會更與他劃下界限，於是葉信司只能來到這裡，他想試著和宿衍「和平交談」，至少要確定宿衍會徹底遠離馮想想。

葉信司總認為自己有義務保護那個傻女孩，就像從前替她抓小偷，替她揍跑掀裙子的小惡霸。

他神色自若的進入廚房，並從忙碌的後廚中穿過，接著他貓著腰，在一名服務員經過之後，趁隙跑到了對角，轉個彎，經過了穿堂以及兩層樓高的壁畫。葉信司才剛跨幾步，便停了下來，他距離宿衍專用的包廂已經不遠，他聽見了王正愷的嬉鬧聲。

葉信司躲進轉角，沒想到才剛探出頭，卻又瞬間縮回腦袋，他怔怔的看著眼前一塊塊不規則的鏡牆，葉力恆的身影就印在上頭，葉信司看著父親為難的笑臉。

王正愷正揪著葉力恆的領帶，戲弄似的甩了甩，他說：「大叔——你不是這裡的經紀人嗎？」

「什麼經紀人？」葉力恆擦擦汗，裝傻道。

「不要裝傻啦！」王正愷十足的小痞子模樣。

「你們還未成年，能放你們進來就已經違反規定——」

「宿衍不就是宿允川的兒子嗎？他現在就坐在裡面欸。」王正愷指著包廂內，神色開始不耐，「連他的面子也不給？」

「抱歉，規定就是規定。更何況，這並不是宿衍的意思吧？」

「什麼?」王正愷冷下臉，他推了葉力恆一把，「你算哪根蔥?」

葉信司咬著牙，他在角落攥緊拳頭，理智在腦海裡搖搖欲墜。

「什麼規定?規定是可以改變的。」王正愷踹他一腳，葉力恆往後踉蹌，「就像沒人規定我必須尊敬老人愛護兒童，我現在踹你一腳，你還能不聽話嗎?」

葉信司終於忍無可忍，他怒不可抑的走出轉角，身體因為憤怒而顫抖，他甚至能聽見自己壓迫又沉重的喘息聲。

「夠了。」

這時的宿衍才慢條斯理的從包廂走出來，他冷漠的看向王正愷，說道：「別惹事。」

在聽見宿衍的聲音後，葉信司停下腳步，他怒視著宿衍，也稍微清醒了過來，他看著葉力恆的背影，如果他現在出現在這，那只會給葉力恆難堪，不會有一個父親願意讓兒子撞見這一幕。

「你先走吧……」宿衍的尾音還未落下，他便看見了不遠處的葉信司。宿衍揚起眉，頗有興致的看著他，並再次說道：「葉叔，你先走吧。」

葉信司躲在牆柱後，他想起他被保安扭進灰暗房裡的那天，宿衍的眼神，就如同那封簡訊，再次提醒著葉信司的無能為力，就宛如那條脆弱的年輪項鍊。

這一刻，他對馮想想的保護欲，以及他自以為的正義感已經不再重要，頃刻間他忘了自己闖入地下酒店的目的，原有的計畫變了調，剩下的只有狼狽與憤怒而已。

葉信司心想，他們父子究竟得輪到什麼時候?

幾日後，葉信司打開抽屜，將項鍊收進口袋裡。

葉信司穿著便服，從學校側門翻了牆，確定了是下課時間後，他大步前進，經過的人紛紛側目。有人在穿堂遇見了葉信司，出聲叫喊沒得到回應，便打給馮想想。

葉信司的腳步有些急躁，直到他闖入了宿衍的班級，原本利用下課時間訂正考卷的學長姐們抬起頭，包括了正在講臺前公布解答的宿衍。

葉信司並沒有給宿衍反應的時間，他拿出項鍊，眨眼間便扔到了宿衍身上，有人被他突如其來的舉動嚇了一跳，發出了細微的驚呼聲。

項鍊打在宿衍的胸膛上，隨後墜落，宿衍看著地上的項鍊，白鋼鍊、皮織年輪。他的眼神冰冷，而葉信司滿腔怒火，他們一刻也無法相容。

馮想想聞訊趕來，卻被學姐攔在教室外。她看著一身便服的葉信司，正想喊出聲，卻被葉信司低沉的嗓音打斷，「還給你，陳尹柔和我爸的定情物。」

他如願看見宿衍的動搖，於是葉信司勾起嘴角，「現在已經不需要了。」

宿衍冷冷的看向葉信司，並一腳落在項鍊上，他問：「你以為我會在意？」

馮想想怔怔的看著眼前的兩人，內心的震驚無法言喻。

「你知道你哪點最讓人噁心嗎？你跟我其實沒什麼兩樣，所以拜託你，別再以受害者的身分來掩飾你虛有其表的家庭——」

宿衍衝向他，說道：「閉嘴。」

葉信司卻還是扯起嘴角笑道：「你第二點噁心的地方，就是再生氣都是這副表情。自以為鎮定，其實就他媽裝模作樣——」

馮想想看著宿衍的表情，腦中警鈴大作，她正要開口阻止，卻已來不及控制場面。宿衍將葉信司揍倒在地，他將對方壓制在地上，而葉信司反身，兩人滾了一圈，開始另一輪的反制。女孩們開始尖叫，幾個力氣較大的男生前來制止，有兩人攔住了葉信司，將他架了起來。

宿衍卻只是看著男同學，低聲說道：「滾。」

「宿衍，這——」男同學愣了愣。

「我說，滾。」宿衍一字一句的說道。

宿衍總是以笑臉示人，儘管有人知道他的表裡不一，卻也從未看過他這副模樣。

他們遲疑的放開葉信司，和其他人一起默默的離開教室，裡頭只剩宿衍與葉信司兩人。

葉信司與宿衍臉上都掛了彩，相比之下葉信司較為嚴重，宿衍垂眼看著項鍊，轉瞬間，講臺被他一腳踢開，並在同時執起椅子。

在一片驚愕聲中，馮想想掙脫了學姐的手，衝上前。

「宿衍！」

宿衍一愣，在扔出手的瞬間轉了角度，椅子銳利的擦過葉信司的肩膀，他悶聲跪下，肩膀傳來劇烈的疼痛，而椅子改了道，硬生生的砸向窗臺，發出震耳的巨響。

馮想想攙扶住葉信司，她震驚的看著宿衍，她從未想過這人會如此失控。

馮想想感到手心一片溫熱，她僵硬的掀開手，發現是葉信司肩上流出的血，馮想想無措的看著葉信司，卻發現他只是安靜的看著被掃到角落的項鍊。

而這時宿衍低啞的聲音卻又從頭頂上傳來：「葉信司。」

馮想想緩緩抬頭，她想開口阻止，卻只能乾澀的說出：「宿衍，你……」

「我說過了，我們的差別。」

「宿衍……」

「陳尹柔？你以為能利用她影響我？」

葉信司聽見陳尹柔的名字，他狠狠地瞪向宿衍。

「從我們出生的那一刻起，就注定了你爸只能為我爸工作，而你——」

「宿、衍！」馮想想打斷他的話，她能做的只有緊抱著受傷的葉信司，並衝著宿衍的口不擇言而怒吼。

她的怒意在教室裡迴盪，外頭的人潮仍未散去。

那晚出現在馮想想家裡的宿衍，他寂寞的形象依然鮮明，她想問他，這究竟是怎麼了？為什麼他們原以為能拋開的事情，卻彷彿沒落幕的一天？

葉信司還記得，某一年的馮想想盡全力爬上樓頂，她手拿著葉信司的悔過書，將它摺成紙飛機，她踮起腳尖，把紙飛機用力扔出。

悔過書就這麼在葉信司眼前經過，它翱翔在藍天下，馮想想說，這有什麼好擔心的，不好的事情忘了就好，錯誤能修改，所以回憶也能。

她就是這麼信誓旦旦。

紙飛機在中途垂直落下，葉信司看著馮想想在陽光底下的身影，還有她飛揚的百褶裙，他彆扭的扭過頭，跟著墜落的紙飛機移動，他從頂樓往下一看，紙飛機就這麼對準了班導光溜溜的頭頂，啪嗒一聲，砸了上去。

於是，葉信司又被罰了一張悔過書，當時的馮想想尷尬的笑了。

那個時候，也是這樣的夏天嗎？

馮想想耷拉著腦袋，宿衍因為傷得輕，所以只需要在保健室處理一下傷口，就被送到教官室了。而葉信司的肩膀因受重物擦撞，為了以防萬一，還是在老師的陪同下到醫院檢查，幸好只是稍重的擦傷瘀血，沒傷到骨頭。

在等候的期間，老師起身去通知家長，葉信司與馮想想就這麼對視著。

「阿司，我這幾天都在猶豫，到底該不該主動問你。」馮想想說道：「你能告訴我發生什麼事了嗎？你和宿衍……是什麼關係？」

葉信司沒有回答，他移開視線，等候區又變得沉默。走廊的窗外有蟬鳴，樹葉婆娑，吹的是一陣陣的熱風。國中那年，風也揚起了馮想想的裙子，紙飛機從她手中溜走，那瞬間，葉信司便面臨了選擇，他應該要偷看這笨蛋的內褲呢？還是專注於紙飛機就好？葉信司花了一秒的時間掙扎，最終選擇了後者。

他看著紙飛機打在班導的頭上，班導黑著臉拆開，而葉信司才寫一半的悔過書就那麼交到了班導手中，班導下意識的抬起頭，便剛好對上了他的眼睛。

「葉信司！」

班導的一聲怒吼，把葉信司震得差點摔下樓。

「錯誤能修改，所以回憶也能。」

他想，馮想想這傢伙，就只會說些天方夜譚。

「我知道我太衝動了。」葉信司總算開口，他無奈的衝著她笑，「犯了一次錯，又再犯一次。」

葉信司安靜了一會兒，又說道：「妳還記得我們國中的時候，妳把我的悔過書摺成紙飛機嗎？妳說過，錯誤能修改，但……回憶真的不能。」

四周靜悄悄的，直到走廊的另一頭傳來葉力恆焦急的腳步聲，葉信司才又低聲說道：「馮想想，我只是無法忍受，所以更寧願犯錯。妳能理解嗎？」

葉信司起身，他和葉力恆無聲的對看，便一同進入診療室聽醫生說明。馮想想怔怔的看著地板，鞋尖上還有上午攙扶葉信司時所沾上的血液。

她怎麼能不理解？不論是葉信司還是宿衍，甚至是她自己，不都再犯同樣的錯誤嗎？

馮想想安靜的離開，她搭電梯前往高樓層，卻又在病房前蹲下，她不想進門。宿允川堅持不讓馮丹瑜出院，而病房已滿床，於是宿允川乾脆自費，將馮丹瑜轉入VIP病房休養。至今也好幾天了，馮想想一次都沒進去過。

她在病房外蹲了許久，腿都麻了，她偶爾會聽見從病房內傳來的輕笑聲，馮想想猶豫了一會兒，還是決定離開。她返回等候區，卻又聽見了葉力恆與葉信司的交談，馮想想頓了頓，最後站在轉角處等待，他們父子的交談聲悠悠傳來，窗外樹影落在地面上，馮想想有些疲倦，她閉起雙眼。

「你不問我原因嗎？」葉信司問。

「其實我那天在酒店看到你了。」葉力恆淡淡的說道。

葉信司愣了愣，他想起父親被揪著領帶的模樣，卻又故作輕鬆的取笑道：「明知道我在看，也不表現的帥氣一點。」

「是啊。」葉力恆看向葉信司，「但那就是我的工作。我忍下來了，你為什麼忍不了？」

葉信司默不作聲，許久後他才低聲問道：「爸，那得輸幾次才甘心？」

馮想想起身，她揉了把疲倦的眼睛，默默的轉身離去。

好不容易挨到了隔日，馮想想一早來到學校，果然還是聽見許多有關宿衍與葉信司的流言蜚語，從情敵到兄弟，他們在傳言中換了無數個身分。

宿衍公然傷人，校方必須處理問題，他被卸下了年級代表的身分，並紀予一支小過。

馮想想趴在桌面上，她悄悄的碰著胸口，宿衍受到了懲處，但此刻她卻開心不起來。

「聽說葉信司——」

馮想想一聽見關鍵字，猛然抬起頭來。

「什麼？」馮想想怔怔的看著她們，「什麼意思？」

同學們面面相覷，似乎都被馮想想的反應嚇了一跳，其中一人解釋道：「因為是他先去學長班上挑釁的，而且他之前不是還跟校外的人打架嗎？他有太多紀錄，聽說要留校察看。」

「所以……」馮想想緊握拳頭，心裡有了答案，卻不死心的又確認一次。

「所以要開操行會議決定去留啊……」

馮想想腦中一片空白，但她無法坐視不管。而她絞盡腦汁，想到的方法卻只有一個，去找宿衍。

放學鐘聲一響，馮想想拿起書包，頭也不回的離開教室。

雖然宿衍卸下了年級代表，但他依然是學生會的人，馮想想停在學辦前，放學的人潮在身後不息，幾雙探究的眼睛停在她身上，馮想想忍無可忍，直接敲響了學辦的門，走了進去。

「有事？」宿衍整理桌上的文件，沒有抬頭。

「我有話對你說。」她垂下眼，繼續說道：「你當初問我……你欠我的，我想你怎麼還。」

宿衍聞言一頓，筆尖的墨水暈在紙上。

「妳也親口說了，我們以後就當不認識。是妳放棄了機會，那就沒什麼好談的。」

「我反悔了。」馮想想厚著臉皮申明，「我不會裝作不認識你，如果可以，我會時不時出現在你面前，直到你再也受不了我為止。」

「妳到底想做什麼？」

「聽說葉信司要開操行會議……」

「所以？」

「所以，請你放過他。」

「這我無法決定。」

「我知道你有辦法。」

宿衍嘲弄的笑容掛在嘴邊，他看著馮想想，對方也不躲避他的視線，兩人就這麼互看著。

不知過了多久，宿衍才繼續他手邊的工作，並出聲道：「妳走吧。」

「宿衍……」

「我不可能幫他。」宿衍煩躁的停筆，他一字一句的說道：「但我會做我該做的事。」

馮想想無法再多說什麼，而四周只剩下筆尖摩擦紙頁的聲音，唰、唰——

她無奈的轉身，在門被關上的剎那，宿衍停筆，所有聲音戛然而止。

翌日一早，宿衍站在司令臺上，主任正分享著小故事，升旗臺上的同學受不了烈陽，升完旗就匆匆下臺了。

整個操場就像大型烤爐，同學們紛紛低下頭，他們躲著高掛的太陽，只有馮想想倔強的看著臺上的宿衍，她的額頭被陽光曬得有些刺痛，她摸摸瀏海，連頭髮都開始燙人。主任終於結束了冗長的故事，宿衍接著走向司令臺中央，代表學生會來宣導事項。他拿出通知單逐字唸著，氣氛沉悶的想睡，天氣與他低沉的嗓音都顯得無趣，轉眼間，宿衍已經將紙對折，收進了口袋裡。

「另外，有一件事情由我個人進行說明。」宿衍筆直的站在臺上，「是關於736班的馮想想。」

馮想想驀地抬頭，她怔怔的看著宿衍。

「馮想想，去年十月蓄意毀壞公物，念在初犯，悔過書兩千字。」宿衍不疾不徐的說道，「同年十二月，違反試場規則，記予警告一次。」

班上的同學紛紛轉頭看她，馮想想的手心溼透，心裡開始發涼。

「今年六月攜帶違禁品出入校園，在頂樓倉庫噴漆，記警告以及悔過書兩千字。累積一小過，主任網開一面得以保留，處以四週的愛校服務。」

馮想想的雙眼通紅，憤怒與委屈使她顫抖，周圍開始出現此起彼落的交談聲，司令臺上的老師察覺不對勁，才慢半拍的準備向前阻止。

馮想想的指尖陷入手心，疼痛喚不回她的理智，馮想想艱難的移動腳步，她要上臺，她絕對要把宿衍——

「以上事件，全是由我本人，宿衍，一手策劃栽贓給馮想想。」

這瞬間，眾人的聲音突地炸了開來，四周一片吵雜，馮想想停下了腳步，她震驚的看向宿衍，連老師也一時忘了反應。宿衍冷淡的語調打亂了馮想想的思緒，麻木的大腦卻無法隔絕他清楚的聲線，她對此感到茫然，上一秒源於憤怒的眼淚還來不及收回，淚水斷了線，在瞬間落下。

「在此，我將卸下副會長的身分，以示悔改。學生會及年級事務，將暫由祕書與李瓊同學代為處理，後續懲處則聽由學校處置，以上。」

宿衍走下司令臺，維持著他一貫的步調與姿態，他輕描淡寫的決定，卻強烈震撼馮想想的內心。

她不懂，宿衍是孤注一擲，還是隨心所欲。

她不懂，自己應該要有什麼樣的心情。

宿衍走向穿堂，他拿出手機，撥出電話，一通未接，他就再撥一通。

他察覺了時間的流逝，他卻緬懷過去。

他的成長，只因世界訂下的規則。

對於某些人來說，生命無趣，是因為於事無補。而生命之所以有趣，只因人類總在尋找生存的策略。

這不是肆意妄行。

這只是，

埋葬與生機。

葉信司換了一次藥，電視的閃爍光線打在臉上，四周響著綜藝節目的聲音。伴隨著罐頭笑聲，馮想想將桌上的垃圾全掃進垃圾桶裡。

「你打算什麼時候去學校？」馮想想無奈的看著他。

「誰？」

「你。」

葉信司碰上肩膀，齜牙道：「我帶傷。」

「所以不能走了？不能聽課了？」

「不能。」

馮想想將電視關上，就這麼盯著他看，直到葉信司開始不自在，直到他心虛。

「妳幹麼！」

馮想想沒有移開視線，她瞪著葉信司，卻沒有理由說服他去上課。

「你被通知了吧？操行會議。」馮想想低聲問：「你會參加嗎？」

葉信司閉上雙眼，「我不知道。」

「阿司……」

「妳不會理解的。」

「我的確不理解。」她看著掉落在地面的紙條，上頭是葉力恆上班前要兒子好好吃飯的字跡。馮想想問道：「我不理解，如果總是在衝動後懊悔，那你追求的到底是什麼？」

葉信司無法回答這個問題。他思考了許久，如果他不是處於深思熟慮的年齡，那他究竟是還未成長，還是不願成長？

他看向馮想想，傷口隱隱犯疼，「或許，我只是在找存在感。」

葉信司剛說完，門鈴便突兀的響了起來，葉信司起身打開家門，馮想想也跟著走向玄關，她踮起腳尖，從葉信司的肩上探出頭。

她怔怔的看著宿允川，而對方也微微一頓，直到葉信司移動，將馮想想重新藏入身後。

「有事？」

「關於宿衍。」宿允川看了眼葉信司身後，雖然知道馮丹瑜母女住隔壁，卻沒想過會在此刻遇到馮想想。

「竟然親自過來，」葉信司笑了笑，「是想掩蓋什麼？」

宿允川沒有回答，葉信司則是對馮想想說道：「妳先回去。」

她這次沒再猶豫，其實也是在逃避這樣的氣氛，她與宿允川擦身，想起宿衍在臺上的自白，她不知道宿衍真正的用意為何，也不知道他是否出自真心，更不明白他為何願意做到這種程度。

馮想想躲進家裡，她看著鞋櫃上的照片，又心想，馮丹瑜有多久沒回家了？

世上的所有事都能構成煩惱，宛如輻射塵，裡面充滿著危險警訊，但她為了生存不可能停止呼吸。任何人都是如此。

直到門鈴響起，其實馮想想早就窩在玄關等待，她猜到宿允川下個目的地就是這裡。

馮想想將門打開，宿允川與宿衍相似的眉眼就在眼前，她停頓數秒，懷疑自己是被下蠱了。

「有什麼事嗎？」

「想想，跟我談談吧？」

她看著宿允川，已經能夠忽視他熟稔的語氣，她雖然沒有拒絕與他交談，卻也不會請他進門。

馮想想走出家門，並將身後的門關上。

宿允川似乎對她的舉動毫不在意，他說：「好久不見了。」

「好久不見……嗎？」

「自從妳媽換了病房之後，妳就沒再來找過她。」宿允川輕聲問道：「為什麼？」

馮想想故意說：「或許……是因為我討厭她違背自己的意願，卻什麼都聽你的。」

她看著不吭聲的宿允川，才覺得自己有些咄咄逼人了。她望向葉信司的家門，轉移話題道：「你找阿司有什麼事嗎？」

「他們的操行會議——」

「他們？」

「宿衍與葉信司。」

她愣了幾秒才反應過來。宿衍接二連三鬧出的風波不小，儘管校方礙於宿允川……馮想想暗自喊停，她告訴自己這都不關她的事。

「妳放心，他們不會有任何問題。」

「我知道，伯父總是有辦法的。」

宿亢川微微的擰起眉，下一秒卻又笑了，「雖然宿衍今天的行為也在我意料之外，但我還是希望他能藉此彌補——」

「我媽的事不怪任何人。」馮想想打斷他，「她的情緒一直都不大穩定，是我忽略了她。」

「宿衍應該彌補的對象，我指的是妳，想想，這是他該負的責任。」他希望宿衍能彌補，就像他希望馮丹瑜能待在醫院。

宿亢川的前提總是自己。

「如果要說責任，我媽出事是因為我，我問她是不是破壞別人的家庭，或許也曾無意間把自己的不幸怪在她身上。但是伯父，你說這是宿衍的錯，他得負責，可是你接下來還是會替他解決這些事，因為這會影響到你的聲譽。所以他的行為，始終都是取決於你，不是嗎？」

宿亢川淡淡的看著她，而他內心真正的想法卻隱藏得很好，宿衍就像他。

馮想想清楚的意識到，這就是父子。

她雖然有魯莽的衝動，卻不是勇氣，她還是不敢直視宿亢川的眼睛太久。

她低聲說道：「很抱歉說了這麼多，但你剝奪了宿衍的一切，卻認為是我需要被彌補？」她往後退了一步，將家門打開，「這種補償我並不需要。」

她將門關上，徹底隔絕了宿亢川。

翌日一早，馮想想決定前往醫院，她想媽媽了。

到達的時候已經下午，她看著站在病房外的宿家父子，他們也看了過來。這時宿允川開口對她說道：「想想，來的正好。」

馮想想雖然不想探究宿允川的意思，卻不得不在意宿衍出現在這裡的原因。

打開病房，這是她第一次踏進這扇門，這裡比想像中的更好，但馮丹瑜已無大礙，卻被關在房裡，說是VIP的待遇，卻更像被限制自由，讓人喘不過氣。

馮丹瑜一看見馮想想便開心的拉著她說話：「我快被悶壞了！」她沒問馮想想為何這陣子都沒出現，或許她心裡也有答案。

宿允川悄悄的站在身後，沒有出聲打擾，也難得沒有叫馮丹瑜先休息，直到她們又聊了一段時間，宿允川才低聲叫道：「宿衍。」

宿衍緩緩的走進房內，馮想想這才發現他一直都站在病房外。

「我答應過妳，」宿允川輕聲對馮丹瑜說道，「這次宿衍和葉信司的事情我會一併處理好，妳不用擔心。」

「謝謝……葉信司這孩子其實不壞，他不是故意──」馮丹瑜看向宿衍，又說不出話來了。

「不用在意。我今天帶他來，就是為了向妳道歉。」

「道歉？」馮丹瑜的語氣似乎有些動搖，「不需要道歉，明明是我該──」

「丹瑜，」宿允川一字一句的說道：「這是兩回事。」

馮想想似乎小看了宿允川，他不單是以自己為出發點，更是一步步進行他的計畫，他要馮丹瑜繼續「休養」，他要宿衍「負責」，他要他兒子對當年的「第三者」道歉。

馮想想看著宿衍，他鞠躬道歉，姿勢標準，就像每一次在臺上的完美姿態。

「對不起。」他的聲線平穩低沉，瀏海遛馴的遮擋他的雙眼。

病床上的馮丹瑜雙手掩面，四周流淌著壓抑的情感。

馮想想握緊拳頭，不知道此刻的感覺是痛快，還是同情？

她按捺不住，上前把宿衍拉了起來，她狠壓著宿衍的腰部，要他挺直腰桿子、挺起胸膛。宿衍詫異的看著她，馮想想則冷漠的瞪著宿允川，說道：「我以為昨天跟你說得很清楚了。伯父，我們不需要任何『自以為是』的道歉。」

「想想，犯錯了就道歉，這是理所當然的。」

「但我認為最重要的，是以身作則。」

「想想。」馮丹瑜看著她，認真道：「不能這麼對長輩說話。」

病房裡頓時一陣僵持，馮想想移開放在宿衍身後的手，冷靜過後她還是不後悔，沒了昨日的懊惱，除了魯莽，更多的是勇氣。原來宿允川昨天對她說的話不是溝通，而是單純的告知，這讓馮想想感到氣憤。

「沒事。」宿允川依然揚起笑容，他坐到床尾，輕輕捏著馮丹瑜的腳踝，「我今天會如此堅持，也是擔心妳真的要悶壞了。」

馮丹瑜疑惑的看著他，宿允川才又解釋，「幾天後要談收購的事，我們一起去，順便帶妳散散心。」

「……去哪？」

「德國。」宿允川笑道：「我們放個長假吧，在西南部，那裡環境好也適合休養。我會提前處理好所有事，讓妳安心。」

「不——我的意思是，我不放心讓想想一個人。」

「想想可以暫時住我們家。」

馮想想抬起頭，她忍無可忍的看向宿衍，卻發現今天的宿衍特別奇怪，他不但低頭道歉，面對這樣荒唐的計畫卻不做任何反抗。

她想說自己已經習慣了一個人的生活，所以沒必要依靠任何人。但她看著馮丹瑜為難的神情，實在無法開口。

她只能把最後的希望放在宿衍身上，她急忙叫道：「宿衍。」

「……」

「宿衍！」

「住進來吧。」

「什麼？」

他們的關係急轉直下，卻也只是照著宿允川安排的方向走，僅此而已。

最終馮想想沉默，她不是認命，而是面對這樣的宿衍，她竟也一時忘了反抗。在宿允川的堅持下，馮想想與宿衍一同搭車離開。

她離開前又看了馮丹瑜一眼，她對上她的雙眼，短暫的交流、矛盾的情緒。馮丹瑜已經不同以往了，她有了依靠，她一直想念的人已經在身邊，那人會為她處理任何事、會替她做選擇。她愛他，但她是真的快樂嗎？

病房的門輕輕闔上，阻斷了她們的目光。誰能體會，馮想想有多想拆穿這個謊言。

車緩慢的行駛，馮想想看著窗外，而宿衍靜靜的坐在一旁，閉著雙眼，她知道他沒睡。

「宿衍，我不可能去你家。」

「這只是暫時的。」宿衍低語道，「住進來吧。」

「暫時是多久？你爸說放長假，我媽甚至沒有選擇，那放完假呢？等著我媽嫁進去嗎？」

宿衍沒說話，這時的馮想想才激動了起來，她直接解開安全帶，轉向宿衍。

「我不能理解，你不是厭惡這些嗎？你說我媽是第三者，卻願意向她道歉，你討厭我，現在又要我住進你家？」馮想想冷聲說道：「我不可能再被你牽著鼻子走，別想命令我。」

「妳要我幫葉信司。」宿衍淡淡說道，「我做了。」

「……」

「如果我和他一起參加操行會議，沒道理只有我沒事。」

「你想說什麼？」

「我爸會答應妳媽處理葉信司的事，只因為要保我，才順便保他。他只會做自己計畫內的事，所以妳媽唯一的錯誤就是對他抱有期待。」

「這跟我進你家有關聯嗎？」

「我不是命令妳。」宿衍抬眼，「我是需要妳。」

馮想想愣愣的看著他，直到宿衍移開視線，他看著車窗外。

「他說要讓出地下的經營權。那裡有我媽的設計，我不可能無動於衷。」

「你爸拿酒店威脅你。」

「威脅？」宿衍勾起嘴角，諷刺的笑道，「他愛妳媽，那是感情用事。」

「別提我媽。」

宿衍沒再理會，他傾身，從椅背拿出項鍊。馮想想看著上頭的黑色年輪，想起了葉信司，還有在地下酒店工作的葉力恆，頓時無話可說。

「替我還給他。」

馮想想接過項鍊，她細細端詳著，除了那天在教室起的爭執外，她似乎還在哪裡見過這條項鍊。

她將項鍊捧在手掌心，心想，原來宿衍會鞠躬道歉，也是因為有想守護的東西。

馮想想低聲說道：「我知道了……你家的事，我會考慮。」

儘管她這麼說，但她想著宿衍，想著馮丹瑜，還有葉信司與葉力恆，其實答案已經很明白了，她根本沒有掙扎的空間。

葉信司冷漠的看著項鍊，又抬眼看著眼前略顯疲態的女孩，低聲問道：「妳要進他們家？」這個問題他已經問了好幾次，始終沒得到答案。

馮想想看向葉信司，她以為他會暴跳如雷，但他沒有。

塵封的記憶又再次掙脫束縛，那條項鍊有著纖細卻堅硬的鏈條，與黑色編織的圓心環，葉信司輕聲說：「紋路疏，代表向陽。」他笑了笑，「妳覺得她希望我成為怎樣的人？」

「她？」馮想想愣了愣。

「陳尹柔。」他依然淡漠，「我原本以為這條項鍊代表她對我的期待，不過是我想多了，因為她一次都沒來看過我。」

葉信司將水一飲而盡，才又說道：「直到她死了，我們連喪禮都無法參加。妳看過夾著尾巴的狗嗎？膽小、落魄，我爸當時躲在電線桿後面，看著喪禮，就這麼站了一個晚上。」

「阿司……」

「儘管如此，他還是甘願留在地下酒店，在那裡工作了將近二十年，低聲下氣，只因為陳尹柔——」

「阿司。」

「妳認為，沒有感情基礎的權宜婚姻能維持多久？」葉信司沒理會馮想想的叫喚，他將項鍊推向馮想想，「我不收。」

「她寧願跟宿允川扮演十多年的夫妻也不願意來這裡。」葉信司說道，「我和宿衍，一出生就注定截然不同。」

「……」

「妳說……宿允川和妳媽在一起了？他早就忘了陳尹柔，而我爸卻到現在還留在酒店裡。」葉信司冷聲，「這項鍊我不需要了。」

葉信司對從前的記憶模糊，依稀只記得曾和陳尹柔見過幾次，他們得偷偷躲在市外，那是一片孤寂的土地，四周荒蕪，有老建築與紅磚，還有雜草叢生的泥土路。

那裡唯一及格的地方，就是葉力恆在樹下綁的鞦韆。

「妳現在知道我和宿衍的關係了，還是要進他們家嗎？」

「我……」馮想想耷拉著腦袋，她將項鍊收進口袋裡，緩緩說道：「我雖然討厭宿允川，但我媽已經為他醉了那麼多年。宿允川也為了我媽，要把陌生的我接進家門，甚至不惜讓出酒店的經營權來藉此威脅宿衍。」她抬起頭，「而宿衍為了酒店，竟然鞠躬道歉。」

馮想想停了一會兒才又說：「還有你爸……他在地下酒店待了那麼久也是如此，大家都有想守護的東西。」

「那妳呢？這一切都不關妳的事，妳又想守護什麼？」

「我不知道……但我媽，她是真心愛宿允川的。」馮想想無奈道，「阿司，你有想守護的人嗎？或許等到哪天，你就能理解了吧。」

葉信司攥緊拳頭，他沉默不語，直到馮想想拉起行李箱，關上了他家的門。

車窗外是熟悉的街景，不久前她也曾頻繁的經過這些路、頻繁的出入宿家。

下了車，眼前是同樣冰冷的大門和寬敞的庭院，依然了無生機。

葉信司的神情又浮現腦海，馮丹瑜曾說過，塵封的過去千萬不要打開，回憶是最可怕的東西。

馮想想仰起頭，對上了那雙眼睛，這畫面，就宛如學校穿堂與二樓的半圓陽臺，當時馮想想站在高處，而學長站在穿堂中央，此時，只是位置變了而已。

馮想想仰望著宿衍，這裡連陽光都黯淡，他與葉信司是異父兄弟，眉眼間卻毫無相似之處。葉信司逐漸成熟而冷漠，而宿衍卻一點一滴的，彷彿滲透了人性。

第三章　糖果屋

午後兩點，這時的氣溫高得嚇人。

宿衍已經離開陽臺，原本黯淡的陽光原來只是馮想想的錯覺，烈日被建築旁的大樹稍微遮蔽，庭院旁的大理石圓柱彷彿冒著騰騰的熱氣，她鬱悶的走進宿家，一進入客廳，她的視線順著螺旋式的樓梯往上移動，望向挑高兩層的天花板，再沿著吊燈看至二樓的走廊，葉信司曾被關在那處的其中一間房。

管家提起馮想想的行李帶路，她被帶上二樓，她的手輕輕放在走廊的扶欄上，從這裡可以直接俯瞰整個客廳，不同的角度，但心中的感觸卻是相同的，寬闊的空間，卻是寂寞的氛圍。

馮想想回神，看見管家正停在某間房前等待，被人服侍的感覺讓她很不自在。

「謝謝，我自己來就可以了。」馮想想上前接過行李，生疏的笑了笑。

「那就不打擾妳了，稍後會準備晚餐。」

「其實晚餐我可以……」看著管家冷淡的表情，她猶豫的繼續說道：「自己解決。」

「宿先生有指示了，待在家吃會比較好。」

但這不是我家。馮想想抿脣，終究還是沒說出口，畢竟說再多都是徒勞。她輕手把門關上，默默的整理行李，衣櫥內有幾件事先準備好的女性衣物，矮櫃裡也有幾雙新鞋，馮想想把這些全收進某層較大的抽屜裡，她不需要。

馮想想倒上床，看著客房裡單獨的衛浴間，床單上有剛洗好的淡淡清香，沒想到這張床的味道，竟是這個家唯一有點溫馨的地方。

這時管家來敲門，馮想想還是拒絕了這頓晚餐。

她拿出手機，想傳封訊息給馮丹瑜，卻又不知不覺睡著了，當她醒來的時候已經快凌晨，她喉嚨有些癢，看看四周也找不到半瓶水。

「他應該該睡了吧？」馮想想喃喃自語，決定出房門找水喝。

走廊幽長黑暗，只有轉角的一盞夜燈。馮想想看見某間敞開的房門，她猶豫著，雙腳還是緩慢的向前移動，她經過房間，用餘光注意著裡頭，最後停下腳步。

窗外月明星稀，有微亮的月光，樹蔭寂寥。宿衍坐在床尾，他看著對面的一幅畫，畫上有鞦韆、有矮牆，也有暖暖的晚霞。

四周靜悄悄的，馮想想不確定宿衍有沒有發現自己，理智要她別看了，她卻移不開目光，她看著宿衍的側臉，再看看那幅畫，接著是與這棟建築格格不入的溫馨裝潢，寬敞舒適的窗臺、淡雅的窗簾，還有一座空蕩蕩的鳥籠。

馮想想意識到，這是陳尹柔的房間。

她的視線最終落在被扔在角落的布穀鳥鐘，上頭有棵樹斷裂，就擺在鐘體的旁邊。馮想想悄悄的退開，她回房拿出葉信司的項鍊，她暗自嘲笑自己竟成了葉信司與宿衍之間的某道橋梁。當她再次走到房前時，宿衍竟早已看著門口，馮想想被他突如其來的目光嚇到，心跳也突地加速。

「我可以進去嗎？」馮想想輕聲問道，但她沒有得到回答，四周安靜的可怕。

宿衍沒有任何表示，這樣的他彷彿融入了房裡的黑暗，馮想想只能亮出項鍊，說道：「我是來還你項鍊的……」

見宿衍沒反對，馮想想便踏進房間，她觀察著對方的神情，並走近他。

而宿衍沒接下項鍊，他沉默的朝某處努了努下巴，終於開口：「我已經有一條了。」

馮想想聞言看向梳妝臺上的項鍊，終於明白自己為何會覺得項鍊眼熟了。

她之前拖著生病的身體，再虛弱都要往宿衍身上倒髒水，她當時在拉扯中扯壞了他的項鍊，而宿衍憤怒的將她按在牆上。

原來，阿司的項鍊，和她曾經扯壞的那條是一對的。

馮想想走近一看，發現了兩條項鍊的不同之處。屬於葉信司的紋路較稀疏，阿司說這是向陽。而宿衍的紋路較細密。

反之則是面陰。

她轉頭看向宿衍，心情一言難盡。「抱歉，把你的項鍊扯壞了。」

宿衍不在意的笑了笑，「現在道歉會不會太遲了？」

馮想想低下頭，不知道該說什麼。

「給我吧。」

「什麼？」

「葉信司的項鍊。既然他不要，那就由我來處理。」

「……你要怎麼處理？」

「丟了。」

她愣了一下，趕緊收起項鍊，「不用了，我會再還給他。」

宿衍看著對方的神情，問道：「妳知道了？」

「……嗯，所以這對你們來說，應該都是很重要的東西吧？你的項鍊我會負責修好的。」

「不，已經不需要了。」

「我想負責。」

馮想想沒再給宿衍說話的機會，她迅速的拿走梳妝臺上的項鍊，頭也不回的離開。

操行會議結束後，宿允川當晚就帶著馮丹瑜出院了，此時正準備搭上往德國的飛機。

而接下來的日子裡，那棟冰冷的「城堡」就只剩下她與宿衍了。黑夜沉沉，彷彿也是條漫漫長路，天空如墨，路邊光影斑駁，宿家佇立在眼前，馮想想已經熟悉這裡的沉寂，管家與家務阿姨會在固定時間離開，分秒不差，不知道是訓練有素，或者他們也迫切的想逃離這裡。

從機場回來後，宿家就只剩下她一人，馮想想也因此被染上了孤單的味道，她沒有回房，因為房裡更讓人寂寞。

客廳外的樹影宛如鬼魅，晚風徐徐，樹葉沙沙的響了起來——

馮想想拿出宿衍的項鍊，心想，宿衍就是在這樣的環境中成長的嗎？

當宿衍進門後，看到的就是這幅畫面。馮想想趴在桌面上，指尖纏繞著鏈條，她淺淺的呼吸著，不知道睡著了沒。

他不由自主的停下腳步，視線全被項鍊吸引了過去，他若有所思的看著黑色年輪，目光流轉，移動到了馮想想恬靜的側臉上。

而對方也在同時緩緩的睜開雙眼，時間彷彿被放慢了速度，他們對視了許久，最終總是會默契的移開視線。

宿衍轉身上樓，而馮想想繼續研究項鍊，直到他關上門，馮想想這才垂著腦袋，悄悄嘆了口氣。

她最後決定將項鍊交給師傅修理了，她幸運的在網路上搜尋到一家距離不遠，評價也不錯的老店。

但斷裂的扣環是私下訂製的，所以找不到相同的扣環，結果只能用別的代替。

馮想想非常沮喪，雖然項鍊能修好，但獨一無二的地方卻無法彌補了。

項鍊修好的這天，馮想想一早就趕去取項鍊了。

修理的成果比她想像的好很多，尤其是她最擔心的扣環，雖然不再相同，但師傅很細心，新找的扣環至少有八成像。馮想想興奮的捧著項鍊，師傅被她的模樣逗笑了，慷慨送她一個項鍊盒，馮想想仔細的將項鍊放在裡頭，並打算向師傅再買一個，因為葉信司的項鍊也少了一個能保存的地方。

離開店面後，馮想想幾乎是迫不及待的跳上公車，她小心翼翼的守著盒子，當她好不容易到達學校後，也已經過了早自習的時間了。

馮想想看著關上的校門，只能彎著身體鑽進警衛室旁的小門裡，而火眼金睛的警衛則探出頭，笑瞇瞇的說道：「同學——遲到吼，來這裡登記一下。」

馮想想垂下肩膀，她無奈的走進學校，便看見了不遠處的宿衍。

或許是一種想獻寶的心態，再加上有老師即將經過此處，馮想想一咬牙，便將宿衍拉到身邊，兩人閃身躲進了通往地下室的樓梯。

宿衍微微蹙眉，他疑惑的看著馮想想，直到她的呼吸漸漸平穩下來，她才觸電般的甩開宿衍的手。

「……」

此刻就算再後悔也沒用了，她只好悄悄的竄下樓梯，地下表演廳旁有一個舊倉庫，她就站在那等著宿衍，才剛探出頭，就一頭撞上了宿衍的胸膛，她往後踉蹌幾步，吃痛的揉著鼻子。

馮想想原先有些得意的心情早已消失殆盡，她慎重的捧著盒子，並在宿衍面前打了開來。

「項鍊修好了。」

宿衍沒說話，他淡淡的看著項鍊，又看向馮想想。

「抱歉，原本的扣環是訂製的……全世界就只有兩個，而你的修不好了，這是師傅另外找的。」

馮想想不安的抬起頭，這時她才聽見宿衍低聲問道：「妳在跟我道歉？」

「對，因為這是我弄壞的。」

「妳還記得扯壞這條項鍊的前因後果嗎？」

「記得，你把我的懲處紀錄寄到我家。」

「既然如此，妳為什麼要愧疚？」

馮想想已經不再為此感到憤怒了，她輕聲說：「我不是對你愧疚。」

「那為什麼？」

馮想想耷拉著腦袋，其實她也不知道該如何回答。是因為她雞婆？還是因為她自以為能不計前嫌、握手言和？

她看著手裡的項鍊盒，想了很久，最後卻是脫口問道：「宿衍，你還恨我媽嗎？」

在一陣沉默後，馮想想恨不得賞自己兩巴掌，但她還來不及改口，卻被宿衍拽進了倉庫裡。

她貼著宿衍的後背，聽著籃球撲通、撲通滾下樓梯的聲音，緊接著是一群人的嬉鬧聲，其中一人跑下樓撿起了籃球，直到他們凌亂的腳步聲逐漸遠去，宿衍才緩緩退了開來。

「剛才……」

她明白宿衍是想解釋剛才的情況。

「我知道。以我們在學校的關係……我們是該躲起來。」馮想想笑了笑，「宿衍，我們對彼此都太冷漠了。」

她揚起笑容說道：「既然無法成為陌生人，那我們就和平相處吧。」

好幾年前，這間房還是暖的。破曉之後，會有縷縷晨曦穿向玻璃窗，打在滿是枕頭的窗臺上，而上頭的毛毯便被金色陽光照得更加毛茸茸。

儘管籠裡不再有小鸚，但窗外還種有梧桐，棲鳥會叫醒時間。

當年的天空還是乾淨的湛藍天幕，打開窗，空氣清新。梧桐樹下埋著一對小鸚，而時間就是從那刻開始起了變化。

二〇一七年，小鸚成了養分，梧桐卻已不再。天空不大清晰，空氣也不再乾淨，晨曦穿過薄霧，玻璃窗上有著灰。

這裡維持了第幾年的萬籟俱寂，而窗臺也不再有那個看書的女人了。

宿衍聽見門外輕輕的腳步聲，自從拿回項鍊的那天起，他與馮想想的關係似乎比較緩和了。

這時馮想想將房門關上，而宿衍閉上雙眼，緊繃的心緒悄悄回歸平靜，如同那條項鍊。

幾天後，學生會的幾人來找宿衍。在他卸下職務之前，迎新活動都是他在處理，此時的學生會已經焦頭爛額，而副會長的人選還沒確定。

學生會希望宿衍能幫忙舉辦迎新活動，宿衍思考了數秒，祕書這才不好意思的說：「抱歉，是我們臉皮太厚了。」

「不，」宿衍低聲說道，「這次是我的問題，還麻煩你們收拾我的爛攤子。如果有需要幫忙的地方，請儘管找我。」

回到家後，宿衍打開了許久未動的紙袋，裡面裝的全是馮丹瑜和馮想想的資料。她們的資訊少的可憐，馮丹瑜的資料只需要用到兩張紙，而馮想想的就更不用說了。

曾經，宿衍也仔細端詳過她們的面孔，他處心積慮的，想在資料之外找出馮丹瑜的特別之處，最終卻被她女兒吸引了所有的注意力，因為能力所及，宿衍明白自己除了玩些下三濫的手段之外，根本就幹不了大事。

宿衍將資料全放進碎紙機裡，他想起馮想想問的：「你還恨我媽嗎？」

如果說他從來沒恨過誰，大概是沒人會信的吧。

Schwarzwald／July／在霧中消失的——

馮丹瑜在日記中寫下簡短的文字，而她在「消失」之後停筆，沒再落下字跡。

喀噠、喀噠——

沿著軌道，火車前往 Triberg。

速度不快，窗外風景快速的跑過，黑森林幾乎由松樹與杉樹組成，黑壓壓的一片，儘管是晴天卻也有霧氣環繞。火車穿過了一片針葉林，接著又經過幾個林中村莊，她看著景緻，遺忘了僵硬與疲憊。

火車停靠的是一個舊站，徒步還得花上二十分，等了一會兒才有公車。她行經了教堂、商店街，並在市集處下車，她在肉鋪前停下來，買了火腿，並仰頭看看天空，雖然是七月的大晴天，但這幾天都有午後陣雨。

馮丹瑜加快腳步，她轉進了一條狹窄的步道，兩旁是高聳的樹，幾乎能將天空掩蓋，腳下是不大平穩的石頭路，踩得作響。沒多久，空間逐漸變得寬敞，接著是一大片綠油草地，還有佇立在東邊的桁架木屋。

這段時間，她就是待在這座山間小城鎮，並暫時住在這棟木屋裡，除了她之外還有一名幫忙家務的婦人，名叫梅雅辛，是個熱情的人。

她用中文再次向馮丹瑜介紹，距離博物館大約兩公里，那裡擁有咕咕鐘的歷史，附近有家甜點店，他們的黑森林蛋糕好吃極了。

「整天待在這遲早會發霉的！快去走走，讓妳美麗的臉龐曬曬太陽！」

「我才剛從 Schonach 回來呢，梅雅辛。」馮丹瑜無奈的展示手中的包裹，「我買了火腿回來。」

馮丹瑜接著又和梅雅辛聊了幾句，當她準備起身上樓時，梅雅辛又叫住了她，問道：「今晚妳先生會回來嗎？」

馮丹瑜愣了愣，卻也沒糾正梅雅辛口中的「先生」，她聳聳肩，笑道：「我也不知道，他太忙了。」

宿允川這次會帶馮丹瑜來這，主要是為了幫她換換環境，再來也是為了工作，不過他工作的地方位於德國的大城市，與這兒隔著遙遠的距離。

馮丹瑜進房後，她算算時差，臺灣現在是晚上十一點左右，她猶豫著，最後還是忍不住撥出電話，「想想。」

「媽。」

「睡了嗎？」

「還早呢。」馮想想輕聲說道：「等等，我先回房間。」

馮丹瑜聽著電話那頭的腳步聲，心裡才逐漸踏實了起來。她走向窗邊，擺弄著窗檯上的盆栽，放眼望去，是綠地，接著是蜿蜒的石板街道，長至樹林，再來又是遠處的綿延山脈。

馮丹瑜沉默了許久，她想聽女兒的聲音所以打這通電話，卻沒想好該說些什麼。

「在那裡還習慣嗎？」馮想想先開口。

「嗯，這裡什麼都好。」馮丹瑜垂下眼，低聲道：「但還是想念臺灣。」

「那……妳要回來嗎？」

接著又是一陣沉默，她回不回去還得取決於宿允川，不過馮丹瑜沒這麼說。她轉移話題，「那妳呢，在宿衍家還習慣嗎？」

馮想想無奈笑道：「適應中。」

馮想想又問起她的近況，她卻發現自己沒什麼好說的。

她在這裡的生活千篇一律，也算是貫徹了這趟「修養之旅」，宿允川唯一一次帶她出木屋，便是帶她去划船。不過馮丹瑜感覺得出來馮想想並不想聊到宿允川，於是她就跳過了這個話題，她聊起了梅雅辛。

「梅雅辛建議我寫日記，不過我覺得我堅持不久。」馮丹瑜笑著說。

「那宿允——那伯父呢？他有好好陪妳嗎？」

馮丹瑜沒想到馮想想會主動提起宿允川，她微微一怔，才說謊道：「嗯，他就在我身邊。」

在馮想想問更多之前，她又起了另一個話題。「妳跟宿衍還好嗎？他……有沒有為難妳？」

「沒有，我們現在算是……和平相處吧。」

「真的？」

「真的。」

直到要掛電話前，馮想想終於說道：「媽，我們常通電話吧。」

馮丹瑜鼻頭一酸，她看著天邊的顏色變換，德國的黑夜來得很遲，尤其是七月份。她閉起雙眼，聞著四周淡淡的樹木味道與森林氣息。

「好……想想，妳一定要接電話啊。」

馮丹瑜時常傳些生活照給她，有夢幻的木屋，有綠意盎然的草地，也有神祕的樹林，她搭上了每日只有兩班的蒸汽火車，並探出窗外拍下了古董的黑色車身。她會拍下梅雅辛勤勞的背影，也會錄下她隨性的歌聲，馮想想看了總想問她：「媽，宿允川呢？」

直到今天，她終於收到了有宿允川身影的照片，他與馮丹瑜坐在河畔咖啡廳，吃著正宗的黑森林蛋糕，陽光溫暖的打在他們身上，玻璃桌折射，而他們被鑲上了金色的邊框。

馮想想在看見宿允川的同時也鬆了口氣。

馮想想躺在床上，笑問道：「蛋糕好吃嗎？」

「看到照片了？」馮丹瑜笑了笑，「很好吃，尤其那櫻桃酒的香氣，簡直是——」

「媽……」

「知道知道——」馮丹瑜嘆息道：「唉，自從來到這裡，這還是他第一次同意我接觸『酒精』。」

馮想想笑了幾聲，「所以滿足了？」

「非常滿足。」

「啊——原來我們都是容易滿足的女人。」

「女人？」馮丹瑜笑了，「想想，妳還只是個女孩。」

「我都要滿十八了……」馮想想撇嘴，「遲早的事。」

「成年了也不會比較好啊——」

雖然馮丹瑜的語氣淡淡的，馮想想還是轉移話題問道：「……伯父在妳旁邊嗎？」

「不，他有工作上的電話，出去接了。」

「喔……」馮想想安靜了一會兒，她插上耳機，點開了河畔的照片，她看著馮丹瑜嘴角沾上了巧克力碎末，還有她洋溢著幸福的笑容。

馮想想嘆了口氣，聽著手機彼端的風聲，覺得不大踏實。她輕聲問道：「媽，妳在喜歡上他之前，想的是什麼呢？」

馮想想的手覆上雙眼，媽媽為什麼會喜歡上這樣的一個人？看起來高高在上，甚至是高不可攀，他們兩家的差距更是相隔甚遠。

「其實……也沒想什麼。我以前不愛思考，只是很努力的在生活。所以——」

馮丹瑜停頓了很長一段時間，許久後才又繼續說道：「所以，我當時只是提醒自己，別把整顆心都交上去了……」

馮丹瑜的語氣充滿著無奈，似真似假，四周還有擋不住的風聲，於是馮想想無法辨別她的真心。

直到宿允川回來，她們結束了通話。

馮想想看著照片發呆，接著才走出房門，這時宿衍正好回房，他們在二樓相遇，當馮想想即將下樓的時候，背後響起了宿衍平淡的嗓音。

「這幾天，要彩排迎新活動。」

馮想想轉過身，等待宿衍下文。

「妳來幫忙？」

馮想想愣了愣，很想吐槽宿衍「尋求幫忙」的態度。

宿衍見她沒反應，便掉頭回房。

「哎，幫！我會去幫忙。」馮想想無奈的說了一聲。

宿衍聽了只是微微點頭。

就在剛才，馮想想瞥見了宿衍身上的年輪項鍊。所以她才心想，算了吧，他難得看起來溫馴多了。

◆

馮想想趴在桌面上，露出一雙犯愁的眼睛，她看著站在黑板前講鬼故事的同學，因為氣氛所致，她不得不跟著緊張。

馮想想前方的葉信司轉過身來，看見她的臉幾乎要藏進手臂裡了，便意義不明的笑了笑。

馮想想的心情頓時有些複雜，自從她住進宿家後，葉信司與她的聯絡也少了，她偶爾也會埋怨阿司，不明白這件事為何會影響到他們的友誼。

同學敲著講臺為故事加上音效，這才拉回了馮想想的注意力。

班上的窗簾緊閉，於是七月強烈的日照在此時就變得陰森起來。臺上的同學也不服輸，硬是拿出手機開手電筒，老套的擺在下巴處，還時不時弄出聲響，他是班上公認的「說書人」，任何故事都能用自己的方式說得頭頭是道、天花亂墜。

他從學校女宿聊到行政大樓頂，接著便是被稱為「舊表」的地下表演廳。馮想想閉上雙眼，想起她曾將宿衍拉到地下室轉角，身後是倉庫，再隔壁就是地下表演廳了。

馮想想皺起眉頭，彷彿聽見了籃球撲通、撲通，滾下樓梯的聲音。

「他抬起頭，卻看見了——」同學陰森的語調徘徊在教室裡。

馮想想緩緩的睜開雙眼，宿衍的背影卻在此時闖入腦海，她的額頭竟開始感到灼熱，馮想想怔怔的看著前方，直到同學講到精彩處時故意發出的喊叫，伴隨而來的是班上女同學的尖叫聲，於是一股涼意從背後竄向了她的頭頂。

前方的葉信司又再次轉過來，馮想想抬起頭，不知所措的與他對視。

她竟被自己嚇出了冷汗。

傍晚，下了場倉促的陣雨。

宿衍坐在沙發上，手抵額頭，另隻手滑著平板，馮想想坐在對面的沙發上，她開口說道：「今天在學校聽了鬼故事。」

宿衍沒什麼反應，馮想想的目光順著他修長的手指，流轉到了他的額頭，再來是他的肩膀——馮想想一愣，隨即一掌打向自己的臉頰。

「……」

「……」

再懊惱也沒用，只能怪自己的身體反應。

而這時的宿衍終於抬起眼，定定的看著她。馮想想實在沒轍了，她也不知道自己在幹麼，只好硬著頭皮繼續剛才的話題，她問道：「今年的迎新是在舊表舉辦的吧？」

宿衍沉默了一會兒，才應了一聲。

馮想想受不了他此時看過來的眼神，於是她不動聲色的深呼吸，開始把今天聽到的鬼故事重新再講一次。

「留校的學姐聽見舊表裡面有腳步聲——這不是很奇怪嗎？她才剛出表演廳，鎖門之前也分明確認過裡面沒人了。」

「……」

許久後，她見宿衍還是萬年的面癱臉，原先只想用鬼故事救火的馮想想也漸漸上火了起來，她頭腦一熱，便把身體往前傾，開始模仿今天在班上講故事的男同學。

馮想想瞇起眼，放低音調，「所以學姐拿出鑰匙，重新把門打開，然後──哇！」她站了起來，在她刻意提高的音量下，唯一有反應的只有被自己扔在一旁的講義。

而宿衍微微揚起眉，馮想想卻在瞬間回過神，想找個地洞鑽進去。

她安靜的坐回原位，耷拉肩膀，恨不得把臉埋進膝蓋裡。客廳又恢復了平時的靜謐，於是她聽見對方若有似無的嘆息聲，接著是緩慢的腳步，馮想想抬起頭，有些惱羞的瞪著他，而宿衍只是撿起了馮想想的講義，不輕不重的打在她的腦袋上。

馮想想揉著頭頂，她看著宿衍回房的背影，直到聽見門關上的聲音，她才在心裡叫了一聲，倒在沙發上丟臉的掩面。

◆

馮想想站在門口，抬頭看看稍嫌陰霾的天空，雨滴點點落下，隨後她身旁多了個人。馮想想抬頭看著那人的側臉，那是一條優美卻銳利的線條，經過了昨日的小小鬧劇後，馮想想對他僅剩的一點顧慮也雲散了。

宿衍真是一個奇怪的人，當他不再表露惡劣的模樣，彷彿被雨洗褪了那點黑暗顏色，儘管他骨子裡依然是個有點壞心眼的人，但他時而垂下的眉眼，還有此刻的恬靜，便會讓馮想想遺忘了他們曾有的衝突，而宿衍就會宛如這場夏日的陣雨，倏然變回了初識那年的溫柔學長。

宿衍注意到了她的視線，只是低頭淡淡的看她一眼，管家也在同時撐起傘，啪嗒──

「看什麼?」宿衍沒等她回答，便推了她一把。

馮想想往前踉蹌起步，撲進了管家的傘下，她轉過頭，見宿衍又另外提起了一把傘。

哪裡還有溫柔的影子?

今天是暑輔的最後一日，只有半天課。學辦替有參與彩排的同學請了事假，但因為上午的彩排出了點狀況，他們無法按時結束，眼見天色越發陰沉，雨也有更加頻繁的趨勢，開始有人擔心趕不上回家的校車。

這時學校鐘聲已經響起，看看時間，只剩一節課就要放學了，而後控組的同學卻遲遲沒有出現，眾人的臉色也就不好了起來。

宿衍沉默的站在舞臺中央，抱怨聲此起彼落，馮想想站在布幕後，偷偷看著宿衍冷淡的眉眼，還有他微不可察的不耐神色，直到他轉身朝她走來，馮想想傻傻的愣在原地，才發現宿衍是要找站在她身後的小組長。

「不用等了，我去辦公室找陳老師，問他能不能派另一組人過來。」宿衍看眼手錶，「你們就先照原計畫彩排。」

馮想想看著宿衍離去的背影，一旁的小組長拍拍手，要大家開始彩排了。

然而接下來的彩排一直不大順利，派來支援的後控同學已經到了，宿衍卻沒有跟著回來。外頭響起一陣悶雷，與此同時，學校也敲響了放學鐘聲。馮想想無奈的環顧四周，同學們一心想回家，看起來都很沒精神。

這時，表演廳的燈忽然閃了幾下，舞臺中央的燈稍稍暗了下來，同學用對講機確認狀況，只見後控組的人也一臉茫然。

同學們靜默數秒，接踵而來的狀況已經讓他們很煩躁了，空氣更因為雨天而潮溼悶熱，表演廳內頓時湧上一股無形的壓力。他們揮揮手，決定先確認串場的音樂，但沒多久，更詭異的事情卻發生了，音樂開始出現斷斷續續的情況，負責人蹙起眉頭，不耐煩的檢查設備，卻始終沒找出問題，他毛躁的低吼一聲：「這是什麼情況？」

他的語音剛落，音樂開始恢復正常，不過轉眼間，音樂卻又驟然停止，接著便傳出了雜訊聲。如果是普通的雜訊也罷，但此刻的聲音明顯不大正常，音響傳出低沉的聲響，咕嚕、咕嚕——時而斷續、時而迴盪，宛如沉浸在水裡……

表演廳裡頓時陷入沉默，眾人原先煩躁的心情也冷卻了下來，他們面面相覷，用眼神無聲的交流。在一片寂靜下，似乎還能聽見外頭逼近的腳步聲，馮想想回憶起了舊表的故事，其他人想必也是如此，他們默契的往後退了幾步。

直到腳步聲停在門口，其中一位女孩被嚇得撲通坐下，她委屈的看著進門的宿衍，「副會長——不……宿衍，今天不大順利，我們另外再約時間吧？」

在宿衍同意後，眾人差點要歡呼出聲，他們快速的收拾器具，而馮想想蹲在地上，緩慢的整理散落的行程表，她承認剛才一看見宿衍，她的恐懼頓時被安心感取代，連帶宿衍討人厭的面癱臉都順眼了起來。

「想想，鑰匙在妳那吧？門就麻煩妳鎖了喔？」

「嗯。」馮想想隨意回了一聲，並起身將紙張放入資料夾內。

不久後，她怔怔的看著已空無一人的表演廳，剛才的插曲湧入腦海，她才意識到是自己答應要最後鎖門了。

喀噠——宿衍又再次映入眼簾，馮想想也再次被他給拯救，她可不敢獨自待在表演廳裡。

「不走？」

「走！」她發現自己有些激動了，摸摸鼻子再小聲重複一次，「走。」

她慌亂的收拾好東西，在鎖上門之後，宿衍才問道：「你們怎麼了？」

馮想想正要回答，表演廳內竟傳出了東西掉落的聲音，匡噹——

她二話不說逃離原地，轉頭看見還杵在原地的宿衍，便急急忙忙拉著他離開。

「鬧鬼。」馮想想一臉認真的看著宿衍，「剛才絕對是——」

「同學，」宿衍打斷她，接著舉起手，給她看看他們「親密」的肢體觸碰，「不放手？」

「……」馮想想停頓了幾秒，反應也不像之前那樣誇張了，她故作鎮定的鬆手，把話題轉回剛才發生的事情上。

宿衍靜靜的聽她說，而馮想想注意到對方毫無動搖的表情。

「哎。」馮想想停了下來，不滿的說道：「你也太冷靜了。」

宿衍微微揚起眉，馮想想不甘心的問他：「到底什麼事才能動搖到你？」

「沒有。」

「沒有？」

宿衍沒有回答，他往前邁步，馮想想只能加快腳步跟上。

這時的雨已經停了，天邊的雲也逐漸消散，不禁讓人感嘆氣候的瞬息萬變。而馮想想偷瞄著宿衍的側臉，他就如同早上那般冷漠，卻也有著溫柔的假象。

她不服輸的輕哼一聲，原先因為舊表而懸在半空中的心臟，卻也安穩的平靜下來。

無邊無際的黑夜，沒了浮雲細雨，只有陰森月牙。布穀鳥鐘響起，宿衍起身，他怔了幾秒，側頭看著窗外，外頭幾棵梧桐樹佇立，緩緩飄下落葉。宿衍閉上雙眼，他在這刻明白，他又陷入了夢境。

他無法控制自己的身體，彷彿被人由身後操控著，他下床，進入隔壁的房間，陳尹柔半倚在窗臺還未睡去，宿衍踮起腳尖，打開櫥櫃，他看著玻璃藥罐上的倒影，這是宿衍第一次在夢裡見到自己的身影。他這時還披著稚嫩的外皮，他朝小小的手心倒了兩顆膠囊，走向窗臺。

「別哭，妳該吃藥了。」

陳尹柔聞言緩緩的轉頭看著他，她的目光繾綣而溫柔，她說：「宿衍，你真像你爸爸。」

她的眼淚滑落兩側，宿衍閉起雙眼，聽著陳尹柔吃藥的聲音，接著毫無預兆的，一道突兀的聲線強行鑽入他耳裡：「鬧鬼。剛才絕對是——」

他忽地睜開眼，眼前是舊表的舞臺布幕，暗紅宛如血液，而耳畔又響起了那人的聲音。

「那時燈閃了兩下，舞臺光還變暗了……」

眼前的畫面就如她的聲音變換，啪嗒，燈滅，「音樂突然消失，出現了雜訊……」

「宿衍，你聽過咕嚕咕嚕的雜訊嗎？」

咕嚕咕嚕——

「喂，別用這種眼神看我，真的是這種聲音，就像沉在水底——」

頃刻間，一陣水花打在宿衍腳邊，水位迅速的上升，淹至他的膝蓋、腰際，甚至是雙肩，而那人卻還在耳邊喋喋不休：「我差點被嚇死了……騙你的，其實也沒多可怕。」

「馮想想，妳在哪？」宿衍試圖移動腳步，奈何他無法動彈，這時水已經淹到了脖子，宿衍仰著頭，低吼：「閉嘴，出來！」

「哎，你也太冷靜了。」

「這他媽——」水灌進了宿衍的嘴裡，瞬間，他的雙手突然解開了桎梏，但他卻無法往上游，他能做的只有伸出手，而當被淹沒的最後一秒，卻還是聽見了她的聲音。

「到底什麼事才能動搖到你？」

咕嚕咕嚕——

猛然間，一股力量湧入宿衍的掌心，他被往前拖了幾步，水乍然退後，新鮮的氧氣同時充滿他的體內，他看著眼前的少女正拉著他跑，而天空雲層厚重，四周正飄著細雨。

舊表的潮溼味，還有陳尹柔房裡的藥味還殘留在鼻腔。

宿衍收緊手心，少女的熱度一點一滴的滲透。即使眼前是搖搖欲墜的細繩，他也想拼死抓緊。

他唯一的綠洲早已連同梧桐樹消失，乾枯的井也被他親自掩埋，儘管如此，剛才依然有被水淹沒的恐懼，他試著掙扎，直到缺氧、窒息。在這刻，他彷彿獲得了一次求生的機會。

宿衍睜開雙眼，額上是細細冷汗，他起身揉揉眉心，待清醒過來才聽見房外的輕喁聲響，宿衍皺眉，出房後看見的卻是電視的燈光，在昏暗的客廳裡一閃一閃的，光照在牆的各處，以及女孩平靜的睡臉上。

宿衍不自覺的放輕腳步，手緩緩的搭在扶欄上，垂眼看著女孩的頭頂。

看看時間，已經凌晨三點多，宿衍下樓將電視關了，他微微彎下腰，手在馮想想的肩上猶豫，宿衍看著她，竟一時拿不定主意，他沉思了數秒，只好坐在馮想想身旁。

每當他夢見陳尹柔，宿衍是明白的，他是罪惡的階下囚，所以才會一次又一次的被惡夢纏繞。

宿衍觀察著馮想想的睡臉，這次卻不明白了。

他想，這只不過是一場夢而已。儘管如此，他還是渴望終有一日能抹去敗絮。他也想抓緊。

宿衍彷彿能聽見自己沉重的心跳，撲通。接著是溺斃前的最後掙扎，他在夢裡伸出手，試圖抓住打入水底的一絲光線……宿衍猛然回神，他怔怔的看著自己的手，而馮想想的手近在咫尺。

宿衍不禁可笑，他想抓緊什麼？

他閉起眼，束手無策，只能踢沙發幾腳，而馮想想的嘴吧唧兩下，頭一歪又睡熟了。

於是他低聲道：「馮想想。」

神奇的是，女孩百折不撓的睡意竟在瞬間消散，她猛地睜開雙眼，怔怔的看著出現在眼前的宿衍，對方正冷漠的看著她。

「——早安？」

「……才三點，」宿衍看了她一眼，淡淡說道：「回房間睡。」

他又問：「妳不敢一個人待在房間？」

「呃。」

「因為舊表——」宿衍還沒說完，馮想想就好面子的躲回房裡了。

薄暮冥冥，天空陰沉壓抑，濃雲低垂，彷彿觸手可及。風聲呼嘯，正在宿家的庭院裡流竄不滅。眼看，即將要來場大雨。

馮想想看著窗外嘆息，宿衍卻悠閒的坐在一旁，他手支著頭，另隻手拿著平板。馮想想悄悄看他，近幾日，宿衍有些奇怪。

他竟願意與她同桌吃飯。宿衍的手指修長，拿筷子的姿勢標準漂亮，半口米飯入口，似乎不存在吞嚥的聲音，細嚼慢嚥的，他有著不疾不徐的節奏，卻比馮想想還要快結束一頓飯。

想到這，馮想想的目光便緩慢移到宿衍的手上，他的手很好看，骨節分明，此刻正藏在髮叢中，黑髮襯著膚色，白皙卻蘊含著力量。他的另隻手正徐徐滑著平板，接著動作一頓，他抬起頭，而馮想想趕在被發現前移開了視線。

宿衍默默的上樓，而馮想想的目光不自覺的追隨他的背影，這時手機震動了幾聲，是馮丹瑜從德國寄來的訊息。

「想想，聽說臺灣有颱風，你們還好嗎？宿允川這兩天會回去處理公事，希望氣候不會太糟。」

「那妳回來嗎？」馮想想回覆道。

宿衍下樓，手裡抱著一座布穀鳥鐘，她曾在陳尹柔的房裡見過。宿衍將鐘放在茶几上，馮想想拿起損壞的針樅樹，撫摸它尖銳的輪廓。

「壞了……」馮想想低聲說道：「這怎麼辦？」

「能修。」宿衍沒有多說，他低身從茶几下拿出準備好的箱子，將布穀鳥鐘放了進去。

馮想想看著斷裂的精緻木雕，便知道修復的困難度，她問道：「要怎麼修？」

「不在臺灣修，去德國。」

「……德國？」

宿衍看著她，低聲回道：「嗯，德國西南部。」

馮想想微微一頓，她看著宿衍將箱子封好，並暫時放進倉庫裡。她的手機振了兩聲，她看著馮丹瑜回覆的訊息。

「我也不確定能不能回去，我會爭取的……我想妳了，想想。」

此時窗外一閃，伴隨著轟隆——轟隆——

天空低沉的嗚咽幾聲，終於開始哭泣。豆點般的雨勢逐漸失控，大雨傾盆而下，落至地面砸成了壯烈的水花。

她看著遠處被折騰的枝椏，而淤積的爛泥被打得四散，啪嗒黏上了玻璃窗。天空是墨色的，它的眼淚墜落，彷彿在絕望的叫囂，而宿衍始終安靜的站在她身後，馮想想看見了，她能從窗上看見宿衍的身影。

而客廳的燈光顫抖了幾下，寂寥孤單的宿家也徹底陷入了黑暗，馮想想轉過頭，室內唯一的光源是在樓梯轉角的緊急照明燈，於是宿衍只露出了一雙眼睛，全身都融入了黑暗裡。

馮想想看著他深邃的雙眼，在一片昏暗中，他的眼睛便顯得明亮，馮想想不由自主的往後退，直到背抵上了身後的窗。

「沒事吧？」

宿衍的聲音忽地響起，她的心臟也猛然收緊。

「……沒事。」

馮想想見宿衍轉身要走，便焦急的往前，「你要去哪？」

「找手電筒。」

「手機有……」

「沒電了。」宿衍離開客廳，他頓了幾秒才又說：「妳等我一下。」

馮想想看著自己的手機，電量也所剩不多，她無奈的坐下，過了許久才見宿衍下來。

「只有蠟燭。」

聞言，她環顧了黑漆漆的宿家，這裡空間不小，卻只有一盞緊急照明，而宿衍找不到手電筒，最後只找到裝飾用的香氛蠟燭。

這裡看似什麼都有，其實什麼也沒有。

宿衍將蠟燭都點亮，馮想想打開手機看時間，畫面還停留在與馮丹瑜的聊天頁面裡，她看見馮丹瑜叫她的名字。

「**想想**。」

「宿衍，你認為名字一定要有特殊涵義嗎？」她揚起嘴角，自顧自的說道：「我媽曾跟我說，我叫想想是因為一個很隨便的理由，她問我會不會怪她，不過直到現在，她都還沒告訴我『想想』是什麼意思。」

「……我也是。」

馮想想驀地抬起頭，她從沒想過宿衍會理她。

他說：「名字而已，不需要有涵義。」

「但……我喜歡你的名字。」馮想想訕訕笑道：「即使是我，也知道Endless是無窮無盡的意思。」

宿衍沉默了許久，才低聲說：「那是我爸的品牌，不是我的。」

「我知道。不過在無限的前提下……『衍生』是必須存在的。」

她想起了站在司令臺角落的宿衍、在陳尹柔房裡的宿衍，還有剛才融入黑暗的宿衍。馮想想靠上椅背，竟開始昏昏欲睡，她閉起雙眼。

「這代表你是不可或缺的。」

她輕聲開口，「宿衍……雖然不知道原因，但謝謝你改變了態度，最近的你——」她呢喃道：「很好相處。」

宿衍仰頭，香氛蠟燭的氣味讓他們的心變得柔軟，宿衍看著窗外未曾減弱的雨勢，漫長的等候，直到聽見馮想想均勻的呼吸聲。

「我也不知道改變的原因。但……馮想想……」

宿衍的手臂遮住雙眼，喃喃自語道：「我做了一個夢。」

欲言又止的他該如何說明？讓他鬆懈的只是一場夢，因為這是他第一次夢見打入水底的陽光，第一次夢見漂亮的景緻，第一次感受到某人手心的溫度。

因為這全是第一次，所以宿衍連說出口的勇氣都沒有。

馮想想睜開眼，窗外的雨勢小了許多。桌上的蠟燭燒一半了，電還是沒來，馮想想側著腦袋，看著坐在一旁睡著的宿衍，蠟燭火光暖暖的打在他的側臉上，把他的五官照得更加立體，馮想想靠近一看，第一次發現宿衍的睫毛還挺長的。

她伸出手，將宿衍眉間的皺摺撫平。她想起了小時候，那年的颱風比這次嚴重許多，破了七年的豪雨紀錄，各地區傳來了災情，馮想想只要打開電視，全是颱風的專題報導，那個時候……她身邊沒有人。

馮想想突然有些心酸，她就這麼看著宿衍，直到再次睡著。

當馮想想再次醒來，宿衍已經不在身邊了。她回房洗漱後，便開始尋找宿衍的身影，她走出家門，發現原本寥寂的庭院更加死氣沉沉了，落葉斷枝鋪滿了磚地，少數的盆栽也傾倒破碎，馮想想看著遠處的宿衍，他的背影依舊挺拔，給人的氛圍卻太單薄。

馮想想走向前，她隨著宿衍的目光低頭一看，看見了一隻受傷的母貓，牠身邊還窩著三隻幼貓。母貓的後腳有道不輕的傷口，血跡斑斑，附近的毛結成了一塊，牠低頭舔著小貓的腦袋，孩子們正虛弱的嗚咽著。

馮想想抬頭看看厚重的雲層，在短暫的平靜之後，雨還是要下的。她看向宿衍，不斷揣測他的心思，儘管他們的關係變好了，但這裡還是宿家，她沒立場要求宿衍留下貓咪。

馮想想陷入掙扎，當她對上宿衍的眼睛後，卻突然有了勇氣。

「我可以照顧牠們一段時間嗎？」她趕緊補充道：「會幫牠們找到主人，不會待太久的。」

宿衍沉默了許久，這時母貓忽然仰起腦袋叫了一聲，牠的聲音嘶啞，幾乎要聽不見，而天邊悶雷轟隆，彷彿在他面前打著一桌悲情牌。

宿衍妥協說道：「我不會收養任何東西，傷好了就得送走。」

馮想想雙眼一亮。

「知道了。」她再次保證，「一定！」

宿衍走近她，他們的肩膀稍稍觸碰，馮想想揉揉左肩，她想，這是宿衍第一次釋出真正的善意。

她終於明白，即使是曾讓她心動的學長，他的溫柔卻只存於幻想裡，而此刻的宿衍收起了刺，卻固執的表現出無情的模樣。

他不再是當初的學長了，他是一個活生生的男人，會在颱風天為她點上蠟燭。

她從未想過，他們曾經那麼討厭對方，如今竟也能一筆帶過。

或許，是一年的時間太短，他們經歷的卻太長了。

在決定照顧貓的當下，馮想想便拜託一早剛進門的管家載她一程。

馮想想看著緊閉的醫院大門，又請管家改往市區，最終還是沒有找到營業的動物醫院。

「昨晚市區淹水，幾乎沒有營業的店家。」管家說道。

馮想想看著母貓，牠的情況已經很不樂觀了。

其實她心裡早已有了答案，但她還是拿起手機搜尋著處理辦法。她想，如果能撐過今晚呢？如果又能撐過第二晚呢？

最終，母貓沒來得及等到第一個夜晚便走了。

這是馮想想第一次面對死亡，直到母貓變得僵硬，馮想想唯一能做的就是幫牠蓋條被子。

宿衍悄悄的出現在她身邊，攔住了馮想想的動作，他將貓咪裹著毯子抱起。

馮想想緩緩說道：「……可以請獸醫院幫忙處理。」

宿衍出了家門，馮想想緊跟在他身後，他們來到了後庭院。她見宿衍放慢腳步，踩上了第八塊石頭。

她看著灰色天空，以及宿衍的黑色上衣。馮想想停了下來，望向第八塊石頭旁，是陳尹柔房間的窗。

她曾聽做家務的阿姨感慨過，好幾年前這裡種著三棵梧桐樹，花開的時候可漂亮了。

馮想想得承認，她不嫌麻煩的帶著母貓四處尋找醫院，或許也是因為想起了從前總是傷痕累累的馮丹瑜。

她想彌補自己的母親，所以就將感情寄託在這件事上，而到頭來，她卻沒有勇氣觸碰，只因她沒有勇氣面對遺憾。

宿衍的背影是觸發她心事的關鍵，她想她會永遠記得這一刻，灰濛濛的天空、黑色的上衣、陳尹柔的窗、一場沉默的送別，以及……旁人口中的梧桐花開。

所謂的「遺憾」，是他們無法欣賞花開的美，而原因很簡單，因為有人來不及參與，有人是無暇顧及。

當晚只有細細小雨，馮想想卻一夜無眠。

隔日，她將三隻小貓藏進房裡，她緊緊的站在宿衍身邊，面向著家門。

宿允川回來了。

馮想想看著宿允川，她不禁心想，宿衍最終會成為這樣的大人嗎？

她與宿衍的手背相碰，宿衍微微低下頭，垂眼與馮想想對視著，耳邊還有宿允川講公事的聲音，自從進門後他就沒停過電話。

他們對眼了數秒，馮想想彷彿讀懂了宿衍的意思，她離開，把空間留給需要談話的父子。

宿衍看著她的背影，手指動了動，直到殘留的暖意逐漸消失。

而馮想想拿起背包，準備去買小貓用的奶粉和針筒——在這之前，她得先去阿司家。

這是一個突然的決定，也是深埋許久的決定，她早該把項鍊還給他了。

與宿衍昨晚經歷的那一切，讓馮想想更加篤定，她不想讓葉信司也面對遺憾。

「難得回來，我以為妳是來吃飯的。」葉信司不耐說道：「我說過不需要了吧？」

馮想想抓住他的手，將藍色盒子塞給他，項鍊盒上是仿麂皮絨的材質，觸感圓潤。

「如果你不需要，那就自己處理。」馮想想強調，「而不是丟給我。」

她低聲說道：「還記得上學期我媽進醫院的時候嗎？你要我別說會讓自己後悔的話，我也不希望你讓自己後悔。」

葉信司盯著她看，馮想想見他終於有了反應，才接著說：「我知道你很在意我住進宿衍家，但我一開始也是不願意的。」

「一開始？」葉信司看著手裡的盒子，問道：「那現在呢？」

「不願意。」馮想想苦笑，「阿司，我一直都不願意，我的家永遠是這裡，所以我更不希望因為這件事情影響我們的關係。」

「我沒有被影響。」

「有。我們越來越疏遠，你也不常笑了，而身為朋友的我，卻不敢輕易問你怎麼了。」

「為什麼不敢？」

「我重視你的意願。」

「所以非得把項鍊還給我？」

馮想想知道葉信司在故意挑她語病，可是她不明白，為何葉信司對此事如此耿耿於懷，難道對他來說，這個舉動嚴重到需要用爭執來解決嗎？

「那你把項鍊丟給我，要我處理你媽的遺物，就是尊重我的意願？」

馮想想說完才覺得自己語氣重了，她垂下腦袋，「……抱歉，但我做的只是物歸原主，我不知道你在意的是什麼，但我不想莫名其妙就跟你吵架。」

「我承認，我很莫名其妙，但我真正在意的，是妳說過我們永遠同一陣線。」

「我們本來就是。」馮想想面露困惑，「所以我不懂你的意思。」

「是啊……就因為妳不懂。」

葉信司最終只說了這句話，他收起藍盒子，讓馮想想先回去了。

而她走向隔壁家門，已經有陣子沒回這個家了，她只進到玄關處，帶走了鞋櫃上的照片。

回到宿家後，馮想想從空氣中就能感受到壓力，所以她沒有進門。

當宿衍離開宿允川的書房，下意識尋找的便是這人的身影。雖是陰天，但她穿著薄薄的白襯衫，頭髮也被風吹得毛茸茸的，就如初生草的細柔，宿衍的心臟彷彿被細草搔得發癢，剛才面對宿允川的陰霾心情，竟漸漸的平靜了下來。

馮想想抬起頭，對上了宿衍躲避不及的視線。她正想說些什麼，卻被一聲急切的叫喚打斷。

「想想……」

馮想想一愣，她看著不遠處的馮丹瑜，立刻衝上前抱住了她。

當晚，宿允川待在公司，而母女就窩在沙發上聊天，馮丹瑜撫摸著馮想想帶回來的那張相片。

「我以為妳不回來了。」馮想想見她笑而不語，於是又問：「是他不想讓妳回來嗎？」

「……我跟他說了，我很想妳，如果這次不回來，以後我就不會再聽他的話了。」馮丹瑜眨眼，「所以他就幫我訂了下一班機票。其實——他很好說話的。」

好說話?馮想想不予置評，他只是不願事情脫離他的掌控而已。

她撫上馮丹瑜的手，終於問了她一直以來不敢問的問題，一個關於馮丹瑜的過去，也許……也是關於陳尹柔的。

「想想。」馮丹瑜看著相片陷入了沉思，她柔聲問道：「妳從來沒問過我，這照片裡的孩子是誰吧?」

馮想想沒作聲，而二樓的房門被輕輕的打開了，在無聲之處，她卻彷彿能感受到宿衍驟然停止的腳步。

她的目光透過馮丹瑜，看著樓梯那模糊的影子。她最後閉起雙眼，等待下文。

—Prequel：困—

那時的河川和天空一樣清澈。鼻間的泥土味、青草味，還有新鮮剛出爐的鹽蔥餅。

二十年前，馮丹瑜還是個剛成年不久的鄉下姑娘，她可是村裡唯二高中畢業的女生，另一個去都市升學了。不想繼續讀書的馮丹瑜便被她媽媽逼著結婚，對象是隔壁村的王鴻，中分頭、無框眼鏡，模樣乖巧，他是馮丹瑜的青梅竹馬，一起長大、一起牽手，卻沒有小情小愛。

那年，馮丹瑜還在聽著齊豫的〈你是我所有的回憶〉。

看小雨搖曳——看不到你的身影，聽微風低吟——聽不到你的聲音。

那是她跟著媽媽從小聽到大的一首歌。

她當時也在聽，房外是幾桌熱鬧的辦桌，她悄悄懷胎三個月，身穿傳統嫁衣。那晚，隔壁村的王鴻沒有出現，她的新郎跑了，從此沒再回來。

有人說曾見過王鴻，他帶著幾箱行李跑了。與王鴻一起消失的是紅角巷的陳嬸二女兒，是個站壁的。

馮丹瑜看著媽媽每天以淚洗面，自己肚子更是一天天的大起來，她知道，這裡是不能再待了。她與家人吃了一頓最沉默的年夜飯，隔日便以去都市找工作為由，提著行李離開了家。

媽媽千叮嚀萬囑咐，如果去了城市，就要去找高中同學王美華，要去投靠她才會安全。馮丹瑜點頭答應了，但她心裡清楚，人心涼薄，連最信任的王鴻都能跟人跑了，更何況是以前總與她爭第一的王美華呢？

她永遠記得那晚，天氣寒冷，附近的田地才剛播種，四周全是蟲鳴。家裡只有媽媽出門送她，母女倆擁抱許久，馮丹瑜上火車後才發現媽媽偷往她兜裡塞的八千塊。都幾個月了，那是她第一次哭，車廂裡的人紛紛側目，馮丹瑜泣不成聲。

馮丹瑜好不容易才租到一間廉價的小套房，快兩坪，只能擺得下一張床、一張桌子，還有折疊衣架與一臺會發出怪聲的迷你冰箱。她將媽媽塞的八千塊放在桌上，用雙手抹平，狠下心來抽出一張，買了一臺瓦斯爐，她摸摸肚子，孩子即將出世，這房間卻只有霉味，甚至連一扇窗也沒有。

馮丹瑜是跟房東找的工作，房東在一樓開麵店，樓上就用木板隔了好幾間房租外地來的人。房東不信任馮丹瑜，不可能讓她站櫃檯，所以馮丹瑜的工作就是端盤子洗碗，白天還會在附近找找別的工作，但她肚子太大，沒人敢要她。

孩子是在四月出生的，當時馮丹瑜的羊水破了，她什麼也不懂，房東見事態不對，卻還在一旁猶豫不決，幸好有好心的客人將馮丹瑜送往醫院，好不容易孩子出生了，卻是不健康的。

馮丹瑜待在病房整夜，她突然想起媽媽要她安置好了就打電話回家……她還沒打，她不知道該不該打。馮丹瑜隔日就辦理出院，她雖心念著醫院裡的小孩，但她需要錢。

她處處碰壁，只能在街上遊蕩，撿被人丟掉的報紙，找有沒有適合的工作。她走到交叉的三角路口，房東曾好心提醒她別靠近這處，原來三角路和村裡的紅角巷是一樣的地方。

馮丹瑜想起和王鴻私奔的陳嬸二女兒，有些人說話比較不好聽，就直接稱呼她為「那個站壁的」，其實她有藝名，叫瑪麗。

馮丹瑜和瑪麗有過一面之緣，就在紅角巷內的一個報紙鋪，她從窗戶伸出手，纖細白皙，她穿著紅色大衣，笑聲盈盈，當時馮丹瑜不知為何，嚇得逃跑了。

馮丹瑜陷入回憶，手便被人狠狠的掐住，她猛然驚醒，看著對方穿著泛黃的白襯衫和寬鬆的西裝褲，大白天的，卻戴著一副墨鏡，她立刻警覺起來，用力的甩開對方的手，看來三角路的確就如紅角巷，她大概是被誤會了。

「我只是走錯路，並不是——」馮丹瑜下意識的解釋，但又想起沒這必要，於是她乾脆掉頭走人。

「妳聽過聖凰酒店嗎？」背後傳來那男人的聲音，馮丹瑜置若罔聞。那人喊出聲：「只是喝酒，不幹別的！」

馮丹瑜眼眶含著淚，只想趕緊離開這地方。

「一天就能賺好幾千呢！」

她愣了愣，握緊拳頭，而身後的人見馮丹瑜有所動搖，便趁勢說道：「別浪費妳的條件呀。如果有小費的話，我們也不抽，就當妳們的零花錢。」

馮丹瑜垂下眼，眼淚啪嗒落下。她想起還在醫院的孩子，剛出生就得動手術，而這幾日下來，更沒有人需要一個弱不禁風的女人為他們工作。

身後的男人還在喋喋不休，言語間全是折磨人的金錢誘惑，馮丹瑜緊閉起雙眼，陳瑪麗在紅角巷的笑聲留於耳畔，雖然她們賣的東西不同，不過馮丹瑜明白，只要她跟著男人走，那本質上也沒什麼不同了。

她想離開，想離開，但實在是……移不開腳步了。

—Prequel：籠—

在三角路，放眼望去，最受矚目的就是聖凰酒店，開業兩年半，算新。九層樓的大型建築矗立在中段，正前方剛好一個圓環路口，車流不息。

那年，是宿允川分家的第二年，品牌剛創立，要與生意夥伴「搏感情」，得靠頭腦與口才，再來就是酒、女人。

三角路又稱酒街，不釀酒，釀的是紙醉金迷的夜生活，宿允川那幾年最熟悉的就是酒街，例如路口第二家的中階酒店，再來是最尾端的老字號 KTV，接著便是聖凰，剛成立不久，兩年多，踏進大廳彷彿還能聞到一股甲醛味，那兒的地毯豔紅，頂上的吊燈華麗，樓梯兩側掛著拙劣的臨摹畫作，以為能為聖凰帶點藝術氣息，但諷刺的是，這終歸只是個「仿」罷了。

宿允川有一陣子最常去的就是聖凰，他與酒店老闆有點私交，而生意上要「搏感情」的對象正好是個暴發戶，那人中意的就是這種浮華不實的繁榮景象，聖凰酒店恰好中他喜好。

宿允川第一次遇見馮丹瑜，是個陰雨綿綿的四月。當她進入包廂，宿允川不免多看兩眼，只因這女孩的格格不入太引人注目了，她勉強撐起的笑容與紅腫的雙眼互相抵觸，倒了杯酒，配合的笑了幾聲，她的一顰一笑，還有那毫無修飾一看便知的逢場作戲。宿允川看了眼馮丹瑜，向身旁的人問道：「新人？」

「小魚？」那人看向馮丹瑜，搖搖頭。她緊貼宿允川，刻意磨蹭著，在他耳邊解釋道：「不是，她是我們的大姐，兩年前聖凰剛開幕就進來了。」

宿允川不動聲色的拉開距離，低聲說道：「我沒看過她。」

「她原本金貴著，不是都說純情小雛在酒街最稀有嗎？她前兩年只接劉哥介紹的人，連藝名都是劉哥親自取的。她前陣子犯了錯，才被貶到我們這裡坐『商務桌』。」

宿允川原本不是會對這種事好奇的人，但他看向被暴發戶揩油的馮丹瑜，又不禁問道：「她犯錯？」

女人意味深長的笑了笑，她貼近宿允川輕聲說：「因為是你我才說的啊。小魚被劉哥抓包了，她其實有個孩子。」

宿允川沒再吭聲，但那女人被打開了話匣子，又說道：「可是聽說孩子沒了。小魚把錢全拿去治孩子的病，這個月才剛滿兩歲，月初就死了。」

他似笑非笑的說道：「妳倒是很清楚。」

女人嬌嗔道：「這裡那麼小，劉哥嗓門又大，他一吼，整個聖凰都聽得見！」

宿允川哼笑了一聲，之後便沒再說話了。

出聖凰時已經凌晨，天空就如三角路一樣陰霾，黑幕中似乎透著白光，似真似假，最真切的只有沿路的燈紅酒綠。出了酒店，宿允川轉眼就把小魚給忘了，酒家女說的八卦可以聽聽，但沒必要放在心上。

回到家，宿允川前進的方向總是那間房，那是與宿家不協調的溫暖裝潢，有寬敞的窗臺、柔軟的靠枕，以及充滿溫度的色調。

如果要見陳尹柔，只能在這裡，或是在畫架前才能找到她。陳尹柔時常坐在這扇窗前，纖細的身軀被毛毯與抱枕淹沒，她會看著窗外的梧桐樹發呆，夏季開花，四月長新葉，剛萌生的嫩葉柔弱，被凌晨的天色覆蓋，幾乎看不見。

宿允川看著陳尹柔的身影許久，那是一段漫長的過程，直到天邊泛白，太陽冒出頭，接著又是許久許久，等到陽光打在了陳尹柔身上，在她側臉鍍上了淡淡的光暈，金色的美麗，但陰影從未散去。這時宿允川才意識到，他又再次站在這間房前，好幾個小時。

「妳沒睡。」宿允川平淡的開口。

陳尹柔沒有回頭，她沉默著，直到聽見宿允川轉身的動靜才輕聲問道：「我什麼時候可以離開？」這是她每次見到宿允川就會提的問題，但不曾得到回應。

「宿允川……你答應過我，只要我配合家裡訂的婚事……」陳尹柔頓了頓，她緩緩的看向他，「只要我配合，你就會幫助我離開……你騙我。」

宿允川沒有回應，他跨出門檻，將陳尹柔的聲音關在房內，彷彿希望她最好永遠都不要離開這裡。

宿允川第二次見到馮丹瑜，已經是一個多月後的事了。

他甚至忘了她長什麼模樣，只有身旁的人喊了一聲「小魚」他才有點印象，這個小魚就是沒了孩子的小魚，原來她長得很清秀。

宿允川這次終於和暴發戶談到了合作，酒也喝得多，凌晨把人送離開酒店，宿允川鬆開領帶，抬頭看著聖凰，他想，不如自己開一間，而且不開在三角路。

宿允川垂眼，轉身時卻停下了腳步，凌晨三點最讓人疲憊，他緩了一會兒，鼻息間仍是酒氣，匡噹一聲，另名酩酊爛醉的男人與他擦肩，男人憤怒的咒罵，沒人聽懂他在說什麼，聖凰的服務生不耐的將他推進車裡，又是一聲匡噹，男人摔了個東西出來，砸在了服務生臉上。

宿允川擰起眉，腦袋開始陣陣抽痛，他冷漠的瞥了一眼，卻在這瞬間想起了陳尹柔，毫無理由的，她總會突然闖入他腦海。

宿允川會想起陳尹柔的畫，他對陳尹柔的執念很深，或許有一半的原因在於她作畫時的神情。她的溫柔，帶給宿允川救贖。

宿允川按著眉心，這個時候，他更不願看見陳尹柔在窗前哭泣的身影。如果再從她嘴裡聽見葉力恆的名字，宿允川無法忍受。

他回到了聖凰，打算要一間房待著，聖凰只有頂層有房間，有管道的人才能上九樓。櫃檯聯絡了老闆，對方一聽見宿允川的名字就趕緊請人帶路了，服務生領著他走向內部電梯，而他看向轉角的那扇門，那開了一個門縫，通往的是地下室。

他曾與聖凰的老闆下去過一次，一百二十坪，能想到的地下大概都有，那是老闆私人的娛樂場所。宿允川聽著從地下傳來的細細嗚咽聲，透著回音，就更像鬼魅了。服務生也聽見了，他尷尬的摸摸鼻子，再次按了電梯鈕，後退一步，擋住宿允川的視線。

「我自己能上去。」宿允川不悅的看向前方。

「還是我送您——」

宿允川看著他，而服務生沉默了下來，他微微頷首，離開前順便將地下室的門關上。

這時電梯終於打開，宿允川沒有前進，而是轉身走向地下室，直到電梯再次闔上，宿允川也走進了地下的黑暗裡。

他摸上角落的電源，樓梯的燈閃爍幾下才亮，他看見坐在階梯上的背影。宿允川看著女人身上穿的禮服，那是看起來很廉價的緞面布，上頭的亮片更突顯了風塵味。他看著那一身藍色，想起了「小魚」。

他已經知道哭泣的人是誰，頓時也沒了好奇心，他將電源切了，按下門把。

「讓我走吧。」

宿允川停下動作，而身後的女人又問：「我什麼時候可以離開？」

小魚因哭泣而帶點沙啞的嗓音，卻和陳尹柔的話語分毫不差的重疊了。宿允川的手從門把上滑落，他緩慢的轉過頭，門縫帶進來的燈光微弱的打在小魚身上，宿允川看著她顫抖的肩膀，下意識的透過小魚，給了陳尹柔回應。他低聲問道：「妳想離開？」

女人頓了幾秒，她轉過身，門外昏沉的燈光打亮她模糊的眼淚，她張了張嘴，詫異的瞪著眼睛，這才驚覺對方不是劉哥。

她清醒了過來，抹掉眼淚警告道：「這裡禁止進入。」

「妳……」

她打斷他，冷聲說道：「我已經下班了。」

宿允川凝視著她，這裡只有微弱的光線，宿允川只能全神貫注的看著她的雙眼。小魚的眼裡有許多情緒，大概是對社會的不滿，有輕視、怨懟，也有倔強。

她與陳尹柔都想脫離某個地方，但這個眼神卻是陳尹柔沒有的，宿允川將門關上，唯一的光源消失，兩人又徹底沒入了黑暗裡。

「妳叫什麼名字？」

她猶豫了一會兒，後退一步，「請你離開，不然我要叫人來了。」

「妳想讓這裡的人保護妳？」

她冷笑，「總比不請自來的怪胎好多了。」

宿允川笑了幾聲，但他低沉的嗓音帶著冷意，讓小魚更加提防了起來。而宿允川不知怎麼了，那句「離開」宛如魔怔，同樣的一句話，使宿允川有了平時絕不會有的舉動，例如，糾纏一個陌生的女人。

「賭賭看，我兩年內能讓妳離開這裡。」

她瞪著宿允川的方向，懷疑的問：「憑什麼？」

宿允川沉默了許久，他難得脫序一次，沒有所謂的計畫與利益，在她諷刺的疑問之下，宿允川也稍微清醒了過來。這樣的盲目，使他不得不開燈。

這個瞬間，地下室又變得明亮，兩人瞇起眼睛，在適應了燈光後，宿允川看見了在聖凰隨處可見的仿畫。這時，他才終於明白過來。

「我能帶妳離開。」宿允川微微勾起嘴角，給人的感覺在頃刻間全變了，他呢喃著，像是在誘哄。

「首先，妳不是小魚。」他輕聲說道，「妳得告訴我妳的名字。」

這裡的仿畫雖然拙劣，卻連同著那句話、那個眼神而有所改變。他知道這全是「仿」的，所以，他才終於能直視小魚的眼睛。

—Prequel‧念—

又是一年。

這是一家舊書舖，老房子、老味道。這裡賣的是二手書，顧店的是名老婦人。那些年最盛行的就是言情小說，舊書舖賺不了多少錢，就索性讓女孩們免費閱讀了，尤其是到了放學時間，舊書舖總是擠滿了女孩。

那時馮丹瑜就會藏在角落，一個小小的窗口，以及一張木椅。她會邊聽著女孩們青春洋溢的笑聲，一邊翻閱著手中的書。這些故事總是如此，一次不平凡的相遇、一段從誤解到理解的過程，相愛、爭執，儘管千篇一律，卻總是動搖人心，使人嚮往。

然而馮丹瑜卻沒這些過程，現實大概就是如此，就好比大城市與鄉間小路的差距，好比光是一個高中文憑，就能放一晚的鞭炮慶祝，然後……她被拋棄了。

馮丹瑜看向窗外，斜陽落下，打亮木窗陳舊的輪廓。她想，除此之外呢？來到城市之後，她依然在聽齊豫的那首歌，那是媽媽最愛的一首歌，而好的回憶卻僅此，不再有了。

她的孩子沒了。

她在聖凰上班的事被房東發現，於是被趕出了住處，她最終被劉哥帶到聖凰的宿舍，這讓馮丹瑜感到恐懼，她害怕從此就要在這裡生根。

她總是對劉哥說想離開，日復一日，她說得累了，劉哥也聽膩了，她明白，這只是無謂的掙扎而已，一腳踏進這個圈子就難以離開，因為孩子沒了，錢還是得賺。

馮丹瑜闔上書本，想來想去，她還是與小說情節沾不上邊，因為她不是女主角，她不再單純，她沒有一顆堅強的心，更沒有拒絕的勇氣，她只會自艾自憐，連一個「幸福」的要素都沒有。時間一到，她還是得去上班。

她騎著從劉哥那借來的腳踏車，緩慢的前進著，直到天色有些暗了才回到聖凰，劉哥老早就在大門等著，一看見馮丹瑜便面色不悅的走了過來。

「宿允川來了。」

馮丹瑜應了一聲，劉哥卻攔住她，警告道：「要不是因為宿允川，我早就不忍妳了！」

「劉哥，」馮丹瑜冷漠的掰開他的手，「他還在等我呢。」

全聖凰都知道宿家的小兒子總會來找小魚，就算沒有應酬也會來。一個包廂，就只有兩個人，沒人知道他們在裡面做什麼，流言蜚語有許多，但事實上他們就只有喝酒說話而已。

馮丹瑜進了包廂，宿允川已經在那等著了，他偶爾會以這副模樣出現，憔悴的髮型、鬆懈的領口，再加上晦澀的神情，全身上下滿是破綻。這種時候，馮丹瑜只會在一旁安靜的倒酒。

宿允川很少講自己的事，但只要一開口，講的全是他的妻子。

「前幾天，我讓陳出門了。」宿允川看著手裡的酒杯，低聲道：「她帶回一對小鸚。妳猜是誰給的？」

馮丹瑜沒有回答，心裡卻想，那可是一對愛情鳥，給她的還能是誰？

「我不會收養任何東西，包括一隻鳥、一個人。」宿允川抬眼，一瞬不瞬的盯著馮丹瑜，一字一字的說道：「妳們都讓我破例。」

「你可以離開。」馮丹瑜沒有看他，「我沒有要求過你。」

宿允川看著她許久，最後移開目光。

「妳在不高興。因為我提到陳？」

包廂裡一陣沉默，連馮丹瑜也不清楚他們之間的關係。

與宿允川認識快一年了，她知道他說會帶她離開，那就會離開。只不過她是離開聖凰，再跳槽到宿允川籌備中的酒店，馮丹瑜有好幾次想問宿允川，我是不是還得陪酒？

她沒敢問的原因有很多，因為宿允川能為她保證的，是不再超時工作、不再有同事的尖言冷語，更不會被上下其手，僅此，就僅此而已。其它像小說般的承諾，是不會有的。

這段時間對馮丹瑜來說是漫長的，甚至足以改變她的心態、她的地位，以及她對一個人的感情。

從一開始對宿允川的懷疑與不信任，結果卻成了甲方與乙方。再來是幾杯酒，好幾個夜晚的交心，他們又成為了朋友。

宿允川撥開馮丹瑜的瀏海，又問了一次：「妳不高興？」

她猶豫了幾秒，最後搖搖頭，她握上宿允川，勾住他的手指沉默著。

他們從朋友關係，透過酒精，自然而然的演變成了這種情況。她的身分是什麼？曖昧對象？第三者？床伴？或者，只是某個人的替身，是宿允川需要時就得出現的慰藉。

馮丹瑜沒有坦白，第一晚，其實她壓根兒沒醉，可是她什麼都沒有，沒了小孩，也無法回家，她擁有的，只有這個說會帶她離開的男人。

這樣的狀態既可笑又諷刺，宿允川無法對陳尹柔放手，卻也任由自己出軌，彷彿這樣就能達到一個平衡，陳尹柔有她的愛人，宿允川也有個情人。

而如今，馮丹瑜已經不再潔身自好，卻是真正的喜歡上這個人。到頭來……就沒有誰是無辜的。

馮丹瑜見宿允川反握她的手，她愣了愣，這是宿允川第一次牽她。

他喝了點酒，似乎也卸了心房，他低聲說話，周圍酒氣環繞，「妳體諒我。我只是……不知道該如何留住她。」

馮丹瑜靠近宿允川，將自己藏進他懷裡。她枕著宿允川的手臂，感到一陣鼻酸，她的雙眼漸漸紅了，「你可以跟陳說……她不能離開，因為你需要一個孩子。」

宿允川安靜了數秒，他收緊手臂，將馮丹瑜緊緊的抱在懷裡，她能聽見宿允川終於鬆了口氣，他喃喃道：「沒錯，妳說的對。」

接下來的兩個月，宿允川來找馮丹瑜的次數逐漸減少，如今也有半個月沒看見他的身影。

聖凰多的是等著看小魚笑話的人，連劉哥也不願再給她好臉色，馮丹瑜沒有理會其他人的目光，她早就習慣了。

不久後，就是她與宿允川認識滿一年的日子，而在這之前，是她孩子的忌日。

馮丹瑜當天帶了蛋糕和花去看孩子，她在那坐了一整天，直到太陽西下，她想像孩子奔跑的模樣，接著夜晚來臨，她想自己那麼晚才回聖凰，不知道又得被劉哥罵成什麼樣子。

一回聖凰，馮丹瑜看著站在櫃檯前的宿允川，她發現他的神情不同以往，有些雀躍，眉眼間全是柔和的笑意，宿允川一見她，便拉著她進了包廂，在關上門的瞬間轉身抱住她。

「小魚……」

這是馮丹瑜第一次見他這副模樣，她聽見宿允川輕聲說道：「陳懷了我的孩子，十二週了。」

馮丹瑜沒有太意外，在她提出這個「建議」的同時，她也想到了這個結果。

她想留住他，可是她不敢，也留不住他。而宿允川想留住陳尹柔，他能，他敢。

馮丹瑜輕輕撫摸他的背，她心想，這一天真是難熬，他怎麼又叫她小魚了呢？

不久後，是一九九九年的春末，宿允川宣布妻子陳尹柔已懷胎三月。

而從此，沒再踏入過聖凰。

馮丹瑜回憶起在舊書舖的歲月，她可以一個下午就看完一本書。

她看過男孩對女孩的承諾，他說：「我會給妳一個家。」

這對馮丹瑜來說，是一段被擱淺的夢。因為時光承載的，是一段被拋棄的過去。馮丹瑜明白了，第一次是王鴻，而這次是宿允川，她被遺忘了兩次，是因為她不值得被喜歡。

四月春早已過去，再來又過了炎熱的夏日，此刻的三角路正下著秋雨。

一九九九年九月，陳尹柔未滿三十七週產下一子，名為宿衍。

馮丹瑜看著電視上的報導沉默不語，她有點麻木，不知該做何反應。她想，她這段讓人猝不及防的愛戀，或許已經結束了吧？

她拿起電話，這是她半年來第一次主動打給宿允川，他沒接，直到深夜，她打了第二通。

電話被接通的瞬間，馮丹瑜的心跳幾乎慢了一拍，她聽著對方低沉的嗓音，看著房裡有些髒了的窗沿。

「……恭喜你。」

對方停了一會兒，才開口道：「小魚。」

馮丹瑜揪緊衣服，她發現自己想聽他的聲音，卻無話可說。她問：「我們有多久沒見了？你是不是忘了我了？」

「沒有。」宿允川壓低聲音，「我只是沒有時間……」

「宿允川，」馮丹瑜打斷他，「我還在等你帶我離開。」

「……我知道，妳得相信我。」

掛上電話之後，馮丹瑜又發呆許久，她該相信誰？憑什麼？

她看向窗外，突然想哭，她比任何時候都想打電話回家。離開家裡三年了，她只在過年時打過兩次電話，卻沒有回去過一次。

大地似乎也感受到了她的難堪與悲傷，竟開始出現了異象。有人說在天空看到火光乍現，馮丹瑜在同時點了人生中第一支煙，她被嗆出眼淚，仰起頭看著夜空，沒有星星。隔天一早的新聞是日月潭的魚群集體暴斃，馮丹瑜看著從地下室爬出了密密麻麻的螞蟻隊伍，心中倍感不安。

一九九九年，九月二十一日，她靠在窗邊，聽見了大地轟轟的嗚嗚聲。馮丹瑜站了起來，正要打開窗一探究竟，劉哥卻敲響她房門，有人點小魚的檯。

行內的人都在傳，聖凰的小魚自從被宿允川「始亂終棄」後，她就變了一個人，脾氣大又難哄，自視清高，不給人碰。

儘管如此，還是有許多男人抱著想征服的心態而來。於是，小魚又跟客人吵了一架，在凌晨一點提早結束工作，她疲憊的走出包廂，身後是劉哥的叫罵，直到電梯門闔上，劉哥終於消失在眼前，她虛弱的縮在角落，連走回房間的力氣都沒有。

這時馮丹瑜緩緩抬起頭，隱約聽見了地下室傳來的聲響，她看著漆黑的門縫，想起了與宿允川第一次相遇的那天。

她怔怔的看著門把，卻躊躇不前，直到聽見了響亮的哭啼，她才意識到是嬰兒的哭聲，馮丹瑜立刻被觸動了四肢百骸，她毫不猶豫的打開門，點亮了地下室的燈，在衝下樓的瞬間，她看見了遠處被撬開的鐵門，以及被放置在撞球桌上……一個包裹著嬰兒的白色襁褓。

馮丹瑜抱起嬰兒輕輕搖晃，身上的藍色禮服還未換下，她拉起外套拉鍊，擔心亮片會割傷嬰兒細嫩的臉龐。她焦急的轉身，卻猛然看見鐵門附近有數百條糾結在一起的蚯蚓屍體，馮丹瑜倒抽一口氣，幾乎是同時，周圍又響起了類似耳鳴的聲音，她倒退兩步，卻在衝向樓梯的瞬間天搖地動，她將孩子緊緊護在懷裡，而她失去了重心，被甩到一旁，左肩狠狠的撞上樓梯扶手。

燈光開始閃爍，地下陷入了無邊的黑暗。

她的左肩傳來強烈的刺痛，懷裡的孩子恐懼的哭泣，馮丹瑜往身後望去，原本被撬開的鐵門竟然消失了，一切光源彷彿被徹底塵封。四周的東西開始傾倒，發出了殘忍的哀號，眼前是一片模糊，掛在樓梯兩側的畫紛紛掉落，馮丹瑜將孩子塞入外套內，腿一軟，只能在碎片上攀爬，一個畫框砸在了她的頭上，馮丹瑜強忍住暈眩，又爬了一層階梯，直到震動緩了下來，她的眼睛進了血液，她還在試圖呼救。

凌晨兩點五十二分，過了一個多小時，地下終於有了光明。消防人員撬開變形的門框，馮丹瑜還勉強醒著，只要再流失一點力量就會立刻昏厥，她顫抖的拉開外套拉鍊，露出了終於停止哭泣的嬰兒臉龐，直到確認了孩子的呼吸，馮丹瑜才被抬出地下室。

在昏昏沉沉間，她依稀聽見了熟悉的叫喚，她看見了宿允川，但雙眼被血沾的黏糊，睜不大開。她想問你怎麼來了，是在擔心我嗎？

直到被送上救護車之前，馮丹瑜用盡了所有力氣，才能對他說出：「別再……別再叫我小魚。」

在得到他的承諾之後，馮丹瑜終於昏了過去。

她知道，這個人從不對她承諾不該承諾的，但只要答應了，就絕對不會反悔。

二〇〇九年，秋末，舊村。

宿衍睜著眼睛，他望著這裡的天空，還有媽媽所說的，全新的世界。

土地被綿綿細雨弄得軟爛，潮溼的肥料味還未散去，宿衍仰躺在地上，疼得無法動彈。血液黏上了泥土，淡紅色的泥濘渲染了雨水，而陳尹柔親手堆起的，那些暖手的舊磚頭也早已傾倒摔落。

「宿衍，你在這裡等媽媽，我要去見一個人，一下下，一下下就好。」

他明白了，這才是媽媽的謊言。

所謂的一下下，是等到夕陽西落，等到他的雙腳無法使出半點力氣，卻沒有獨自跳下磚塊的勇氣。於是他從媽媽堆起的磚頭上跌落，沒有人在身後護住他。

宿衍記不清過了多久，天空是與家裡一樣寂靜的黑色，而他的精神也變得渙散，毛毛小雨偶爾會來，雨滴砸在他的臉頰，也會打上他的眼珠，於是宿衍閉起雙眼，傷處傳來的疼痛早已麻木，雨水冰冷了他的四肢，在失去意識之前，宿衍依然想問媽媽，妳要見一下下的那個人，是不是比我重要很多很多？

他記得媽媽曾經說過，所謂的家庭，是一個可以擋風遮雨的屋簷，他們卻站在懸崖邊岌岌可危，一個海浪就可以支離破碎。宿衍還無法理解這個意思，而陳尹柔卻只要他長大。

「宿衍，你要快點長大。長大之後就會懂了。」

他緩緩的睜開眼睛，視線還未清晰，耳邊卻傳來了陣陣私語，這裡的味道他很熟悉，是他種有薄荷的房間。直到他能看清楚天花板，側著腦袋，也能看見不遠處的窗戶與薄荷盆栽，於是，他也能聽見門外輕輕的談話聲了。

「太太還是捨不得——」

宿衍終於能辨識，這聲音是來自負責家務的王阿姨與陳阿姨。

「原本都能離開了……對，聽說就是和那個姓葉的私奔。」

宿衍眨眨眼睛，感到一陣酸澀。

「噓——沒有沒有，她——」

「她是捨不得。」

「要是她那晚沒有回到那個地方——對……宿衍可能救不回來……」

「——妳還沒有孩子，所以才不懂。」

宿衍看著盆栽發呆，最終勉強坐了起來，他下床的動作拉扯到腰側的傷口，差點就喘不過氣。他原本想開口，卻不習慣尋求幫助，於是他垂下眼，小心的移動腳步，他只想知道媽媽的去向。

但門外的聲音卻也因此清晰，幾乎要深入他的耳膜，直至他的每條神經，甚而骨髓。

「宿先生帶回來的那個女人……那個小魚，她當年帶來的孩子甚至沒有出生證明。」

「姓馮吧？」

「對，她女兒……我記得跟宿衍同年沒錯，那女的故意晚一年才幫孩子報戶口。」

「這是存心的，是想跟太太做區分啊……」

宿衍瞪著房門，最終又回到了房裡，他紅著眼，壓抑著呼吸，最後卻只能狼狽的喘息。他走向窗，伸手將盆栽推落，陶瓷應聲破裂，砸出了巨響，打斷了門外兩人的對話。

他知道，他比任何人都要明白。

他知道阿姨口中的「拖油瓶」指的是他，他也記得父親曾經脫口而出的「一個產物」。

他知道媽媽偶爾會去見一個男孩，姓葉。他知道，他是父親口中的產物，而姓葉的，卻是由愛而生的孩子。

如此的差別，他早已深深烙印在心裡，有人說過十一歲的孩子能懂什麼？能懂，他該懂的全都能懂。

包括此時此刻，他所迎來的強烈背叛感。除了他，其他人，包含他的父母，都有「家人」，都有歸處。

媽媽說這裡是籠，他們是困鳥。

但不論哪裡，儘管是這裡，竟都沒有他的容身之處。

「如果家裡的小鸚從鳥籠裡飛出來了，你猜牠們會飛得多遠呢？」

媽媽因為他而心軟，又因心軟而回來。
那小鸚還能飛得多遠呢？
沒有答案。

媽，
妳的那對小鸚，被宿允川給毒死了。

第四章　布穀鳥之罪

「宿衍，你知道杜鵑鳥嗎？那座布穀鳥鐘的布穀鳥，就是杜鵑。」

宿衍眉頭緊蹙，他知道自己又陷入夢魘，漫長的數年，他總是被惡夢纏身。

「你知道牠們的生命是從何開始的嗎？」

在半夢半醒之間，他能感受到自己變得沉重的喘息，卻無法逼迫自己清醒。

「杜鵑鳥不會築巢，牠們會將蛋寄生在其他鳥類的巢裡。而孵化出來的杜鵑幼鳥，會把其他幼鳥推出巢穴，獨占著原本不屬於牠的家，獨占著不屬於牠的食物與照顧。牠們的生命，是從寄生與掠奪開始的。」

住口……拜託安靜點。

「宿衍，你別這樣，你仔細聽媽媽說。」

「——牠們被視為幸福鳥，牠們的鳥鳴聲代表著希望，可是宿衍，你知道嗎？從古至今牠們被賦予了許多神話，然而現實的殘忍最終會讓你明白，所謂的幸福，卻掩蓋不住生命的惡習。」

只要能醒來……我——

「你認為杜鵑鳥錯了嗎？不……這只是牠們的本能，僅此而已。」

「宿衍，你別哭，你看著媽媽——」

「這是最後一次了，宿衍——」

只要能醒過來……

「宿——」

「宿衍！」

他睜開雙眼，瞬間醒了過來。他狼狽的喘息著，額髮間全是冷汗，而唯一的暖意卻集中在他的左掌心，宿衍抬眸，看見了馮想想焦急的神情。

「還好嗎？是不是不舒服？你等等——」

馮想想急忙起身，宿衍卻緊抓她的手，啞聲道：「別……」

他遲疑了幾秒，最終沉默了下來。客廳恢復了被月光盈滿的寂靜，宿衍垂眼看著他們相握的左手。

他剛才要說的是什麼，別走？

宿衍放開她，手心是分不清彼此的汗水，這讓他感受到了前所未有的失落。

「我沒事。」他撐起身體，坐在沙發的一角。

馮想想蹲下來仰望著宿衍，她問：「怎麼睡在這裡？」

宿衍揉著太陽穴，沒有回答。

她又說道：「你聽到我和我媽的對話了，對吧？我都知道，因為我能聽見你的聲音，那裡也有你的影子。」

「……」

「這是我媽第一次跟我提到照片裡的孩子，也是她第一次，願意跟我聊和你爸相遇的事情。」馮想想微微向前傾，「這就是你做惡夢的原因嗎？」

宿衍沒有回應，他看時間已經凌晨了，反問道：「妳怎麼沒睡？」

「因為我偷偷哭了一場。」

宿衍看向她，這才注意到她有些紅腫的眼睛。

馮想想笑了笑，「原本想忍的，但只要一想到我媽，我就忍不住。」

他們對視了片刻，接著又各自別開視線。馮想想坐在地面上，左手描繪著大理石紋路，背過身靠著沙發，她看著夜燈下宿衍的影子，而客廳裡只剩彼此微弱的呼吸聲。

其實她剛才聽見了，宿衍口中呢喃的夢囈，她當時抓住宿衍伸出的手臂，感受到他的顫抖，於是馮想想緊握他的手心，他臉上的冷汗就像淚水。馮想想頓時被一陣心慌襲擊，她不斷叫著宿衍的名字，而在他醒來的那刻，馮想想終於聽懂了宿衍的夢囈，是「對不起」。

她跟馮丹瑜不久前才在這張沙發上說了許多事，馮丹瑜最後說到，陳尹柔因心病自殺了。同時，馮想想也聽見宿衍離去的腳步聲，直到他關上房門，馮想想不自覺的屏息，她難受的縮在沙發邊緣。

馮丹瑜抱著她，輕撫她，不斷的跟馮想想道歉。

但馮想想不清楚自己是在為馮丹瑜難過，還是在為宿衍難過。如果馮丹瑜道歉的原因是因為她們的血緣，那馮想想其實早就知情了，照片裡的小孩才是馮丹瑜真正的孩子。她們其實一直都有答案，卻都選擇裝傻。

她枕著媽媽的肩膀，哽咽著，不經意摸到了媽媽背上的傷疤。

她一直以為這是媽媽與客人發生爭執時留下的，現在才了解，這道傷疤是來自九二一的那場地震，馮丹瑜將她護在懷裡，就像此刻一樣，她們緊抱彼此，感受著當時最黑暗的一百零二秒。

她跟所有人一樣害怕失去，害怕感情會因時間的流逝而不堪一擊，她就像馮丹瑜，甚至也像陳尹柔，她們在心裡各自埋下種子沉睡，而她們的早晨，卻未曾變過。

馮想想看著窗外漸亮，身旁的宿衍也沒有離開，他們一起在客廳待到了早晨。盛夏的白晝溫暖如初，一塵不染的宿家也會有塵埃飛舞，馮想想捏著僵硬的雙腿，轉頭看著宿衍疲倦的眼睛。

「宿衍。」馮想想輕聲叫道：「宿衍？」

宿衍緩緩的看向她，動搖的模樣早已消失，又是一副冷冰冰的神情。

她想起自己曾問過宿衍，什麼才能讓他動搖？

馮想想有些後悔，她問錯了。

她伸出手，用力的打向沙發，啪嗒一聲，恰巧趕跑了胸口沉甸甸的重量。她笑著說：「我們出去吧？」

「……去哪？」

「任何地方。」馮想想站起來，伸著懶腰，「暑假都快結束了，我們可以去走走，去浮潛、去看展，去任何想去的地方。」

「妳可以找別人。」宿衍也起身，避開了馮想想的視線，離開她身邊。

「不找別人，就我們。」

宿衍停下腳步，不解的看向她。

「宿衍，」馮想想揚起笑容，「我們也逃避一次吧？」

「逃避什麼？」

「任何事。我們要去任何地方，然後逃避任何事。」

宿衍又確認了一次，「逃避？」

「沒錯，」馮想想抬起下巴，笑道：「機會難得喔，不要猶豫。」

宿衍看著她，隨後竟淡淡的勾起嘴角。

他看著馮想想閃亮的雙眼，還討好似的替他泡了杯咖啡。打開窗，窗外的空氣沖散了原有的愁緒，接著被咖啡的香氣給取代。

或許他們的年紀正剛好，都是裝模作樣又無病呻吟的「未成年者」，總認為自己在成長的路上永遠差了臨門一腳，覺得全世界都悲慘，總是細算著被誰虧待。

他記得自己只要犯錯就會被趕出家門，記得被殺的鳥，記得被挖走的梧桐樹，記得地下酒店的壁畫。當然，他更記得那座鐘，記得陳尹柔說的話，記得她在幾分幾秒逝世，因為當時布穀鳥鐘正好響起。

「牠們的鳥鳴聲代表著希望——」

宿衍記得許多事，但他卻忘了，他該如何消化夢魘，該如何過正常的生活。

他看著馮想想的笑眼，這個女孩邀請他一起逃跑，他知道自己無法控制的被吸引，就像在沙漠奄奄一息的旅人終於找到了綠洲，也像她手心的溫度，或是打入水底的幾縷光線。

他知道自己無法拒絕，因為此刻沒有人會叫他站在高處，要他好好看看眼前的風景。沒有人會要他好自為之，做個好兒子。

他承認他一直以來所渴望的，就是馮想想說的「我們一起走」，就是值得珍惜的這一刻。

因為他一直都在深刻的體會一個道理——

成長總是未必得到，卻失去更多。

◆

徐徐的微風，嫩葉虛弱的顫抖，而露珠悄悄滑下，落在了小貓的尾巴上。

馮想想沒有替牠們取名字，這不是她該做的事。

她撫摸小貓的腦袋，替牠順毛。仰起頭，宿衍就站在二樓陽臺看著她，他朝她身後指了指，馮想想看見那隻最頑皮的貓脫離了隊伍，搖搖晃晃的走遠了。

馮想想追了過去，將牠抱在懷裡，牠不悅的看著馮想想，發出細微的抗議聲。

「想想。」馮丹瑜端著冰摩卡走來，問道：「要喝嗎？」

馮想想搖頭，偷偷抬眼一看，宿衍已經不在陽臺了。

「很熱吧？」馮丹瑜把玻璃杯放在矮牆上，捲起衣袖，「我要澆花。」

馮想想環顧四周，沒看見什麼可澆的「花」，只有被颱風搗亂的殘斷樹枝，以及王阿姨好不容易才清理好的小園圃，而一旁少數完好的盆栽裡只有土壤，沒有植物。

她疑惑道：「澆花？」

馮丹瑜笑而不語，她找出角落的水管，馮想想見狀便將三隻小貓放進籃子裡，先帶回屋內。當她再次來到庭院時，她看著馮丹瑜纖弱的背影，帶著難以言喻的愁緒。馮想想無聲的靠近，又忍不住開口問：「還是我們去買種子？該種什麼花好？」

馮丹瑜側頭看向她，「我們可以澆水，但不能種花。」

「為什麼？」

「想想，」馮丹瑜苦笑，「我以為妳會比我更明白這個原因。」

「……」馮想想撇過頭，看著被水淋溼的土地。

「這不是我能做的。我們不能帶走這裡的一景一物，也不能擅自添加——不論是什麼。」

馮想想看著她輕描淡寫的模樣，不禁問道：「……如果這裡沒有花，那為什麼要澆水？」她呢喃，「何必多此一舉呢？」

馮丹瑜笑了笑，轉身收起水管。馮想想這時才懊惱的低下頭，馮丹瑜也就跟著沉默了下來。過了一會兒，她伸腳將一些小石頭與泥濘撥回花圃裡，輕聲回答馮想想剛才的問題，「我這麼做，只不過是為了提醒自己。」

提醒什麼？馮想想沒再問了。媽媽與宿允川之間存在著無數個問題，包括馮想想能猜到的，或是意想不到的。而裡面擁有多少被消磨的真心？這也許就是所謂大人的問題，她不想介入，她只是擔心，說著「不能種花」卻又默默「灌溉」的媽媽，看起來是如此寂寞。

因為有誰會明白，當對這個地方付出了心意時，最後必須承受的會是什麼後果？

於是馮想想勾起媽媽的手，拉著她回屋，並巧妙的帶開了話題。

「我開學前會計畫旅行。」

「旅行？」馮丹瑜輕聲問：「去哪？」

「還不知道。」

「可是……」馮丹瑜撫摸她的手背，「我這禮拜就得走了。」

馮想想微微一怔，她停下腳步，「不能多留幾天？」

「嗯，宿允川的工作還沒處理完。」

「那他去就好了，為什麼非要帶妳？」馮想想不悅，「他帶妳去放鬆心情，卻總是忽視妳想念這裡。」

馮丹瑜依然笑而不語，馮想想也注意到她的話變少了，但笑容變多了。

這時馮丹瑜似乎有了想法，她揚起眉笑道：「妳說的對，我一直很想念妳。所以既然妳要旅行，那就陪我去德國吧？」

馮想想愣了愣，她看著媽媽雀躍的神態，接著越過她的肩膀，看向門內的宿衍，他手持著一杯咖啡，再悶的天氣也蒸騰熱氣，那是暖暖的淡煙、不燙手的香味。宿衍也看著這裡，那仍然是不動聲色的，略顯冷漠的視線。

他們約好的逃避之旅有了變數，因為她同樣想念媽媽，更無法拒絕她。

只是……宿衍會願意一起去德國嗎？

八月中旬。

金齊希谷地上的哈斯拉赫小鎮(Haslach im Kinzigtal)位於德國最大的森林山脈，遠遠眺望，原本是一片神祕的墨綠色。不同於臺灣的八月，這裡即將入秋，氣溫也開始轉涼，淅瀝的小雨下得有些頻繁，被雨水染色的風景，順道揚起了薄紗般的水霧，葉子漸漸換了顏色，悄悄的變黃了。

馮想想終於見到了梅雅辛，她就如馮丹瑜形容的那樣親切溫暖，她拉著馮想想的手，把附近的景點都介紹了一遍。

「真可惜，如果再待得久一點，九月就能賞楓了。」

馮丹瑜笑梅雅辛應該換個職業，德國正缺說華語的導遊，況且梅雅辛非常熱情。

「這可跟熱情無關，只因為我喜歡妳。」梅雅辛再次拉上馮想想的手。

「謝謝妳，梅雅辛。」馮想想笑道。

擁抱過後，梅雅辛走向廚房準備晚餐，而馮想想好奇的觀察這棟木屋，她撫摸一旁的布藝沙發，上頭擺放著許多拼布抱枕，看起來很溫暖。她走出木屋，左側是一望無際的樹林。七點了，天空還未有轉黑的跡象，但陰天顯得灰沉沉，馮想想繞到了木屋後，不遠處有個隆起的草坡，她爬了上去。

「想想！」馮丹瑜在另一頭喊道，「別走那麼遠，我帶妳去看房間！」

馮想想踮起腳尖，也喊了一聲：「好！」

離開前，她又轉頭看了看，原來美麗的木屋背後也會有這樣頹垣的景象，草坡之下，是座沒了頂棚的廢棄溫室，四周是從泥地縫隙長出來的黃褐色雜草，一旁的棚架上爬滿了攀緣植物，竟也有點破敗的美。

她回到木屋，並跟著馮丹瑜上樓，她看見一扇格格不入的門。鋼青色，上頭掛著乾燥花圈，就是這裡，四周環繞著樹林的，媽媽的房間。

馮想想從未想過她會來到這裡，看著時濃時淡的裊裊炊煙、直到盡頭的石板路，打開窗眺望，沒有地平線，卻能看見灑在森林山頭的日落餘暉。

她輕點著翠綠的盆栽，覺得有些不可思議，宿家總是灰色冰冷，僅剩不多的綠色植物也被一場颱風搞殘了。而遙遠的這裡，她總認為媽媽是被拘禁，但屋外是森林，窗櫺上是盆栽，如此鮮活的生命力，想必馮丹瑜也是藉此來緩解寂寞的吧？

她拿起了馮丹瑜放在矮櫃上的硬殼筆記本。

「這是什麼？」

「日記啊。」她解釋道：「就是我之前跟妳提到的，梅雅辛要我寫的日記。」

馮想想懷疑的問：「妳有那麼聽話嗎？」

「當然沒有，我只寫了一篇。」

「就知道，」馮想想揚起嘴角，「我可以看嗎？」

「……可以。」

馮想想翻開筆記本。

Schwarzwald／July／在霧中消失的——

「消失的什麼？」

「……是什麼呢？」馮丹瑜笑了笑，「我也不知道自己在寫什麼。」

今天前往的是特里貝格，一個美麗的小鎮。短短半小時的車程，卻讓我想起了回家的那條路。

馮想想看到這，停頓了幾秒，才又繼續讀下去。

熟悉的巷弄、熟悉而老舊的路燈，熟悉的……我們的公寓。我想念女兒為我留的飯菜，我想念隔壁家的肉燥與滷筍，想念葉力恆與葉信司摔跤惹出的聲響……我想家，想女兒，太想了。

與其說是日記，不如說是一段心情，馮想想看了更加疑惑了，她不明白馮丹瑜為何要勉強自己留在這裡，就因為愛情？

可是這裡是美麗的童話鎮，就只是嚮往的一幅美景，也僅此而已。就算這裡再適合生活，對馮想想來說卻比不過家裡有著太陽味的那套棉被、那張床。

她闔上日記，轉眼卻已不見馮丹瑜的人影，或許只是為了逃避她的問題，馮想想下了樓梯，聽見從廚房那傳來的交談聲，馮丹瑜正在幫忙梅雅辛，差不多可以準備用餐了，於是馮想想也上前幫忙擺放餐具，她與馮丹瑜短暫的眼神交會，一如既往的默契，忽略任何事、不問任何問題。

畢竟這裡是童話鎮，而這是「大人」的愛情。

梅雅辛沒有留下來吃晚餐，她盡心盡力的工作，但也非常準時下班，那是屬於她的私人時間。母女兩人一邊吃飯，也聊了各種話題。馮丹瑜說這裡的慢生活是如此讓人愉快，卻偶爾也會讓她感到壓抑。針葉樹林就像祕境，但每當夜晚來臨，卻只會加深她的寂寞。

直到九點，天色才暗下來。

馮丹瑜去洗澡，馮想想則是走向門口，她望向遠處，並鬼迷心竅的朝那走去。馮丹瑜說得沒錯，這裡的樹林很美，不過當月亮高掛卻又是另一種風景，樹影讓人心慌，遙遠的火車轟鳴更使她卻步。這時，近在咫尺的街燈一盞盞點亮了眼前的小路，於是馮想想提起勇氣，沿著石板往前走，她經過了隆起的草坡、廢棄的溫室，緊接著看見的是一棟陳舊的建築，透著燈光仔細一看，大約兩層樓高，外露的木質骨架以及三角的屋頂，就像個小型穀倉。

她猜這裡是有人打理的，因為門口停了一輛推車，上頭有掃帚、水桶之類的用具，還有一雙與梅雅辛相同的清潔手套，更重要的是，外頭的植物並沒有枯萎。

馮想想好奇的走向前，門沒有鎖上，所以輕輕一推就開了。她在門口待了一會兒，並不打算做個不請自來的客人，卻又在轉身之際，瞥見了似曾相似的顏色。

樓梯盡頭，露出那扇門的一角，這讓馮想想停下離開的腳步，她踩上樓梯，木頭發出嘎咿的聲響，直至那門板完整的出現在眼前，鋼青色，上頭掛著已經褐黃的乾燥花圈。

她環顧四周的階梯與構造，並怔怔的盯著這扇門，這是一個無法深藏的閣樓。

同時她也聽見，外頭又下起了小雨。

她躊躇不前，內心卻極度的動搖，四周的空氣與她的思緒同樣迂緩，於是她將門打開，看見正前方的拱型窗戶，裡頭就如窗外的小雨般空虛，只有兩個木箱、一個斗櫃。馮想想這時才確定這穀倉並沒有被丟棄，因為櫃面與地板都一塵不染，甚至還有若有似無的清潔液味。

她茫然的走向前，望著歲月留在窗上的痕跡，玻璃已經霧化，只能隱約看見外頭的影子。站在這裡需要微微彎腰，加上不能眺望，因此變得更加壓迫了。

她掀開了木箱上的蓋子，裡面裝了些作畫材料，有幾盒炭筆、刷具與油壺，另一箱則是裝著泛黃的畫布和木製的折疊畫架。

馮想想闔上蓋子，打開了斗櫃抽屜，裡頭放了一排約一百毫升的玻璃瓶，她仔細端詳已模糊的字跡，上面寫著「亞麻仁油」。

她接著將第二格抽屜打開，看見了一本有些破舊的筆記本，褐色的封面，上頭沾了不少油彩，乍看就像個未清理的調色盤。馮想想拿起它，依稀能在斑駁的色彩中看見一座布穀鳥鐘的插畫。

她想起了陳尹柔房裡那座壞了的鐘，它被宿衍封進箱子內，說要帶回德國修理。

四月三日。最近的氣候又更乾燥了，我向梅雅辛要了瓶乳液。

當馮想想看見梅雅辛的名字時，她將本子闔上，怔了數秒才重新翻閱。

她同時建議我寫日記，梅雅辛總是如此，她要我做點畫畫之外的事情，例如紀錄生活。我也想嘗試，但這裡的日子太單調了，日復一日，我也走不了太遠。

不過為了感謝梅雅辛送的筆記本，於是我教她寫她的中文名字，梅雅辛非常開心，她說也想寫我的名字，她練習了許多次，我讓她把練習成果寫在第一頁。

馮想想翻回前頁，果然在角落看見歪歪斜斜的「陳尹柔」。

四月十日。宿衍和肉舖的 Oskar 打了一架，他受不少傷。我很詫異，因為宿衍就像宿允川，從不會表露自己的情緒，所以我更覺得慶幸，宿衍雖然打輸了，不過他已經懂得反擊，而不是像我只會躲起來。

剛才幫他擦藥的時候，驚覺宿衍長高了許多，梅雅辛說雖然 Oskar 很強壯，但十二歲的宿衍顯然更高。

「宿衍……」馮想想唸出他的名字，她沉重的無以復加，她沒想到陳尹柔母子也曾住在這裡，而梅雅辛竟也同樣照顧過他們的起居。

四月二十五日。我決定買一個鐘。這是我來德國後第一次親自買的東西，它美麗、堅固，我擁抱它，能擁有安全感。我喜歡它的齒輪裝置，因為我不喜歡安靜，我更喜歡裡頭的布穀鳥，因為牠代表著希望。

馮想想不知不覺就將日記看了一半，陳尹柔很仔細的記錄著一切，她的字跡秀麗、文字溫柔，就像一本故事。她記錄著黑森林，其中也包括了兒子的成長，馮想想甚至在裡頭看見了葉信司的名字。

五月七日。奇蹟發生了。我在畫布底下發現了信司寫給我的信，我難以表達我的喜悅，但我有了力量，我想忽略所有海域和距離，直接飛到他們身邊。

我必須帶著宿衍一起離開，既然他們的信能進來這裡，那我沒道理出不去。

五月十日。我向宿衍提起，他難得對我笑了，他的笑容很好看，我必須承認他的眼睛就像他父親一樣迷人，但也同樣冷漠，他對我微笑，卻又說著狠心的話，他說我們離不開。所以我沒忍住打了他，我此刻很後悔，可是他為什麼不替我想想辦法?我可是深陷地獄。

這時馮想想不禁擰起眉，同時也注意到了日期，下一篇是七月二日。日記裡缺少了整個六月。後半部的字跡開始潦草，字句也越來越簡短，她看著書頁上截然不同的語氣，陳尹柔彷彿換了一個人。

七月二日。我懂了，我會被困死在這籠子裡。

七月十六日。我發現葉力恆送給我的花，就在梅雅辛照顧的溫室裡!她也有種!真是太巧了!

七月三十日。我想再養一對鸚鵡，梅雅辛很開心的同意了，我教她很久的中文，我們相處的很愉快。

八月八日。梅雅辛說她很抱歉，因為認養鸚鵡的計畫無法進行，而且溫室被拆了！這一定是宿允川在搞鬼，我忍了十幾年，我受夠他了。

八月十三日。我突然想起一件事情，宿允川把酒店改名為「地下」。其實我都知道，他是為了小魚，可是他卻不讓我替小鸚取名，這樣公平嗎？……那是葉力恆送我的鳥，早就被他毒死了！

八月二十日。我懷疑梅雅辛。如果她是宿允川的人，我不會吃她做的食物，她會像宿允川毒死小鸚那樣毒死我。

寧可餓死。

首先，我得保護宿衍，把他藏進——

閣樓裡

對他說

布穀鳥的故事

提醒他

拿藥

陳尹柔似乎開始錯亂，她不再標明日期，寫日記反而成為一種身體習慣，她的紀錄不倫不類、互不相關，她的字句開始交錯，寫痕深入紙張，字體碩大，光是寥寥幾字就占滿了全部。

馮想想無法再讀下去了，她的心跳有些紊亂。她直接翻到了最後一頁，那是陳尹柔留下的最後一段「日常」。

我猜測，梅雅辛建議我寫日記的原因並不單純，是為了讓他監視我。不管梅雅辛是否有意，我對人的信任卻是徹底失望了。

宿允川，你在看嗎?你休想了解我的一切。

馮想想頓時起了冷意，一股不安沿著她的背脊往上，發麻到頭頂。她闔上日記，卻瞥見稍微掀開的書背，鋼筆字跡，和陳尹柔原先的字體一樣，美麗、溫柔。

祭奠著，在霧中消失的——愛情與自由。

馮想想直直瞪著這行字，瞬間暫停了呼吸。

她想起了剛才與馮丹瑜的對話，她問她在霧中消失的是什麼，馮丹瑜卻說不知道。所以她其實早就來過這穀倉，也發現了閣樓，甚至看過了這本日記？

混亂間，馮想想還是將筆記本放回原處，她的視線幾乎難以對焦，她不知道該看哪裡，於是她瞪著那映不出影子的窗戶。

馮想想受到了打擊，馮丹瑜故作無動於衷令她震驚，她懷疑那份愛情的重量。是感情，是執著，或是病？

她總算明白，為何這裡的一切都如夢似幻般的不真實，不是因為它的美，而是因為它埋藏著祕密，彷彿是無法發芽的種子，無論怎麼灌溉都是徒勞，只要沒人撥開，它就會在土裡腐敗，永不見天日。

馮想想不知道又在閣樓裡待了多久，直到她下樓，細微的小雨停了又下。

她推開穀倉的門，卻因為絆到門檻，重心不穩的往後踉蹌。她扶著牆，重新站直身體，怔怔的看著不遠處的宿衍，對方看見她時也微微一頓，不過神情又隨即藏進了陰影裡。

宿衍無聲的走近，把傘撐在她上頭，馮想想這才注意到自己淋了不少雨，但她對此不在意，她抬頭看著宿衍，有些無力的問道：「你怎麼來了？」

「鐘。」

「什麼？」

「布穀鳥鐘。」宿衍頓了數秒，又說了幾個字：「送來修理。」

馮想想移開視線，她想問他為什麼要獨自前來，又為什麼會來到穀倉。陳尹柔說要把宿衍藏起來，那當年……他被藏在閣樓裡多久？

剛才的畫面，竟與那一日異常相似。不久前的颱風，宿衍就是在宛如黑夜的陰天下，同樣穿著黑衣，在第八塊石頭旁埋葬死去的母貓，馮想想當時心想，她永遠不會忘記那一刻。

「妳怎麼了？」宿衍低聲說。

「嗯？」

他仰起頭，似乎在看著閣樓的窗口，他問：「妳看到了什麼？」

「沒有……」馮想想抿著唇，她垂下頭，「我什麼都沒看到。」

而幾秒前的雨幕下，這個人的黑衣、黑傘，這樣的宿衍，彷彿參加了場喪禮。

馮想想睜開雙眼，窗外的天空湛藍，不過這裡氣候瞬息萬變，或許下一秒就會細雨濛濛。

宿衍昨晚沒住在這，儘管如此，馮想想下樓時還是左右張望，想著是否會看見他的身影。

「早安。」馮丹瑜捧著熱咖啡，笑問：「在找什麼？」

馮想想接過牛奶麥片，馮丹瑜替她加了點藍莓乾。她猶豫了一會兒才說：「宿衍昨晚來了。」

馮丹瑜的鼻尖幾乎探進了馬克杯裡，過了許久才問道：「他昨晚睡哪裡？」

「不知道……也許是附近的旅館。」

「嗯——」馮丹瑜摸著杯沿，她輕聲開口：「梅雅辛幫我報名了烘焙課，這兩天妳也陪我走了很多地方……之後妳就陪陪宿衍吧？」

馮想想無奈的笑了，她對這裡人生地不熟，也不知道是誰陪誰。

這時梅雅辛也來了，木屋頓時熱鬧不少，她一進門先抱怨了聲天氣，並看向餐桌，問道：「妳們用完早餐了嗎？」

「是啊，麥片很好吃。」

梅雅辛拿起木碗，「真有趣。」她這麼說著，卻微微皺起眉頭，「別說妳只吃了一碗麥片。先別嫌我嘮叨，一天的早晨是最重要的，尤其是吃一頓好早餐，會讓妳整天都心情愉快。」

馮想想笑著表明立場，「梅雅辛，麥片也是『好早餐』。」

「當然，不過妳得先嚐嚐這個再下定論。」梅雅辛笑了起來。她切開剛帶來的麵包，在上頭抹上奶油，「妳可以再夾片火腿或是Leberkäse，真心推薦。」

梅雅辛轉頭，對著馮丹瑜說道：「妳又只喝咖啡了是嗎？所以請走向餐桌，讓我好好看著妳吃完一片麵包。」

馮想想聽了不禁莞爾，她幸災樂禍的看向馮丹瑜，多虧了梅雅辛，她們在德國的早餐總是很豐盛。

她們在木屋聊了許久，梅雅辛將房間打理了一遍，很快就到中午了，她烤了鱒魚和香腸做午餐，配菜是醃黃瓜。梅雅辛看這對母女似乎沒出門的打算，便無奈的拉起馮想想，提醒道：「下午茶時間。」

「……」馮想想摸著肚皮，正要婉拒，卻聽見梅雅辛說：「妳肯定沒吃過正宗的黑森林蛋糕吧？」

於是馮想想忍不住跟著梅雅辛出門了。

原本晴朗的天空此刻又布滿了雲，所以她們帶上一把傘。大約走了十分鐘，他們來到了一家小酒館，這裡位於街道的某個小角落，小小的店面，小小的窗。此時店裡已經坐了不少喝啤酒的人，馮想想看著玻璃櫥窗，裡頭裝了各式各樣的甜點，除了黑森林蛋糕之外還有不少甜派。梅雅辛買了三吋大小的黑森林，又買了杏仁派。

「妳母親很愛這裡的點心。」梅雅辛假裝抱怨道：「她吃了許多，卻沒見她長肉。」

馮想想笑著說：「但她總愛說自己胖了。」

她聽見了若有似無的雨聲，自從來德國後她遇到的雨總是如此，遠看似乎沒下，石板路也不見溼，但打開窗就能飄進縷縷雨絲。

馮想想走出酒館，此時雨才漸漸大了，雨水沿著屋簷成串掉落，她伸手接雨，覺得無趣才又放下。看著地面，竟突然想起臺灣吵鬧的街道、稍嫌混亂的車潮，直到腳前悄悄多出了一片陰影，耳邊的雨聲變成了有節奏的答、答——

馮想想抬起頭，詫異的看著出現在眼前的宿衍，這人遮蔽了陰天黯淡的光亮，屋簷的積水也被隔絕在他的傘面之上，那把黑傘，就像宿衍的眼睛。

「你怎麼在這裡？」

他低聲說道：「妳媽說妳在這。」

比起宿衍的出現，馮想想更驚訝他與馮丹瑜的對話，於是她又確認了一次，「我媽跟你說的？」

「嗯。」宿衍抬頭看了看小酒館，視線繞了一圈，最後又回到她身上，「不是說要旅行嗎？」

馮想想傻傻的看著他，她甚至聽不見任何聲響。直到身後的門被打開，她回過神，轉頭看著梅雅辛，而梅雅辛也正看著宿衍，她微微一愣，便笑著對馮想想說道：「那正好，我可以直接下班了。」梅雅辛將蛋糕提袋遞給她，並留下一把糖果，「小禮物。」

她看著梅雅辛撐傘離開的背影，便想偷看宿衍的表情，於是她悄悄的抬眼，卻與對方的視線撞得正著。宿衍忽略她訝異的視線，直接帶著傘走了，馮想想這才加快腳步，躲回傘下。

在回程的路上，雨很快就停了。宿衍伸手確認，之後便收起雨傘，而馮想想微微仰起腦袋，看著對方的身影，光線從天空打了下來，有種撥雲見日的暢快。她不自覺的望著他，才注意到宿衍今天穿了件白襯衫，這是和昨晚在穀倉前截然不同的氛圍，一個是絕望的頹喪，而今天的宿衍……有著黑森林真正的味道，就像櫻桃酒般讓人心動。

「看什麼？」

宿衍側眼問她，馮想想一愣，才笑道：「雨傘……很好看。」宿衍疑惑的停下腳步，而附近恰巧傳來了一聲：「Oskar！」

馮想想轉頭望去，是一間肉鋪。剛才與梅雅辛經過的時候才聽她說，她時常來這買火腿和生香腸，原來那剛接手的年輕老闆就叫 Oskar。

宿衍目不斜視的走過，而馮想想只能再次追上，宿衍似乎察覺到了她小心翼翼的視線，他驀地開口說道：「Oskar……我跟他打過一架。」

馮想想詫異的看著他，沒想到宿衍會主動提起這個話題。宿衍接著冷淡補充道：「我輸了。」

馮想想勾起嘴角問道：「那現在呢？會贏嗎？」

宿衍停了下來，「去試試？」

馮想想往後一看發現宿衍還停在原地。

「我是開玩笑的。」她走近宿衍，「沒人喜歡受傷。」

她拉拉宿衍的手臂，兩人又繼續向前走，宿衍低聲問：「妳覺得我還會輸？」

「你有看到他一身肌肉嗎，幹麼沒事去找人打架？」

「妳認為我會輸。」

在這神祕的小鎮裡，發生了一件不可思議的事。從何時開始，宿衍已經截然不同，一個曾經渾身是刺、出手傷人的宿衍，此刻竟是不願服輸，甚至有些委屈的模樣。

馮想想偷偷笑了，她說：「我們也不是非贏不可，對吧？」

「……嗯，就像妳以前總是輸給我？」

她見宿衍又舊事重提，於是輕聲問道：「如果我說不在意了，你會相信嗎？」

「不信。」

「信。」她小小的跨步，擋在了宿衍身前。「宿衍，或許你會覺得我裝模作樣，但我很認真。自從跟我媽聊到她的過去，我就很確定，我們一定要找到讓自己開心的方法。」

「妳非得把我堵在路中間說話？」宿衍繞過她，走沒幾步，馮想想又再次攔住他。

「我們就在德國當一次路霸。」

「……馮想想。」

「不管，我要繼續說。」馮想想堅定道：「我不了解你，但我了解我媽。任何人都會犯錯，或許人的愧疚不會永無止盡，但難過會。」

宿衍看著眼前的女孩，發現了她偶爾的任性，還有偶爾的驚人之舉，不過唯一不變的，是她話語間所涵蓋的能量。馮想想大概不會知道，她又試圖闖入了宿衍的領域，他繞路走，她就會再次擋在前頭，她說你的傘很好看，其實是在偷看你，她說不是非贏不可，卻又非逼著你相信她。

馮想想就是這麼一個奇妙的人，讓人感到煩躁，卻不得不正視。

「妳想說什麼？」

「我想說，如果難過了，讓自己開心的方法也有很多。就像現在，這裡有很美的風景，而且我們要旅行，不只是說說而已。我們等一下可以先吃蛋糕，再去附近繞一繞，你可以帶我去你想去的地方，我們可以邊走邊聊天，也可以搭火車去有名的景點，或是名不經傳的小鎮，梅雅辛說，這樣會有意外的驚喜。」

宿衍不悅道：「要求真多。」

「才不多。」馮想想拿走宿衍手上的傘，朝上方打開，啪嗒一聲。

傘開了，宿衍才發現四周又飄起了小雨。

「因為這就是旅行，這麼看來，反而是我們太容易滿足了。」

宿衍也許稍微能理解馮想想的意思，就像他此刻有種錯覺，儘管頻繁又突然的小雨很惱人，但他們只需要一把傘，就可以走到小鎮的盡頭。

◆

雨剛停，他們將蛋糕帶回木屋，宿衍站在門外沒進去，於是馮想想獨自進了房門，替還在午睡的馮丹瑜蓋好棉被。她順手帶走一條護手霜，自己擦了一點，又往宿衍手上擠了一圈，他愣了愣，馮想想則是仰頭看著天空，天色依然陰沉，如果沒看時鐘，她根本猜不出時間。

她想起梅雅辛說只要等到深秋，這裡一眼望去全是紅葉，天色也會暗得更快。她與宿衍來的太早，德國有許多秋季活動，例如慕尼黑盛大的啤酒節，或是科布倫茨的萊茵河花火節，但他們居住的是哈斯拉赫，這裡擁有稍涼的氣溫，除此之外他們只有初秋，其餘沒有。

馮想想緊跟著宿衍，他們沿著街道往回走，再次經過了Oskar的肉鋪，還有馮丹瑜最愛的小酒館，之後他們進了林間小道，又走了大約二十分鐘，稍嫌漫長的路程，期間他們沒有任何交談，四周只有枝葉摩挲的風還有護手霜淡淡的花香。直到腳下的石板路到了盡頭，馮想想往前一看，是片土路，還有一條不知通往哪裡的寬敞河流，河面上有一座石造的拱橋，約莫三呎就有路燈佇立在兩側，入口處有塊木製的路牌，上頭畫著箭頭與她看不懂的文字，馮想想沒有開口詢問，她大概知道自己在哪，附近有個舊城區，就在橋的另一頭。

下橋後，沿著河岸出現了鵝卵石步道，這與石板路不同，走的有些顛簸。舊城區更加靜謐，也不知道是不是錯覺，這裡的雲嵐更深，一層層的山霧圍繞在遠處，就像拉開了帷幕，而眼前是齣古典的劇。

她悄悄的看他，宿衍的側臉也顯得更冷漠了，她知道宿衍就是這樣的人，內心越動搖，外表就會越冰冷。她是怎麼發現的？馮想想垂眼思考著，或許是在很久之前，當時宿衍將椅子砸向葉信司，因為他扔了陳尹柔的項鍊，也因為他解剖了他的心事。

回憶到這，馮想想又得面對她許久沒和阿司聯絡的事實，至少一個暑假的時間，她的關心全都因對方的冷淡而收場。

這時宿衍拉住她，馮想想抬起頭，看著對方微微擰起的眉。

「在想什麼？」

宿衍讓她繞過眼前的坑洞，而馮想想沒有回答，她無聲的笑了笑，指著不遠處的木牌問道：「那是什麼？」

宿衍沒忽略她避開的眼神，於是他靜了一會兒，才開口道：「公園。」

馮想想好奇的探著腦袋，宿衍的目的地似乎不在這裡，她轉頭看了對方一眼，還是領著他走進圍欄。公園的路口有些窄，眼前是一條筆直的樹道，在盡頭轉個彎，不知道會走向哪裡，而裡頭的亮度又暗了一階，綠樹成蔭，聳立兩旁的枝葉遮蔽了天空，她猶豫的佇足在前，直到聽見了身後的腳步聲，她再次看向宿衍，確認他走到了身旁才敢移動腳步。

眼前的光影穿梭在樹木間，她聽著身旁宿衍的呼吸聲，光影也偶爾阻隔他們，他們依然磨蹭於肩。走到了盡頭，轉角之處是遼闊的草地與河流，面積很大，就像一汪古老的湖泊。這裡與她印象中的公園不同，午後時段卻只有寥寥幾人，沒有孩童的嬉鬧，只有窸窣私語。放眼望去，遠處的木椅上坐著一對中年男女，男人在釣魚，女人在看書，兩人似乎在交談。

馮想想不安的看向宿衍：「我們可以進來這裡？」

「可以。」

「不是私有土地？」

這時宿衍的神情才有所鬆動，他勾起嘴角說道：「不是。」

「這裡太安靜了，真不習慣。」馮想想咕噥著，仰頭看看四周，附近有幾座大理石雕像，或許是舊了，人像的五官似乎有些模糊，雕像底座泛黃著，沿路滿是青苔。馮想想縮著肩膀，一下子又躲回宿衍身旁。

她瞇起眼，看向不遠處，那是一座噴水池，中央有著斷了雙翅的天使雕像，祂手裡捧著傾斜的壺，水從瓶口涓涓流下，池裡卻不再噴水。有些特別的是，在白理石的雕像之下，噴泉卻是翠綠色的花崗岩，它就這麼格格不入又奇妙的融入在這公園裡。

「這什麼意思？」馮想想努力往前傾，看著壺身上細小的文字。

宿衍提起她的後領，將她拉了回來，「許願。」

「什麼?」

「要妳許願。」

馮想想這才懂了，她有些興奮，「所以這是許願池?」她開始翻找著口袋，不過自從來到哈斯拉赫，大小事都有梅雅辛幫忙，她就很少把錢帶身上了。

她口袋裡只有一把梅雅辛給她的糖果，她沮喪的看向宿衍，而他一聲不響的遞來了一枚硬幣。

「只有一個?」

「一個就夠了。」

「你不許願嗎?」

宿衍的眼神彷彿在嘲笑她，他只說了一字:「不。」

馮想想撇嘴，不悅的與他拉開距離，她聲音不大不小，正好能讓宿衍聽到。

「那你一定不知道怎麼許願吧?」

「……」

「我教你。」

宿衍無奈道:「不用。」

「首先，當然是許願。」馮想想拿起硬幣，將它藏進手心裡，閉起雙眼，開始許願。過了數秒，她才又繼續比劃，「許完願後，右手拿著硬幣，往左肩後面丟……」

她瞇眼笑道:「你看，這樣就會經過心臟了。」

宿衍怔怔的看著她，馮想想此刻的喁喁細語，悄悄的鑽進耳裡，隱約有股惱人的搔癢感從神經延至頭頂，包括她的言語，還有她微微上翹的嘴角與眉眼。

只見少女轉過身，她舉起右手，將硬幣往後一扔，少女的願望盼成了小小的拋物線，飛向了宿衍，落到了他的手掌心。

她沒聽見落水聲，轉過頭，她看著宿衍手裡的硬幣愣了愣，才遲疑的走近他，接著卻又笑了，她說道：「然後我們雙手合十，誠心的祈求願望實現。」

馮想想十指相扣，還真的閉起雙眼。宿衍蹙眉，他點著馮想想的腦袋，看似有些無奈，「妳許了什麼？」

「後面兩個不能說，不然就不準了。」

「那第一個，」宿衍看向她，「許了什麼？」

「嗯——祕密。」

見宿衍一臉疑惑，馮想想這才滿意的轉身。宿衍望著她離去的背影，又垂眼看著手心裡的硬幣，他傾身將它放進許願池裡，沒有聲響，卻還是泛起了小小的漣漪。

宿衍心想，實現吧。

這是自從陳尹柔走後，他的第一個願望。

晚上七點，這時光影已消散，視線不再朦朧。

宿衍跟在她身後，他們走出樹道，而馮想想停下腳步，她在等待身後的人，離開公園後就不知道該往哪裡走了。她側眼偷看剛走到身旁的宿衍，其實當許願的硬幣扔到宿衍手中時，她的心情有些微妙。路上，兩人沉默的並肩而走，他們的距離近在咫尺，偶爾觸碰到彼此的手，兩人會捲曲起五指，卻沒拉開距離。馮想想撫摸著發熱的手背，看著不遠處的街角花販，馮想想好奇的走近，藉此背對宿衍搧有些發紅的臉。

攤位上只有一位女孩，她帶著一頂猩紅色的貝雷帽，一旁的招牌上也畫著綁辮子的小紅帽精靈，手裡抱著一朵矢車菊。女孩看見馮想想，開口說了些什麼，馮想想聽不懂，只好尷尬的笑了笑，她看了一圈，這裡的花都鮮豔美麗，不過中央還有個木桌，上頭擺了許多小巧精緻的乾燥花束。

馮想想拿起一束薰衣草，乾燥的花瓣有些刺手，它外頭被麻布包覆，最後由矢車菊藍的緞帶點綴，無華而優雅。馮想想看得專注，頭頂卻被人輕輕碰了一下，她看向來到身側的宿衍，並抬手摸著頭上多出的花冠，她仰起頭，愣愣的看著他。

紅帽女孩笑著說了一句，宿衍這才說道：「她說很適合妳。」

「什麼？」

宿衍點點她腦袋上的花冠，「這個。」

「這是稱讚嗎？」

他垂眼看著她，輕聲道：「是。」

馮想想覺得自己的臉一定紅透了，她惱羞的將花冠戴在他頭上，「更適合你！」撂下一句「狠話」後就瀟灑的轉身離開。

「喂……」

走了幾步，馮想想又忽地停止，她看著手裡的花束，懊惱的轉過頭，只見宿衍已經付了錢，正勾著嘴角走來，他若有似無的笑意使她心悸……真是太奇怪了。

直到他們走的道路越來越狹窄，看著兩旁的木桁架房屋，她不免想起那座穀倉，想起了日記上的布穀鳥鐘，於是當她看見宿衍稍稍揚起的微笑就更加難受。

她擅自替他加深憂鬱色彩，就如她沒經過宿衍同意就擅自翻開他的過往，如果宿衍知道她自以為是的心疼他，他那麼驕傲的人，應該又會徹底拉開距離吧？

馮想想停下腳步，宿衍沒多久就發現了，她看著宿衍逐漸走近，他的視線讓她遲疑，這人總是用冷淡的外表包裝，所以此時流露的眼神才更顯珍貴，馮想想這麼想著，同時也半舉起花束，將薰衣草擋在兩人之間。

宿衍盯著花束不發一語，再抬眼看看馮想想，彷彿再說：「哪裡有問題?」

「有香味。」

「……」

「乾燥花……很香。」馮想想說著連自己都覺得蹩腳的理由，但她該怎麼解釋?

她無法思考，當她意識到周圍的房屋已經消失，轉而是兩側的田野時，她才發現自己想了宿衍很久，所以才忘了，也無暇顧及他們的目的地。

這時，宿衍突然湊了過來，他微微傾身，鼻尖緩緩的靠近，她不由自主的瑟縮，麻布上的緞帶也輕輕顫動。其實她不知道薰衣草有沒有香味，她只是希望再蹩腳的藉口都能將他打發，結果卻是如此，馮想想比任何時候都要專注的看著宿衍的眼睛，而宿衍也同時盯著她，似乎在懷疑她話裡的真實性。

看來這束乾燥花是沒有香味的。

他倆無聲的對視，馮想想緊抿著嘴，什麼話都不說，想等對方先開口。

「妳——」宿衍話還沒說完，卻有股力量猛然撞上他的腰側。宿衍沒有心理準備，只能往前傾斜，他與馮想想之間的距離早所剩無幾，此時他的胸膛正壓著稍微變形的薰衣草花束，以及傻愣愣的馮想想，她只能一臉茫然的緊挨著宿衍。

接著一抹人影竄出身側，宿衍立刻攬住馮想想，低聲道：「Hey!」

「什麼?」馮想想抬起頭。

「Hör auf,（停下）」宿衍鬆手，並將她拉到身後，「sonst werde ich die Polizei anrufen.（否則我要報警了）」

馮想想探頭一看，才看見宿衍另一隻手正抓著一個年約十二歲的男孩後領，男孩則是劇烈的掙扎，他憤怒的叫囂：「Hau ab!（滾開）」

宿衍反手一扯，朝男孩的雙臂施壓，最終從他口袋裡抽出了皮夾，冷聲道：「Das gehört nicht dir.（這不屬於你。）」

男孩瞪著宿衍，不過眼裡盡是心虛與不安。

馮想想雖然聽不懂，但也能看出男孩是個扒手。

馮想想悄悄走近，雖然男孩這副模樣有些可憐，但宿衍的錢包差點就被偷了，儘管如此，她還是猜宿衍會放了他。

果不其然，宿衍冷漠的斜了男孩一眼，便拉著馮想想走了，她轉頭看著男孩詫異的神情，他似乎為這樣的結果感到驚訝，馮想想不禁想笑，她忍不住拉著宿衍停下，手伸進口袋，抓了一顆梅雅辛牌的水果糖，輕輕扔給男孩，對方雖然遲疑，卻還是在反應過來之前接住了它。

「多事。」宿衍低聲說，之後便強制馮想想跟他離開。

「Wo willst du hin?（你要去哪裡）」身後傳來男孩的聲音，她原想轉過頭，又被宿衍阻止了。

他不耐道：「妳別理他，不怕他有同夥？」

馮想想立刻緊抓著宿衍，頭也不回的快步離開了。

而男孩的最後一句話還留在身後。

「Du musst hier verschwinden.（這裡可不安全）」

馮想想當然聽不懂，卻能感受到男孩的語氣。她不安的望向宿衍，看著看著，卻又安定了下來，他的左手既灼熱，又讓她安心。馮想想努力壓抑自己的心跳，她沒有掙開宿衍的手。

他們相握，而她假裝沒注意到。

眼前是蜿蜒的土路，沒有石板，也沒有舊城的鵝卵石，路面上黏著被踩扁的乾草，直到馮想想踢到了小石頭，細微的一個聲響，她與宿衍也自然而然的鬆手了。

這道山坡不算陡峭，馮想想握著手中的花束緊跟著宿衍，她盯著他的背影，偶爾的角度變換，就能看見他的側臉。她的手心開始冒汗，更能感受到四周的乾燥，彷彿只要一隻昆蟲經過，就能因扇翅而燒出火來。

她撞上宿衍的背。

「到了。」

越過宿衍的肩膀，她看見不遠處有座被遺棄的小教堂，再看看四周的環境，她想起了那男孩最後又對他們說了些什麼，於是她問宿衍：「剛才那個人說了什麼？」

「扒手？」

「嗯。」

宿衍垂眼看向馮想想，「害怕了？」

「不怕……」她脫口，接著才垮下嘴角，坦承道：「好吧，其實有一點。你都不說要去哪裡，我只能做你的跟屁蟲。」

宿衍愣了兩秒，才低聲為男孩翻譯道：「他說這裡不安全，要我們離開。」

「……」

他見馮想想噤聲，不禁覺得好笑，「他只是想嚇唬人，特別是容易相信人的笨蛋——馮想想。」

她反駁道：「可是這裡的確……」像廢墟？

馮想想沒說出口，這裡有些荒涼，就像那座沒了頂棚，被拆除一半的溫室。

「進來。」

宿衍帶她走進，馮想想見裡頭雖然有些灰塵，不過還算整潔，地上釘的木板老舊，翹了一角起來，她剛好就踩在上頭，移開腳，木板又固執的翹回原狀，底下有些腐蝕，嘎咿作響。

「這裡不被當作教堂使用了，以前會有人在這授課，現在不知道還有沒有。」宿衍說：「我很久沒來了。」

四周的窗是嵌畫的花窗玻璃，上頭講述的是故事、歷史，教堂外所剩無幾的光線透著窗口，照射出彩色的斑駁光束。外頭的雜草與頹圮無法遮擋裡頭的美，這裡曾有村莊人的希冀，他們喃喃傾吐的禱文，因為他們對生命的信仰，所以這裡不曾被人真正遺棄。鋼琴上披著毛毯，掀開的地就用木板釘上，還有完整無破裂的花窗，以及在書櫃裡整齊排列的書……

馮想想打開書櫃，抽出了一本，她讀不懂，但從插畫能看得出來，這是《狼與狐狸》。她隨意翻了翻，將書放回原位，接著依序往下看，是《小紅帽》、《白雪公主》等等以黑森林為背景的格林童話。

這時宿衍靠近她身後，他的手越過馮想想，害她呼吸一窒，而他毫無察覺，他抽出其中一本書，馮想想不動聲色的轉身，稍微拉開距離。

她看著封面，「《糖果屋》？」

「嗯。」宿衍翻開書，翻到了兄妹兩人沿路撒麵包屑的一幕，「這是我來這裡看的第一本書。當時我一個字都不懂，不過我知道——」

宿衍說話的聲音越來越小，馮想想不自覺的朝他靠近。

「知道什麼？」

「有人說，」宿衍低聲道，「故事裡被遺棄的兄妹，能對不聽話的孩子起到『訓誡』的作用。」

馮想想驀地抬眸，與宿衍的視線撞了正著，她在一瞬間發涼，只因為他輕描淡寫的說了這句話。

馮想想勉強一笑，「你知道的，這是古人說的話。現在是二十一世紀，我認為這本書只是希望孩子提起勇氣罷了。」她打趣道：「這個是過時的想法，你已經過時了，宿衍。」

「我只是說說。」宿衍似乎覺得無趣了，他把書放回原位，乍看之下神情有些冷漠，馮想想開始心慌，她就是害怕宿衍生氣，於是她下意識的拉住宿衍的手。

宿衍疑惑的看著她，稍微掙脫，她就搭上另一隻手，雙手緊抓著他。馮想想低下腦袋，不敢看他，也不知道自己在幹麼，但她得承認，她認為她忘了那本日記，可是事實上她每分每秒都深刻記得，那座閣樓讓她害怕，陳尹柔的文字就像夢魘緊緊纏繞她的思緒。她無法放鬆，只要視線一放在宿衍身上，就會難受的無法移開。

她認為自己是世上最多管閒事的女人。

馮想想鼓起勇氣看向他，宿衍口中的「遺棄」和「訓誡」彷彿打開了她不安的開關，此刻他說的每句話，馮想想總認為都有涵義。

「喂。」宿衍敲她的腦袋。

「宿衍，」馮想想猶豫了許久，最終還是坦承道：「其實，我看到日記了。」

「……」

馮想想突然的坦白讓空氣有些停滯，可是她實在要爆炸了，她想，或許得到宿衍的諒解，就能因此減少點不安。

「你問我在閣樓看到什麼，我說謊了，我看了那本日記，你會生氣嗎？」

「不會。」宿衍輕輕掙脫，女孩還是死死抓緊，他只好又說：「我有猜到，所以沒生氣。」

馮想想愣了愣，呢喃道：「是啊，你怎麼可能沒猜到。」

這時她才漸漸放鬆，以宿衍的角度看，女孩耷拉的腦袋就像做錯事的小狗。他傾身，讓自己的視線與她平行，他輕聲說道：「看我。」

馮想想聽話的抬眼看他。

「馮想想，妳變得更奇怪了，我猜不透妳在想什麼。」

「你才變了。」馮想想嘴巴還是不甘示弱，「你更奇怪。」

過了許久宿衍站直，走到某排長椅邊坐下，馮想想一聲不吭，也默默的坐在他身旁。

接著她問道：「那你記得梅雅辛嗎？」

「大概……沒什麼印象。」

「你記得Oskar，卻不記得梅雅辛，她會難過的。」

「我跟他打過架，」宿衍不鹹不淡的說，「我輸了、受過傷，所以我記得。」

「跟我一樣。」馮想想笑道，「我會記仇，還會報復。」

「嗯，領教過了。」

「才怪，我之前做的，你根本不痛不癢。」

「沒有不痛不癢。」

「是嗎？那可是我的反抗喔。」

「嗯。」

「那我成功了嗎？」

「……嗯。」

馮想想笑了笑，又重複道：「才怪。」她緩緩收起笑容，又問：「我們是不是太幼稚了？」

他們沉默了許久，直到窗外的天空終於暗了下來，黑夜來得稍晚，還是將教堂打入暗地。

「我們得走了。」宿衍頓了頓，又說：「等我一下。」他起身，摸黑著不知走到了哪裡，接著才響起開電源的聲音，原本不抱期望，沒想到燈閃了閃，竟然亮了。

他們面面相覷，馮想想揚起嘴角，「宿衍，這裡還有在使用耶。」

或許是錯覺，教堂裡暖黃的燈光讓宿衍的神情柔和不少，他頭髮被燈光照成褐色，軟綿綿的看起來很乖很溫柔。馮想想不自覺的盯著宿衍看，直到被他察覺了，她便趕緊轉移視線，隨意的往四周看了看，嘴上問道：「要走了嗎？」

「晚了。」

馮想想不大情願的起身，卻不經意瞥見身側的牆上，上頭有一行細小的文字。就在這排長椅的盡頭，剛才宿衍就坐在這。

不要放棄希望，一切會變得更好。

熟悉的字跡、熟悉的語言，在這裡卻顯得陌生，馮想想輕輕摩挲，這段和日記上相同的字跡，就像它的主人，優雅的秀麗，這也是陳尹柔的溫柔。

馮想想轉過頭，發現宿衍早已轉身，他看著花窗靜止不動，似乎沒注意到這裡。他們在這間教堂待了一個多小時，什麼事都沒做，沉默的時間就占了一半，她盯著宿衍的背影，知道他為什麼會來這裡了……

因為這裡是他和陳尹柔會來過的地方。

假如馮想想沒堅持跟著他，那宿衍會一個人在這裡待多久呢？

馮想想垂眼，忽略了眼睛的搔癢，她悄悄將手中的薰衣草花束放在椅子上，嘴唇輕啟，又默默闔上，彷彿有千言萬語，卻一言難盡。

她走到了門口，經過了宿衍，率先離開教堂。而宿衍轉過頭，關上燈，在燈光暗下的瞬間，他看向女孩留下的花束，眼裡是一閃而過的，連他自己都沒發現的溫柔。直到燈徹底滅了，一切又回到了黑暗。

他看著走在前頭的女孩，她無視了昏暗的空間，也沒去注意腳下不平坦的道路，稍有不慎，或許下一秒就會摔個大跤。

宿衍看著看著，最終無奈說道：「馮想想……別走太遠。」

翌日早晨，馮想想跟報名烘焙課的馮丹瑜告別後，便獨自前往那座通往舊城區的橋，她與宿衍約在那兒，他說明天是拿回布穀鳥鐘的日子，就在特里堡。

從哈斯拉赫到特里堡只需要半小時的車程，所以他們決定先到距離更近的根根巴赫走一走，那裡距離哈斯拉赫只需要十分鐘。

根根巴赫是位於黑森林山區路口的鄉村小鎮，與他們的目的地特里堡是完全相反的方向，不過當時宿衍接收到馮想想期待的目光，停頓了一會兒，才說他們提早一天去，可以在根根巴赫下火車，到處逛逛也算「旅行」，或許他們還能在那住一晚。當宿衍說完這句話後氣氛變得有些微妙，但兩人很有默契的忽視了。

天氣很好，徐徐微風與不大熱烈的陽光，彷彿在四周又鍍上了一層金色薄紗。火車平穩的行駛，宿衍抬眼，看著坐在對向難掩興奮的女孩，他們的雙膝幾乎相碰，她卻只顧盯著窗外飛逝的風景，她偶爾會和宿衍報告她看見了什麼，不過宿衍很少搭理她，她只好稍稍收斂情緒。

直到火車離開草原，進入了幾乎無止盡的松樹林，水彩般的墨綠色似乎就這麼倒映在馮想想的眼睛上，當宿衍再次抬眼看她，見到的就是這副模樣，她的側臉隨著樹影閃爍，宛如街燈的時明時滅，纖長的睫毛就這麼低垂著，跟著主人的情緒微微顫動。

馮想想眨了眨眼，周圍似乎有了溫柔的陰影，接著她不知道又看見了什麼，嘴裡發出微小的感嘆聲。

宿衍斂下眼裡的情緒，他轉而看向窗外，卻不自覺的揚起眉，看著遠處山頭即將換色，他想起馮想想說的遺憾，是因為來不及看見深秋的森林。

當火車靠站，他們走了一會兒才到公車站牌，這段幾乎是上坡路，等走到站牌時馮想想都有些累了，他們又等了半小時才等到一班公車。車上就只有司機與他們，馮想想笑說這樣就像包車，他們賺到了。宿衍聽了勾起嘴角，打開車窗，沐浴著山區釋放的芬多精，微風吹起他們的瀏海，趕走了一早步行的疲憊。

不久後，馮想想愣愣的看著眼前的景象，她詫異的轉向宿衍，而他也回過頭，輕笑道：「又賺到了？」

他們恰好遇到了小鎮的祈福慶典。馮想想的心情無以名之，這裡沒有大型嘉年華會的熱鬧，卻是一片溫馨祥和。她越過宿衍難得柔和的眉眼，他的身後是一簇簇的花圈，那是用藥草植物與花綁製而成的圓滿形狀，比車輪再大上一點。和煦的陽光照耀，小鎮宛如被覆上了一層暖色濾鏡。

馮想想有些興奮，她睜著大大的眼睛，不免流露出小小的得意，她很想對宿衍說：「看吧，這就是梅雅辛說的意外的驚喜，是我堅持要來的，是我纏著你要旅行的。」

她沒有說出口，但宿衍彷彿能讀懂她眼裡的情緒，他微微挑起眉，笑道：「別太得意。」

馮想想因為他的笑容怔了幾秒，摸摸鼻子，四周是沁鼻的香氣，似乎還帶點土壤的味道，她不敢再與宿衍對視，心裡卻在這瞬間軟得一塌糊塗。

她撇頭看向別處，藉此躲開宿衍的目光。她看見一名男子搬起花圈，並將它扛在肩上，馮想想才注意到原來花圈底下是植物的莖，它們被捆在了一起，比成年男子的臂膀粗壯，宛如一個巨型的花束。

「這一定很重吧？」

「嗯，那裡也有小的。」

馮想想順著宿衍說的方向看，發現這裡也有不少攤子，上面就有迷你的花圈，也有一般的藥草花束。

「想要這個？」

馮想想搖搖頭，宿衍也不知道她在想什麼，只知道她突然躲避他視線。宿衍看著她低低的腦袋，竟然還嗅出了點委屈？

「走了。」

「啊？喔……」

宿衍瞥她一眼，還是忍不住問道：「在想什麼？」

馮想想沒回答，只是跟著他走，他們經過了市政廳前的廣場，這時馮想想似乎又恢復正常了，她拉住宿衍，因為有許多人將花圈搬到這裡，廣場就像熱鬧的市集，地面上幾乎擺滿了大大小小的祈福花圈。有三、四人手上拿著紙本與筆，他們輕聲討論些什麼，並專注的低頭做筆記。

「他們在評分嗎？」

「……也許。」宿衍看著馮想想，剛才的疑惑還沒解決，她此時卻又沒事般的拉住他衣袖。宿衍還來不及探究，馮想想又好奇的走到別處，他跟在她身後，心想，算了吧，他大概永遠不會明白這女孩心裡都裝了什麼。

他們在附近的咖啡廳隨便吃點東西，之後在老闆的推薦下前往廣場市集，就在距離市鎮廳不遠的地方，位於轉角處，一眼就能看見鮭紅色的尖頭屋頂，那是鎮上的教堂。廣場上的花圈已經被撤到了後邊，一群人圍成了大半圓，宿衍與馮想想都摸不著頭緒，直到他們又遇見了咖啡廳的老闆，老闆帶著他們擠進前頭，才看見樂隊正在準備演奏傳統樂。

馮想想不曾見過這種樂器，吹管很長，大約三、四公尺，上頭唯一的孔是末端彎起的喇叭口，宿衍向老闆問了幾句，才在馮想想的耳邊低聲解釋，這是阿爾卑斯長號，是由松木製成的傳統樂器……

不過馮想想沒注意聽，因為宿衍的鼻息拂過她的耳垂，她悄悄揪緊衣服，微微偏頭，宿衍因此看見她燒紅的耳朵。

演奏在同時響起，一排的阿爾卑斯長號看著壯觀，時而低沉悠揚，時而溫柔婉轉，不知道是否是錯覺，今天的日落來得比較早，薄霧散去，天邊有了淡淡的晚霞，樹梢上帶著餘輝，而宿衍的目光不曾離開馮想想。

他看著她紅紅的耳垂，也看她的側臉，馮想想感受到他的視線，她表面無動於衷，其實心裡很緊張，喉嚨偷偷咕嚕了幾次，她想問他怎麼了，可是當她提起勇氣轉向他，宿衍卻已經移開視線了。

直到廣場的人潮散去，老闆對他們說慶典終將結束，但祈福永遠不會停止，宿衍沒特地翻譯給馮想想聽。

他能感受到女孩突如其來的小心翼翼，她低垂著腦袋，他能隱約猜到原因。

因為他也是如此。

他們在前往民宿的路上又吃了一些當地的甜點，到達目的地時馮想想已經飽了，經營民宿的是一對老夫妻，他們非常親切，於是馮想想堆滿笑臉，又吃了一塊鹹派。

民宿共有三層樓，宿衍訂的是最頂層，坪數不大，不過有兩室一廳，不會遇到其他旅客。客廳很小，只有一扇窗，一個布沙發及迷你茶几，牆上有著壁爐插畫，陽臺有藤椅，馮想想一眼就能看完整個空間，小巧溫馨，她很喜歡。

「先休息，明天一早就走。」

馮想想聞言轉過頭，卻只見到宿衍的背影，隨後對方就關上房門了。她看時間也才七點多，天色都還沒徹底暗下，她不滿的撇撇嘴，轉眼又心想還好。

她這麼想著，卻還是忍不住走到他房前，敲了敲門道：「宿衍，晚安。」

過了許久，馮想想都打算放棄了，才聽見那人的回應。

「晚安。」

他的聲音近在咫尺，宿衍就靠在門後。馮想想無意義的碰了碰門板，撫摸著木紋感觸，同時暗自嘀咕他馬上就進房的舉動，害她連聲晚安都無法當面說。

馮想想走進自己的房間，洗完澡，睡不著就躺在床上滑手機，不知道又過了多久，她聽見門外的聲響，看看時間竟然淩晨兩點了。她輕手輕腳的離開床鋪，耳朵幾乎貼上門，她聽見那人打開窗戶的聲音，喀噠——

馮想想頓了頓，最終還是把門打開。

宿衍出現在客廳，沒有回頭，他的短髮被風微微揚起，鎮上的店面早就關門，氣氛冷清，民宿的窗檯有盞小夜燈，就連遠處街燈都是小小一盞，亮的敷衍。

西南部的日夜溫差大，馮想想光是站在房門口就能感受到晚風的寒冷，她在原處待了許久，因為她左思右想還是找不到搭話的理由，宿衍分明也聽見了她的動靜，卻沒打算理睬。

她越想越不滿，卻沒有瀟灑的甩頭進門，她走向廚房，其實就只是一個在客廳角落的迷你流理臺，功能不大，但至少能煮一壺熱水。一旁的木架上有不少草本茶包，倒入熱水後，周圍瞬間充滿了檸檬草的香氣。

她坐上沙發，把宿衍的那杯熱茶放在茶几上，也不叫他。馮想想雙手捧著，才注意到這是一組同款的馬克杯，宿衍的是聖誕老人的造型，而她手裡的是一座煙囪，歪歪斜斜的紅磚造型，帶著香味的熱氣裊裊而上，確實有了炊煙的樣子，她不禁莞爾。宿衍這時坐到她身旁，他沒喝那杯茶，而是仰起腦袋，枕著沙發柔軟的椅背。

她想找個話聊，便想起宿衍說一早就走，於是問道：「早上幾點出發？」

「吃完早餐，八點？妳想幾點？」

「九點？我覺得我會賴床……」

「那就九點。」

馮想想笑了笑，「我以為時間很趕，原來還有可以賴床的時間。」

「為什麼？」

「嗯？」

「為什麼覺得趕？」

「因為你說一早就走，而且你一來，就立刻躲進房間裡了。」

「……我沒躲。」宿衍側頭看向她，竟難得解釋道：「如果妳想去哪裡逛，我們就得提早出發。還有我回房，是因為想睡。」

「是嗎？那你怎麼在這個時間發呆？」馮想想拿起手機，「兩點半？」

宿衍撇過頭，只露出一側的鬢角和耳廓，明顯不想理她。

馮想想嘴角失笑，她轉移話題，「我有幫你泡草本茶，不趁熱喝嗎？」

宿衍傾身拿起馬克杯，沙發隨著他起伏，馮想想舉起杯子，順道避開了兩人相碰的肩，她笑道：「你看，一對的。」

宿衍看向手裡的聖誕老人，肚子圓滾滾的特別大。

馮想想又說：「我的煙囪是4D版的，還會冒煙。」

宿衍眼裡浮現一絲笑意，他湊近嗅了嗅，「還是檸檬味的。」他抬眼與她相望，奇妙的是，不論上午再如何不自在，他們現在卻沒有一點當時的尷尬。此時的氣氛自然，距離微妙的曖昧，他們的感情不偏不倚，適當的靠近，而彼此溫暖。

馮想想揚起嘴角，輕聲道：「靠太近了。」

「近嗎？」

「嗯。」

宿衍挑起眉，他一言不發的回到原位，隨後又起身，將窗關上了。

「該睡了，」他低聲說，「到特里堡還要走一段路。」

馮想想側臉靠著背墊，聽他這麼說，還真的開始想睡了，不過她還不死心，就是想再多講幾句話，「宿衍，那座布穀鳥鐘一定對你很重要吧？」

宿衍拉上窗簾，微不可察的頓了一下。他沒回答，而是走向馮想想，拿走她手裡的馬克杯。

「去睡吧。」

馮想想點點頭，但視線一接觸到宿衍的眼睛，卻又很煩人的堅持道：「我要把茶喝完。」

宿衍嘆息，他把杯子還給她，坐在她身邊，也把自己的茶一飲而盡了。他看著牆上的壁爐插畫，隨後閉上眼沉思了許久，他想起陳尹柔說過：「時間快速的走，時光卻緩慢的流，很矛盾對吧？」

宿衍聽著耳畔女孩的呼吸聲，他不禁心想，不論指針走得快慢，答案始終只有一個，都是流逝。

直到他的肩膀微微一沉，他才回過神，看著女孩闔上的雙眼，還有變得更淺的呼吸聲，他輕手撥開她的瀏海，抽走她的馬克杯，裡頭的茶早已涼透。

他仰起頭枕著椅背，盯著天花板不知道又再想些什麼，之後肩膀小幅度的放低，馮想想因此找到了舒服的位置，滿足的在他肩窩蹭了蹭，接著又沉沉的睡著了。

宿衍稍稍繃緊肌肉，之後放棄的往後一靠。

馮想想說那座布穀鳥鐘一定很重要，但事實不是如此，畢竟宿衍曾一怒之下摔壞了它，他想要修復，只因為那是陳尹柔少數留下的東西。也許……這只是不大重要的堅持，因為他對媽媽做錯事，所以要補救，就是這樣的道理。

他看著自己與馮想想的影子，壁爐上的火被畫的渺小卻溫暖，橘紅的插畫不會熄滅，恰好在他們的影子之間燃燒著。

相隔幾年還是回到了這個地方，他想他是明白的，時光荏苒，感情並不會隨著生命而逝去，但就如那座時鐘，也如這個當下……

他只是不忍叫醒，不忍去破壞。

根根巴赫的清晨有著他們特有的清爽，馮想想睜開雙眼，映入眼簾的是透著晨曦的那扇小窗，她茫然的眨眨眼，發現脖子一陣酸痛，她這才意識到了什麼，僵硬的抬起頭，看著宿衍微微仰起的睡臉，馮想想在一剎那清醒了，她捏了捏臉頰，臉上彷彿還留有宿衍的體溫。

「嗯……」宿衍的喉嚨發出低沉的聲音，他緩緩的睜眼，大概是被馮想想的動靜吵醒了，他睡眼惺忪的看向她，輕聲問：「醒了？」

因為宿衍剛睡醒的嗓音，馮想想不自在的往後縮，他見了又問道：「怎麼了？」他低啞的聲線能讓她心悸，還未清醒的鼻音更隱約搔癢著馮想想的心臟，她幾乎要蜷縮在沙發角落，直到她的視線悄悄落到宿衍肩上，發現他稍鬆的毛衣下依稀可見她壓了整晚的淡紅印記……

馮想想跳了起來，她全身無法克制的發熱，既羞愧又心癢，她不發一語的衝回房裡，在用力關上房門的瞬間，她只知道自己就像個笨蛋，用最大的反應來掩飾慌亂的心跳。

門外的宿衍緊盯著她的房門，疑惑的轉了轉自己僵硬的肩膀。

宿衍盥洗過後，馮想想的房門還是緊閉的，他抬起手，猶豫了一會兒又放下，最終還是沒敲響。他下到一樓大廳，早晨的民宿向陽透亮，窗明几淨，看起來特別舒服，他覺得馮想想一定喜歡。

廚房熱著牛奶，此時正噗嚕噗嚕的冒泡，民宿的老闆娘關上火，向宿衍道聲早安。

他喝了杯老闆煮的咖啡，腦子已經清醒不少，其實他昨晚沒睡好，伴隨著馮想想的氣息，他醒了一夜，直到天亮了才有睡意，但還沒睡沉，又被她給吵醒了。

宿衍無奈的倒杯牛奶，打算替馮想想帶點早餐，老闆娘說來旅行就一定得嚐嚐他們的扭結麵包，宿衍點頭夾了一塊，一旁還有幾個來自香港的旅客，她們推薦牛奶麵包，於是宿衍又默默夾了一塊。

「你有吃過這裡的芝士蛋糕嗎？」

在德西南小鎮能遇到語言相通的人是個驚喜，一旁的旅客都拿出熱情來，儼然是民宿主人的架勢。其中一人在昨晚就遠遠看見宿衍與一名女孩來到民宿，便又補充道：「Berliner 也來一塊吧？裡面的果醬很好吃，你的女朋友會喜歡的。」

宿衍明顯頓了一下，又覺得沒必要特別解釋，他夾了一塊 Berliner，動作卻有些僵硬。

他心想，自己並不是那種別人說什麼就全盤接受的人，不過此時他卻按著他人的推薦，什麼都想夾一個，比起無可奈何，反而是這個舉動更讓他感到匪夷所思。

宿衍心不在焉的回到三樓，馮想想正好打開門，她怔怔的看著宿衍，說道：「我原本想去找你——這什麼？」

宿衍看著手裡的盤子，猶豫道：「妳的……早餐。」

馮想想看著這盤早餐的份量，不安道：「你會跟我一起吃吧？」

「……」

「會吧？」

「嗯。」

馮想想這才滿意的讓宿衍進門。

她剛才獨自在房裡沉澱了許久，現在似乎已經冷靜下來了……她看著宿衍，又低下頭心想，但願如此。

兩人用完早餐後，便收拾好行李告別了民宿。

根根巴赫到特里堡將近一小時，路程不遠，下火車後也和根根巴赫不同，車站旁邊就有一個公車站牌，不過遲遲等不到車，於是他們打算先走一段路。沿著鐵軌走了十幾分鐘後，終於看見第二站牌的影子。

前方是連綿逶迤的山景，陽光透著雲層變成了淡色粉末，如果不搭公車繼續前行，對馮想想來說絕對是最壞的決定，山區的道路蜿蜒，一路幾乎是上坡，再繼續步行馮想想就要舉手抗議了。

他們來這裡最主要的目的就是那座布穀鳥鐘，但宿衍還是帶著馮想想在商店街下車，這裡是特里堡最熱鬧的路段，有隨處可見的鐘與壁畫，還有色彩鮮豔的特色建築，更感動的是這裡沿路有不少公車站牌，他們終於不用再走長路。

不遠處只要轉個彎，就能直接通往瀑布園區，不過一趟下來太花時間了，他們沒打算去，便在附近走走逛逛，也去了黑森林蛋糕的創始店，吃了一回「最正宗」的黑森林蛋糕，不過櫻桃酒的味道對於馮想想來說太濃了，她吃了幾口便厚著臉皮向宿衍求救。其實她沒想過宿衍會幫忙，所以當馮想想看見對方皺著眉頭替她解決的模樣，心裡既驚喜又溫暖。

再往上走，就能看見一座紅色建築，那就是特里堡的市鎮廳，獨特卻又平凡的融入 Hauptstraße 的街景裡，市鎮廳前就有公車站牌，他們搭上往西的公車，來到了博物館，裡頭的展品精緻而美麗，他們讀了鐘錶的歷史，之後馮想想在博物館外又拍了許多風景照，偶爾偷偷讓宿衍入鏡，接著才擔心是否被對方發現。

離開這區域後，再往前，就能通往鐘錶之路。那貫穿了中南部的黑森林，行經許多城市小鎮，起點就在這裡，路途是浪漫的三百多公里，沿著環形大道前行，最終還是會回到特里堡。這就是一條幽美長路，路上點綴的或許是關於鐘錶的故事，但卻有著讓人忘卻時間流逝的結局。儘管如此，他們沒有走完這條路的計畫，宿衍的目的地只在半途。

他們繼續向前，看到有趣的景點馮想想會停下拍照，宿衍就在一旁等候。偶爾會有騎自行車的遊客經過，他們帶起一陣若有似無的風後又消失在另一頭。

宿衍往後退了幾步，他深深看著眼前的畫面，馮想想就站在這片天空下，他曾經厭倦這裡的天空，稍稍往下就能看見一片黑壓壓的森林，彷彿受到了詛咒，無論視線轉到哪，全都是如此，每分每秒都讓人窒息。

馮想想踮起腳，她在找一個能同時拍到風車、森林與天空的角度，她不滿意的搖搖頭，又蹲著由下往上拍，宿衍見她這副認真的模樣不禁想笑，他的嘴抿成一條直線，附近嬉鬧的孩童停在馮想想身旁好奇張望，隨後又感到無趣的跑到一旁玩了，他們雖然是小短手，卻帥氣的拿著泡泡發射機，咯咯笑著攻擊同伴。

於是，泡泡與塵埃宛如漫天楊絮，晶瑩的泡泡隨風起舞，有的在半空中變成泡沫，宿衍順著一看，目光再次落在了馮想想身上，泡泡也如他的目光落在了少女的頭頂、側臉與肩膀，宿衍彷彿能聽見泡泡啪嗒一聲消散的聲音。

她身前的一排彩色風車開始隨風轉動，轉眼就成了一幅絢爛景色，風車不如煙火震撼，但它的美麗卻比煙火持久。馮想想欣喜的轉過頭，宿衍在和她對上目光的瞬間……發生了奇妙的事。

他想把這個畫面烙印在腦海裡，這片天空、這片森林對他來說已經不足為懼。

「宿衍。」馮想想揚起笑容，她猶豫了許久，現在才鼓起勇氣問：「要拍照嗎？」

見宿衍不說話，她不死心的補充道：「就當紀念，保證不外流、純私藏——不對，不是私藏……」馮想想沒察覺自己的表情有多懊惱，她糾結了一陣，又咕噥道：「算了！」

宿衍勾起嘴角，「馮想想——」一陣鈴聲打斷了他。

宿衍緩緩的走近她，拿出手機後才輕聲說道：「等我一下。」

馮想想緊張的看著他，宿衍變得溫柔，包括他逼近的身影、他稍稍揚起的眉毛，還有他終於不再隱藏的笑意，宛如花草初盛，讓她感到陌生，卻又不禁期盼。

她垂眼看著地面，他們的影子被高掛的太陽照得又短又渺小，不過兩顆腦袋卻緊緊挨在一起。她伸出手，悄悄在宿衍的影子上戳兩把，直到對方冷漠的嗓音傳來，馮想想愣了愣，她抬起頭，看見宿衍已經收起笑容，而溫柔的線條也驀地消失無蹤，她不明白為何這人總是如此，表情很少，內心卻難以預測，上一秒讓她安心，下一秒卻讓她擔憂。

馮想想不由得開口道：「宿衍……」

她不知道該說什麼，也不敢問他發生什麼事了。她無法替宿衍結束這通打破寧靜的電話，而浮雲經過，陽光減弱，四周暗了一點，她甚至無法替宿衍抹去再次出現的陰影。

直到宿衍掛上電話，在沉默之中馮想想也明瞭了，她原本想拍一張照片，裡面有風車、森林、天空，也有笑著的宿衍，不過這卻是一張什麼都想擁有的照片。

因為貪心了，所以才不被允許。

剛才還沐浴在陽光下的他們，此時卻被樹影包圍的密不通風，當他們走進林區，四周景色彷彿被瞬間壓縮，這是另外開闢出的一條小徑。這裡的天空被高聳的樅樹覆蓋，遮天蔽日的形成一道無形枷鎖，細碎的光線才剛留下殘痕，轉眼卻又消逝。

馮想想緊跟在宿衍身後，就怕他消失在神祕莫測的森林裡，這兒的氣氛讓馮想想打寒噤，而宿衍的沉默更使她萎靡，這些日子才覺得拉近了距離，此刻彷彿又相隔千里。馮想想內心正沮喪，又被突出地面的樹根絆了一腳，她抬起頭瞪向宿衍，氣他走那麼快，也氣自己沒有勇氣。她開始覺得委屈，直到那人聽見聲響走了過來，馮想想卻不再願意看他了。

「怎麼了？」宿衍問道。

馮想想試圖忽略對方，她避開宿衍走到前頭，心想，你走那麼快，當然不知道我怎麼了。

「別走那麼快。」宿衍抓住她的手臂，將她拉得近一點。

馮想想看著地面，寧可看樹影也不想抬頭。其實她有不少話想說，到頭來卻只能悶悶的說道：「我有點害怕。」

宿衍停頓了一會兒，才安撫道：「這裡很安全。」他這麼說著，卻還是拉著馮想想繼續前行。

馮想想知道宿衍特意放慢了速度，兩人終於不再是一前一後，而是貼著彼此肩膀走著，她抬起頭，訝異於這微乎其微的改變。

只不過是換了一個位置，卻能立刻看見打進森林的一縷縷光線，她原本認為謐靜的樹群讓人卻步，可當她此刻放心下來，竟發現這座森林並沒有萬籟俱寂的空洞，她隱約還能聽見遠處瀑布的流水聲與忽遠忽近的蟲鳴鳥叫。

宿衍在這時鬆開她的手，兩人不約而同的摩娑指尖，馮想想悄悄看他的側臉，短暫一秒就匆匆略過，她也許能明白宿衍的意思了——這裡其實很安全，只要她這麼想，那黑森林就只有生生不息，而沒有衰敗。

可是宿衍卻不明白，她害怕的不是森林，而是他走得太急，好像隨時會消失。

他們沒走太久，馮想想在半途就看見被藏匿其中的古老木屋，不遠處還有一座同樣老舊的木製涼亭，從那往下眺望，或許還能將他們走過的那段路一覽無遺。

木屋上的紋路傾述著歲月，周遭的樅樹幾乎將它隱身，宿衍敲了敲門，來應門的是一名老匠人，模樣看起來不大親切，皺紋在他眉間刻下了嚴肅的痕跡。馮想想雖然對這棟木屋感到好奇，卻不敢太明顯的張望，她眼珠靈活的轉了轉，看見左側的牆上掛滿了東西，她只認得齒輪與發條，還有不少松果擺錘以及她喊不出名字的器具零件。

宿衍跟著老匠人來到工作檯，他低聲說了什麼，老匠人沒有回話，馮想想才剛走近宿衍身邊，就能立刻感受到對方的不對勁，她想起不久前他接起電話的模樣。

馮想想將目光轉向老匠人，只見他拿出一張類似收據的手寫字條，她怔怔的看著收據角落的筆跡，她曾在宿衍家看過。

那是宿允川的簽名。

她不自覺的屏息，看著宿衍陡然冷下的側臉，她抓向宿衍的手，並使勁撬開他的拳頭，讓彼此手心相抵，手指更是緊緊糾纏著他，彷彿這樣就能替他減輕重量。

她雖然還搞不清情況，但那可是宿允川的簽名。

宿衍終於看向她，眼裡有些不知所措，馮想想收緊手心，直到宿衍有了反應，他的手指鬆了又攥緊，最終拉著馮想想離開。

木門在身後嘎吚闔上，似乎在提醒他們，就算這裡創造了許多童話，終究不是他們的容身之處。他們用最快的速度回到車站，這幾天原本一直小心翼翼，此刻的牽手卻只為了傳遞力量。他們在車站等了半小時，才終於等到回去哈斯拉赫的火車，而宿衍始終無話，他不停撥出宿允川的號碼，對方沒接。馮想想坐在身旁，就連鐵軌的聲響都阻擋不了電話那頭的冰冷語音，一次又一次，直到他們下了火車，回到熟悉地也已經傍晚了。

馮想想其實很疲憊，這段路程走得急迫而緊繃，他們不知道布穀鳥鐘的去向，只能漫無目的，所以宿衍打算先送她回來，之後再自己想辦法。

只是才剛到門口，他們就聽見從半敞的門後傳來的聲音，宿衍將門推開，宿允川就站在那，大概是剛忙完，頸上還繫著領帶。他低頭在馮丹瑜耳邊說了幾句，馮丹瑜淡淡一笑，她抬起頭，正好看見門外的兩人，馮丹瑜原想開口，不過當她看見宿衍的神情後便停了下來，她和馮想想不安的對視。

「鐘呢？」直到宿衍打破寧靜，宿允川卻置若罔聞，屋裡一陣沉默。

宿允川垂眼鬆開領帶，他無動於衷的模樣徹底激怒了宿衍。他一路上壓抑憤怒，為的只不過是一個答案。當宿允川將領帶扔向一旁，宿衍也衝向前，冷漠的雙眼終於染上了怒意，他揪著宿允川的衣領，怒道：「我問你，鐘呢！」

馮丹瑜驚呼一聲，跌坐在身後的沙發上，馮想想向前幾步，最後還是停在一旁。

宿允川平靜說道：「來趟德國你改變不少？」

宿衍冷冷的看著宿允川，又問：「鐘呢？」

「等你搞清楚狀況，我再回答也不遲。」宿允川一字一句的說：「現在，立刻，放手。」

宿衍看著他許久，最後鬆開他，卻也不再向宿允川尋找答案，而是直接轉身離開。宿衍與馮想想擦身而過，這讓她心慌，她伸出手，這次卻沒再抓住他了。她看向宿允川，他還是一副他該有的姿態，宿衍的憤怒對他來說彷彿像一場無需重視的鬧劇。

他安撫馮丹瑜，「沒事了，」卻又說道：「先回房吧。」

「可是宿衍他——」

「先回房。」

馮想想看著這一切，更是湧上一股怒意，「別命令她。」她瞪著宿允川說道：「我媽要上樓還是要待在這裡，請讓她自己決定，別命令她！」

她沒敢看馮丹瑜，而是轉身逃離木屋。眼下她只想找到宿衍，儘管她什麼都無法做，但只要讓宿衍知道她在身邊就好，可是當她跑到他們當路霸的那條街上，還有宿衍為她撐傘的小酒館，直到天色暗了，卻還是不見他的身影。

馮想想手邊沒有能聯絡上宿衍的工具，她已經走一天了，幾乎就要用光所有力氣，她最後來到通往舊城的橋，就坐在那兒的草皮上，疲倦的想哭。這時已經黑夜，身後的樹影搖晃作響，她卻沒了害怕的力氣。

她閉著雙眼喘息，聽見了細微的電流聲，當她抬起眼皮，映入眼簾的是橋上一盞盞亮起的燈，馮想想愣了愣，接著猛然起身，想起了前往穀倉的那條路。

馮想想再次奔跑了起來，當她打開閣樓的門，鼓噪的心跳也漸漸平靜了，她發現被黑暗吞噬的宿衍，他就坐在那，動也不動，就像個人偶，直到他緩緩抬起頭，看起來已經冷靜許多。

馮想想的腳步戛然而止，她悶頭開始哭泣。

「時鐘……被送回臺灣了。」宿衍輕聲說道。

馮想想沒理他，而是抹了把眼淚說道：「我找了你很久。」

「對不起，」宿衍苦笑，「我就像個白痴吧？」

馮想想半跪在宿衍身旁，輕輕擁抱住他，重複道：「宿衍，我找了你很久。」

「嗯……抱歉了。」宿衍的額頭靠著她的肩膀，許久後才又低聲說：「我們回臺灣吧？」

馮想想用力的點頭，「說一起就一起，別再一個人偷跑了。」

宿衍聽著馮想想因為鼻音而顯得更加委屈的嗓音，他深深嘆了口氣。

這幾天一直小心翼翼，但此刻卻忽略了不該有的距離，就只為了汲取她的力量，除此之外……他便無暇顧及其他想法了。

第五章　狼尾巴、狐狸尾巴

那是與宿家截然不同的溫暖裝潢，當他們回到臺灣，第一個目的地就是這裡。這兒簾幕半遮，房裡有寬敞的窗臺、柔軟的靠枕。

從前，只要想見陳尹柔，就能在這裡，或是畫架前找到她。而如今，事物依舊，人影不再。光陰似箭，覆水難收。

宿衍看著那座布穀鳥鐘，它安然的被鎖在原處，已經修復完好，卻無法如初，那座鐘體上依然有著不可抹滅的斷痕，宿衍看了許久，最終將目光移到床尾的那幅畫上，那與地下酒店的壁畫相同，上頭畫著爬著藤蔓的矮牆、孤獨的大樹，與老舊的鞦韆。

那是宿衍被拋棄的地方。

他下意識的摸上自己的側腹，那處就和布穀鳥鐘一樣，也有傷痕。

宿衍坐上床尾，他專注的看著那幅畫，過了很長的一段時間，他才察覺馮想想還站在門口。她跟著他一起回來，直至此刻，她依然堅持站在那，不曾離開。宿衍神色不變，其實胸口沉甸甸的，他輕拍身旁的位置，馮想想這才緩慢的靠近，坐在他身邊。

宿衍感受到了她暖暖的溫度，他看著那幅畫，低聲道：「我曾站在那裡。我媽……她說站在高處可以看得更遠。」

「高處？」

「嗯，她把磚頭堆起來，要我站在上面。」他微微勾起嘴角，模樣有些苦澀，「當時我能看到的地方有限……所以最後的感想，大概就是也想有座鞦韆。」

馮想想問道：「那幅畫裡的鞦韆嗎？」

「不用一樣，但——」他頓了頓，沒再繼續說了。他不知道該如何解釋，擁有一座鞦韆，與有人為你搭造鞦韆……這樣微妙的差別。

宿衍心想，為什麼他當年會願意等那麼久？直到四肢麻木，從磚頭摔落，就那麼倒在又溼又冷的土地，腰側因此刻上了又深又長的傷口，他任由血液和體溫一點一滴的流失，僅剩的力氣就只為了等待。十一歲的宿衍就像一隻殷殷期盼溫暖的幼犬。只需要給他一點愛，他就會靠在那矮牆上，等待、等待——

因為媽媽要他抬頭挺胸的站在那。

因為她說：「宿衍，媽媽愛你。」

那麼，他願意。

九月的臺灣是憋悶的熱，九月的雨是急躁的來。開學前一日，他們也即將步入臺灣的秋天。

他們在哈斯拉赫待了一個禮拜，幾乎沒有調適的時間，立刻又被丟進平均三十度的高溫裡。

直到夜幕低垂，氣溫總算溫和了點。宿衍獨自站在庭院，晚風帶點黏人的潮溼，就如同這樣的氣候，宿衍才剛告別黑森林的祈福，轉眼又回到了這個家，如果今日沒有馮想想，他一秒都不想多待。

宿衍低咳了幾聲，他的目光緩慢略過貧瘠的花圃、映照月光的大理石圓柱，微微仰起頭，他看著那扇窗口，那兒只剩下微弱的小夜燈，宿衍看眼手錶，她應該睡了。當再次望向她的窗，夜燈的光芒如此黯淡，卻也如此強烈，大概是有點魔怔了，他也無法解釋。

「宿衍？」

他詫異的看著出現在身後的馮想想，兩人對視數秒，宿衍這才打破沉默，「十二點了。」

「對啊。」

「去哪裡？」

「嗯？去——」馮想想垂著腦袋，有些支支吾吾，她悄悄將袋子藏在身後，卻沒躲過宿衍的眼睛。

宿衍見她想隱瞞，便緩緩的逼近，問道：「那是什麼？」

「沒什麼……」她對上宿衍沉靜的目光，只好重複道：「真的沒什麼。」

她亮出提袋，「就是去超商買一些……貓罐頭。」馮想想移開視線。處理家務的王阿姨有親戚願意領養小貓，所以她解釋道：「貓要被領走了不是嗎？所以想讓牠們帶著走啦。」

「妳捨不得？」

「沒有啊。」馮想想被宿衍盯得不自在，猜不透他在想些什麼。

以前的宿衍對任何事都不感興趣，而如今他最大的改變，就是有了「求知慾」，儘管是再無關緊要的問題，他都會呈現緊迫盯人的態度，直到得到答案才滿足。

馮想想只好承認，「好啦，是有一點。所以我跟王阿姨要領養資料，能確定牠們的安全就夠了。」她心想這也是好事，牠們終於擁有願意為牠們取名字的家人了。

宿衍看著她，最後沒再說什麼，而是拿走馮想想手中的袋子。她因為他的靠近而退了一點，宿衍淡淡的看她，低聲說道：「太晚了，以後可以找我。」

馮想想呆愣了一會兒，才急忙追上宿衍的背影，她問他怎麼那麼晚了還一個人站在庭院？宿衍沒有回答，而大門闔上，宿家又是一片寂靜。

很小的時候，馮丹瑜會放一部迪士尼的動畫電影給他們看，當時馮想想與葉信司就窩在沙發裡，擠著彼此，小腳碰小腳，他們手裡各捧著一碗葉力恆煮的肉燥飯，分享著馮丹瑜切的水果，他們一邊看，一邊等大人從酒店下班回來。

馮想想至今還記得那部《狐狸與獵犬》，講的是一隻被婦人收養的小狐狸，牠與獵犬一起長大，成為了形影不離的好朋友，而隨著時光成長，卻也發現了狐狸與獵犬是天敵的事實。

當時葉信司皺著鼻子說道：「妳好像狐狸喔。」

馮想想有點生氣，她問：「哪裡像啊？」

「妳亂跑亂跳，吃東西會一直掉屑屑，」葉信司替她拿掉嘴邊的飯粒，「妳吃得到處都是。」

「你才亂跑亂跳，你才掉屑屑！」她才不想被粗魯的阿司這麼說，於是氣呼呼的不再和他說話了。

直到電影演到最後，狐狸為了獵犬和大熊搏鬥，獵犬也把狐狸抱在懷裡，將牠保護在槍管底下。在牠們重修舊好時，葉信司與馮想想也默默的和好了，他用小小的手幫馮想想擦眼淚，馮想想把最後的草莓留給他。

仔細一想，他們從小到大就時常為了小事而爭吵，卻也總是快速的握手言和，甚至不需要一句道歉。然後他們升上小學、國中，接著是現在，兩人向來無聲的和好，此刻也是無聲的疏離。

馮想想緊盯著門口，開學第一天，預備鈴已經打響，她卻還沒見到葉信司，直到冗長的開學典禮都結束了也沒見到他的人影，馮想想有點擔心葉信司又回到了從前，尤其是國中那段歲月，整個學校都是葉信司的休息室，他想來才來，來了就睡，成績單上始終滿江紅，試卷卻是一片空白。

馮想想回憶起來，也覺得葉信司真的很欠揍，難怪當年自己會時常揍他。葉信司那時瞪著雙眼，打不還手，罵不還口，之後才學會每天到校，缺席了還會乖乖請假。

當鐘聲再度響起，馮想想跟著隊伍回到班上，來往的學生嬉笑熱鬧，而她只能苦笑，她越走越慢，最後脫離了隊伍，就這麼站在走廊中央一動也不動。直到一片陰影覆蓋住她，馮想想緩緩抬起頭，從那人筆直的雙腿到胸膛，再來是他似笑非笑的神情。

那人開口道：「當路霸當上癮了？」

「……」馮想想終於笑了出來。她想起他們在哈斯拉赫的街道上做了兩回路霸，當時的行人對他們不感興趣，但此時同學的視線幾乎要黏在他們身上了，畢竟馮想想與宿衍曾鬧出不少問題，到現在依然是他們的八卦對象。

馮想想無奈提醒他道：「學長，我不想引人注目。」

「真巧，我也是。」宿衍勾起嘴角，「所以——可以借過了嗎？」

馮想想讓出空間，接著便與宿衍擦肩而過了。她想轉頭偷看他一眼，卻突然有了不知哪來的感慨，她在想，宿衍還是不疾不徐的穿梭在擁擠的人流裡，那樣的驕傲，那樣的少爺姿態，還有陽光下、白襯衫……真正溫柔的學長。

這時馮想想睜大雙眼，從宿衍離去的方向，終於迎來了葉信司。他們對彼此視而不見，並冷漠的經過彼此，直到宿衍的背影徹底消失，葉信司也拎著書包緩慢走來，他的頭髮更短了，膚色比暑假前又黑了一階。

葉信司的目光撞上了馮想想，他明顯一愣，才又若無其事的走來。

馮想想不禁有些鼻酸，原因很簡單，這是陪伴她整個童年的好夥伴，他們因為某些原因而疏遠，在她感到困惑的同時，卻也有所察覺，他們的關係其實在宿衍出現時就起了變化，儘管如此，她還是做不到離開宿衍，也無法對宿衍視而不見，這就是癥結。

可是小狐狸與獵犬明明那麼要好。

葉信司在她面前停了下來，他沒有說話，也沒有走開。

他們並肩一起回教室，就像以前看電影，他們擠著彼此，就算走廊上的學生已經變少，空間也變得寬敞，他們依然靠近。

如果馮想想再看一次那部電影，她或許就更能懂得狐狸與獵犬的牽絆，儘管關係對立，牠們依然是一輩子的朋友。

因為珍惜與獵捕都是所生俱來的。

氣溫高升不下，午後的校園被抹上熱烈的橘紅色，直至黃昏，日落的斜陽照耀階梯，映襯了學生的制服襯衫。馮想想坐在階梯上，不久後又扭著屁股移動，躲進了角落的陰影裡。

放學後的十分多鐘，她就待在這，等待宿衍處理完事務再一起回去。

她撐著下巴發呆，額頭上已經有一層薄汗，卻也沒有感覺不耐煩。她看著遠處的校門，同學們打打鬧鬧的離開，閃神了一會兒，馮想想瞄見了熟悉的自行車後輪，她站起身，下意識的前進兩步，看著葉信司逐漸遠去的背影，卻不知道該不該追。

宿衍剛出學辦，看到的就是這幅畫面，他走近問道：「怎麼了？」

馮想想搖頭，「……沒事，只是突然想吃冰。」她對宿衍笑了笑，「要回去了嗎？」

「嗯。」他沉默了數秒，看了那方向一眼，而葉信司的背影早就只剩丁點，幾乎要看不見了。他這時才說道：「以後可以不用等我。」

「為什麼？」馮想想不解的看向他，「我想等啊。」

宿衍不知道該說些什麼了。

時光又匆匆過了半個月，秋意深濃，馮丹瑜說德國的樹葉已經很紅了，從她的房間眺望，可以看見一片橘紅的樹林，當傍晚陽光灑落，就更像火焰了。

馮想想也將她房裡的窗打開，這裡沒有那樣的美景，只有已經熟悉的庭院，除了偶爾能看見宿衍出現在庭院裡，這窗外的景色就沒什麼好值得留戀的了。馮想想不禁有所感觸，儘管她與宿衍的關係變了，宿家卻永遠不是她該待的地方。

她沉默的將窗關上，之後微微一頓，再次透過玻璃看向庭院，她知道宿衍房間的窗外也是這片景，也知道那兒曾有過三顆美麗且悲傷的梧桐樹，宿衍會站在那裡沉思，月光彷彿會為他指路，再往前走幾步，就在第八塊石底下，這裡埋過一對無法善終的小鸚，又葬了一隻貓。

馮想想拿起一旁的桌曆，已經九月末，她雖然是在九二一的時候被馮丹瑜撿到，不過她過的是戶口上的生日，而宿衍不同，他的生日就在這個月，卻已經過了。馮想想曾和宿衍提過一次，他似乎對這個話題有所迴避，當時宿衍低聲說不過生日，馮想想就沒再提了。

其實她也不是特別重視這個日子，以前馮丹瑜工作忙碌，偶爾才會想起來要陪女兒吃頓飯，其餘……她想了想，對生日實在沒什麼太深刻的記憶，有的只有葉信司曾經在肉燥飯上插了根家裡翻出的白蠟燭，一邊為她唱生日歌，直到葉叔叔發現，葉信司被追著打了一頓，他特別不服氣，又怒又哭，直到長大了他們才知道是小孩百無禁忌。現在再想起，雖然好氣好笑，但也明白他們早就過了單純無知的年齡了。

馮想想放下桌曆，她看見宿衍又出現在庭院裡，她打開窗，宿衍似乎有所感應，他抬起頭，恰好對上馮想想明亮的眼睛。

馮想想怕他聽不清，不禁喊道：「你要去哪？」

宿衍盯著她許久，有些欲言又止。

她只好再重複一次，「去哪裡？」

「買點東西。」

「什麼？」

宿衍放棄的回了一聲：「冰！」便頭也不回的走了。

馮想想看著他的背影發愣，回過神後又叫住他，「宿衍，等等我！」她彎起眼笑道：「我們一起去！」

看著無奈停下的宿衍，他沒有回頭，卻讓馮想想感到溫暖，她才剛和宿衍提過想吃冰呢。她心急的跑下樓，而後方未闔上的房門裡，還能隱約看見那本桌曆，她曾在桌曆上打一個星號，倒數他的生日……

馮想想藏著心事，一邊跑向宿衍，腳步匆忙的……就如同她的心跳。

那天傍晚，葉信司看見了熟悉的身影，他腳步頓了頓，又往後隱身進車棚的陰影裡。馮想想坐在階梯上，金色斜陽就和她的神情一樣無趣，她身後就是學生會，顯然在等著誰一起放學。

葉信司握在車把上的手悄悄緊握。那女孩曾經離他很近，他們緊鄰的家只有一牆之隔，偶爾敲敲房裡的牆就能等到對方的回應，他們一起放學，一起等父母回家，簡單的生活日復一日的過了十幾年，然後……然後就變了。

他牽著自行車離開學校，頭也不回也是需要力量的。葉信司從小就知道自己的問題不少，他憤怒了就得發洩，最恨被人看不起，所以禁不起激，連葉力恆都無法管住他。

只有馮想想是個例外。

曾經有個女同學總是針對葉信司，遇見他時就一定得踹他兩腳，又愛跟老師打小報告說他上課睡覺，直到有天葉信司忍無可忍，在女同學又要伸腿踢他的時候，他二話不說把手裡的便當往她身上扣，要她滾遠一點。

葉信司理所當然被教訓，老師說君子動口不動手，但他真不是憐香惜玉的那塊料，平時不會主動惹事，但誰揍他，他就揍誰，管他是男是女。可是馮想想就不一樣，她出手葉信司不會還手，她張口罵人葉信司就沉默接受，他拿假蟑螂惡整馮想想，但如果有人敢掀她裙子，他絕對會把那人打得滿地找牙。

在他們還很小的時候，馮想想忘了帶家裡鑰匙，她就坐在家門口，公寓外正在打雷下雨，雨水被風吹進外廊，她依然乖乖的縮在角落等媽媽下班回家。當時的葉信司就很愛替自己加戲了，他立刻把馮想想帶進自己的領土裡，如果馮丹瑜還沒下班，他就拉著馮想想進門吃飯，牛奶分她一杯、沙發分她一半。當他看見馮想想感激的眼神和被凍紅的小手，他就認為馮想想是需要他保護的。

而如今，一個暑假過去了，他秉著性子不聯繫，最後還是得獨自回家，從前他們能互相取暖，此刻當他打開家門，空氣裡還留著葉力恆出門前煮的飯菜香，但四周卻也是悄然無息的孤單。當他體會到了這點，卻又不禁覺得好笑，他總認為自己直來直往，沒想到一碰上馮想想就變得婆婆媽媽。他的確拿不起放不下，他無法接受宿衍。

他無法接受身旁的女孩已經帶著行李離開。

九歲那年，葉信司還很天真，但這不妨礙他把那些畫面刻在骨頭上，記一輩子。

他還記得當年葉力恆叫醒他時是什麼神情，那是很久不曾在爸爸臉上看見的光彩，當時天空剛泛白，葉力恆便迫不及待的拉他出門，他帶著葉信司來到舊村，那年的導航還不普遍，葉力恆卻熟知那裡的每條路，他們的車走在漫漫長路上，從未停歇。

葉力恆牽著他來到一處田野舊村莊，名字還真的就叫「舊村」。那裡的田地荒廢，也幾乎沒住人了，寥寥幾戶就住著老人家。

他們來到一片寬闊的空地，上頭連草皮都長得坑坑疤疤的，但中央卻有一棵孤單的樹，葉力恆當時對他說：「我們來做點有趣的事。」

葉信司提不起興趣，他只覺得這裡無聊，手腳上已經有不少蚊子包了。他蹲在一旁看著葉力恆忙碌，隨著時間流逝，葉信司的雙眼也逐漸亮了起來，他看著爸爸釘好了木板，並在兩側鑽上孔，葉信司站了起來，原來他們要做一個鞦韆！

當葉信司看著鞦韆被風吹得微微盪起，眼前的樹高大的差點衝出天際，他看向笑的得意的葉力恆，而身後有人在呼喚他。

當葉信司被姍姍來遲的女人抱入懷裡時，他一臉茫然，直到他抬起頭，輕輕推開那人，鼻息間全是淡淡的香氣，他看見陳尹柔溫和的眉眼，葉信司突然想起，他已經好久沒再翻開相簿了，他差點忘了媽媽原來長得如此漂亮。

「……媽？」

葉信司再次被緊緊擁入懷中，他感受著陳尹柔同樣劇烈的心跳。九歲的他心想，回家後一定得跟馮想想炫耀才行。

過了一夜，陳尹柔還是離開了。

葉信司的腦袋抵在車窗上，看著呼嘯而過的景色，他們最終沿著蜿蜒山路而下，那塊寫著「舊村」的招牌搖搖欲墜，也徹底消失在他的視線裡。儘管如此，擁抱的溫度依然存在，於是學校裡的小霸王也乖乖沉默了一夜。

幾天後，葉信司做了一個決定，那個決定卻讓他後悔至今。只因為在舊村發生的一切太深刻，導致他忘了自己的位置。

他當時帶著葉力恆留下的午餐錢，搭上公車，他只知道兩條公車路線，從家裡到學校，或是到地下酒店。他偶爾會自己到酒店前等葉力恆吃飯，他才多少歲，被爸爸揍了也不改，好說歹說也不聽，葉力恆只好請酒店的門衛幫忙照應，如果看見一個臉很臭的小王八蛋，那是他兒子，麻煩將他帶進警衛室。

「你還來啊？」門衛看著一臉酷樣的葉信司，不免氣笑道：「這裡不是你該來的地方，等你長大再說！」

「誰愛來！」葉信司瞪著眼睛。

「你爸剛出車，載小姐姐來上班啊，你懂不懂？」門衛嘻笑完，才又改口罵道：「不懂就滾回家！」

「我又不是來找我爸！」葉信司說完，就看見了剛跨出酒店的黃叔，他是葉力恆的同事，當時也是名司機。葉信司頓時眼睛一亮，他跑向前，「嗨！」

「葉信司？你怎麼還來？」

「你要下班啦？」葉信司笑道，「順路載我！」

黃叔笑了一聲，「你又知道我順路了？」

葉信司上車後難得乖巧的道謝，繫上安全帶才看著窗外哼歌，全然沒有平時壞透了的模樣，黃叔忍不住多看兩眼，又替葉力恆嘮叨孩子幾句，「信司啊，你還小，以後別來酒店了。這裡什麼人都有，哪天被魔鬼帶走了都不知道。」

葉信司說：「當我小孩啊？我爸就是魔鬼，整天揍我。」

「你就是小孩。」黃叔又補充道：「你爸哪敢下重手，他最捨不得的就是你。」

葉信司聽聽，沒理他。過了許久又笑了，「他最捨不得的是我媽！」

他當時興奮極了，小心翼翼的護著口袋，裡頭藏著一封給陳尹柔的信。他記得陳尹柔曾跟他聊到，她就住在一棟黑漆漆的房子裡，她不喜歡那棟房子，她喜歡附近的一間玻璃花坊，每次經過都很嚮往，卻從未進去過。

葉信司有去過幾次，因為葉力恆知道陳尹柔喜歡，所以他偶爾會去那裡買花。他們不會養花，花也送不到陳尹柔手裡，就只是插在花瓶裡當擺設，所以沒過多久花就死了，總是如此。

到了花坊，黃叔懷疑的問他：「你來這幹麼？」

葉信司唬弄道：「買花，要給我爸一個驚喜，你別說啊。」

黃叔的車才剛走，葉信司便回頭進了花坊，他數著零錢，精打細算的扣掉車資，最後只夠買一朵玫瑰。

走沒多久，他就看見遠處有戶顯眼的獨棟別墅，僅僅露出一角，就能感受到它的氣勢。當他迫不及待的跟著人群過了十字路口，他就知道陳尹柔口中「黑漆漆的房子」長什麼樣了。

他微微屏息，在短暫的卻步過後，他看向手裡的單枝玫瑰，再摸摸口袋的零錢，便掉頭跑回了花坊，氣喘吁吁的又多買幾朵，他看著綁著緞帶的花束，心想，這看起來好多了。

當他再次來到宿家，大門也正好敞開，他看見了裡頭的庭院，有小池塘，有平整的草皮，不像舊村一樣光禿禿的。這裡綠意盎然，並不像媽媽所說的黑暗。

一臺車停到了大門前，葉信司這才回過神，他看著出現在門前的男人，高大、英俊，卻是一副冰冷的模樣，男人抬眉，淡淡的瞥了這方向一眼，之後便側頭和身旁的人說了什麼。

葉信司下意識躲到電線桿後，也不知道那人看見他了沒。直到車開走了，葉信司依然躲藏著，他就算犯錯被葉力恆懲罰也沒害怕過，但那人的一個眼神就讓他不安。

為什麼媽媽會願意住在這呢？是因為這裡有綠色的庭院嗎？葉信司垂著腦袋，他看著自己的影子變成了更大的影子，於是他抬起頭，看著出現在眼前的人，那人介紹自己是「管家」，也就是剛才站在男人身旁的人。葉信司看著對方西裝筆挺，心猜那大概是很厲害的人吧。

管家沒有帶他進大門，而是在外牆繞了半圈，從角落的小門進去。葉信司看著佇立在側的三棵大樹，而管家站在一旁，低聲開口道：「這是梧桐樹，太太很喜歡。」

葉信司撇過頭，咕噥道：「我又沒問。」

他的視線晃了一圈，順著管家暗示的方向看去，之後便怔在原地。

梧桐枝葉茂盛，被風吹得沙沙作響，金色的光影婆娑，樹的陰影就像流水，印上了成片的窗，葉信司看著窗裡的人，陳尹柔還是那樣溫柔，只是今天看起來又更憂愁了，她輕輕的提筆作畫，每個動作都優雅的讓人移不開目光，葉信司慢慢攥緊拳頭，看向坐在她身旁的男孩，他看起來和自己差不多的年紀，隱約從衣領露出了繃帶，他的腳邊放了把拐杖，手裡拿著調色盤。他理所當然坐在陳尹柔身邊，而這卻是葉信司平時想也不敢想的。

「他是——」

「不用你介紹！」葉信司憤憤罵道。

管家卻沒有停下，「他們幾天後要去德國——」

葉信司扭頭，當他對上管家的雙眼，卻發現了他同情的眼神，這竟然比陳尹柔要離開還更讓他受打擊。這一刻，他連勉強撐起的倔強也幾乎要潰堤了，他咬牙問：「你帶我進來，就是要跟我說這些話嗎？你是故意的！」

「你叫葉信司對吧？你別再來了。」

葉信司立刻轉身離開，他想打開側門，卻又難以動彈。葉信司摸摸胸前的信，內心受到了極大的動搖，但如果以後都不來了，這也就是最後一封信了。於是他把信封抽了出來，塞給管家，「能給她就給，不能的話……就直接丟掉算了。」

那人猶豫了一會兒，才說：「我不會幫你轉交，但我會把信藏進畫布底下，她會帶去德國的。如果——」

葉信司忍不住打斷管家，他問道：「那裡是個好地方嗎？」

「那裡有森林，好山好水，很適合太太。」

「你又不是她，怎麼知道適合她？」

「因為……這裡能給她的，就會是最好的。」

葉信司打開門，掌心透著冷汗，離開前還聽見管家問他怎麼回去，需不需要幫忙叫車。葉信司悄悄抹了把眼睛，說道：「不稀罕！」他手一揮，把玫瑰扔進了乾枯的水溝裡。

幾日前的鞦韆、擁抱，全都歷歷在目。

但他此刻卻只有擊碎那扇窗的怨念。

如果可以，他原本是不願意清醒的。

當年種下了破壞的種子，在生根發芽的時機執起球棒，在真正擊破那扇窗的同時，葉信司也被扭手關進了暗房裡。

不論是九年前，還是九年後，所有的惡意、差距，厭惡與被厭惡，他都一項不差的體會到了。或許他的世界的確是幼稚和衝動的，就如同他的人，他痛恨著來自童年的多愁善感，卻無法對此展現嗤之以鼻的姿態。他想用自己的雙手反抗，最後使出的力量只有暴力，打碎那扇窗後，得到的只有空虛。

宿家的庭院已不再美麗，管家也換了一個，只有他還在為當年那個管家、那個眼神介懷。宿衍當時的傷已經癒合，行走時不再需要拐杖支撐，只有他過了九年依舊無法忘卻，留守著無足輕重的自尊，捧著他自己的劇本，被回憶困在原地打轉。

葉信司問自己擁有了什麼？一間小公寓、一張看摔角的電視與沙發。他的房間、他的抽屜，一條不願觸碰卻也無法脫手的項鍊。還有……陳尹柔唯一能給他的擁抱，那一瞬的畫面，卻比舊村的招牌腐朽，比舊村的鞦韆落寞。

那麼，他的馮想想呢？那隻既脆弱又勇敢的小狐狸，就像那部《狐狸與獵犬》，在他親手將她推遠之後，他還能說出口嗎？

說……把馮想想還給我。

他把枯萎的花摘下，那是上個月在玻璃花坊買的。葉信司捻壓著凋零的黃葉，停止了可有可無的童年回憶。

葉信司拿出手機，撥出了那時隔許久卻依舊熟悉的號碼，對方很快就接了。在一陣沉默後，那人才屏住氣息，她輕聲確認道：「……阿司？」

如果事到如今他只能改變。

那也是因為，他什麼都明白。

晚霞消散，馮想想與宿衍剛從外頭回來，他們親自把小貓交到了領養人的手上。直到進了宿家門，馮想想還是有些悶悶不樂，她承認，其實並不是多捨不得，不過那三隻小貓就曾經在這片庭院上打滾，替這裡增添了色彩。

牠們新長的小刺毛偶爾會扎手，牠們的小肚子鼓鼓的，是那麼暖和，牠們的小尾巴甩呀甩，代替了那座修好卻不再走動的布穀鳥鐘，牠們既優雅又驕傲的搖晃尾巴，宛如鐘擺，假裝住在宿家的日子並不無趣難熬。

宿衍看著馮想想，心裡有話想說，他停下腳步，看著馮想想投來的視線，竟忘了怎麼開口。

馮想想還沒問他怎麼了，她的手機鈴聲卻響了起來，宿衍看著馮想想詫異的臉龐，她看著來電顯示，一時有些手足無措，儘管如此，她的表情卻是由陰轉晴了。

城市悶熱的溫度總算有所下降，她掌裡的手機卻有些燙手。馮想想回神後已經按了接通，她不自覺的屏息，抬頭看向身旁的宿衍，依然看不出他藏在陰影之下的神情。

許久後她終於開口，語氣也多了份小心，「……阿司？」

「嗯。」葉信司回應了一聲，頓了頓又說道：「我爸今天有煮——」

「煮什麼？」馮想想趕緊接話。

「隨便煮煮。」

「……什麼意思？」她感到不知所云，卻又似乎明白對方準備說些什麼了。

「有肉燥，妳愛吃吧？」

「愛。」

「還有滷筍，喜歡嗎？」

「喜歡。」

「妳要來嗎？」

「要！」馮想想揪緊衣服。

「那……一起吃晚餐？」

馮想想雙眼一熱，鼻酸道：「一起吃晚餐。」

宿衍轉身離開了，馮想想試圖抓他的手，沒抓到。掛上手機後，她喊道：「宿衍！」

儘管沒有回頭，宿衍居然也能想像出馮想想此刻的表情。

「我就不進去了。」

宿衍打開家門，表示聽到了。

身後的女孩卻不忘提醒道：「你別忘了吃飯喔。」

「不會。」他覺得有些好笑。猶豫了一會兒，他才又開口，「早點回來。」

「好！」

宿衍聽著身後漸遠的跑步聲，他這時才緩慢轉過頭，看著女孩急忙離去的背影，他心裡那些自以為是的安慰話語還沒說出口，女孩卻只需要一通電話就能打起精神。

黑夜快降臨了，四周無光昏暗，直到那人奔跑的背影完全消失，宿衍走進家門，細微的一個聲響，門也輕輕關上了。

叩叩——

直到夜幕低垂，月亮的輪廓變得顯眼，而葉信司剛將窗簾拉上，便聽見了敲門聲。他快步走到門前，看了上頭的貓眼，馮想想此刻就站在門外。葉信司抓了抓頭髮，不動聲色的深吸口氣，門開的稍慢，之後他們無聲的相望，葉信司側身讓她進門，馮想想看見她專屬的室內拖還留在這裡，她換了鞋進門，空氣中還瀰漫著滷汁的香氣。

路燈在窗簾上打了一個模糊影子，葉信司咳了幾聲，或許是為了打破寧靜，他把電視打開了，螢幕的亮光忽明忽暗，就如往常般平靜。馮想想發現，當她踏進門的那一刻，原本的拘謹竟也這麼消失了。

葉信司進廚房添飯，馮想想便把熱好的菜端上桌，再轉身擺碗筷的時候，葉信司已經坐在餐桌前等她了。他們的日常如此反覆了好些年，如今看來卻像是得來不易的風景。

葉信司將馮想想喜歡的菜都推到她面前，說道：「吃吧吃吧，反正我是吃膩了。」

「才不膩。」馮想想補充道：「永遠不膩！」

這是她最懷念的美味，十年來的肉香與滷筍，就是家的味道。以前馮想想對家的印象就是菸味與酒精，以及一個人的晚餐，自從和葉信司交好後，她便能時常吃到葉家的家常菜。馮丹瑜的廚藝普通，也幾乎不進廚房，馮想想偶爾會等到媽媽下廚，儘管只是兩顆荷包蛋，她也能吃出幸福來。

如果學校的作文題目是：我家的餐桌，那馮想想第一個想到的絕對會是隔壁家的晚餐。

馮想想這麼對葉信司說，而阿司聽了也只是勾起嘴角說道：「那就多吃一點。」

這句平淡卻溫暖的話語包圍著馮想想，她忽然很慶幸，他們的友情並不會因為幾個月的缺席而消失。這讓她的肩膀不再僵硬，也不用故作輕鬆的嘻笑，她只需要埋頭吃飯，因為阿司總是要她多吃點，那她就多吃點。

之後馮想想說了許多話，她聊哈斯拉赫的天氣，她抱怨葉信司總是不回她訊息。葉信司無奈的道歉，他告訴馮想想整個暑假他都在學衝浪。

馮想想莞爾，「難怪，你都曬成黑炭了！」

到了馮想想該離開的時間，她不讓葉信司送她，而葉信司想起她現在住的地方，也沒再堅持。馮想想穿好鞋，起身看著他不說話，葉信司忍了忍，最後還是將她拉進懷裡，他的雙臂收緊，這個擁抱讓馮想想生疼，她只好一下又一下的順著葉信司的背，說道：「別不接我電話。」

「嗯。」

「我Line你，你一看見就要回。」

「嗯。」

「有話就要說，別再不理我了。」

「好。」

馮想想越過的他的肩膀，看見放在櫥櫃上的花，已經枯萎了。她想起每年總是有那麼幾天，葉家父子會買花放家裡，花總是枯得很快，馮想想沒有特別問原因，葉信司也不曾提起。

她輕聲說道：「阿司，你家的花又枯了，該換了。」

葉信司聞言應了一聲，他放開馮想想，順著她的目光看向那束可憐的百合。

「不換。」葉信司這才緩緩說道：「日子已經過了。」

「什麼日子？」

「我媽的忌日。」葉信司看見馮想想的神情，笑了笑，「有什麼好驚訝的？」

「……是什麼時候？」

他轉身把花扔掉，回道：「妳到德國的那天。」他把垃圾袋拿起來，又說：「走吧，送妳出去，我還得順便丟垃圾，不然我爸又要唸……煩死了。」

出了門，馮想想陷入沉默，倒是葉信司先開口道：「花每年都會買，也每次都得丟。其實妳媽教過我們怎麼養，但——我們大概是沒天分。」

馮想想不禁笑了：「我從來沒在家裡看過花，沒想到我媽竟然還能教你們。」

葉信司勾起嘴角，重複道：「我們都沒天分。」

「沒關係。不會養，我們可以學啊。」馮想想信心滿滿的說，「明年一起買花吧？沒天分，那只好努力了。」

「努力？」葉信司挑起眉。

馮想想看向他的側臉，這副表情似曾相似，流露的感情都是說不上的苦澀。

「我曾送過一次信。」葉信司把垃圾扔進公寓的子車裡，他沒注意到身旁戛然而止的腳步聲，「那封信可能沒到德國，如果有……她大概也沒看。」

他聳肩說道：「我不在意，因為我早就放棄了。」

「……那封信，你藏在畫布底下嗎？」

葉信司詫異的轉身，發現馮想想還站在幾步之後，直到她鬆開緊抿的脣，直視著他的雙眼，她又問了一次：「阿司，你把信藏在畫布底下，是嗎？」

「妳——」葉信司震驚的看著她，並說道：「如果當時的管家沒食言，那就是……妳怎麼知道的？」

馮想想垂下眼簾。因為葉信司說他放棄了，所以她才脫口而出，她不為此後悔，卻也不能誠實以對。

她不能再提起那本日記，因為那是被時光塵封在閣樓的傷疤。

她只能對阿司說：「阿姨看過你的信。」那封信被她稱為奇蹟，讓她有了力量。陳尹柔說她能忽視海域與距離，直接飛到你們身邊。

「我在德國認識了一個朋友，她叫梅雅辛……她說她的中文是陳尹柔教她的，她說她是一個非常溫柔的人，」馮想想揚起笑容，卻忍不住哽咽，「她說……陳尹柔珍藏著一封信，就是從畫布底下找到的。

那封信——是她的希望。」

她尾音落下，四周寂靜的可怕。她只能看見葉信司緊蹙的眉，接著他閉起眼，許久後才敢睜開，雙眼卻已變得通紅，她見阿司試圖勾起嘴角，卻沒有成功堅持。

他投降，最後低聲道：「想想，我總是懷疑，冷漠的愛一個人究竟是什麼模樣。其實我心裡還有很多問題，我還是很困惑……但我不再需要答案了。」

◆

宿衍獨自在客廳待了一會兒，時間緩慢流逝，王阿姨準備的飯菜已經涼了。他什麼都沒做，卻覺得……不大正常。這是宿衍第一次覺得這裡太過空曠，他可以盯著大理石地磚許久，甚至能細數上頭的紋，他偶爾看眼時間，又開始觀察起一旁的玻璃窗。

宿衍獨自愣神了片刻，決定回房消化這個問題。他踏上階梯，卻又想起某人就曾站在這裡，冷漠的對他說：「宿衍，你總認為我們不自量力，但我們只是量力而行而已。而你……其實和我們是一樣的。我們都是同種人。」

那時候的宿衍大概無法預想，那個人竟會與他如此靠近，她會無數次握住他的手，說要成為他的力量。

想到這，他不禁看向馮想想的房間，她的房門半敞，宿衍打算替她關上。在門縫間，宿衍無意中瞥見了桌曆，他的動作一頓，反而輕輕將門推開，他佇立在門口許久，看著桌曆上畫的星號，他不是個好奇的人，此時卻厚著臉皮進了房裡。

直到馮想想的字跡映入眼簾，上頭寫著「宿衍生日」，還有一顆閃亮的星星。他想起馮想想曾問他生日怎麼過，卻總被他迴避，他其實沒有逃避的理由，就只是……不適應那樣的氣氛。

而如今，他不在意的事情，卻有人替他在意了。宿衍放下桌曆，內心酸澀悶痛，他輕壓眉尾，這樣的改變竟讓他無措。

他只能一遍遍的看起時間，一遍遍的計算，就這麼接受馮想想帶來的一切是否可行。

他的成長就是一昧的犯錯、修正、再犯錯、再修正。如果他沒有付出成績，那他也不能繼續接受宿家的庇護與溫飽，有人說，那是恬不知恥。

所以對於他，「付出」曾是毫無意義的。

但現在，宿衍就像個被下了指令的機器人，他重複著同樣的舉動，他看著時間，計算著女孩一頓晚飯後的歸途。

時間卻是如此漫長……

最終他下了樓，獨自站在庭院裡，仰頭看著馮想想的窗，房裡是一片漆黑，他發現最近只要站在庭院，他會下意識的去尋找那扇窗口。直到身後漸漸傳來了腳步聲，宿衍不動聲色的攥緊拳頭，他沒有回頭，他總是如此，他表現得冷漠強悍，其實膽小的可笑。

他不回頭，是因為他還需要幾秒鐘。

馮想想在回來的路上想了許多，卻比不上此刻的回憶洪流，當她看見宿衍的背影，她的腦海便湧入了許多畫面，而最讓她動搖的，卻是葉信司剛才帶給她的訊息。

陳尹柔的忌日，正是馮想想到德國的那一天。

她原先沒意識到，直到這時才想起，那個雨夜、那個穀倉，宿衍也是這麼孤零零的站在那頭，他穿的一身黑，手持著一把黑傘，他讓哈斯拉赫的深夜變得更加陰冷。

當時她因為看見了日記，所以心虛的不敢與宿衍對視，她害怕宿衍的黑暗，卻又忍不住靠近。她當時就在想，這樣的宿衍，彷彿參加了場喪禮。

真正讓馮想想難受的是，那天的宿衍的確很悲傷，這人差點被黑夜吞噬，她卻沒想過拉住他。

「你在等我嗎？」

馮想想與宿衍來到陽臺，儘管這裡的黑夜只能依靠庭院的兩盞小燈，她還是認為總比待在宿家裡好。她拍拍身旁的位置，要宿衍也坐下，他們並肩坐在陽臺上，馮想想把腿伸出欄杆，輕輕的搖晃。她又問了一次：「你在等我回來？」

宿衍沒說話，每當他遇到不想回答的問題時總是如此，馮想想只好轉移話題，「吃飯了嗎？」

「……我不餓。」

「阿姨有煮吧？我去熱一熱。」她剛要起身，宿衍便拉住了她。馮想想發現宿衍的神情是如此認真。

他停頓一會兒，卻在下一秒突然開口問道：「那天……妳許了什麼願望？」

馮想想怔怔的看著他，一時還沒搞清楚狀況，「什麼？」

「德國的許願池。」

馮想想坐了下來，無奈承認道：「其實我沒有許願。」

她不禁解釋，「——好吧，如果非得有一個，那就是希望宿衍的願望能實現。因為你不許，那我就幫你許了。」她得意一笑，「夠意思吧？」

宿衍垂下眼，想起了那枚投入他手心的硬幣，於是他淺淺的笑了，並專注的看著馮想想。

「……下個月，他有一個餐會。」

宿衍沒明講，但馮想想知道那個「他」就是宿允川。

「我得代替他出席。」

宿衍伸出手，指尖蹭到了馮想想的小指，他看著對方逐漸燒紅的耳垂，低聲叫她：「馮想想。」

馮想想聽話的抬起頭，她感覺到宿衍的手指輕輕交疊在她的掌心上，她無法阻止自己躁動不安的心跳，她甚至無法想像宿衍的動機。

直到那人說道：「我不想去。」

女孩閉起雙眸，她不敢再直視他的眼睛，卻下意識的握住了他的手。

「知道了。」她用玩笑的語氣承諾道：「偉大的馮想想會實現你的願望。」

時間飛逝，轉眼間已經秋末，時不時就會下點雨。

班際的籃球賽就在突如其來的小雨下舉行，比賽沒有暫停，場下的同學也一同淋雨助威，卻也增添了點熱血色彩。

馮想想的手擋在額上，瞇眼看著在雨幕下運球的葉信司。自從那天聊過以後，葉信司給人的感覺就有些變了，馮想想知道畫布底下的信對於葉信司來說或許很重要，但她不知道原來那足以改變一個人。

這時的葉信司準備跳投射籃，馮想想看著他繃緊的下顎線，心思也不知道飛到了哪去。如果真要說阿司變了，大概是少了點言語，卻多了點沉穩。他不會再特意疏遠，卻也不再手搭肩的親近人。

在結束的哨音響起前，葉信司進了壓哨球，場內外的歡呼聲四起，少年們在場上抱成了一團，馮想想也忍不住彎起眉眼笑，當她的視線越過了人群，看向球場對面的鐵網圍籬時，她也看見了撐著傘的宿衍，他雖然不在學生會了，身邊卻還是跟著學生會的人。

馮想想已與宿衍對視了幾秒，礙於周圍的人也不知道該不該打個招呼。四周一片喧鬧，他們的眼神卻在悄悄交會，直到一張毛巾蓋上了馮想想的頭頂，葉信司將毛巾掀開一半，雨滴滴答答的落在絨毛上，雨聲幾乎消散。

「這毛巾……是你用來擦汗的對吧？」馮想想懷疑的瞪著他。

葉信司笑了兩聲，「幫妳擋雨就不錯了，還嫌？」

馮想想無奈的推開他，並將準備好的水塞進他懷裡，「快喝！」

葉信司這才咕嚕咕嚕的仰頭灌水，馮想想笑了笑，當視線再次飄向鐵網圍籬，宿衍已經不在了。

下午的班際賽結束後，便是部分二年級的彈性活動，學生原定在球場旁的空地烤肉，但因為斷斷續續的雨，他們只好分散到不同地方。

此時的馮想想有些分心，她一邊提醒葉信司要確定肉熟了再吃，一邊看向校門口。那兒停了兩輛車，一輛是平時接送他們上下學的陳叔，而今天正是宿衍代父親參加餐會的日子，那想必另一輛就是用來監視宿衍的吧？

馮想想只能這麼胡亂猜測，因為她沒想到宿允川還會特地派人過來，或許是因為今天的餐會特別重要，也或許他只是單純想掌控所有事而已。

葉信司見她心不在焉，便也往同個方向探頭，當他看見那兩輛車，也就立刻明白這和宿衍肯定脫不了關係。

「怎麼回事？」葉信司低聲問道。

馮想想轉頭盯著葉信司，似乎下了什麼決定，她明知道校門外的人聽不見，卻還是壓低音量說道：「等等我想去個地方。」

葉信司配合的垂下頭，讓馮想想在他耳邊說話。「還記得我們的祕密基地吧？」

「小樹蟲？」

「嗯。我想進小樹蟲，不然真不知道能去哪裡了。」馮想想不想騙他，「我還會帶宿衍一起去。」

葉信司一言不發，他沉默了許久，直到馮想想開始懷疑自己的做法是否正確時，他才開口說道：「鑰匙……在老地方。」

葉信司拍拍馮想想的肩膀，便推著她進了樓梯轉角，他最後揉了把臉，什麼都不想過問，只得轉頭回到班上，他繼續吃肉，也看著炭火被燒得作響。

而馮想想早已飛奔著腳步，前往三年級的樓層了。

對比下午的班際賽，這裡就像另一個世界，整個樓層宛如一條緩慢流淌的河流，看似不動聲色，只有各班老師的教書聲。

馮想想這時才冷靜下來，她壓低身體，沿著牆垣一下子便竄到了宿衍的班級外，她龜縮在窗臺邊，盡量不讓腦袋露出來。

馮想想垂著頭，她果然還是衝動行事了，就算看見宿家的車又如何呢？他們也許能有一百種方式不去餐會，但她偏偏只會逃跑。更何況，宿衍還在上課——當一隻手罩在馮想想的頭頂上時，她嚇得幾乎要叫出來。

「噓……」馮想想立刻閉上嘴巴，她猶豫的抬起腦袋，當對上宿衍的雙眼時，心裡只浮現了一個想法。

衝動行事？一百種方式？還在上課？——管他的！馮想想睜著明亮的眼睛，閃過了一絲狡黠。

宿衍做了「等等」的口型，不久後便落下了張紙條，「怎麼了？」

馮想想扳著窗臺，她餘光注意著面向黑板的老師，隨後小聲的對宿衍說道：「我給你兩個選項，要下課時間再出來，還是現在就跟我走？」

宿衍愣了幾秒，他看向前方還在抄抄寫寫的老師，快速的收拾好書包，並在同學詫異的眼神下溜出了後門。他拉起還蹲在一旁的女孩，當李瓊看見了馮想想，便震驚的起身，原先疊在她腿上的試卷散落一地，班級裡也終於有了動靜，宿衍卻對這一切置若罔聞。

離開了三樓，他們總算能放慢腳步，此時校園各處都有烤肉的二年級生，他們也就不算突兀了。

宿衍看著馮想想近在咫尺的背影，她熟門熟路的帶他穿過了新教學樓與舊棟之間的狹窄走道，最後來到舊棟區的後廊，她似乎早把這些路線記在了腦海裡。

後廊的風比較強，吹散了烤肉的香氣，也揚起了女孩的百褶裙，宿衍撇過頭，一會兒才把目光落在她的腳後跟上，他們緩慢前行，剛才下過的雨打溼了土壤，多了混著青草的雨腥味。他們最終來到一個隱密的角落，宿衍環顧四周，看得出來他們正位於資源回收場的左側，這裡被鐵皮屋遮擋住了，基本上沒人知道。

宿衍看著面前的圍牆，猶豫著該如何翻過去，畢竟有人還穿著裙子。馮想想猜到了宿衍的遲疑，她咳了兩聲，才瞇著眼笑道：「誰說蹺課一定得翻牆？」她推開了廢置在一旁的箱型推車，一道被藏匿的小門便出現了，「我們要文明一點——從門走出去。」

宿衍看著翹起尾巴的馮想想，不知道該說些什麼，直到她將早壞的鎖頭喀拉一聲解開了，宿衍才默默說道：「妳很有經驗。」

馮想想趕緊解釋道：「沒有沒有，就是偶爾會和阿司一起出來……」她再次強調，「只是偶爾喔，我們不常做這種事。」

馮想想耷拉著腦袋，感覺越描越黑，就不再繼續了。

而宿衍的嘴邊有了若有似無的笑意，推開門走了出去。

算著時間，其實距離放學也沒多久了，如果真想甩開宿允川派來的人，那他們所剩的時間的確不多。如果原先載他們上下學的陳叔沒等到馮想想出現，肯定是會懷疑到她頭上，所以馮想想的計畫是先回公寓拿小樹蟲的鑰匙，或許還可以休息一會兒，那些人說不定不會特地來這裡找人，如果來了，他們也可以從公寓的停車場溜走，那有反向的通道，只需要走一小段路，再穿越一個公園就能到小樹蟲了。

當他們到達公寓時也過了將近半個小時，馮想想先走到葉家門口，角落有一個擱置許多年的牛乳箱，現在看來很是復古，但葉叔叔念舊，就算沒用了也不撤掉，正好讓葉信司藏些小東西——例如小樹蟲的鑰匙、整過人的假蟑螂，以及不敢帶回家的成績單……

據她了解，葉信司也N年沒碰過這牛乳箱了。

馮想想撈了許久，才終於在眾多雜物中找到那把鑰匙，雖然說小樹蟲是他們的祕密基地，卻也只是「曾經」了。她與葉信司偶爾想起就會去那晃一圈，但也待不長，尤其這兩年只要沒提，他們差點就會遺忘那個地方。

小樹蟲也許只活躍在他們的童年回憶裡吧。

她暗問自己，既然如此，她為何當下會選擇把宿衍帶進小樹蟲呢？

馮想想轉頭看向宿衍，拿著鑰匙解釋道：「我有經過人家同意喔。」

而宿衍沒有說話，只用眼神表示他不在意。

馮想想拿出手機看時間，又問：「要來我家嗎？」她接著從書包裡拿出了兩瓶罐裝飲料，獻寶似的搖了搖。

「妳……」宿衍有些詫異，剛才一路上也沒見馮想想有買什麼。

「今天不是烤肉嗎？我就順手牽羊了一回，小朋友不可以學喔。」馮想想說完便笑著轉身打開家門，卻沒想到宿衍會突然傾身向前，他用腳尖抵住了門板，抓著馮想想的肩膀將她轉了過來。

他挑起眉，單手比劃了幾下彼此的身高，問道：「誰才是小朋友？」

宿衍看著她略微僵硬的姿勢，才揚起嘴角，這個笑容有些不懷好意，不過他沒讓馮想想來得及看清，便先進了門。

家裡還是與剛離開時一樣，大型傢俱都蓋上了防塵布，此時能從厚重的窗簾上看見黃昏時分透映出的光，客廳便顯得有些昏暗了。

馮想想在門口怔了數秒，直到一身的燥熱散去，宿衍卻不放過她，他對著門外的馮想想說道：「進來吧，小朋友。」

她有點氣悶的瞪著宿衍，這才無可奈何的踏進家門。她將窗簾拉開，一室就明亮了許多，窗簾微微揚起布上的灰塵，底下是防塵布的雪白，空中飄著塵埃點點，只要捏住鼻子倒是能想像成一場雪，不過馮想想忍不住打了個噴嚏，把窗戶打開了。

當初她與宿衍一同站在這裡，那時候的他們還是爭執不休的狀態，彷彿誰動動手指就劍拔弩張，而此刻的他們竟各自拿著一瓶飲料，沉默的對飲，偶爾四目相交。

馮想想的目光看向了玄關，鞋櫃上變得空蕩蕩的，原本那兒有她們珍藏的木質相框，裡頭放著馮丹瑜二十年前抱著親生女兒的照片，如今早被馮想想打包好，讓媽媽帶去德國了。

馮想想似乎想起了什麼，她在電視櫃翻找了一陣，最後找到了兩本厚重的相簿，她許久沒翻了，此時有點小雀躍，她靠近宿衍坐下，讓他一起看。

她首先跳過開頭，因為她記得很清楚，前面有她小時候露屁屁的出浴照。馮想想隨手一翻，正好跳到了她幼兒園畢業那天，她笑臉洋溢，葉信司卻在一旁哭得稀里嘩啦。

馮想想噗哧一笑，對宿衍解釋道：「因為他把我的書包藏起來還死不認錯，就被他爸處罰了一頓，活該吧？」

宿衍反問：「妳還記得？」

她搖搖頭，隨後一笑，「不記得了，是我媽告訴我的。」

馮想想又翻了一頁，最顯眼的是她與葉信司在水上樂園抱在一起的照片，當時她穿著米妮的泳衣，露出軟軟的肚皮，整個人圓滾滾的。馮想想嚇了一跳，她趕緊遮住照片，再紅著臉翻了半本，有點手忙腳亂，她偷偷看向宿衍，幸好對方沒什麼反應。

宿衍也摸不清自己的心情，他只覺得有些奇妙……小女孩很可愛，她的笑容永遠都那樣燦爛，但這樣的照片，這樣的相簿，宿衍很陌生。

馮想想還在分享她的生活，相簿裡的女孩有時哭、有時笑，她的嬰兒肥逐漸消退，終於成長為一名少女，這些回憶彷彿被她灌上了一層又一層的生命力，她的雙眼在相紙上盛著光亮，宿衍有預感當自己閉上眼睛，她依然會以這些模樣出現在他腦海裡。

她的青春充滿著陽光、笑容，就算流淚也哭得好看，她的童年有著頑皮勁與男孩子氣，有她光著腳丫留在地板的泥土腳印，也有總是伴她左右，那個陪她肆意奔跑的男孩，她叫他阿司。

這時馮想想翻開另一本相簿，映入眼簾的是幾張模糊的照片，能隱約看見床鋪與床尾間的夜燈。

「這是我第一次拍的照片，我媽就在這裡。」馮想想指著某塊，果然能看見一抹黑色影子，她自嘲道：「……我沒有攝影天分。」

宿衍笑了笑，問她：「妳拍的是影子？」

「才不是，我是在拍我媽啦。」馮想想托著腮說：「她的工作日夜顛倒，這是她難得能哄我睡覺的日子，結果她竟然先睡著了。所以我偷偷拍，就怕吵醒她。」

宿衍看著馮想想的側臉，又聽見她說道：「你知道這首歌嗎？**看小雨搖曳，看不到你的身影，聽微風低吟，聽不到你的聲音……**」

轉眼間，宿衍眼裡的笑意消失了，直到馮想想問他：「你不知道吧？」

他低聲回答：「我知道。」

「真的？這首歌至少有三十年了吧！我媽如果哄我睡覺就會唱這首歌，但我其實更想聽故事。」馮想想說完，又繼續搖晃著腦袋，嘴裡輕輕哼著歌。

宿衍垂下眼，他耳邊的旋律熟悉，而他此時才記起宿允川從前也會在家裡放這首歌，那是他與陳尹柔少數能和平共處的時候。

他從前的記憶就像幅零散的拼圖，有些事記不清，偶爾做夢也全是同樣的場景。也許是某些記憶太過深刻，深刻的占滿了他有限的空間。

宿衍什麼也沒有，他沒有一張照片能向馮想想分享，他沒有愉快的事情好說，他無法撒野奔跑，無法讓身邊的人開懷大笑。

馮想想的一首歌哼完，客廳已經變得有些暗，她闔上相簿，這才驚覺時間的流逝，她對宿衍說了一聲，便先躡手躡腳的開了門，她躲在角落，果然看見了宿家的車，司機正站在附近打電話，馮想想怪自己忘記時間，他們還是找到這裡來了。

她不關心這場餐會重不重要，她只關心這是她第一次帶著宿衍逃跑。她看著不知為何又變得沉默的宿衍，只好抓起他的手……

牽手對他們來說彷彿成了一件再普通不過的事情，馮想想關上家門，帶著他來到地下停車場，之後他們開始跑了起來，他們越過一個公園，而兩人相握的手心也出了汗水。

跑了一小段路，馮想想時不時回頭看，才帶他走進一條狹窄的巷子，轉角處是一家名為「小樹蟲」的二手書店，歇業已久，它被停留在時光縫隙中，裡頭的書都還在，就好像老闆匆匆離去，最後只留下一層厚重的灰。

「老闆曾經是我們的鄰居，鑰匙就是他給阿司的。」馮想想沒再多做解釋，她帶宿衍進了書店，再從後門離開，不遠處有一個鐵皮倉庫，她說那曾是老闆的工作室，自從小樹蟲關閉之後，那就成為他們的祕密基地了。

倉庫裡久不通風，此時又是秋雨來臨的潮悶，馮想想使勁打開了生鏽的窗，也無法減少這裡獨特的舊書氣味。倉庫曾是保養二手書的好地方，而現在什麼也不是了，天空的烏雲低垂，沒了日落前僅剩的光亮，馮想想要宿衍與他並肩而坐，宿衍平靜的神情總是帶點冷漠，包括了現在。

雨將至，他們幾乎被溼氣與黑夜吞噬，不久前翻著相簿的喜悅已隨著日落消弭，此時僅有恍如黑森林般的凝重小雨。

馮想想不得不起身再次將窗關上，雨聲被隔了開來，聲音不緊不慢，她轉身看著宿衍，找了個話題說道：「現在很像在哈斯拉赫對吧？雨不停的下，感覺短短幾天就把臺灣一年份的雨給下完了。」

宿衍扯著嘴角笑了笑，馮想想坐回他身邊，又說：「我們去找布穀鳥鐘的時候，在森林走的那段路真的很美，只是擔心的事情有太多了，害怕下雨、害怕迷路，害怕走著走著你就不見了。」

「不見？」

「嗯，但我知道你有放慢腳步等我。」馮想想問他：「那時候我才注意到附近有瀑布，如果還有機會去的話，我們再去看看吧？」

宿衍低聲說：「會有機會的。」

「是啊，布穀鳥鐘也是有壽命的對嗎？我們可以定期帶去保養……」

「在臺灣也可以保養，」宿衍輕笑，「況且沒有那座鐘，我們也可以去散散心。」

「你會帶著我？」

「我會帶著妳。」

馮想想偷偷笑了，她自以為在昏暗中隱藏得很好，其實宿衍都能看見。

他靜靜的看著她，過了許久才說道：「今天看了妳的照片，我是不是也得交換點什麼才公平？」

「如果你願意跟我分享你的事情，那當然很好啊。」

「分享？我的事情只會帶給妳負擔。」

「你就說說看嘛。」

「不多，但那就是我所有的回憶了，如果妳想聽，我就告訴妳……妳別後悔。」

她說：「我不會後悔。」

馮想想看向他，其實心裡也有隱約察覺到，宿衍從某個時刻就突然變得不對勁，是因為她翻閱了相簿嗎？還是因為她哼了那首歌？

宿衍這才終於喃喃說道：「……那座鐘每整點會響一次，不過布穀鳥只在十二點出來，中午、午夜各一次。」

馮想想能想像午夜時布穀、布穀——的鐘聲，迴盪在冰冷的長廊上，光是想像就不寒而慄。

這時宿衍突然問她：「妳還記得我跟妳說過，我媽是怎麼走的嗎？」

馮想想遲疑的點點頭，她確實記得，當初馮丹瑜進醫院，宿衍就是這麼對她說的——蓄意、慢性中毒、日積月累，這些她以為早該忘記卻依然記在腦裡的詞，代表著一名女人用藥物結束了自己的生命。

「她說只要布穀鳥出現，我就得去她房裡。」宿衍看向她，緩緩說道：「我媽走了那麼久，妳說我為什麼走不出來？」

宿衍要說的話似乎有了苗頭，馮想想差點伸出手，就為了遮住宿衍的嘴巴，她察覺自己無意識想逃避的想法，卻沒有阻止對方開口。

「因為藥是我餵的。」

隨著宿衍的話音落下，馮想想不禁移開視線，她看著窗口，窗外的雨點卻密集的讓人害怕。

宿衍要她聽了別後悔，她總算明白那句話的涵義，她沒有後悔，只是懷疑自己是否能成為一個合格的傾聽者。

她的情緒被他的一言一語給撼動，她僵硬的不知該如何是好。馮想想回憶起認識以來的每個宿衍，他的背影，甚至是他的黑色雨傘，那些總被她定義為「憂鬱」的背後，原來埋藏的是更沉重的事情。

她縮起肩膀，最後還是忍不住流淚，於是她抱著雙臂，壓抑的哭泣。

直到那人捧起她的臉，抹掉她的眼淚。

「對不起。」

馮想想不知道宿衍為何要道歉，她哭得很安靜，直到宿衍將她抱入懷裡，他們緊緊的依靠彼此，她才終於發出沉悶的嗚咽聲，她說她會傾聽，結果還是失敗了。

宿衍一下又一下，輕輕的撫摸她的腦袋，他心想，他果然不可能讓身邊的人開懷大笑，他沒辦法肆意奔跑，他只會惹人哭泣。

宿衍以為他會把這件事埋藏一輩子，到死，再埋進土裡，如果真有地獄，那他就接受報應。

只要能幫助陳尹柔解脫，他頂多永遠陷入「幫凶」的牢籠，他自以為是的想，即使他再次被布穀鳥鐘與藥罐的噩夢纏身，為了陳尹柔他可以這麼做。

他可以冷靜的對媽媽說：「別哭，該吃藥了。」

但如果要他看著陳尹柔每日以淚洗面，他受不了。

要困住一個人，其實很簡單。

不是將她關在作畫的房裡，而是讓她飛。往返臺德兩地，兩年至三年，再來是半月或四季，如此循環著，於是他們沒了最終的棲息之所。

虛弱的鳥兒沒有翅膀，再沒有家，那就必死無疑了。

那座小鎮還飄著雨，是一座巨大又沉悶的鳥籠。那漫無邊際的森林反映他們沒有自由，那本讀不懂的《糖果屋》嘲笑他一無所有。

教堂裡的舊書櫃有許多硬殼的童話書，當時的宿衍還看不懂，他就隨意翻著圖畫，而當他看懂了，那些美好的結局卻總是讓他懷疑，那是一個怎麼樣的世界。

他不知道自己是在何時睡著的。

當他再次睜開雙眼，映入眼簾的是倉庫上方的生鏽小窗，他的視線有些模糊，只見有水滴沿著屋頂落下，他緩了一陣才想起自己身在何處，靠的是誰的肩膀。

宿衍驀地清醒了過來，他稍微拉開點距離，問道：「我睡著了？」

「嗯。」馮想想見他醒了，才亮起手機的燈。宿衍瞇起眼，等適應了燈光後，他看見馮想想紅紅的眼睛。氣氛一時又沉默了下來，直到馮想想摸摸肚子問：「宿衍，你不餓嗎？」

她笑了笑，「我們回去了。」

宿衍伸手，輕碰她稍紅的眼尾，馮想想已經沒再流淚，但睫毛因淚水結成一簇簇的，她眨眨眼，就彷彿變成兩把厚重的扇子，搧起微弱的風，連帶搔癢著宿衍藏匿於深處的感情。

他們離開小樹蟲，宿衍看著馮想想的背影，時而看看他倆印在地上的影子，再來是她隨著步伐微微晃動的裙擺與手。馮想想也知道，不論他們今天蹺了幾堂課、在倉庫裡躲了多久時間，這些都未能撼動到上位者，因為那只是細小如皮毛，螻蟻般的幼稚反抗。

儘管如此，宿衍卻有了預感。

他會把這天烙印在他的心上。

走出暗巷後，宿衍走到她身邊，他的手指觸碰著馮想想的指尖，側眼看她的反應，只見馮想想的嘴抿成了一直線，睫毛低垂，眼皮微微的顫抖，於是他試探般的勾住她的小指。

這是他們第N次牽手，卻是宿衍第一次抱持著這種心情，不需要勇氣，不需要溫暖，更沒有需要被誰叫醒的惡夢——沒有其他原因，只是想牽著妳。

他想他為了這一天，已經在籠裡等待很久了。

轉眼間，已經步入初冬。

學生們正在為期末衝刺，安靜的校園一隅卻傳來了巨響。學辦裡老舊的鐵櫃上放滿了歷屆試卷，此時也隨這聲撞擊而落下，窗口大敞，微涼的風正朝著窗內呼呼灌著，試卷在半空中胡亂的飛，最後又紛紛旋轉落下。

葉信司的眼神帶著冷意，他瞪向來人，覺得自己倒了八輩子霉。難得聽從老師指揮來學辦拿歷屆試題，偏偏撞上了王正愷，原先葉信司還不大認得他，直到被對方從背後陰了一把，葉信司被鐵櫃撞得肉疼，這才想起王正愷就是總跟在宿衍身後的富三代。

王正愷說道：「我早想教訓你了！」他對葉信司積怨許久，自從他和馮想想在升旗臺上灑了檢舉海報後，王正愷的日子便不再好過了。表面上王正愷沒受到什麼懲處，事實上卻被家裡凍結了生活費，還得時不時接收異母兄弟的冷嘲熱諷。

今天正巧堵到了葉信司，那就來個秋後算帳。

葉信司本來就激不得，這時撞上王正愷帶著輕視的眼神，便也冷聲問：「教訓？就憑你？」他挑釁道：「你不就是宿衍的小狗嘛。那我該怎麼稱呼你？隨傳隨到的小忠犬？」

王正愷氣急敗壞的衝上前，葉信司剛閃身，又被對方揪著衣服往後猛撞，老舊的鐵櫃再次發出一聲哀嚎，更隨著崩裂的腳座傾斜，最終轟隆倒塌，巨響傳遍了半邊樓層，近幾屆保留的試卷、筆記散落一地，情況慘烈。

王正愷還想說些什麼，學辦的門卻被打了開來。宿衍一眼掃過，他身後還跟了幾個聽見動靜來看戲的同學，宿衍沉聲問道：「怎麼回事？」

王正愷見到宿衍，不得已只好鬆手，只見葉信司嗤笑了一聲，就像證實了他的「忠犬」言論，他似笑非笑的推了把王正愷，離開前更擦過他肩膀。

王正愷攥拳，啞聲說道：「葉信司，我在地下酒店見過你爸。」他看著陡然僵直的葉信司，這才滿意的冷笑，「你就跟他一樣無能。」

葉信司抬起眼，原本游刃有餘的模樣已不復存在，他惡狠狠的說：「有種再說一次。」

「我說窩、囊、廢！」

葉信司瞪紅了雙眼，他跨步向前，而箭在弦上，卻被宿衍攔了下來。

葉信司陰鷙的看向他，而宿衍神情冷漠，卻還是淡淡的開口：「你想做什麼？」

葉信司咬牙，他梗著脖子罵：「關你屁事？」

宿衍揚起微笑，笑意依然不及眼裡，「你如果真想惹事，那就去。」而他下秒又收起笑容，低聲道：「不過別忘了——你今天能留在學校，一半是馮想想換來的。」

葉信司瞪著宿衍，費了好大的勁才冷靜下來。

而王正愷卻不死心的在一旁說道：「這事還沒完。」

葉信司的喉嚨乾澀，他深吸口氣強忍了下來，最後斜了王正愷一眼，便甩開宿衍的牽制，頭也不回的離開了。

直到放學，馮想想對此也全然不知，學辦裡發生的「小插曲」彷彿被封鎖在門內，沒有透露出半點風聲。

她與葉信司走向操場，身邊來往著準備回家的同學，葉信司今天消失了一段時間，馮想想不知道他去哪兒了，只好向他交代老師出的作業。

「考卷要訂正，下禮拜會收——哎，你有沒有在聽？」

葉信司應了一聲：「有啦。」

「沒寫的話放學要留校喔。還有下禮拜輪到我們班抽考……」馮想想看著葉信司左耳進右耳出的模樣，打賭他肯定沒認真聽進去，到時候沒交作業又得被罵了。她不滿的打向葉信司的背，卻聽見他悶哼一聲，馮想想頓了頓，問道：「你怎麼了？」

葉信司嘆了口氣道：「……沒事。」

「騙人，你是不是哪裡受傷？」馮想想說完，竟真要去扒他的衣服。

葉信司手忙腳亂的阻擋，一邊罵道：「打球的時候弄的！拜託妳看一下場合好嗎？」

「打球？你確定？」

「白痴！」

馮想想蹙眉，認真的問：「你第七節去哪裡了？為什麼快下課了才回來？」

「班導不是要我去拿考卷嗎？」

「那你拿回來了嗎？」

「……」

馮想想立刻垮下臉，但她還沒來得及開口，便注意到不遠處多了抹影子，她抬頭見到宿衍，只見他的目光慢悠悠的轉了一圈，最後停留在她的手上。馮想想立刻鬆開了葉信司的衣服。

葉信司見到宿衍便翻了個白眼，默默的把衣服拉了下來，他說道：「我走了。」

馮想想拉住他，「你真的沒事？」

「妳很煩欸，沒事啦。」

馮想想看了看宿衍，又看向葉信司，便無奈的對著他背影喊道：「阿司！要是被我發現你打架，就換我打你！聽到了沒有？」

他擺擺手，表示聽到了。

葉信司走後，她與宿衍陷入了短暫的沉默，她開始反省自己剛才的舉動，抬起眼皮偷瞄宿衍，宿衍也在看她。

宿衍輕聲問：「晚上有空嗎？」

馮想想疑惑的看向他，不明白宿衍為何會這麼問，畢竟他們現在都是一起回家的。

她遲疑道：「有……怎麼了？」

宿衍看著她一會兒，才說道：「先回去吧。」

到了宿家後，車還沒完全停下，馮想想便看見管家站在庭院門邊，下車後，管家走向宿衍，在他耳邊說了些什麼，馮想想忍不住靠近，便看見管家手上有兩張黑色燙金的信封。「這是宿先生──」馮想想聞言一愣，抬頭盯著宿衍看，卻見他一副預料之內的表情。

宿衍朝她笑了笑，「是音樂會的邀請函。」

「我們上次逃掉餐會，你爸沒有生氣嗎？」

宿衍接過管家手裡的邀請函，而眼裡的笑意也消失了，「他或許有他的用意，但這不關我的事。」

他點了點馮想想的額頭，在外人看來這舉動就顯得親暱了，馮想想趕緊看向管家，而管家早已轉身離開。

宿衍用信封擋住了馮想想游移的視線，要她把注意力放在他身上。「儘管如此也別浪費——這有兩張票。」宿衍傾身，他逼近馮想想，卻不允許她後退，他的嘴角揚起若有似無的弧度，「妳會跟我走吧？」

層雲交疊，藏起了明月，只剩下被殘留的冷光，在清寂的夜幕下越顯得陰沉。

這裡是近幾年落成的歌劇院，位於繁華商圈與重劃區的交界處，於是就有了這樣特別的景象，在黑夜中模模糊糊的，前方是百貨與酒店的大廈霓虹，遠處更是川流不息的車輛，那兒五彩斑斕，與歌劇院之間還有點距離，熙攘的聲響彷彿被隔了層薄薄的玻璃，聽得清聲響，但燈光忽遠忽靜。

歌劇院就在商圈的邊緣，再往後便是市地重劃區，與商圈就像兩個不同的世界，這裡一眼望去，幾乎只能看見空地、圍籬，以及寂靜黑暗的長街，兩側就只有寥寥無幾的路燈。

他們下了車，宿衍低聲與司機說了幾句，司機便駕車離開了。

眼前的歌劇院或許是羅曼式建築，結實的牆墩與羅馬柱相互交替，柱身上是縱向花紋，延伸於頂，柱頭上雕刻著花與人像。厚重堅固的墩柱旁是層層疊砌的半圓拱券長廊，一路前行，便是豁然開朗的大圓空間，上頭有巨大的拱形穹頂，四周是石砌的牆，遠看才會有幾處半圓拱窗。

走過大廳，他們就能看見其他長廊與側廳，宿衍遞了邀請函，他們便被帶到盡頭最大的表演廳裡。

馮想想看著舞臺的上的紅色大幕，宿衍坐在她身側，這時她才有了實感。

平時她會聽一些馮丹瑜常唱的老歌，再來就是流行樂，卻未曾認真聽過交響曲，更何況是親自來到這麼正式氣派的場合。馮想想看向宿衍，總覺得自己出現在這個場合是有些格格不入的。

宿衍似乎是感受到她的目光，也側臉看了過來，他嘴角輕輕上揚，馮想想心臟彷彿也被輕輕撩撥了一下，她還沒來得及品味出什麼，宿衍卻朝她靠近了一點，輕聲說道：「想睡的話可以睡。」

「怎麼可以，要尊重表演者……」馮想想逮住了機會，便挖苦他，「同學，這是基本禮儀吧？」

宿衍微微挑眉，眼裡的笑意沒散，馮想想看著對方的神情，這才察覺不對。她不滿的說道：「我才不會睡著！」

直到周遭的燈緩緩暗了下來，她竟然還能看清楚宿衍明亮的眼睛，她很少見到這樣的宿衍。

豔紅的舞臺大幕終於升起，馮想想趕緊移開視線，片刻後演奏開始了，她依然止不住內心的悸動。此時的旋律最能激起她小小的漣漪，似乎一切都很湊巧，就像今夜低垂厚重的雲層竟沒有半點雨滴，也像燈火通明的商圈，還有重劃區寂靜無聲的圍籬土地。

此時演奏的柴可夫斯基《羅密歐與茱麗葉幻想序曲》，正巧是馮想想少數耳熟，也是唯一喊得出全名的樂曲，它預告著一場愛情的悲劇。

這場演奏喚醒了她的回憶。當年的小樹蟲還是間二手書店，老闆對經營沒什麼追求，有客人進門也不會打聲招呼。她與葉信司當時還只是國小生，有事沒事就往倉庫跑，擅自把小樹蟲定為祕密基地，無聊時就來這看免費的書，而老闆也都隨他們去了。

情人節那天，老闆在櫃檯托腮發呆，一臺橢圓的老式光碟播放機正放著音樂。馮想想好奇的問老闆這是什麼音樂，而他只是瞥了她一眼，懶懶的說：「妳知道《羅密歐與茱麗葉》嗎？知道的話就快把耳朵摀起來，否則聽了會倒霉，愛情不會實現喔。」

馮想想哼了一聲，倒是一旁的葉信司趕緊摀住雙耳，氣憤的對老闆罵說：「搞什麼！我還要娶蔡依林欸！」

即使那時還小，馮想想對感情也從未有過幻想，她沒有排斥也沒有期望，她只要自己別像媽媽那樣，受著傷也要喜歡一個人，但……如果真遇到了，那她會好好珍惜，畢竟那該是多得來不易的東西。

悠長的旋律彷彿在對觀眾傾訴什麼，她迷迷糊糊的回憶起那一段，內心確實一點一滴被熨貼的舒心許多。她眉眼低垂，並緩緩閉上眼睛，直到被忽然激昂的部分驚醒，她愣愣的看著前方，還沒回過神，便聽見宿衍低低悶笑一聲，如果沒仔細聽或許就聽不見了。

馮想想這時才清醒，她懊惱的將臉埋進手心，剛才竟無意間打了瞌睡，她想對宿衍解釋她不是睡著，但肯定會越抹越黑。於是馮想想開始惱羞，她不明白宿衍為何會注意到她的糗態，她只想立刻把自己藏起來。

而宿衍漸漸沒了動靜，正當馮想想鬆了口氣後，宿衍卻拉開她擋臉的手，手指輕輕擠進她的指縫，再牢牢的鎖上。

馮想想怔了許久，她不敢偷看對方，卻再也無法專注。馮想想心跳劇烈，她想問問宿衍，這又是什麼意思呢？

直到音樂會結束後，觀眾席響起如雷的掌聲，宿衍這時才肯鬆手讓她加入鼓掌，他側頭直盯著她看，馮想想整張臉都紅了。

觀眾散場，接引人員指示眾人有秩序的離開，宿衍再次伸出手，馮想想微微鼓起臉頰，故意避開了。宿衍看向她，馮想想都被看得懷疑起自己是不是真做了什麼壞事，於是她鼓起勇氣，也試探般的抓住他……

「宿衍！」

馮想想一頓，她循聲回頭，看見一名和他們差不多年紀的女孩叫住宿衍，她只好把手縮了回去。

宿衍強壓下眼裡那丁點不耐，對那女孩笑了笑，「好久不見。」

「是啊──這次的餐會你怎麼沒來？」

宿衍看向馮想想，淡淡道：「有點事。」

「那下次記得出現喔，要見你一面真難！」

宿衍噙起微笑，簡短的回道：「再說吧。」

馮想想看著宿衍，她回憶起這人還是模範生的時候，他笑臉待人，卻難以感受到他的真心。

女孩不知該如何接話，便揚起眉看向馮想想。

馮想想一接收到對方探究的眼神，就全身不自在的直盯著地板。這女孩的衣著打扮及氣質都能說明她的家庭背景甚至是身分，而馮想想什麼也沒有，她還是個聽演奏會都能打盹的人。

其實她原本不會在意這些的，但現在宿衍就站在身邊，這樣的對比不免有些相形見絀。

這女孩能在人潮之中找到宿衍，加上宿允川積極送來的邀請函，那他的用意也很明顯了，大概這一切都是安排好的吧？

馮想想暗自思考著，宿衍卻不給她多想的時間，他移動了一步，把馮想想擋在身後，他嘴邊的笑意淡了幾分，女孩還沒多說什麼，他便說道：「先走一步了。」

離開歌劇院後，馮想想還是有點遲疑，畢竟那女孩是宿允川「介紹」的人，宿衍剛才的態度已經稱得上冷漠了。她問道：「這樣好嗎？」

馮想想雖然這麼問，但內心其實有些高興，而宿衍停下腳步，反問她：「哪裡不好？」

馮想想搖搖頭，她的確說不上來。她聽見宿衍嘆了口氣，那聲音微乎其微，馮想想抬起頭，宿衍卻還是那副面癱臉，他說：「走吧。」

她加快腳步跟上，卻沒看見宿家的車。她正想問，宿衍卻猜到她的問題，正式朝她伸出手，輕笑道：「學長帶妳去看電影。」

馮想想看似沉著，其實心裡已經軟成一片了。她想問：「學長為什麼總想牽我的手啊？」

但她沒有開口，只是彎起眼睛，心想，牽就牽吧，又不是沒手拉手過。

此時的人潮幾乎要散了，他們沿路漫步，說是要看場電影，他們卻走得不疾不徐，這個時間連百貨都該打烊了，兩人還在享受這樣慢慢的時光。

然而「風雨前的寧靜」或許指的就是如此吧，空氣中多了點潮溼味道，雨卻依然要下不下的。歌劇院還在他們身後，遠在前方的霓虹燈已然成為另一個世界，近在咫尺的路燈卻接觸不良的閃爍著。

在寧靜的道路上，從不遠處傳來了自行車疾行的聲響，再來是機車震耳欲聾的排氣音浪。宿衍蹙眉，還來不及將馮想想拉近，一抹熟悉的人影卻從他們身旁呼嘯而過。他們怔在原地，馮想想立即轉過身，那人的身影早已躲進了重劃區的轉彎處。

剛才縈繞的甜蜜氣氛陡然消散，馮想想腦海裡只剩下葉信司在那瞬間和她同樣錯愕的眼神。

她下意識往前走了幾步，宿衍無聲的攔下她，馮想想抿著唇與他對視，卻半句話都說不出口，她只能由身體做出反應動作，於是她使勁甩開宿衍，朝葉信司離開的方向奔跑。

宿衍沒抓住馮想想，他的神情迅速冷了下來，他快步追上前，同時拿出手機撥了號碼。

這塊重劃區的道路幾乎不通，一個轉彎便是死路，馮想想很快就看見了被堵在轉角的葉信司，他與追逐他的那三人都把車扔下了，葉信司發現馮想想，卻咬著牙一聲不敢吭，就怕其他人發現那個沒有自保能力的女孩，直到他看見出現在她身後的宿衍，雖然不想承認，但他心裡確實鬆了一大口氣，有了力量，便一拳揮向揪著他衣領的男人，那人閃了開來，一腳踹在他的腰腹上。

馮想想低叫一聲，他們一頓，紛紛轉頭看向她與宿衍。而宿衍立刻扳住馮想想的雙肩，低聲道：「馮想想，看我。」

馮想想僵硬的看向他，慘白的臉色是被嚇出來的，也是被氣的。她握緊拳頭，聽宿衍一字一句清晰的說道：「妳現在該做的，就是去找人幫忙。」

「可是阿司——」

「妳在這只會讓情況變得更糟，懂嗎？」宿衍聲音冷漠，眼裡卻有難以察覺的溫柔，他安撫似的將她的頭髮勾至耳後，低聲提醒道：「快去，還有別報警。」

馮想想一時聽不清這句話的矛盾之處，她擔憂的看了眼葉信司，便轉頭跑開了。她雙眼發紅，從未如此慌張過，短短一路，卻彷彿花了一世紀那麼久，她想跑得更快，雙腳就越像被綁了鉛球，還沒跑出轉角，她就聽見身後傳出一聲巨響，馮想想僵在原地，她轉過頭，看見宿衍把一人按在圍籬上，葉信司也剛好限制了另一人的行動，然而馮想想還來不及鬆口氣，便看見第三人不知何時竄到了宿衍身後。

「宿衍！」

在她叫出聲的同時，那人也一棍打在了宿衍背上，馮想想的血液彷彿在一瞬間逆流，她忘了宿衍要她做些什麼，她開始憤怒的顫抖，心臟就像被人重重掐了一下。馮想想沒了分辨輕重緩急的能力，她只知道自己就是衝動行事，她不能忍受被欺負，不管被欺負的對象是她自己，或是她身邊的人。

因為她就是偏心，她永遠胳膊往內彎，她還有仇必報。

於是在反應過來後，她已經一眼看見草叢裡的酒瓶，並拎著往前跑了。她抬起手，在宿衍與葉信司詫異的眼神下將酒瓶奮力一砸，酒瓶擦過了那人的耳側，狠狠砸在圍籬的鐵桿上，玻璃應聲碎裂，所幸她只有滿腔的憤怒，卻沒有準頭，如果這聲是砸在那人腦袋上，後果就不堪設想了。

隨著這衝擊，混亂的一群人竟沉默了下來。此時轉角處終於有了車聲，宿衍先前通知的司機已經帶著人到了。

宿衍沉下眼，車頭燈就這麼打在馮想想身上，她背著光，完全看不清她的神情，宿衍卻幾乎要將她看穿。

在宿家的人把鬧事的三人帶走之後，司機也回到車裡等候。或許再可笑的鬧劇，只要宿家的人出現，事情總能在最短的時間內獲得解決。

這既諷刺……又方便。

宿衍看向葉信司，低聲問道：「是王正愷吧？」

葉信司撇過頭，沒有回答的意願，原先想說「不用你幫」，卻在對上馮想想的雙眼時，又硬生生的吞了下去。

馮想想始終不發一語，她盯著葉信司，盯得他啞口無言，最後葉信司也只能擠出一句解釋，「我沒打架。」

「……阿司，是我錯了。」馮想想終於開口，她紅了眼睛，冷聲說道：「你得打……如果有人惹你，你就打回去，打得他媽都認不得。」

葉信司愣了愣，他聽著馮想想的氣話，最後竟忍不住笑了。他揉亂了馮想想的頭髮，雖然宿衍看似無動於衷，葉信司還是能感覺到他陡然繃緊的情緒，他抬眼與宿衍對視了數秒，冷笑一聲，便走到角落把自行車扶了起來。

「你要回去了？有受傷嗎？」

「英雄，有妳保護我怎麼會受傷？」葉信司做了個拋擲的動作，用腳踢了踢地面的玻璃碎片。

馮想想忍不住看向宿衍，她忘不了那棍砸在他背上的畫面。

直到葉信司跨上車，她又遲疑道：「葉叔他——」

「別告訴我爸。」他之後看向宿衍，「還有今天，算我欠你一次。」

回去的路上，馮想想一直勸宿衍去醫院看看，他卻只是看著窗外沉默著。司機就像聽從吩咐的機器人，完成了指令就不再給予多餘的關心。沒人幫腔，馮想想最後也只好安靜下來。

回到宿家，司機放了人之後就離開了，馮想想追著宿衍的背影進門，對方卻始終保持沉默，一晚下來的緊張、無力，還有現在的委屈都讓馮想想紅了眼眶，她剛才再焦急都沒敢哭出來，現在卻煩透了宿衍這個樣子。

「你到底怎麼了？」馮想想問他，「我擔心你有沒有受傷，你卻連一點反應都不肯給我？」

宿衍安靜的看向馮想想，周遭的氣氛都因為他的眼神而變得壓抑，他一步步逼近，直到走至她面前，宿衍緩緩解開襯衫的鈕扣，他故意放慢速度，就只為了觀察她的反應。宿衍低聲問道：「妳真的擔心？」

馮想想抬頭瞪著他，只怪這時的氣氛不夠旖旎，她冷聲反問：「你以為我不敢看嗎？」

她尾音剛落，便扯下了宿衍的衣服，可當她看見他背後的大片瘀血，便也氣不起來了。

馮想想靜了片刻，才說道：「先冰敷。」

她走向冰箱，這時宿衍又緊緊抓住她。

「你又怎麼了？」馮想想終於忍無可忍的推他一把，她垂下眼，淚水竟撲簌簌落下了。她又問：「你到底想幹麼？」

「為什麼當時又跑回來？」

「你在整我嗎？」馮想想瞪向他，「你早就通知司機了，還想騙我離開？我承認我沒用，我在那裡就是礙手礙腳，但怎麼了？我擔心阿司還要你管了？我擔心你還要經過你同意？你是誰，你管我為什麼回去？那個人打你，所以我就想砸他，你管得著嗎？」

宿衍愣了許久，他見馮想想眼神倔強，於是他抹了把臉，一邊道歉，一邊再次走近她。

「對不起。」宿衍低下頭，「對不起，馮想想。」

「你為什麼要道歉……」馮想想抹掉自己的眼淚。「除非你承認錯了。」

「我錯了。」宿衍這麼說著，他小心翼翼的捧起馮想想的臉頰，並輕輕的吻了她。

「不要生我的氣。」

如果來不及替她拭淚，那就要把未盡的言語全給她。

宿衍很努力了。

宿衍知道，這是一場奇蹟降臨的美夢。

夢裡落葉紛飛，他觀察著眼前的一景一物，這裡眼熟的就像陳尹柔的那幅畫，只不過圍牆不再老舊，草地不再坑坑巴巴，在綠意盎然中，那棵綁著鞦韆的孤獨大樹已經消失，取而代之的是宿家曾有的那三棵梧桐。

馮想想就站在那。

宿衍沒有踏上陳尹柔堆上的磚頭，而是後退了幾步，緊接著往前衝刺，他的世界慢了下來，心跳卻如擂鼓般的大響，他縱身躍過圍牆，當雙腳穩當的落在土地上時，他聽見了馮想想的笑聲。

她說：「宿衍，你看！」

馮想想伸出雙手，宿衍還來不及反應，便看見一對小鸚振翅飛向了遠處。他怔怔的看著遠方，不禁失笑。

馮想想還是這麼天真，她笑著問：「你笑什麼啊？」

宿衍原想對她說，妳知道妳放走的是誰的鸚鵡嗎？那可是被宿允川親手毒死的愛情鳥。

宿衍搖搖頭，他最後什麼也沒說。夢裡的馮想想卻笑他道：「宿衍，你有那麼開心嗎？」

他揚起嘴角，卻也欲言又止，過了許久他才輕聲說道：「妳一定不知道吧，妳拯救了我多少次。」

而宿衍尾音才剛落下，他便從夢裡醒了過來。

他睜著惺忪的眼，卻沒有往常該有的疲倦，他反覆回味這場夢，直到他確定了夢裡沒有藥罐、沒有窗臺……沒有那座鐘，於是他立刻清醒了過來。他迅速下了床，卻又在房門前頓了頓，他深吸口氣，讓自己恢復以往的步調，他走進浴室盥洗，他換上制服，在鏡子前檢查自己的儀容。

接著他握緊了門把，打開房門——

「宿衍。」馮想想還沒敲響房門就被打開了，她朝宿衍笑了笑，「你賴床了？」

宿衍看著她，並將她悄悄帶進房裡，馮想想疑惑的問道：「怎麼了？」

宿衍不知道該如何說明，他靠近馮想想，想拉她入懷，這突如其來的舉動反倒把她嚇了一跳，馮想想退了幾步，宿衍便順著將她牢牢抵在牆上，雙臂一扣，抱得更緊了。

「宿衍！門——」她話還沒說完，宿衍便騰出一隻手把門關上了。

馮想想有些沒轍，宿衍有時會讓她感到意外，就像現在，她幾乎推不動這個人。馮想想無奈說道：「你先放開……要遲到了。」

宿衍停頓了一秒，卻毫無鬆手的跡象，馮想想嘆了口氣，她想對宿衍說他們現在什麼關係都不是，所以他不能想抱就抱、想親就親，可是她能怎麼辦？畢竟她也在為此偷偷開心。

宿衍似乎認定馮想想不會真的推開他，他掛著淺淺的笑意，心裡有無數理由來支持自己此刻的流氓舉動，這讓馮想想有種被大型犬纏上的錯覺，牠會冷冷的甩來一個眼神，同時卻又攀著她討抱抱——馮想想趕緊搖搖腦袋，試圖把那些嚇人的想法甩出去。

宿衍疑惑的抬起頭，他的鼻尖蹭過了她的脖頸與耳廓，馮想想在瞬間定格，她僵硬的瞪著前方，宿衍卻對此毫無察覺，並在她耳畔輕聲問道：「怎麼了？」

馮想想一咬牙，使勁把宿衍推開，他的氣息似乎還停留在她身上，害她全身冒著熱意，連毛細孔都在顫抖。

宿衍後背撞上牆，他驚訝的看著馮想想，一時收不回眼裡的錯愕，彷彿受到了什麼刺激與傷害。

馮想想的臉漲紅了，連耳垂都像被太陽燒紅個徹底。她承認她喜歡耳鬢廝磨的親密，卻不想任由對方搓圓揉扁，她喜歡與宿衍接觸，卻不願他無意識的撩撥。

馮想想氣憤的對宿衍說道：「搞錯順序了！」

宿衍無法理解馮想想忽然生氣的原因，他前進一步想問清楚，馮想想卻伸出手阻止，「在你想清楚前不能靠近我。」馮想想跺地三下，又說：「離我三步遠。」

「妳怎麼……」

「如果犯規，我、我就——」馮想想絞盡腦汁，最後還是只能擠出一句：「我就……討厭你！」

馮想想說完，趁著宿衍被唬住的時候奪門而出，留下宿衍在房裡沉默。

上車後她嘆了口氣，過了許久，眼看都快遲到了，宿衍才慢騰騰的出現，馮想想看見宿衍的面癱臉好似又被上了一層蠟，僵硬的不可撼動，他的陰鬱影響了遞書包給他的王阿姨，她下意識的往後一縮，宿衍則一聲不吭的上車了。

馮想想有些緊張的嚥了口水，她提醒自己絕對沒有做錯，卻不免會注意到宿衍頻頻投來的視線，她往旁邊移動了一點，宿衍也挪動了一點，馮想想幾乎要貼上車門了，她耷拉著嘴角比個三，希望宿衍能注意「三步的距離」，她的態度看似果斷，其實壓根兒不敢看宿衍的眼睛。

宿衍總有許多打算，他會逞強，會偷偷耍帥，他要任何事都在他的計畫內進行。可是他也會犯錯，會示弱，他也有不擅長的事情，例如他會牽她的手、親她的嘴，卻沒有好好告白，他會悶聲不響的擁抱，但試圖跟他要個理由，他卻只會問：「妳怎麼了？」

她只不過想先一步聽到宿衍的「喜歡」，而他卻連循序漸進是什麼都不明白。

到校後，鐘果然已經響了，整個校園陷入自習課的沉寂。他們在警衛室登記遲到，馮想想沒等宿衍，她加快腳步走上臺階，而宿衍這次沒有再抓住她，他不再給她牽制，更不再強迫她看向自己，他獨自站在階梯下，低聲道：「馮想想。」

馮想想頓了頓，她停下腳步，卻聽見宿衍問她：「妳後悔了？」

她轉過頭，蹙眉道：「後悔什麼？」

宿衍沒再說話，反倒是馮想想趁四下無人抓起他的手，她想，是時候跟小朋友好好談話了。

馮想想將他帶到地下室，並躲進表演廳旁的舊倉庫裡，倉庫裡一片死寂，這讓她想起了關於舊表演廳的鬼故事。很久之前他們也曾藏在這間狹小的倉庫裡，躲避來撿籃球的某個學生。那是她與宿衍第一次毫無煙硝味的談話，同時也伴隨著恐懼或緊張的心跳。

從前的她能夠想像，她有一天會喜歡上這個人嗎？

他們早也不同以往了。

馮想想問他：「宿衍，你為什麼會說我後悔了，是我給你這種感覺的嗎？」

「……妳的想法呢？」宿衍抬起眼，「老實說，我不知道該怎麼做，如果妳不喜歡我靠近，那我就不會靠近。」

馮想想暗自嘆息，宿衍平時很精明，怎麼這種時候就傻了呢？

她正思考著要如何向他解釋，剛垂下眼簾，正好對上了宿衍骨節分明的手，他的手指動了動，好像在預告他的猶豫，他極為緩慢的伸出手，馮想想看著他一點一點的移動，直到他的掌心覆蓋住她的手背，宿衍輕聲問道：「這妳討厭嗎？」

馮想想聞言怔了怔，她突然明白宿衍不是變傻，他只是變得小心而已。馮想想心裡一酸，她知道自己犯錯了，「討厭」是她最不該對宿衍說的話，他此時的每個眼神都化為溫度，從他的手心到她的手背，變成了若有似無的感觸，沿著血管到心臟，讓她有點心疼。

她想宿衍不該是這個樣子，而同時卻又覺得他本是如此，他小心翼翼的計算每一步，不論是討厭一個人，或是……

「宿衍，你喜歡我嗎？」

馮想想看著他，她比任何時候都要專注，雖然她能發現宿衍的眼神變化，但他收緊手心，她只能感受到痛。她說：「我不可能討厭你……是我的錯，我不應該隨便鬧彆扭，可是……我要的只不過是一句話，這你能理解嗎？」

宿衍定定的看著她，於是馮想想又問了一次：「你能理解嗎？」

「能。」他的聲音沙啞，「我還來得及嗎？」

「學長……我們現在不進教室，還躲在這裡的理由是什麼呢？」馮想想笑道：「所以你覺得我會在乎那點時間嗎？」

宿衍被她的笑容感染，此刻他的表情也許就和馮想想一樣幼稚，那樣的無可救藥。

「馮想想。」

「我在。」她笑著舉起手。

「我喜歡妳。」

「喜歡我。」

「可以當妳的男朋友嗎？」

「男朋友——」

「妳……別一直重複。」宿衍無奈的蹲下，他大概是提前把一輩子可以害羞的機會用光了，他垂著腦袋，看著竟然有些可愛。

「可以。」馮想想彎起眉眼，揚起笑容說道：「應該是說……可以，請你當我的男朋友。」

宿衍抬起頭，腦袋從雙臂間探了出來。「那我可以要個擁抱了嗎？」

「都這時候了，你怎麼還問我？」馮想想把宿衍拉了起來，環抱著他，她踮起腳尖在他耳邊說道：「當然是一百個『我願意』啊。」

晨光熹微，馮想想起了個大早，今天與宿衍約好了要去逛逛手作市集，其實她沒想過宿衍會答應。

她和馮丹瑜去過幾次類似的地方，那是在公寓附近的空地，平時作為停車場使用，週六一到便是市集擺攤的日子，不過現在也已經不在了。那是名為「物語」的小規模手作市集，地方不大，攤位卻排得滿滿當當，每週入口處都會換一個說故事的看板，上面畫了簡單的塗鴉，彷彿在無趣的日子裡添了色彩。

馮丹瑜下班回到家，通常也是白天了，偶爾會忍著睡意，就為了帶馮想想去逛逛。她第一次跟媽媽要的小東西，就是在物語買的一個零錢包，上面是金黃麥田的插畫，拉鍊頭上掛著一個小小的狐狸吊飾，應該就是《小王子》裡的那隻狐狸了。

所以當馮想想一得知商圈附近也有新的手作市集，規模還挺大的，有攤販也有店家，週四到週末都有營業，因此馮想想對物語的記憶就這麼模模糊糊的浮現了，她想去看看。

幾天前她隨口一提，宿衍沉默了一會兒就說好，馮想想當下愣了愣，還特別跟他確定了一次，「你要跟我去？」

宿衍的神情有些古怪，最後皺著眉問道：「不然妳要跟誰去？」

她之後只要想起這事就忍不住想笑。

馮想想今天很早起床，在為「約會」的早晨做準備，她想做點簡單的早餐，當作是給宿衍的心意。雖然搬來宿家後就沒再下廚過，不過自她懂事以來幾乎都是自己準備早餐、晚餐的，小時候會拿著馮丹瑜留的錢去買麵包或便當，長大後就開始學做飯，久了也就上手了。

馮想想從冰箱拿出昨天買的食材，她這時又不禁莞爾。昨天放學馮想想為了準備這些，沒打算和宿衍一起坐車回家，而宿衍似乎有意無意的表示想跟去，也被她裝傻帶過了。當時的宿衍沉著一張臉，也不再問她去哪，就自己上車走了。

他們相處的時候好像總是如此，馮想想多多少少能摸清宿衍的脾氣了，雖然他時常一聲不吭的拉下臉，看起來很冷漠，但也很好哄。

昨晚馮想想知道宿衍不大開心，便在買完東西後傳了封訊息給宿衍，她說自己要回去了，要宿衍做好歡迎她的準備，而宿衍已讀不回。

回到宿家後，馮想想遠遠就看見那人站在庭院中央，就跟曾經的某個夜晚一樣，他仰著頭不知道在看些什麼，不過馮想想知道宿衍是在等她回家。

她整理好食材，又無聲的笑了，她告訴自己沒時間再回憶了。她熱油煎上鮭魚薄片，再挖了四分之一的酪梨搗碎，拌上沙拉醬與切小塊的番茄，再將回烤的的歐式麵包切片，大小適中，很好入口，再依序將酪梨沙拉與鮭魚片鋪上，完成了三明治。

她看向時鐘，還有時間夠她再做點什麼。於是馮想想將吐司斜切成三角形，放入灑了點鹽和糖的鮮奶裡備用，接著打了兩顆蛋，取出浸了奶的吐司，讓兩面都均勻的吸收蛋液，之後放進冰箱等待一會兒。這期間剛好可以洗點生菜、切點水果，等到馮想想做好優格沙拉之後，便把冰箱裡的吐司拿出來，在鍋底抹了奶油，煎至金黃，最後淋上楓糖、灑點肉桂粉，簡單的法式吐司就能端上桌。

這時王阿姨正好收拾完書房出來，見了便詫異的問：「哎呀，準備那麼多吃得完嗎？」

馮想想笑了笑，得意的說道：「可以的，不是還有宿衍……嗎？」她說了一半便失去了聲音，她這才猛然想起，宿衍不是沒吃早餐的習慣嗎？可是她把今天當約會了，滿腦子都是這件事，於是就一頭熱的忘了。

馮想想懊惱的佇在餐桌旁，目送了暫時離開的王阿姨，再看著這頓早餐開始煩惱了起來。當她聽見聲響抬起頭，宿衍已經站在她身前了，她只好開口問他：「早安，要幫你泡咖啡嗎？」

宿衍看向餐桌，問道：「妳做的？」

馮想想拍拍肚皮，苦笑說：「哈哈……對啊，好餓喔──」

宿衍沉默的看向她，才低聲說了句什麼。

馮想想沒聽清楚，又問了一次：「什麼？」

「……我要吃。」

馮想想怔了數秒，應了聲好，精神立刻就回來了。她推著宿衍坐下，撐著下巴看他，這讓宿衍有些無奈。

「別看了。」

馮想想笑了笑，這才跟著開動，之後吃飽了也不離開，就這麼靜靜的看著宿衍。

他不疾不徐的，卻不會讓人感到不耐，連容易吃得狼狽的沙拉都能享用的好看，他會用叉具把蔬菜捲成一小束後入口，不經意流露的優雅彷佛是與生俱來的。

他默默的將剩下的食物一掃而空，抬眸看向馮想想，輕笑道：「不錯。」

這讓她無可奈何的笑道：「……好的，謝謝老闆。」

不久後，他們來到了目的地。

手作市集位於美術館旁邊，頂上是透明的天棚，兩側是美術館栽種的大樹，綠樹成蔭，不會覺得太陽刺眼，裡頭有緊挨著天棚的店面，而更多的是麻布質的獨立棚，空間不小，動線也良好，入口處有個堅固的招牌，市集的名字為「小人物」。這裡可比公寓外的那片停車場好太多了。

「怎麼了？」宿衍垂眼看向她。

「嗯……覺得這裡很棒。」

「喜歡嗎？」

「喜歡。」

「是嗎？」宿衍戳戳她的額頭，「看不出來。」

馮想想笑了幾聲，眼神變得亮晶晶的。「走吧走吧，我們來逛逛。」

宿衍勾起嘴角，就任由她推著走進市集了。

當他們經過了拼布手藝的攤位，馮想想就對宿衍講起馮丹瑜曾買給她的麥田零錢包。他們走到了塗鴉帽的攤位，她又對宿衍說葉信司有一頂白色的棒球帽，寶貝的跟什麼似的，但國中一畢業就讓全班在帽子上簽名。整路上她就嘰嘰喳喳的說個不停，滿眼是擋不住的愉快與愜意，宿衍始終帶著笑意看她，偶爾回應兩句，比起馮想想總是被手作設計吸引，宿衍對那些沒興趣，他的目光從頭至尾都停留在她身上，或許連他自己也沒察覺到。

直到宿衍看見馮想想微微一頓，順著她的目光一看，這才發現他們此刻正站在賣飾品的攤位前，除了自創的作品，也有許多情侶配件。然而宿衍才剛注意到馮想想稍紅的臉，她下一秒就要跨步走開，宿衍愣了愣，在反應過來時已經抓住她的手了。

他們對看了數秒，之後又不自在的雙雙移開視線。不久後宿衍又恢復了從容自若的模樣，他沒讓馮想想走，而是定定的站在攤位前不動，直到馮想想忍不住拉拉他的手，遲疑的說道：「宿衍，我們……」

「不走。」宿衍專注的看著攤位，沒有移開視線。他一邊低聲問道：「妳不想要嗎？」並拿起了一枚戒指端詳著。

他沒等到馮想想的回答，便側頭看向她，眼神專注的像是在面試，這讓馮想想鬆了口氣，又不由得笑了出來，於是她放下宿衍手中的戒指，「這太顯眼了。我們挑別的吧？」

他們全神貫注的談話，正好忽略了默默在一旁關注全程的老闆，以及她欣慰的神情，否則以馮想想的個性早就害臊的拉著宿衍逃跑了。

最後他們了一對編織手環，比一般的手環細一點，看起來其實更像手繩，上頭沒有多餘的飾品，顏色一黑一紅，不惹眼，卻很舒坦。

他們沒有當場戴上，而是包裝好，被宿衍緊緊的握在手中帶走了。

不知不覺已經逛到中午，艷陽高掛，照著他們圓圓短短的影子，就像兩顆暖暖的毛球。馮想想和宿衍聊天時，恰好瞥見了某樣東西，她安靜了一會兒，便要宿衍到不遠處的販賣機投個飲料，宿衍微微揚起眉，雖然困惑也還是去了。

趁著他短暫離開的時間，馮想想立刻走向身旁的攤販，這裡位於入口處，所以才不小心被她忽略了。馮想想拿起一顆雪花玻璃球，她搖了搖，裡頭飄落起金色的細粒，看起來像塵埃、像落葉，而最吸引馮想想的，是玻璃球內有著金色葉子的大樹，以及底座透明，看起來彷彿懸空的鞦韆。

這讓她想起了與宿衍的某次對話。當時宿衍難得聊起了陳尹柔房裡的那幅畫，他說他站在媽媽堆的磚頭上，卻無法看得更遠，他說他能看到的地方有限，「所以最後的感想，大概就是也想有座鞦韆。」

而她當時又問了他什麼？馮想想捧著手裡的玻璃球，手心熱了起來。她當時問宿衍，他想要的鞦韆，是否就是畫裡的鞦韆。

「不用一樣，但——」宿衍那時候沒把話說完，也將話題淡淡的繞過了，可是他當時的神情卻讓這段對話變得深刻，於是這件事情就一直埋藏在馮想想的內心深處，可能某天就會突然想起，然後想要給予。而這一天提早到了。

當他們回到宿家後，兩人坐在庭院的椅子上，宿衍沒有停頓，幾乎下一秒就拿出了那對手環，連著包裝紙放在桌面上，一聲不響的盯著馮想想。

馮想想拆開包裝，一邊感慨道：「我從沒想過，你會容忍這麼肉麻的事情。」

「……什麼？」

「例如——跟我戴一樣的手環。」

宿衍沒有說話，大概是認為這個話題沒有回應的必要。他只是沉默的伸出手，示意馮想想替他戴上，接著他拿起屬於馮想想的那條紅色手環，動作是他沒發現的溫柔而專一，他將編織繩套入她的手腕，猶如在進行一場未知的儀式，馮想想見了心裡一暖，不由自主的輕喚他的名字。

「宿衍。」

他抬起頭，宿家的陰影遮住了他的半張臉，然而這時的他卻比平時更耀眼了。

馮想想翻開了自己背包，取出了一個沒有色彩的紙盒，她要宿衍打開。

宿衍看向她，又低頭看著紙盒，想起馮想想特意要他去投飲料的模樣，大概能猜出是怎麼回事了。

這是他第一次從某人手中收到一個這樣的紙盒，而紙盒裡裝著許多人都習以為常的小驚喜……但他不大明白這種心情。

他緩慢的拆開紙盒，拿出了雪花球，等到他看清了玻璃裡頭的造型，不禁怔了怔，他沒辦法理解此刻的情況，只能抬起頭看著馮想想。

宿衍聽見她說：「我不知道這是不是你想要的，但……我還是擅自這麼做了。可是我沒有足夠的錢，也沒有親手搭建的能力。儘管如此……我還是想給你一個鞦韆。」

宿衍如墨的雙眼宛如被水暈了開來，他動搖了片刻，隨後垂下眼，藏住他的情緒。

馮想想問他：「這樣的我會很幼稚嗎？」

許久後宿衍才終於緩了神色，他抬起頭看她，最後輕笑道：「不會，因為這才是我想要的。」

宿衍沒有告訴馮想想，其實他才是真正幼稚的人。

他想起不久前那個僅此一次的好夢，夢裡的他不再伸長脖子，更不用拚盡全力的踮著腳，他不會從磚頭落下，而是翻過圍牆，來到了馮想想身邊。

她給了他一直不敢要的。

他心想，原來這就是所謂的美夢成真。

第六章 Forgive and Forget

那顆玻璃球也在下著落葉雪。

只要打開他的房門，就能看見鞦韆在他床頭，玻璃內也許是秋季，金色的大樹與細粒飄落，就像落葉紛飛的樣子。

同樣是秋末，窗外的天色卻沒有玻璃球內那樣美好，陰晴不定的氣候，彷彿也帶來了愁緒……幸運的是，這時只要見到她就能好。

直到入冬之後，天空幾乎是霧濛濛的，那時的他們還不大敢靠近取暖。交往前的宿衍有著天真者的衝勁，交往後他反而安分了下來，討個擁抱都會問可不可以，直到馮想想忍無可忍，臉紅耳赤的要他別再問了。

冬季來了幾波寒流，他們說話時都能呼出白茫茫的霧氣，而彼此成了影影綽綽的影子，他們就會更靠近一點，直到他們夠近了，影子都黏成了一塊。

等過了乍暖還寒的初春，庭院裡原本一無所有的花圃，竟長出了嫩芽，馮想想覺得不可思議，她想起馮丹瑜曾經在這澆水，她說：「我們可以澆水，但不能種花。」她當時的語氣有些寂寞。

直到了春末夏初，兩人已經在一起半年了。他們依然是不合格的情侶，卻也學會了在寒冷時如何貼心取暖，也懂得在炎熱時替土壤澆水，儘管那曾經荒涼的可憐，但宿衍已經親自在花圃撒下了種子……他們都在等待花開。

馮想想無奈的打著訊息，腦袋幾乎要貼在桌面上了。

放學鐘聲已經響遍了整個校園，她卻只能對著手機哄人。

「**你先回去，今天要留校啊。**」

「**我等妳。**」

馮想想嘆了口氣，乾脆直接打給他，宿衍接了電話後也不說話，彷彿受了多大的委屈似的。但宿衍不開心也是理所當然的，畢竟馮想想壓根兒忘了今天要留校的事情，昨晚還纏著宿衍說想吃附近新開的咖哩店，宿衍無可奈何，才對王阿姨說不用準備今天的晚餐了。

「不用等我啦，應該要滿久的。」馮想想將手機換了一邊聽，輕聲細語的說道：「對不起……不過我們要討論送舊活動啊——學長。」

「我不需要送舊。」宿衍冷冷回應道。

於是她語氣變得有些討好，「可是二年級還是得集合嘛。我已經打給王阿姨了，她準備好晚餐才會下班，陳叔現在也在校門口，你等等上車就直接回家，別等我，先吃飯。」

宿衍沉默了好一會兒，馮想想原打算再說些什麼補救一下，卻只聽見宿衍說了句：「不吃。」便掛斷了電話。

馮想想愣愣的看著手機，不禁覺得既愧疚又好笑，可是宿衍直接掛她電話，這讓馮想想忍不住想逗他，於是她又傳了條訊息給宿衍。

「**好——你不吃，那我回去也不吃了。**」

「什麼事那麼好笑？」

馮想想循聲抬頭，見葉信司從教室前門走了進來，「該去階梯教室了吧？笑得跟白痴一樣。」

「你才白痴……」

馮想想收起手機，這才開始收拾書包，剛剛就只顧著宿衍，全然忘了要去階梯教室集合。

葉信司跳上講桌坐著，安靜了片刻，才問道：「妳怎麼任何事都要報備？」

「什麼？」馮想想抬起頭，一臉困惑。

葉信司努努下巴，「手機啊，宿衍。」

他就像沒看見馮想想眼裡的詫異，冷哼一聲又說道：「沒想到他談起戀愛那麼噁心。妳就甘心被他這樣控制？」

這下馮想想更無法冷靜了，她突地站了起來，椅子因而發出聲響。

她忍不住先替宿衍解釋道：「他沒控制我啦。」接著才呆呆的問他：「你知道了？」

葉信司跳下講臺，低聲說：「妳的事我都會知道啊。」

他指著馮想想的手環，不情不願的扯著嘴角笑道：「更何況，妳這個起碼戴半年了……當我瞎了啊？」

馮想想摸上手環，沒說話。

葉信司也安靜的等在一旁，直到馮想想收拾好書包，才跟她一起走向階梯教室。

一路上馮想想都耷拉著腦袋，害得葉信司也開始彆扭了起來，他無奈的瞪向她，只好開口，「馮想想，別太在意我了。」

馮想想看了他兩眼，眼神眨巴的閃，又有點兇，像是在說：「我怎麼可能不在意！」

葉信司扒了扒頭髮，看來也不想認真回應這件事，但最後還是說道：「我不是答應過妳了？不會再冷戰、不會搞消失、也不會不回訊息——我不會再那麼幼稚了。」

「沒錯……所以我是不是更應該提早跟你說。」

「也沒必要。」葉信司看向她，「我說了吧，妳的事我都會知道。」

「為什麼？」

馮想想有些疑惑，而葉信司卻是一副理所當然的樣子，他聳聳肩說：「……提問，是我太了解馮想想呢？還是太關注了？」

馮想想這時才終於笑了，她厚著臉皮回答道：「你跟馮想想那麼要好欸，當然是以上皆是啊。」

「正解。」葉信司笑了笑，並輕推她一把，說是表示鼓勵。

送舊會議結束後，天色也逐漸要暗了，走廊的燈先亮了幾盞，倒也有點祥和靜謐的氛圍。

馮想想與葉信司正準備離開學校，他們並著肩，嘴上還有幾句閒聊。才剛走到校門口，馮想想馬上注意到陳叔的車就停在不遠處，她的聲音停了下來，同時不禁有些感嘆，雖然那黑色的車身幾乎要融入夜幕裡，但在普通的街景之中卻依舊突兀，也不知道是否是錯覺，宿家特有的氣場彷彿化成了一種能量，是陰霾，亦或是氧氣，就看給予的人是誰了。

葉信司沒多說什麼，他向馮想想揮揮手，便獨自前往車棚牽車。而馮想想邁開腳步，朝車子小跑而去，陳叔這時下車與她打聲招呼，馮想想邊瞄著車窗，儘管上頭被貼了深色的隔熱紙，壓根兒看不見裡面，她的目光還是不由自主的往車窗上飄。

她心不在焉的說道：「陳叔，你怎麼來了？我可以自己搭車回去的。」

「沒事，是宿衍要我來載妳一趟。也不麻煩，趕緊上車吧。」陳叔說完，替馮想想開了車門。

其實她一聽見陳叔說的話，就知道宿衍不在車上了，一進車內果然沒看見宿衍，雖然說不上失望，但心裡還是空落落的。

回到宿家後，馮想想見到宿衍故作冷漠的側臉，就忍不住想靠近他，但王阿姨還在，她只能乖乖坐在餐桌前，吃著王阿姨剛替她熱好的飯菜，一邊盯著宿衍坐在客廳的背影。

她解決了晚餐後，王阿姨洗完碗打聲招呼便下班了。

此時的宿家就只剩這對小情侶，除此之外並無他人，於是整個客廳幾乎一點兒聲響也沒有。馮想想走向宿衍，對方也抬起頭看著她，他們對視了片刻，沒想到竟是宿衍先打破沉默，他開口問道：「想看什麼電影？」

馮想想這才鬆了口氣，她立刻坐到宿衍身旁。「你不生我的氣了？」

「……我沒生氣。」

見宿衍好像沒嘴硬的樣子，馮想想心裡的小石頭才終於落地，她忍不住又說道：「騙人，你明明都不說話，我回來的時候也都不看我。」

「……」宿衍不作聲，似乎也不知道該如何回答，他移開視線，反問她：「那妳還生氣嗎？」

馮想想頓了頓，遲疑道：「我——該生氣嗎？」

「妳說妳不吃飯。」

她微微一愣，馬上回想起放學時傳的最後一條訊息。

馮想想扳過宿衍的腦袋，看了看，又忍不住笑了出來。原來，他們都以為對方在不開心。

「我怎麼可能生氣，」她笑逐顏開，並獻上誠意，「這次是我爽約，本來就是我的錯啊——」

宿衍說道：「我沒生氣。」

馮想想撇撇嘴，她故意睨了他一眼，「那你為什麼剛才都不說話？我只能坐在那可憐兮兮的看著你的後腦杓，就只有王阿姨願意陪伴孤單的我。」

宿衍聽到這，也無法再板著面孔了。

「如果要我陪妳，就不要我一靠近就推開。」他挑起眉，「是妳說有其他人在就得『避嫌』，不是嗎？孤單的馮想想。」

她確實無法反駁，只好笑著轉移話題道：「……我們要看什麼電影呢？」

宿衍不願意就這麼放過她，他輕碰上她的腦袋，馮想想卻在此時快速的選好電影，並自動自發的坐到宿衍身邊了。宿衍無可奈何，只能側眼看著她，讓她牽起他的手，讓她把腦袋靠在他肩上。

他們再次安靜了下來，而周遭的空氣卻緩緩的躁動。

這半年來，馮想想與宿衍總是如此。

為了不讓宿允川察覺，宿家反而是他們最顧慮的地方。

他們無法太親近，只能在餐桌前有一搭沒一搭的聊著學校的事，用完餐後就各自回房，直到王阿姨等人離開，他們才會走出各自的房間，就算只在客廳裡安靜的看場電影，他們也會倚靠著彼此。

馮想想不敢在車上與宿衍親近，但有時宿衍也會避著陳叔的視線，在後座與她十指緊扣。

在學校，他們會透過每個擦肩而過，每個眼神來感受彼此，他們也會把握任何能利用的時間，例如在表演廳旁的倉庫裡說些悄悄話、在午休的時候用簡訊討論晚上要看的電影。

他們戀愛的模式就像小偷，每天往彼此身上偷一點氣息，就這麼日復一日，他們偶爾也會像今天一樣，為了一件小事鬧得不愉快，接著再用一個擁抱和好。

日子就這麼平淡過去，儘管有點風險，但也很足夠了。

「想想，最近還好嗎？媽媽好久沒和妳聊聊生活了。我們這裡即將步入春末，天氣不穩定也經常下雨，但氣候有稍微暖和了，梅雅辛說這是最適合旅遊的月份，不然一到冬季這裡就會變得更加無趣。我也告訴梅雅辛，我習慣了臺灣的熱鬧，如果沒有她替我找的烘焙課，在德國的生活該會有多枯燥乏味……雨再下，我就提不起勁來了。」

「想想，我看見妳傳的照片了，葉信司是不是黑了不少？告訴他衝浪也可以穿水母衣防曬呀，雖然他爸的想法一直滿開明的，但這次似乎不大同意他衝浪這件事。妳應該多少能理解吧？我們做父母的總會擔心孩子的安全，我也正在學習如何當一個好母親。所以妳要在葉信司身邊隨時提醒他，萬事的前提是保障自己的安全，這他能做到嗎？」

「想想，妳有收到我寄的明信片嗎？這幾天我終於離開了山區，坐了三小時的火車，來到了法蘭克福。那是跟哈斯拉赫完全不同的氣溫與風景，連太陽都特別刺眼，這是我一年來第一次感受到『熱』，很不可思議吧？」

「梅雅辛帶我走了許多地方，而宿允川終於完成了工作，也能跟我見面了。我們去了 MyZeil，也去了羅馬人廣場，還有舊歌劇院……這讓我想起妳。妳之前跟我提起和宿衍參加的那場音樂會，如果可以我也想跟妳去。想想，媽媽真的非常想念妳。」

傍晚的太陽很美，那是最亮麗的橘紅色，連帶著火焰般的晚霞，把陰影燒得更濃了。

圖書館就像是易碎的寶物，人們的腳步小心翼翼，說話也竊竊私語，暮色穿透了大片的玻璃窗，把室內照得斑駁。馮想想佇立在層層書櫃間，她一看見媽媽傳來的訊息便立刻回信了，她安靜而專注，殘陽在她臉上留下了足跡，為她描繪紅暈，也為她鑲上了毛絨金邊。

馮想想在信的結尾打上「**我也想念妳**。」她才剛收起手機，就有人從身後摟住她，將她圈進懷裡。

馮想想輕輕掙扎了一下，倒也不是真的想推開他，就是無奈的說道：「……這裡是圖書館。」

宿衍頓了頓，感覺不大高興，但也沒鬆手的意思，反而把下巴抵在她肩上，一副「妳能拿我怎麼辦」的模樣，馮想想不願任由他恣意妄為，卻又因為太靠近他的呼吸而緊張。

宿衍壓低聲音問她：「書在家裡也能讀，為什麼堅持要來圖書館？」

「你還敢說？要是在家你會乖乖讀書嗎？宿衍，你已經要畢業了。」

馮想想的語氣充滿著不信任，這讓他不滿，他收緊手臂，作勢要嚇唬她，最後卻沒敢這麼做。他只是淡淡開口道：「妳覺得以我的成績……」

馮想想知道他又認真了，她不禁莞爾，並輕聲打斷他，「對——我知道你天資聰穎，不過像我這種平凡人呢，是需要好好讀書的。」轉眼她又收起笑容，使勁扒開宿衍的手，轉身面對他。她故作嚴肅道：「所以你能不能有點考生的樣子？就當是為了學妹我做個好榜樣？」

「……」宿衍凝視著她，通常只要他這樣沉默，再加上這個眼神，馮想想就能猜到這人又再打起了算盤。果不其然，他下秒就開了口，「如果妳要我這麼做——」

「怎麼做？」

「做個模範生——妳別總打斷我說話。」

馮想想不知道宿衍又想幹麼，只好推開他。「好吧，你繼續說，我去找書了。」

宿衍早摸清了馮想想的「逃生路線」，他不死心的又黏了上來，低喃道：「我做好學生，但我也要獎勵。」

馮想想情不自禁的屏息，她瞪著宿衍，耳邊還能聽見從某處傳來的翻書聲。她的心臟彷彿被宿衍緊緊的拴住，所以才總是拿他沒轍，畢竟她只有嘴巴厲害，命脈卻被宿衍抓在手心裡了。

她抿了抿脣，「宿衍，你有沒有發現自己越來越會耍賴了？」

宿衍笑了笑，神情難得有些可愛，這比他冷冰冰的模樣還難對付多了。他見馮想想總算靜了下來，便肆無忌憚的按住她的後腦杓，偏頭吻了上去。

窗外的天色稍微轉暗了，浮雲也因此變得有些單調，而圖書館還是那樣靜靜的，宿衍剛得逞，表情卻坦然自若，仔細一看，還能隱約發現他眼裡有點笑意，可是再看第二眼，那神態又消失無蹤了。

馮想想無可奈何，今天來圖書館還是一點成果也沒有。宿衍這個樣子總會讓她想起以前鄰居家養的麥克基，那是一隻大型犬……當然，這件事不能對宿衍說。

那隻大狗平時都會乖乖吃飼料，不過自從牠吃了別人餵的雞腿後，飼料就再也滿足不了牠了。可是狗狗很可愛，牠只要睜著無辜的大眼睛就會讓人心軟，而宿衍卻不一樣，他只有表面溫馴，一副順著她的模樣，其實他想要的還是得要，骨子裡就是老樣子，他一步步的逼近，最後總會讓馮想想束手無策。

馮想想回過神來，睨了他一眼，思考過後還是決定先放他一馬，不跟他計較了。

她還想說些話來鞏固自己的立場，手機卻在口袋裡震了幾下……她立刻就想起了馮丹瑜。此時就算還有再多的話，也全被她吞回了肚子裡。宿衍問怎麼了，她只是拿起手機朝他晃了晃道：「我媽回信了。」馮想想看起來還是挺愉快的，但她的笑容卻同時帶點無奈。

他直盯著手機，馮想想也就讓他看了，信件內容依舊是聊著日常，例如馮丹瑜今天吃的午餐是梅雅辛做的烤鵝、例如今天又下了點雨，或是她在某條街上看到了長著青苔的階梯，那讓她想起了臺灣的老公寓。她又說，我想妳了。

馮想想能感受到身後的人陡然緊繃的肌肉，只因為這封信的結尾寫著——「**終於能回臺灣了。**」

她盼呀盼的，終於等到了這句話。

馮想想回過頭對宿衍笑道：「她這陣子寫的信越來越頻繁了，也很常跟我提起臺灣的事，所以多少也能察覺到……不過我先說喔，我媽回來我是很高興的。」

「……嗯。」

「儘管如此，我果然還是會不安，但我們該面對的遲早還是得面對，是吧？」

宿衍垂下腦袋，輕輕的靠在馮想想的後肩上，他能理解馮想想所顧慮的問題，她害怕影響到馮丹瑜，甚至是傷害到她。但馮想想對這件事的看法卻遠不及宿衍的心思複雜——馮丹瑜回來了，宿允川理所當然會在她身側。

從以前到現在，宿允川對他來說就是一場災難、一場噩耗，是殺了他一切的罪魁禍首。

直到馮想想等不到他的回應，不安的又問了一次：「是吧？」

這時宿衍才低低應了一聲。

「是。」

而宿衍此刻閉上雙眼，他的沉默，是因為捨不得對她說。

夏至的晝長夜短，炎熱的白天太過漫長，夜晚的相處卻太短暫了。

六月末的某日，馮丹瑜終於回到了臺灣，她懷念這裡的悶熱與潮溼……儘管以前不大喜歡，現在卻什麼都好。

下午時分，已臨近放學時間了，馮丹瑜不讓馮想想特地來接機，她寧願女兒好好上課。

出了機場，馮丹瑜還沒能好好看看臺灣的天空，就被帶上了宿家的車。她與身旁的宿允川輕聲交談了幾句，接下來便專心的看著沿路風景，直到車進了市區，馮丹瑜看著熟悉的街道，這裡的一景一物都是滿滿的回憶。

車子經過了冒著裊裊熱煙的麵攤，馮丹瑜手貼上車窗，想叫司機停車，卻又想起了宿允川大概不會喜歡，她默默的收回手，幾乎忘了自己有多久沒和女兒一起吃碗熱湯麵。

方向一轉彎，麵攤已消失在轉角，當窗外的街景變成了繁華地段，馮丹瑜發愣的看著車窗上的倒影，發現自己的神情也有些不可思議，她這時才意識到，她今天要回的家並不是與女兒相依為命的老公寓，而是那棟有宿允川在的別墅。

一個愣神，車已過了市政商圈，馮丹瑜匆忙轉頭也看不見馮想想提過的歌劇院了，她緩緩回過頭，看著宿允川的側臉，對方也側著臉對她微笑，告訴她：「快到家了。」

馮丹瑜點頭，這是她從前的幻想，如今卻是一陣心慌。

宿家的大門一如既往，單調冷漠，斜陽從欄杆縫隙擠成了一道道的光束，馮丹瑜站在前頭，從欄杆處窺探著庭院的冷清與豎立在旁的圓柱，她猶豫了片刻，感覺不該進門，宿允川此時輕攬上她的肩，馮丹瑜感到無所適從，她緩慢的邁開腳步，直至走入庭院後，映入眼簾的景象又叫她停下。

原先連一株雜草也沒有的荒涼花圃，眼下卻有了植株，一眼望去，花已經開了不少，其餘含苞待放的花苞，也感覺馬上要開了。

馮丹瑜見到了宿允川的反應，便輕聲說：「這是百日草。」

播種的人似乎不大有經驗，百日草的植株雖小，但葉片過大，稍不注意就會顯得擁擠，宿允川沒那閒情逸致欣賞花開，許久不在庭院看見花草，而今長在他眼底下，卻不讓人滿意。

宿允川蹙眉道：「太亂了。」

「很美啊……」馮丹瑜輕拍宿允川的背，「你先進去吧，我還要再待一會兒。」

宿允川看了花圃一眼，不動聲色，眼神卻深沉的彷彿洞悉一切，馮丹瑜早已習慣他這副神情，這短暫的幾秒鐘，她就只需要保持沉默。

這麼說來，她也曾在宿衍身上看過這表情，他們父子的眼神幾乎如出一轍，她卻永遠也摸不透他們在想什麼。

宿允川進了門，馮丹瑜才深深吸口氣，她內心深處總認為這是「自由」的空氣，然而問自己什麼是自由，她卻一點想法也沒有。

馮丹瑜回過頭，她聽見車子停在大門前的聲音，心裡一緊，接著就是一陣鼻酸，直到看見了馮想想的身影，她忍了又忍，把所有激動的眼淚全吞進肚子裡，不讓自己表現出來。

她見馮想想朝她跑來，並撲進了她的懷裡，馮丹瑜用盡全力擁抱她，聽著女兒在耳邊說話，緩緩睜開溼潤的雙眼，最終看向站在庭院大門的宿衍，他還是佇立在車旁，一點步伐也沒邁開，他就這麼靜靜的看著馮想想，馮丹瑜愣了愣，她撫摸著馮想想的後腦杓，宿衍的目光停留在這，她再摸摸馮想想的背，宿衍的目光也不曾移開半分，馮丹瑜對這情況感到既困惑又熟悉，她還沒得及深想，馮想想卻將她晃醒了。

「媽……妳為什麼都不說話？一點都不想我嗎？」

馮丹瑜搖搖頭，「我就是太想妳了——讓我好好看看妳。」她叫馮想想轉了一圈，這畫面看得她眼眶一熱，她看著馮想想的純白制服在晚霞下特別明亮，百褶裙也輕輕的飛揚，這是少女特有的甜美與青春，她卻消耗了將近二十年。如今站在這，拾獲了本該失去的愛情，沒想到飛往德國數月，最終卻發現只有這女孩——只有她的想想能讓她感到滿足。

馮丹瑜親吻她的臉龐，目光不經意的停留在花圃上，馮想想跟著一看，不禁抿著脣笑了。

「種花了？」馮丹瑜才剛這麼問，竟在女兒臉上捕捉到有些得意的神情。她看著馮想想此刻的笑容，微微一怔。

馮想想沒察覺她的詫異，彎起眉眼笑道：「嗯，這是宿衍種的——」她轉頭看向宿衍，卻是對馮丹瑜說：「很意外吧？」

馮丹瑜沒有回答，事實上，此刻的氣氛太反常了。在她去德國之前，馮想想與宿衍幾乎沒有和平共處的時候，他們在大人面前會把對方視為空氣，眼裡卻能流露對彼此的反感。尤其在馮丹瑜面前，宿衍極為冷漠，儘管他每次都會維持彬彬有禮的態度，對外顯露的是宿允川口中的「教養」，而背後卻在計畫如何折磨她女兒。

馮丹瑜曾經很害怕，也愧疚。畢竟對宿衍來說，「小魚」是最不該存在的。

她看著宿衍緩緩走近，他依舊面無表情，但還是有什麼不一樣了，馮丹瑜能感覺得出來。

馮想想一邊推著她走，一邊對她輕聲說話，在進門前，馮丹瑜聽見她說：「媽，下次想看什麼花就告訴我吧，妳說過我們在這裡不能自作主張，那麼……我們就交給宿衍吧。」

這是來自童話鎮的胡桃鉗與炊煙娃娃。

手工木雕的胡桃鉗佩戴著勳章，另一個嘴叼著煙斗的樵夫便是炊煙娃娃，放上薰香，煙斗就會吹出煙圈，非常可愛。

空氣中充滿了薰衣草香氣，馮想想這才放鬆了下來，她看向宿衍的房門，他早已經進房了。

而在這之前的氣氛……實在叫人提心弔膽，也許只要是宿衍與宿允川待在同一個空間裡就會劍拔弩張的，僅僅是一個對視，就足以影響任何人的心情——就像剛才，宿允川見到馮想想時會親切的要她進門，他說馮丹瑜帶了許多禮物回來，要她來看看，但他至始至終都選擇對宿衍視而不見。

馮想想早已習慣宿允川「偽善」的作態，卻難以再適應宿衍冰冷的模樣，在宿允川面前，宿衍甚至連一個眼神都不會給她，他就這麼冷著臉回房了。

當時宿允川的視線並沒有因此從馮想想身上離開，他嘴邊掛著若有似無的笑容，他對馮想想說：「抱歉，宿衍就是這個樣子……他總是對妳那麼冷漠嗎？」

馮想想啞口無言，光是那幾秒鐘她就湧上了無數個想法，宿允川此刻的笑容讓她反感，也許他的問題是在試探，其實他的目光正在刷刷的掃描任何跡象，例如花圃裡的花、例如她的神情、態度，甚至是她一個眼皮的顫抖。

「不……我跟宿衍早就和好了。」馮想想聳聳肩，「或許他的冷漠並不是因為我？」

她說完，手就被輕輕拉了幾下，她不解的看向馮丹瑜，比起以前，她不覺得自己有冒犯到任何人。

宿允川的笑意不變，馮想想卻受夠了這場戲，她努力平復自己糟糕的心情，轉移話題問：「媽，妳買了什麼給我——有吃的嗎？」

馮丹瑜如釋重負，立刻笑道：「當然有啊。」

她拉著馮想想坐上沙發，並要她趕緊拆開包裝，馮丹瑜就在一旁緊跟著介紹，她忙著獻寶，連宿允川離開了也沒發現，反倒是馮想想始終注意著他的動靜，直到宿允川進了書房，她緊繃的神經才得以獲得解放。

除了胡桃鉗與炊煙娃娃，馮丹瑜也帶回了在法蘭克福來不及寄出的明信片、護手霜，以及各式各樣的花茶包與巧克力。

馮想想最後瞥見了被擱在一旁的兩個小盒子，她拿起其中一條長型的皮夾盒，看著上頭的標誌便能猜出是鋼筆。

「我不知道該送些什麼……給宿衍。」馮丹瑜支支吾吾說道。

馮想想聽了驀地抬頭：「這是給宿衍的？」

馮丹瑜看向二樓，悄聲問：「他會願意收嗎？」接著她又拿起另一個更小的盒子，「想想，妳替我交給宿衍好了？」

馮想想沉默了一會兒，她撫摸著馮丹瑜的手。

「媽……我陪妳上樓，我們一起親手送吧，好嗎？」

她見媽媽還猶豫著沒說話，便拉起她的手上樓了。

這時已經日落，管家正要去幾個特定區域開上燈，讓宿家不至於那麼昏暗，他便正巧遇見了準備上樓的馮家母女，他識相的略過二樓，往別處走去。這個舉動也許很單純，不過看在馮丹瑜眼裡又好像不是這麼回事，她一直都清楚他們私下有著什麼樣的傳言——宿先生從酒店帶回來的小魚上位，陳家千金傷心過度，悲劇收場。

馮丹瑜的腳下戛然而止，這正是她卻步的原因，廚房正傳來家務做菜的聲響，除此之外宿家還是那麼安靜……這讓馮想想敲上房門的聲音更加突兀了，馮丹瑜感到心慌，她卻來不及阻止。當房門被打開的時候，她對上了宿衍的雙眼，這讓她想起自己曾給過宿允川的建議，那是一個留下陳尹柔的方法：「你可以跟陳說……她不能離開，因為你需要一個孩子。」

這孩子就是這麼出生的。因此每當她見到宿衍，就會浮起這段往事，她會下意識的想道歉，就像現在。

當宿衍見到馮丹瑜時稍微愣了一下，他怎麼想也猜不到會是馮丹瑜站在他的門前。直到馮想想從她身後探出腦袋，做了一個搞怪的表情，宿衍這才有了勉強稱得上「溫柔」的神情。

「有什麼事嗎？」

馮丹瑜一見到宿衍，就急忙轉頭尋求女兒幫助，馮想想接收到訊號，便對著宿衍笑說：「我媽也帶了禮物給你，不知道宿衍大哥賞不賞臉？」

這下宿衍是真的困惑了，他甚至不知道自己該擺上什麼表情，他怔怔的看著馮丹瑜遞上的兩個盒子，她吞吞吐吐的說：「這……很普通，就是些心意，你可能不會喜——」她趕緊改口，「希望你會喜歡。」

馮想想不禁莞爾，很多時候，她媽媽的言行舉止比她更像一個「女兒」，馮丹瑜此刻垂著眼，壓根兒沒把視線放在主角身上，於是宿衍看著馮想想，眼神有些複雜和疑惑。馮想想在心裡摸摸宿衍的腦袋，接著才用口型對他說：「開禮物吧。」

宿衍現在只能任由馮想想發號施令，這畫面也挺有趣的。他打開了皮夾盒，裡頭果不其然是支鋼筆，馮丹瑜解釋道：「……先祝你畢業快樂。」

馮想想掩嘴無聲的笑了笑，接著悄悄的指向另一個盒子，那個她也不知道是什麼，當宿衍聽話的把盒子掀開時，他與馮想想卻同時停頓了數秒——那是一個布穀鳥鐘造型的磁鐵。

馮丹瑜察覺到了他的反應，有些忸怩不安的說道：「這是在特里堡買的，大家都說去那裡就得買這個回來……如果你不喜歡的話——」

「我喜歡。」宿衍輕聲開口道：「……阿姨，謝謝妳。」

馮丹瑜詫異的看著他，老實說，她以為今天又會搞砸，然後她會再一次把氣氛弄得難以收拾。

當她們離開了宿衍的房間，馮想想安靜了許久，她想傳封訊息給宿衍，卻不知道該說些什麼，宿衍當時的反應並不算糟，那句「謝謝」也是真心誠意的，於是想來想去，最後她就只傳了一個貼圖。

宿衍很快就回了，馮想想盯著螢幕笑了出來。

「磁鐵可以貼在抽屜上。」

「喜歡嗎？」

「阿姨的眼光很好，就跟她女兒一樣。」

「沒錯，她女兒的眼光有多好，看看她男友就知道了。」

馮想想把手機輕輕貼在嘴脣上。

日子轉眼又過了幾天，畢業季也即將來臨。

今年的送舊活動是由全校一起舉辦，算是一個畢業前的小晚會，學校很用心的籌備，馮想想還笑說是因為終於要送走宿衍這尊「大神」了。

二年級各班都會派出幾人作為小團隊，會在需要時留下來幫忙，馮想想就是其中一員。

而宿允川已經回臺灣了，宿衍也就不再堅持每次等她回家，儘管如此，偶爾還是會有小驚喜。如果馮想想留得不是太晚，宿衍就會在學校附近等待，他支開司機陳叔，只為了多出一段路的時間。

馮想想故意笑他，說他像等待主人回家的小忠犬。

宿衍聞言一怒，冷著臉逼近她，決定要「家法」伺候。

耗時數日，二年級與學生會眾人總算把舞臺布景給趕了出來，接下來幾天只需要確認流程，以及彩排各個表演就差不多能結束這漫長的準備工作了。

馮想想與同學才準備離開表演廳，手機剛好響了起來，她一看是馮丹瑜，便讓其他人先走，自己留下鎖門。

「媽。」馮想想接起手機，馮丹瑜那兒還有些吵，聽著像是在跟誰聊天。

「想想？沒注意到妳接電話了，妳學校的事處理完了嗎？」

「弄好了，正要回去呢。」

「媽只是想跟妳說一聲，我今天會在葉叔叔家吃晚餐啊，我們好久沒見了。」

馮想想笑道：「是啊，你們是該好好聊聊。」

「不過宿允川還在公司，不知道什麼時候回來……所以就不叫妳過來了，別留宿衍一個人。」

「知道了，那妳要早點回來喔。」

結束通話後，馮想想便趕緊把大門關上，她插入鑰匙上鎖，她可沒忘記舊表演廳的鬼故事。她忽然想起馮丹瑜在電話裡說要去公寓找葉叔，而宿允川還在公司……這不就是與宿衍獨處的好機會嗎？想到這，馮想想忍不住跑了起來，因為宿衍極有可能已經在學校附近等她了。

她緊抓著書包小跑著，心情也跟著輕快了起來，她跑過了轉角、經過了倉庫，這瞬間，她竟被一股力量拉入黑暗裡，她叫了一聲，心臟差點兒被嚇出來，倉庫裡沒有燈光，她聽見對方的低笑聲，這才明白是怎麼回事。

「宿衍！」

「……生氣了？」

「你說呢?我都快被嚇死了,」馮想想壓低聲音說道:「你忘記這裡有……之前不是跟你說過了嗎?」

「妳還怕鬼啊?」

「……你就是那隻鬼啦!」馮想想氣的推開他,「出去了!」

宿衍這時又貼了過來,「不行,學辦的人還在外面——我也是逼不得已才躲進來。」

「所以也逼不得已來嚇我是吧?那至少開個燈啊,這裡太黑了,你就不怕有……」

「不行,開燈會被發現。」

馮想想覺得宿衍分明是故意的,他竟然還繼續扯道:「妳都說我是那隻鬼了,那還有什麼好怕的?」

馮想想忍不住嘟囔,「你真的是——」

「什麼?」

「……宿衍,」她抬起腦袋,雙眼終於適應了黑暗的倉庫,已經能看見他的輪廓了。她問道:「你聽過色鬼的故事嗎?」

宿衍一頓,隨後抱著她笑了出來。

馮想想從他胸膛感受到了低沉的共鳴,她暗自投降——算了,這人想待多久就待多久吧。

當宿衍總算肯出來見人的時候,校園也已經沒人可見了。即使如此,他們還是維持著適當的距離,走一段路才敢靠近一點,直到他們能夠肩碰肩,而離開校區的時候,他們的手也能牽上了。

馮想想看著他們的影子,他們拉著手晃呀晃的,馮想想低語道:「學長,畢業快樂啊。」

「都還沒畢業,」宿衍挑起眉問,「急什麼?就那麼想嫁——」

馮想想急忙打斷他,順便踹了他一腳,「我是想問——你做好畢業後的打算了嗎?」

她遲疑說道:「我們好像不曾聊過這些,而且學校也有人在傳,說你會去國外……」

「哪裡也不去。」宿衍看向她,「我只會在這裡升學,一邊在 Endless 實習。」

馮想想抿著唇，Endless 是宿允川的品牌。這麼看來，宿衍是照著宿允川的安排在走。這讓她想起剛住進宿家的時候，宿衍也曾因為地下酒店而被宿允川要脅。

「……實習？」

「嗯。」宿衍揚起嘴角，「先別聊這個。手牽緊，要過馬路了。」

「哎！你真把我當小孩啊？」

宿衍笑了笑，綠燈一亮，便拉著她走了。

路的對角是一家有著櫥窗的麵包店，透明的窗口倒映著他們有些模糊的影子，路燈剛敞亮，宿衍垂眼看著在身側說話的馮想想，她還在抱怨宿衍躲在倉庫裡嚇人的行為，她說她遲早有天會報仇的。宿衍眼帶笑意，揉著她的手心正要說些什麼，餘光卻瞥見一個黑影直衝而來，宿衍沒來得及看清，便搶先一步把馮想想拉進懷裡，風聲在耳畔呼嘯而過，宿衍抬起眼，看著揚長而去的車尾，他輕輕按住了馮想想的腦袋，將她束縛其中。

馮想想的臉埋在他的胸膛，說話的聲音變得有些模糊，她悶悶的問：「宿衍？」

宿衍一時沒有回應，他的手指若有似無的撫弄馮想想的頭髮，眼神卻深沉的不想讓她察覺，然而宿衍最後還是放開了她，馮想想往後一看，街道已經空蕩蕩的了。

宿衍看似泰然自若，他拉著馮想想繼續前行，交通號誌閃了又閃，直到換成了紅燈，宿衍的手也隨之收緊。

即使只是一瞬間，他也不可能認錯，那確實是宿允川的商務車。

宿允川連著幾天沒露面，他沒有表態，便代表著他在醞釀，總之不是好事，這讓宿衍更為煩躁。

直到週日，天將垂暮，宿允川回來了。室內燈光沒有驅散他從外頭帶來的些許涼意，他的神情卻意外明朗，這讓馮想想回憶起他們在餐廳第一次見面的時候，當時的宿允川與他兒子截然不同——宿衍對她懷有惡意，宿允川卻衣冠齊楚、溫文爾雅，就像個好人。

如今的馮想想不會再被欺騙了，她很快的移開目光，當她看向宿衍，卻感覺到了一絲微妙。

宿允川才是這棟房子的主人，可同時他也像一個禁言開關，只要他出現，他們基本上就會陷入沉默。這樣的氣氛讓馮想想既尷尬又壓抑，然而除了她，其他人似乎早已習慣了這空氣，宿衍一如以往的冷漠，表面更不動聲色。馮想想看向馮丹瑜，她對一切置若罔聞，她微笑上前，替宿允川脫下了西裝外套。

馮想想明白了，這些僵硬的場景，就像是一齣不純熟的，讓人不自在的戲。

「吃飯了——」王阿姨脫下圍裙，走出廚房才看見宿允川，她瞬間換了副表情，一副畢恭畢敬的模樣，「先生，可以用餐了。」

宿允川點頭，他讓王阿姨與管家先下班，並對馮丹瑜說：「很久沒一家人吃飯，就別讓人打擾了。」

馮丹瑜因為這句話有一瞬的愣神兒，馮想想在一旁只覺得好笑。一家人？誰同意了？

馮想想下意識的看向宿衍，她怔了怔，宿衍此刻的眼神竟讓她感到不安，於是她不自覺的捏著手心，坐到餐桌前，飯香撲鼻，她竟有種山雨欲來的錯覺。

宿允川始終帶著笑意，時不時就往馮丹瑜碗裡添菜，要是不了解現況的人一看，肯定會對他的性格抱有誤解。宿允川先是關心馮想想飯菜合不合胃口，而她也隨口應了一聲。

她想，這些日子她可是吃慣了王阿姨的手藝，倒是宿允川才更像個外人。

宿允川接著又問了馮想想在學校的近況，這時她更覺得不對勁，宿允川的這些廢話，彷彿是在為了某事鋪陳，果不其然，宿允川放下餐筷，正慢條斯理的用餐巾抹了嘴角，之後便一瞬不瞬的看著馮想想。

馮想想頭皮一陣發麻，她也說不出原因。

「爸——」宿衍在這時開口。

宿允川抬眼，總算給了他一個眼神。

「我有事想說。」

宿允川神態自若，他沒有任何回應，更沒理會宿衍，反倒是對馮想想問道：「想想，妳對我剛才說的『一家人』，有什麼看法？」

「爸！」

「宿衍，」宿允川還是看著馮想想，「我是在對想想說話。」

馮想想怔在一旁，她看向媽媽，而馮丹瑜不知從何時靜止了下來，她的手還維持著夾菜的動作，彷彿是被扯緊線繩的滑稽木偶。

宿允川此時又開口說道：「我跟妳媽認識了十幾年，我該為她負責。」他微微揚起脣角，「所以我們決定結婚，我會娶她為妻，但我們很在乎妳的想法。」

馮想想手中的筷子差點兒脫落，她有一瞬間甚至忘了呼吸。

「妳會為我們高興吧？」

她內心一陣慌亂，連忙看向坐在身旁的宿衍，他的下顎繃緊的就像一把鋒利的刀，狠狠磨刮著他們的思緒。

宿衍冷聲回道：「不可能。」

他眼神凌厲，一字一句的重複道：「不、可、能。」

「宿衍，我可沒問你。」宿允川冷淡道。

馮想想流著冷汗，之後的幾分鐘，餐桌靜的讓人害怕，彷彿沒半個人活著。而始終保持沉默的馮丹瑜放下了碗筷，輕聲道：「我吃飽了……先回房。」

宿允川停頓了一瞬，也緊跟著馮丹瑜上樓了，這讓他今天的作法變得可笑，他看似需要馮想想的同意，卻壓根兒不需要她的回答。

因為他的目標只有一個，他已經做了該做的，其他的便不值一提。

宿衍這時抓住了馮想想的手，試圖把她包覆住，並要她看著自己。

馮想想的眼裡是一片迷惘，然而宿衍卻意外的堅定。

他這次的情緒不再是針對「小魚」，他的拒絕也不再是受到過去的牽絆……他或許早已對往事釋懷，但如今的錯誤卻依舊存在——馮丹瑜不再是小魚，但她是馮想想的母親。

宿衍克制自己，他深怕只要再出點力量，就能把馮想想給捏碎。

其實他能猜到的，宿允川此刻做的決定，重點還是他自己，再來才是馮丹瑜，如果宿允川想抹去顧慮，勢必得先剷除障礙，這就是他所謂的一家人。

只要不阻礙他，那就是一家人。

宿衍咬牙，強壓下了怒氣，「別擔心，我去找他談。」

他起身，馮想想卻攔住了他，她喃喃說道：「宿衍，我們是該談……可是自從我媽回到臺灣，我每天都在思考如何對她坦白，一天拖了一天，我還是不敢開口，這是我的錯……事到如今，我該怎麼對她說？」

「我來說，」他低聲道：「我早該這麼做。」

「不行！」

宿衍掙開她的手，馮想想卻從身後抱住他，即使她使不出力氣，宿衍也無法再掙脫第二次了。

他垂眼，聽她緩緩說道：「宿衍，我好喜歡你，就算現況是如此，我也沒有打算犧牲我們的感情，可是——」馮想想收緊手臂，「可是現在不行，就算你罵我自私也好，你別上樓。」

宿衍揉了把臉，不耐道：「妳這不是自相矛盾嗎？」

「我知道。但她是我最重要的人……她等這天等好幾年了。」

馮想想又沉默了一會兒，許久後宿衍才聽她輕聲說道：「如果我們能早點遇見該有多好——那時候你還會喜歡我嗎？」

宿衍瞇起眼，竟被氣笑了。他心裡著急，卻也明白馮想想的顧慮，所以他才選擇讓步，於是他只能無奈說道：「會。因為不論何時，馮想想都只有一個。」

◆

情人節前夕，馮丹瑜收到了一束花，她把花扔在餐桌上，一根根的拔了。

十一歲的馮想想永遠記得，在情人節那天，凌晨五點，馮丹瑜下班回家，她撞倒了衣架，吵醒了睡夢中的女兒，這讓馮想想察覺到了不對勁，當她走出房門時，立刻聞到了一股難以形容的氣味，而浴室的門半敞，裡頭漆黑一片，她莫名感到一陣反胃，卻不明白這感覺從何而來，直到她走進浴室，踏上了地板未乾的水漬，當她打開了燈，才發現她踩的是馮丹瑜的血。

馮丹瑜手腕血流不止，她嘴裡還殘有囈語，也許是一句粗話，或是某人的名字。她的血流淌在白色的地磚上，馮想想開始奔跑，留下了一路扎眼的血腳印，她敲響了隔壁的家門，要葉叔叔快救救她們。

那是馮丹瑜第二次試圖了結自己的生命。

「馮小姐是不是情緒出了點問題?」放學時，馮想想躲在角落，聽見同學的媽媽用擔憂的語氣向其他家長問道。那人說的委婉，但意思就是馮丹瑜心裡有病。

她早猜到這件事會成為別人的話題，有人說馮丹瑜是個不負責任的母親，馮想想聽了竟一反常態，立刻就拎起一旁的垃圾桶，毫不猶豫的扔了過去。

不負責任?她當然知道，她比任何人都明白她的母親沒有愛情會死，比起女兒今天的晚餐，她更在意某人會不會回來。

但她絕不能容忍別人這樣說。

後來馮丹瑜清醒了，她在病床上緊抱著女兒，聲聲句句都是道歉，哭著說以後不會了。

當年的馮想想就逼著自己明白，承諾很輕易，而大人的話不可信。

事實證明，她的確如此。一次又一次，馮丹瑜的決定都和那人脫不了關係。高一那年馮想想終於知道，原來那人就叫宿允川。

那人終於回來，他說要娶馮丹瑜，馮想想又怎能阻止?

她陪著媽媽試了一件又一件的婚紗。

每當布簾拉開，她就能看見馮丹瑜美麗的模樣，倒映在鏡面上的臉龐雖掛著淺淺笑意，卻沒有夢想成真該有的模樣，馮想想總覺得哪裡不對。

直到馮丹瑜試了第五套婚紗，她問她有沒有喜歡的，而馮丹瑜只是笑了笑，說都可以。

「都可以?妳沒有想法嗎?」馮想想彎腰替媽媽整了整裙襬，沒聽見回答，她抬起頭，只見馮丹瑜笑而不語。馮想想疑惑道:「妳以前不是總說想穿婚紗嗎?怎麼現在反而興致缺缺的樣子。」

「沒有興致缺缺……只是選項太多了我選不出來呀。想想，妳幫我選吧？」

馮想想停頓數秒，最後遲疑的問：「媽——妳有心事對吧？」

馮丹瑜愣了愣，她微微啟唇，似乎有話想說，最終卻沒有開口。沒等到馮想想繼續深問，宿允川來了，他提早結束工作，趕在結束前到場。

而馮想想默默退到角落，她害怕自己再次陷入矛盾的循環，一方面替媽媽開心，另方面卻想詛咒宿允川。

她心想自己是時候該退場了，她拿出手機，收到宿衍傳來的訊息。離開前她又看了眼馮丹瑜，她正站在中央讓宿允川拍幾張照，當她轉頭看向馮想想時，馮想想卻避開了那道目光，因為她心裡難受。

離開大樓之後，她走往公車站牌。

她曾在心裡想過好幾次，她該如何與宿衍在戲臺上扮演一對兄妹，並同時於臺下做一對情侶，而這份感情不論何時都是件不可告人的祕密。一想到這，她竟差點笑出來，因為諷刺的是，他們只想好好生活，然而生活卻充斥著如此悲傷的幽默感。

這時宿衍正好打電話來，馮想想看著手機，愣了片刻，直到鈴聲斷了，接著響起第二遍，馮想想這才回過神接起電話。

宿衍劈頭就問：「妳在哪？婚紗試完了？」

「還沒試完，你爸一來我就先走了——」馮想想疑惑，「我剛才不是已經 Line 你了嗎？」

「嗯，所以我來找妳了。」宿衍又問：「妳出大樓了嗎？我沒看見妳。」

「你已經到了？那麼快！」馮想想才剛坐上候車椅，現在又站了起來，她忙著左顧右盼，「我已經在公車亭了，你等等，我去找你。」

「不用，妳等我過去。」

馮想想說了聲好，她從手機那頭聽見了宿衍的腳步聲，她不禁安靜了下來，儘管他們現在距離很近，馮想想還是捨不得掛上電話。

她輕聲問道：「從你家到這裡也要半小時吧，尤其週日又塞車——你怎麼那麼快就到了？」

宿衍沒有說話，馮想想沉默了片刻，又問：「你早就來了，對嗎？」

「……嗯。」

馮想想聽見他的回應，微微揚起了脣角，還沒說話，便看見了站在對街的一個男生，穿著深色帽T，有些眼熟。她心想，那不就是王正愷嗎？

她馬上收回了笑容，撇撇嘴。今天除了與宿衍的這通電話之外，遇見的全是讓她不痛快的人事物。而王正愷似乎早就發現了她，還緊盯著她瞧，當馮想想開始覺得奇怪時，他又移開視線，上了一臺計程車走了。

自從王正愷唆使校外人士把葉信司堵在歌劇院之後，過沒幾日他竟就一聲不吭的轉學了。事情來的突然，沒人知道真正原因，但也有傳言說他平時過於專橫跋扈，所以連家裡也放棄了他，任由他自生自滅了。

馮想想對王正愷這人沒多大興趣，只能猜到這件事或許與宿衍有點關聯，不過她現在對宿衍是無條件的信任，更何況王正愷當初傷害了葉信司，又害宿衍挨了一棍，所以不管王正愷有什麼下場都是活該，他自作自受，一點也不值得同情。

馮想想越想越氣，卻也不願意影響宿衍心情——畢竟他們最近已經夠糟糕了。

她只能對著手機喚了聲宿衍，聲音微乎其微。

宿衍還是聽見了，他應了一聲，問她怎麼了。

「沒有……只是想問你走到哪裡了，怎麼還不出現啊？」

「我到了，看看後面。」

馮想想立刻轉過頭，看見了宿衍站在轉角處，他揮了揮手，正朝她走來。

她的反應讓宿衍有些想笑，他低笑了幾聲，他的聲音透過手機傳進馮想想的心裡耳裡，她皺了皺鼻子，還有點想哭。

這是多麼單純的一份感情，所以她才更不明白，事情怎麼就變成這樣了。

也許都是她的錯，因為她曾嘲笑那些相信命運的人，她認為那不過是被過度美化的故事，而將其翻開一看，就會發現那只是天方夜譚罷了。

如果能重來，那麼她願意好好的道歉，希望老天爺原諒她，別把宿衍給收回去了。

宿衍終於走到了她面前，輕笑道：「我人都來了，請問可以掛電話了嗎？小朋友。」

馮想想認真的看著他，接著忍不住踮起腳尖，往他臉上吧唧親了一口，她看著宿衍詫異的神情，不禁心想，她實在太喜歡這個人了。

◆

在一個晴朗的好日子裡，馮丹瑜起了個大早，她帶著馮想想去挑選要給宿衍的畢業禮物。

馮想想的心情因此有些微妙，她能感受到馮丹瑜對宿衍的重視，不論她是因為愧疚而彌補，或是真想把宿衍當成兒子，這都讓馮想想煩惱了起來。她害怕宿衍總有一天真會變成自己的兄長，同時又慶幸他與馮丹瑜終於能和睦相處。

馮想想還有些吃醋，她撇嘴說：「做妳女兒那麼久，我都沒收過妳的畢業禮物。」

馮丹瑜莞爾一笑，「現在就吃醋啦？放心——明年妳的禮物我也會準備好的。」她垂下眼，淡淡說道：「以前的我不是還沒清醒嗎？」

馮想想愣了愣，她不確定媽媽說的是從前時常酒醉，還是有其他意思，原本只是個玩笑話，馮丹瑜卻認真了起來。

她們母女總是有默契的不提從前，就像一對逃避悲劇的膽小鼠，絕口不提那些已發生的錯誤。這大概是馮丹瑜心裡的一道檻，時間也難以抹除那些被記錄在回憶本上的歷史。

馮想想沉默了一小會，接著轉移話題道：「不知道宿衍需要什麼，就物質上來說……他好像什麼也不缺。」

馮丹瑜也自然的接上話道：「之前才帶了鋼筆給他，早知道就留著當畢業禮物了。」

馮想想笑了笑，「媽，妳太重形式了，宿衍需要的不過是一個心意而已。」

「心意？」

馮想想沒對此回答，她頓了頓才繼續說道：「我們就送他畢業後會需要的東西，就像妳那天送的鋼筆就很實用啊，我們這次……買雙皮鞋吧？」她說完又馬上改口，「不不，送鞋他會跑掉的，可不能讓他跑掉。」

「妳還迷信吶？」馮丹瑜忍不住笑了，「他還能跑去哪？」

馮想想咕噥道：「世界那麼大，誰知道他會不會一溜煙就跑不見了。」

馮丹瑜沒說什麼，只是微笑的看著她。

「他說他之後會去公司實習——」馮想想雙眼一亮，「媽，我知道該送什麼了，我們來買條領帶吧？」

「送領帶會不會太老套了？」馮丹瑜有些猶豫。

「不會呀，更何況明天就是畢業晚會了，他馬上就能用得到。而且送領帶的意義重大欸，」她做了一個牛仔套繩索的手勢，咻——「用領帶把他給套牢。」

「套牢？」

馮想想微微一怔，她對上馮丹瑜的眼睛，這才意識到自己失言。她趕緊補充道：「對呀，我們以前住在公寓，隔壁還有葉叔和阿司，現在我們就住在宿衍家，可是我不信任宿允——我的意思是，伯父忙公事又不常回來……家裡還是有個男人會好一點，至少可以幫忙換燈泡嘛。」

「以前不是總說我們要當自強，不要說燈泡了，連烤箱我們都能自己修嗎？」馮丹瑜揚起眉，不給馮想想回嘴的時間，「不過妳說得對，我們是應該讓宿衍知道就算長大了還是要乖乖的，不能成年了就像脫韁野馬——」

「什麼野馬，他才不會這樣，」雖然馮想想很想叫自己閉嘴，但她還是忍不住維護道：「他可是模範生耶。」她講完還有些心虛，什麼模範生……

馮丹瑜淡淡一笑，她勾起馮想想的手，「走吧，我們這就去挑領帶。」

她們挑禮物的時間比預估的要久一些，回到宿家的時候王阿姨已經準備好了晚餐。

王阿姨脫下圍裙說：「妳們先坐，我去叫先生用餐。」

「不用，我去就好——他在書房吧？」馮丹瑜接著在馮想想耳邊悄聲說道：「快把禮物藏好，別讓宿衍發現了。」

「知道啦。」馮想想無奈的笑了。

當她們說完悄悄話，才發現王阿姨面有難色的站在一旁。

馮想想剛察覺有異，馮丹瑜卻先一步開口了，她笑說：「妳先下班吧，不是到了要接孫女的時間了嗎？」

「是……」

「天色也晚了，妳路上小心點。」馮丹瑜送王阿姨出門，王阿姨卻匆匆看了她一眼，無聲的嘆了口氣，便轉身離開了。

馮想想把這看在眼裡，心裡有種說不出的怪異，眼看著馮丹瑜走向書房，她也緊緊的跟上了。門才開了一條縫隙，宿衍的聲音竟從書房內傳了出來，她們光是聽，就能想像宿衍此刻的眼神有多冷漠。

她們無法單單從幾句話裡拼湊出答案，馮丹瑜無可奈何的看了馮想想一眼，決定先不打擾他們父子，然而她才剛要將門闔上，卻又聽見宿衍問道：「你早就知道我和馮想想的事了，對吧？」

馮丹瑜握著門把的手稍稍頓住了，而馮想想更是胸口一窒，險些停止了呼吸，她想替媽媽把門關上，也被媽媽擋了下來。

宿衍此刻的聲音聽起來特別冰冷，對馮想想來說竟成了一種折磨，她既想阻止，又無力動彈，她沒想過事情會這麼早就曝光，只要和馮丹瑜有關，她就會變得膽小，所以她打算能拖則拖，卻想不到宿允川早就知情了，也許他還曾嘲笑她與宿衍拙劣的偽裝，就如同看著戲中的小丑。

這時宿衍又問道：「既然你知道了，為什麼還一聲不吭？」

馮想想收緊手心，準備送給宿衍的禮物還在她手裡，紙袋幾乎要被她揉得變形，這簡直就像一場災難。

「你要任何人都順從你，但我不可能再聽你安排。」

「宿衍，」宿允川終於開口，「你認為我是在跟你討論？不，我是在要求你——離開，然後拿學歷回來，多麼簡單的一件事。」

「我會待在這裡。」

「三個月後飛慕尼黑，那邊的事有人會安排，你自己準備準備。」

「我不會走。」宿衍慍怒道，「我應該感謝你替我決定任何事？但你憑什麼？」

「你覺得我憑什麼？」比起憤怒的宿衍，宿允川此時的聲音卻很平靜。他淡淡說道：「就憑你這十九年來除了呼吸的空氣，其他全都是我給予的。因為你是宿允川的兒子，所以你享受了好的待遇，事到如今，你覺得自己夠資格嗎？」

宿衍冷笑，「好的待遇？」

「宿衍，我可沒跟你算帳。」宿允川的手指輕敲著桌面，「光是這兩年，你給我惹了多少麻煩，逃課？校外鬥毆？你被人抓了把柄，和王正愷幹了多少蠢事，我替你解決了。你當初處處找馮想想麻煩，還擅自上臺演了一齣懺悔好戲，丟盡了我的臉面，這我也替你解決了。而你現在竟還想談情說愛？我就問你，跟誰？」

宿允川不曾對宿衍一次性的說那麼多話，不過他總算問到了重點上。

宿衍動了動嘴角，他想表現的淡然，可效果微乎其微。

「我跟誰？」他咬牙，一字一句的清楚說道：「跟馮想想，就跟她，只跟她。你不是早知道了嗎？」

宿允川聞言竟笑了一聲，「宿衍，我不管你要鬧多大的笑話，除非你毫無破綻、毫無弱點，否則你沒有第二種選擇。」

他們冷漠的瞪視彼此，宿衍總算從父親臉上看見了不一樣的表情，他不再只是輕視，也沒有了運籌帷幄，他滿眼的煩躁，一心只想清除幾顆擋在路上的石子，然而除了強制與威脅就沒第三種方法。

因為那顆絆腳石是他的兒子，另一個對象卻是馮丹瑜的女兒。

宿允川說的沒錯，馮想想是宿衍的弱點，而馮丹瑜對他又何嘗不是如此。

書房外，馮丹瑜一直沒有動靜，最後才緩緩的看向馮想想。

馮想想開了口，卻說不出話來。她已經來不及解釋，也不想再否認，當她對上馮丹瑜的雙眼，也就明白或許媽媽早有所察覺，這些日子以來，馮丹瑜就只是在等個答案而已。在這方面，她們母女總是提不起勇氣，她們難以面對過去的傷痛，更無法主動捅破那層窗紙。

這時書房的門打開了，宿衍見到她們時微微一怔，他深深的看了馮想想一眼，便直接走過了她們，他不發一語、頭也不回的離開，在他關上門的瞬間，馮想想蹲了下來，她雙手遮擋著眼，眼前一片灰暗。她突然被馮丹瑜抱入懷裡，她聽見媽媽在耳邊輕聲說道：「想想，餓的話就去吃點，我剛剛看了一眼，今天有妳喜歡的菜……聽見了嗎？媽先回房了，妳要記得吃，知道嗎？」

馮想想沒有回答，當她抬起頭，馮丹瑜也不在眼前了。她一點也不餓，只可惜了王阿姨辛苦做的晚餐，馮想想走上二樓，在宿衍的房門前停了好久好久，之後才回到自己房間。

她虛脫的倒在床上，這時手機震了震，她一看不是宿衍就不想理會，下秒手機又震了一聲，她看了看……依然不是宿衍。

直到手機連響了第三次，馮想想才覺得奇怪，她不耐煩的拿起手機，現在任何事都能讓她抓狂。她打開螢幕發現只是幾封郵件，然而她點開一看，裡頭卻沒有多餘的文字，只有幾個檔案，寄件人的頭像是空白，資料也是空白，帳號乍看之下還像是亂碼，馮想想蹙眉，她把寄件人封鎖，並將那些不明郵件全移進垃圾桶裡。

她的臉埋進枕頭中，有點欲哭無淚，她甚至想不到有比今天更糟糕的情況了。

一夜無眠。

馮想想一早出房間就看見王阿姨正在處理那桌沒人動過的晚餐，她有些愧疚的上前幫忙整理餐桌。

王阿姨一見到她時表情有些不自在，但很快就掩飾過去了，她看馮想想臉色不好就勸她吃點早餐，馮想想搖搖頭，說是沒胃口，而王阿姨堅持要幫她熱一杯牛奶。

最後馮想想還是捧著馬克杯安靜的喝了，她心想，像王阿姨這麼好的人，是不是也會在私下和其他的家務阿姨聊天——聊聊在宿家的屋簷下，那兩個孩子相戀的八卦。

她喝完牛奶，自己把杯子洗了，還是沒等到宿衍下樓，她向王阿姨一問，才知道宿衍一大早就出門了。

學校今天彈性放假，畢業晚會將在傍晚開始，馮想想收拾好東西也前往學校做活動前的準備。校園裡一片靜悄悄的，連平時最愛在附近徘徊的小花貓也不見蹤影。馮想想獨自走下階梯，到了地下室才總算聽見一些吵雜的聲響，她這時稍稍安心了下來，畢竟她現在最害怕的就是安靜。

她只能強迫自己振作，催眠自己一切還不算太糟，並不斷告訴自己，宿衍還沒走遠，他們還能挽救局面。

如此，她才有力量走接下來的每一步路。

當她一進入表演廳，眾人的聲音卻隨著他們停下的動作戛然而止，氣氛瞬間變得有些耐人尋味。馮想想再不明所以，也能清楚感受到眾人停留在她身上的視線，她抿了抿脣，開口問道：「怎麼了嗎？」

「沒事……」組長笑了笑，同時轉移話題道：「大家趕緊做事啦，監督的老師什麼忙都不幫，我們只能自己努力嘍。」

組長一說完，眾人便再次散開，他們的嘻笑聲又此起彼落的響了起來，儘管如此，她還是覺得有哪裡不對勁，尤其是某些人的視線，總像芒刺一樣朝她而來。

馮想想茫然的走進後臺，她剛搬起道具，身後就傳來了叫喚聲：「馮想想。」

她轉過頭，一名女同學快步跟上了她，她們同為道具組，在這段期間還算有話聊。那人有些一言難盡的樣子，她猶豫了一會兒，只問道：「想想，妳今天有上學校論壇嗎？」

馮想想一聽到這，腦裡便闖入了某種訊號，那幾乎要扼殺她僅剩不多的勇氣。她搖搖頭，身體僵硬的彷彿能聽見骨頭發出喀拉喀拉的哀鳴。

只見對方嘆了口氣道：「……妳上去看看吧。」

女同學離開後，馮想想也跟著走出後臺，並將道具箱放在指定處。她強裝鎮定，這才緩慢的拿出手機，她甚至沒察覺自己的雙手些微的顫抖。當她久違的登入論壇時，看見的便是這兩個鐘頭內鋪天蓋地瘋傳的文章，那全都是關於宿家的二三事。相似的主題有不少，有的文章被管理層刪除了，下一秒就會有更多的備份上傳。

馮想想一眼望去，就能從標題看見鍵盤手是如何殺人的，那些關鍵詞都很精彩，運用的每個文字都重擊著馮想想的心臟。他們的祕密被赤裸的呈現在大眾面前，那些關於繼父母、繼兄妹，同住一個屋簷下的「醜聞」。

馮想想腦裡一片空白，她的耳邊是轟轟的耳鳴，她猜想或許是有人正站在她的身旁大肆嘲笑她。

她打開其中一篇文，標題為：**前副會長與 736 班的內鬥真相**。

裡頭有宿衍和馮想想在暗處牽手的照片，也有他們上了同一臺車回家的照片，甚至還有前幾日馮想想離開婚紗工作室之後，單獨坐在候車亭講著手機的照片，而下一秒宿衍現身，馮想想踮起腳尖親了他一口。

馮想想看到這不禁全身發冷，拍攝的角度是在對街，也就是當時看見王正愷的位置，他假裝搭上了計程車，事實上從未離開過。馮想想的耳鳴還沒消停，又忽然想起了那幾封被她扔掉的郵件，於是她的心跳也開始紊亂了起來。

此時身邊的人們可能都在冷漠的觀察她，但她不知道自己應該要有什麼反應，她更沒想過宿衍曾經用在她與葉信司身上的伎倆，如今竟也奉還到了他身上。

而最讓她難受的是，在眾目睽睽之下，她的感情彷彿變成了罪證，甚至需要「陪審團」來定罪裁決。這時，論壇突然自動登出了帳號，跳出的視窗上寫著「網站因維修問題需暫時關閉」，馮想想清楚以宿允川雷厲風行的行事風格，這也不是不可能。

儘管如此，她還是覺得這裡待不下去了，只求能趕快處理好負責的工作，才能盡快逃離這裡。即使馮想想是這麼打算的，卻又被人拉了起來，她看著站在面前的李瓊，再對上她通紅的雙眼，馮想想只覺得好疲憊。她能猜到對方會有多憤怒，卻不能明白其中原因。

李瓊與宿衍從前會有些戀愛傳言，宿衍不屑置辯，李瓊也沒有特別否認，她表面是保持著適當距離，可又時常跟在宿衍身邊，偶爾還會透露點曖昧的訊息，讓旁人大肆猜測。

不過馮想想卻未曾真正感受過李瓊對宿衍的感情，所以她不明白，此刻該哭的人應該是她，而李瓊卻一副受害者的姿態抓著她不放，憑什麼？

「馮想想，妳什麼意思啊？」

「這個問題應該是我問妳，」馮想想回瞪著她，「放手。」

「回答我！」

馮想想不禁覺得好笑，她看了眼李瓊身旁的人，這些人曾在廁所攔住過她，其中還有一人往她頭上倒了一桶水。

她冷笑問道：「學姐，妳現在是以什麼身分要我回答？我又應該回答妳什麼？」

李瓊還沒開口，她的朋友就不耐煩的搶先了，那人對馮想想說：「就回答妳有沒有插足人家的感情唄？」

李瓊的朋友們也就和周圍的「觀眾」一樣，都有著看戲的心態，她們的語氣雖然困惑，雙眼卻洩露了對八卦的好奇，這讓馮想想感到厭煩。

她朋友一見馮想想的眼神不善，便也拉下臉問：「李瓊，妳說妳和宿衍到底是什麼關係？」

「……」李瓊咬著脣，又羞又惱的，實在回答不出來。

「這算什麼呀？」她朋友斜了馮想想一眼，故意說道：「宿衍把死對頭藏在家裡卿卿我我，這是真的有仇還是金屋藏嬌啊？都這樣了妳還一聲不吭？」

李瓊轉頭瞪向她朋友，「妳懂什麼？馮想想只是再婚對象的女兒，除此之外就什麼也不是了。」

那人笑了笑，「別說妳沒看過他們接吻的照片。」

李瓊的臉色煞白，她看著馮想想，美麗的臉龐都變得猙獰了起來。

馮想想似乎有所預感，她說道：「李瓊，要是妳再敢提起我以外的人，我這次絕對不會放過妳。」

李瓊一聽反而笑了，她刻意說道：「是啊……宿衍曾要我別再提起妳媽媽，我當時就在想，原因是什麼？」李瓊壓低聲音，「我承認，我當初刻意貶低妳媽媽的職業，是因為我的小人心態，是因為我討厭妳。可是我真沒想到，妳竟然還有樣學樣——」

馮想想氣的打斷她，「什麼叫有樣學樣？」

連幾日來的壓力幾乎壓垮了馮想想，她原本可以催眠自己一切不算太糟，但她發現她錯了，她們母女的人生就像一盆狗血，被人嫌棄，人們避之唯恐不及，糟糕的讓她想哭。

馮想想掙脫了李瓊，使勁推了她一把，「李瓊，妳知道為什麼宿衍不會喜歡妳嗎？因為妳驕傲自大、任性妄為，妳空有家室、外貌，如果拿掉這些，妳只不過是一個廢人！」

「馮想想！」李瓊尖叫了一聲，兩人頓時拉扯在了一塊。

馮想想不是沒打過架，從前有人惹她，她寧願扯人頭髮也絕不認輸，不過這是她第一次懷抱著恨意，真心想讓李瓊後悔。她甚至不再在意旁人的目光，她以為自己什麼都不在意了。

李瓊的朋友回過神，幫忙架開了馮想想，而李瓊丟不起這個臉，一怒之下把馮想想推倒在地，她奪走了身旁人的飲料，眼看就要潑到了馮想想身上，剎那間，她卻被一股力量往後一扯，她錯愕的抬起頭，對上了宿衍陰鷙的雙眼，李瓊彷彿被人潑了盆冷水，馬上就清醒了，她下意識叫了一聲宿衍。

馮想想聽見了也沒抬起頭，剛才的反抗已經用盡她僅剩的力氣，她無奈的想，在喜歡上宿衍之前她明明也是很勇敢的，如今是不是太過依賴他了？

她早就猜到宿衍會來，他肯定會來。

而宿衍無法再做個「有禮」的人，他將李瓊手裡的高腳杯狠狠砸向角落，玻璃碎裂的巨響讓表演廳內陷入了可怕的沉默。他寧可在場的人鄙視他的暴力行為，也不容許任何人用這樣的目光對待馮想想。

宿衍冷冷的看了周圍一圈，試圖記下這裡的每張臉。

他掀起了裝飾用的毛毯，將它蓋上了馮想想的腦袋。在毛毯為她遮擋住所有視線的瞬間，馮想想的眼淚也差點奪眶而出，她努力忍了下來，然而在宿衍將她攬進懷裡，帶著她走出表演廳的時候，馮想想還是忍不住，於是在黑暗之中掉了眼淚。

宿衍發現，他們此刻竟然沒有能去的地方。宿家肯定是不能回的，馮想想也沒有帶到公寓的鑰匙，如果從這裡要繞到小樹蟲去……宿衍看著馮想想溼潤的眼睛，這距離又太遙遠了。

他只能牽緊馮想想的手，就像她以往做的那樣，給她溫暖、力量。

他帶著馮想想走進了附近的小巷裡，那是一排的老舊住宅，時不時會傳來狗吠聲，光線有些昏暗，馮想想一進到巷子裡，連五官都被影子照得模糊，而宿衍既心疼又愧疚，他有些心慌，但他不會安慰人。

此時馮想想的手機響了起來，鈴聲迴盪在原本寂靜的巷子裡，幾戶人家養的狗也跟著吠叫，馮想想擦乾眼淚，接起了電話。

她還沒來得及開口，對方就急吼吼的喊了出來：「馮想想！告訴我散布消息的是哪個混蛋，我絕對讓他死得很慘！」

馮想想一愣，之後無奈的笑了笑，她給了宿衍一個眼神，才走到一旁安撫葉信司。

葉信司接著又說了許多話，語氣有些暴躁，馮想想只好哭笑不得的打斷他。

「我說過別那麼衝動吧？」

葉信司頓時無語，他咕噥道：「別人不惹我我就不會惹事，一碼歸一碼。」

馮想想聽了有些心虛，畢竟她才剛扯完李瓊的頭髮。於是她隨口說道：「你以前被我追著打，也沒找過我報仇啊。」

葉信司吼道：「那有一樣嗎！」

馮想想苦笑，「好吧，不一樣。」

葉信司原先還挺憤怒的，氣話一出口，反而又讓馮想想有了「說教」的苗頭。他慢慢的冷靜下來，嘆口氣才又問：「宿衍呢？」

馮想想轉頭看向宿衍，他還是乖乖的站在原處等她。馮想想輕聲道：「他在我旁邊。」

葉信司沉默了好一會兒，才開口說：「……好，如果有需要記得打我手機，知道嗎？」

「知道了……」馮想想垂下眼，「阿司，謝謝你。」

當她掛上手機後，宿衍已經出現在她身邊了，他摸摸馮想想的臉頰，替她擦掉了殘留的淚痕，原本馮想想眼淚都停了，這時又忍不住紅了眼眶，她覺得委屈極了。

宿衍的動作一頓，低聲說：「妳一哭，我就怕。」

馮想想抬眼看他，還以為宿衍是在逗她笑，她問：「怕什麼？」

宿衍沒有回答。

「你怕什麼啊？」

過了許久他才說道：「我們能走到這步並不容易。」他將馮想想的頭髮順到耳後，接著牽起了她的手，「當初是妳先這麼做的。」

「怎麼做？」

宿衍與她十指相扣，「……牽我。」

馮想想笑了笑，她承認道：「沒錯呀。」

「所以只要是我認定的事情，不管好不好過，就算是條死路我也會走到底。」他眼色一沉，「或許我跟我爸就是同一種人——」

「不，」馮想想打斷他，並且語氣堅定的說：「你們才不同。」

宿衍使了勁，把馮想想的手緊緊握在手心裡，低聲道：「我是不會放手的，妳明白嗎？」

馮想想揚起笑容，她紅著眼，一邊笑著吻他，過了許久都沒有說話。

♦

馮丹瑜正在替百日草澆水，雖然是晴朗薄雲的午後，氣溫還是有些悶熱。馮想想陪伴在一旁，她擦了擦汗，幫媽媽盛了杯涼水，馮丹瑜卻搖搖頭。

「還是喝點水吧。」馮想想唸歸唸，還是把水放到了一邊。

馮丹瑜拉了拉水管，輕聲叫道：「想想。」

「嗯？」馮想想靠近，好奇的看著花圃，「怎麼了？」

「妳想不想換個新環境？我的意思是……妳有考慮轉學嗎？」

馮想想一愣，她這時便明白媽媽已經知道發生什麼事了。她低聲問：「妳是怎麼知道的？妳進不了我們學校的論壇……是有人寄信給妳對嗎？」

馮丹瑜只是重複道：「妳有考慮轉學嗎？」

自從馮丹瑜知道她與宿衍戀愛之後就經常陷入沉思，這讓馮想想有些慌張，畢竟媽媽有過前科，她並不珍惜自己。

馮想想胸口一悶，她瞪著馮丹瑜說：「妳不要擔心，我一點事也沒有。妳知道妳女兒的個性吧？我不會讓別人欺負我，更何況阿司也在學校，我們幾乎形影不離……他還那麼兇，他會幫助我的。」

馮丹瑜看出了女兒的不安，臉色微微一變，上前想擁抱她，卻被她輕輕避開了。水管從馮丹瑜的手中脫落，水在土壤上無助的流淌。

馮想想轉身將水龍頭關緊，一點兒也不想看馮丹瑜。她只喃喃道：「反正我再一年也要畢業了，妳不要替我擔心了好嗎？」

「……對不起。」

「妳幹麼道歉啊？」馮想想有些無奈。

「我知道妳在想什麼……媽真的跟妳保證，我絕對不會再犯傻，妳懂我的意思嗎？」馮丹瑜鼻酸道：「以前是媽媽不懂事，讓妳那麼辛苦，不過我現在很清醒，妳對我來說才是最重要的。想想，妳知不知道媽有多後悔，所以我現在最害怕的，就是妳再次受傷……」

馮想想緊咬著脣，她甚至嚐到了一點血腥味，她要很努力才不會在媽媽面前哭出來。

馮丹瑜輕撫著她的頭髮，又輕聲細語的問了一次：「想想，我是認真的，妳要不要換個環境重新開始？」

馮想想強顏歡笑的說：「我懂了，原來不是我的需求如何，而是妳需要我換個環境，不然每日都要擔心女兒是否遭受霸凌，妳會很痛苦的，是嗎？」

馮丹瑜猶豫了一陣，這才緩緩說道：「我這二十年來……每天都得接受別人的有色眼光，可是妳不一樣，妳那麼善良——妳不該受到這種對待。如果妳被傷害……想想，媽也會崩潰的。」

馮想想這時反而靜了下來，她垂下眼，輕輕撫摸著媽媽的手。

「知道了，我會好好考慮的。」

隨著一場午後雨，陽光消弭，小雨像成串淚珠簌簌而下。

地下酒店的中心是一個圓環結構，內側中央有片人工湖，如果天空晴朗，倒映在清澈的水面上也是一幅美景，小雨下得突然，讓人捉摸不定，小湖蕩起了無數水波。

宿衍起身將窗關上，他手中的咖啡早已涼了。畢業以後，宿衍也等於提早放了暑假，這段期間他不願意待在家，也不願聽從宿允川安排，於是他就會來到地下酒店，這裡有一間他專屬的房間，他會在這等著馮想想放學……那才是他回家的時間。

宿衍的手機響了又響，他按著眉尾，最後還是接了起來，他不曾輸入過馮丹瑜的號碼，卻也知道來電人是她。

以前他調查過馮丹瑜與馮想想，裡頭就有她們的手機號碼，而宿衍並不是過目不忘，只因為馮丹瑜當時的定位對他來說太模糊了，那是一個他應該去恨，卻又無從下手的人，所以不知不覺就記進腦裡了。

宿衍接起手機，馮丹瑜卻沒有馬上出聲，於是他們之間形成了一陣尷尬的沉默，直到馮丹瑜遲疑的問了一聲：「宿衍？」

「……阿姨，是我。」

他們這時才開始一場漫長的通話，過程幾乎是馮丹瑜在說，而宿衍靜靜的聽，等到天色漸暗，雨也停了，他們才終於結束了對談。

宿衍掛上手機，閉起眼，他在心裡計算著時間，每分每秒都是等待的煎熬。他從六點鐘就看著手錶，心裡不知道在想些什麼，等到了六點十分，房間的鈴也準時響起，當宿衍看見門後的馮想想時，他微微勾起嘴角，馮想想曾笑他是等待主人的忠犬……沒想到還真是。

這幾日，宿衍心中始終壓著一塊石頭，他來地下酒店的頻率增加，整個人也靜了下來，他的線條似乎變得柔軟，連面無表情的模樣也溫和了起來。馮想想知道這棟酒店充滿著陳尹柔的親手畫作與設計，她說這也許就是陳尹柔帶給他的力量。

宿衍無奈的看著馮想想，因為她竟然不知道，這些改變全都是因她而起。

宿衍拉上了房間的窗簾，轉身朝馮想想張開雙臂。

「過來吧，陪陪我。」

這個時候，他才會感到踏實。

夜幕來臨時，他們也在酒店用完晚餐，回到宿家已經八、九點了。

事已至此，宿衍認為已經沒必要，也不願意再「避嫌」。他們同進同出，除了馮想想上學的時候，他們幾乎都膩在一起，就像宿衍所說的「事已至此」，所以他們更珍惜能相處的每個時刻。

這時的晚風帶點白天下雨的味道，而宿家的夜晚看著總是特別蕭條，只有那一處百日草，它們擁有茂盛的枝葉，格外有生命力。

然而一道巨響劃破了寧靜，墨色的背景彷彿被鑿出了一個大洞，高亢尖銳的聲音像把利箭，把馮想想嚇得一怔，空蕩的回音在之後又變得低沉，宿家又回到了死一般的沉寂。

馮想想看向宿衍，卻發現他意外的冷靜，這讓她有種錯覺，彷彿宿衍早預知了一切。

宿衍牽著她的手讓她安心，他們以最快的速度穿越了庭院，玄關門卻早已半敞，室內暖黃的燈光傾瀉而出，宿衍緩緩的將門推開，而一地的碎玻璃也映入了他們眼簾。

宿允川坐在獨立的沙發上，神情冷的彷彿能把人凍傷，馮想想忐忑的看向馮丹瑜，她就站在門口附近，手上拿著一把剪刀，腳邊扔著被她剪壞的婚紗，在一地的碎玻璃中，藏著被丟下的婚戒。

這樣的畫面任誰一看都是場災難，馮丹瑜的手被剪刀劃出一道淺而細長的傷痕，馮想想不安的捧起她受傷的手背，馮丹瑜卻反手握住了她，輕聲道：「想想，我們走。」

「媽……發生什麼事了？」

馮丹瑜看起來失落無助，眼裡卻有著從未有過的堅定，她重複道：「我們走。」

「馮丹瑜——」宿允川上前拉住了她。

而馮丹瑜彷彿下定了決心，她決然的甩開他，手中的剪刀隨著她的反抗一揮，劃破了宿允川的西裝，一顆鈕扣掉落地面，開始咕嚕的轉。

馮丹瑜愣了愣，剪刀從她手中脫落，匡噹一聲，似乎也把他們的心臟砸出了一個坑洞。

宿允川還不死心，他逼近，再次抓起了馮丹瑜的手，「先處理妳的傷口。」

「……放手吧。」剛才的意外強迫馮丹瑜冷靜了下來，她沒有看宿允川，反而專注的盯著他被劃破的西裝。

「丹瑜——」

「別叫我。」她打斷了宿允川，一手還緊緊抓著女兒不放，她甚至搞不清楚是誰的手在顫抖。馮丹瑜說道：「別叫我的名字，反正你也不在乎我的想法不是嗎？」

「我不可能不在乎妳，更何況我只想給妳最好的。」

「沒錯……所以我之前不想待在醫院，你說這是為我好。之後我說不想去德國，你依舊說是為我好，我告訴你我想女兒了，你卻說我必須靜一靜。那現在呢？我跟你說希望結婚的事先緩緩，你就在餐桌上說要娶我！所有的事你都替我決定好了，但孩子們呢？就因為他們……你就要把宿衍送走嗎？」

面對宿允川的沉默，她雙眼一紅，哽咽說道：「跟你生活的越久，我就越是清醒。最好的？什麼才是最好的？今天說的這些話，對過去的我來說需要耗費多大的勇氣？可是我必須告訴你，我這麼做不是為了我女兒，也不是為了宿衍，而是為了我自己。」

她試圖掙脫宿允川的桎梏，宿允川卻不放手。馮丹瑜別過眼，淡淡的說：「我也沒想過都走到了結婚這步，我才發現……我不敢。」

宿允川臉色微變，卻是半句話都說不出來。難得能看見他張皇失措的神情，要不是親眼所見，馮想想與宿衍根本不會相信。

宿允川沉聲道：「小魚……」

「是啊，小魚。」馮丹瑜笑了笑，「我也一直問自己，我們到底是從何時變成這個樣子？這兩年我終於明白了，我們從一開始就是個錯誤，我們傷害別人、傷害自己，只因為我太貪心，一心想做你的小魚。」

宿允川聞言，竟慢慢的鬆了力氣，馮丹瑜這才掙開了他的手，她在同時垂下眼簾，不敢再多做停留，就怕自己會變得不夠堅定。最終她拉著馮想想，快步的離開了宿家。

宿允川怔怔的看著馮丹瑜離去的背影，她與馮想想緊握的手蘊含著力量，她的情意深刻的讓人深陷，卻在決定離去時頭也不回的走了。

而宿衍站在角落，他是第一次看見父親的狼狽，沒有想像中來得痛快，他只是不明白，如果宿允川是真心愛著某個人……為什麼，他卻不願讓人察覺。

公寓許久未住，當她們掀開鋪在傢俱上的防塵布時，也揚起了一片灰塵，馮丹瑜被嗆得咳嗽，卻說道：「還是待在這裡舒服。」

「……今天是怎麼了？」馮想想打開窗戶，「為什麼突然吵得那麼嚴重？」

「我想延後婚事，他不答應。」

馮想想轉過頭，直覺認為這不是真正的原因，她想了想，難受的問：「是因為我跟宿衍嗎？」

「我承認這是其中的原因。可是想想……我跟他之間存在太多問題了。」馮丹瑜整理好防塵布並坐上沙發，「我們一直活在回憶裡，好像結了婚，這段感情才算有結果。因為這樣，我們都為彼此糾結太久了，這讓人很失落。」

「失落？」

「嗯，失落。我們竟然為了一個錯誤的答案而互相折磨。」

馮想想坐到了她身邊，小心翼翼的開口，「那……妳還愛他嗎？」

馮丹瑜朝她一笑，肯定的回答道：「愛。」

她摩娑著馮想想的眼尾，無聲的嘆息道：「可是我又想，難道有愛就夠了嗎？我現在不信任這段感情，如果真的結婚了，我依然無法信任他的承諾，這就是我們不能繼續走下去的原因。在籌備婚禮的同時，我也在思考是否還有第二條路，我想了又想，才意識到我明明等這天等了那麼久，為什麼——」馮丹瑜哽咽了一聲，才接著說：「為什麼就變得不情願了呢？」

她抹掉眼角的淚水，那些問題的根源，總結了才知道是如此相像，她懷疑自己是否幸福、是否有資格幸福、是否需要幸福，以及「我真的幸福嗎？」

馮丹瑜原本不想對馮想想說這些的，但她將臉埋進手心，忍不住說道：「我也不想把他看得太清楚。看清了，那就只剩離開這條路了。」

馮想想眼眶一熱，撥開馮丹瑜的雙手，看著她的眼睛。

「離開去哪裡？」

馮丹瑜安撫道：「別亂想啊。」她摸摸馮想想的腦袋，解釋道：「放心——妳還記得王靜阿姨嗎？」

馮想想點點頭，她怎麼可能會忘。王靜曾是馮丹瑜的同事，一年前馮丹瑜吞藥，就是她發現了並緊急送醫，要不是她，馮丹瑜也許就不能好好的坐在這裡了。

「王靜今年嫁去日本了，他們在那有間民宿——」她笑了笑，「我想去那裡待一段時間，也算是投靠她了。」馮丹瑜收起笑容，又忽然落下眼淚。

馮想想心慌的將她抱進懷裡，這時又聽見她說道：「想想，我的決定是正確的，我不會後悔的。」

馮想想不再說話，但她唯一肯定的是，馮丹瑜確實需要走出去。

她輕拍著媽媽的背，無聲的安慰著她。

她也明白，有時為了擁有一個東西，就必須捨棄另一個，這就是抉擇。

如果可以，不要看得那麼清楚該有多好。

幾日後，她們少數的行李全搬出了宿家，在離開那天，馮想想最後回頭看了一眼，宿衍就站在陽臺上望著她，馮想想朝他微笑，用唇語要他放心，宿衍卻沒有回應，馮想想耷拉著嘴角，當下立刻就覺得寂寞了。

她從前有多不想踏入這裡，此刻就有多不捨得離開。這棟房子如此冰冷，她現在搬走了，宿衍一個人該怎麼辦？

馮想想這些天都有些渾渾噩噩的，面對眾人的閒言閒語也一律忽視，反倒是葉信司脾氣火爆，彷彿全世界都得罪了他。

放學時，他拉著神遊的馮想想走出教室，一邊抱怨自己成了保姆。在走廊上遇到有人正交頭接耳的看著馮想想，下一秒葉信司就捋起衣袖吼道：「看屁啊？別以為是女的我就不敢揍妳！」

馮想想回過神，扯著他的手低罵：「幹麼啦！」

「能幹麼？」

「……等一下被老師看到又是你吃虧，你還想被罰檢討啊？」

葉信司冷笑一聲，「呵，我是沒奢望讓誰來主持正義，他們不落井下石就謝天謝地了——」他刻意大聲嚷嚷道：「尤其是一些長舌三八怪，最好給我閉上妳們的嘴——」

「喂……」馮想想無可奈何，她趕緊拉著葉信司逃離現場。

可是當馮想想一踏出校門口，她卻迷惘的不知道該走向哪裡。在這之前她總是跟宿衍一起放學、一起回到宿家，而現在宿衍畢業了，宿家更不是她該待的地方。她茫然的看向葉信司，過去十幾年她也都是這麼跟葉信司一同回到公寓，而現在一切終於回到了正軌，馮想想卻只覺得苦澀。

葉信司一臉嘲笑的看著她，最終無奈的說：「走吧，去小樹蟲。」

而來到了小樹蟲，馮想想又不知道該說些什麼了，她最近總是這樣，感覺腦袋無時無刻都在運轉，因此精神還有些疲倦，但仔細一想，她其實什麼都沒在思考，就只是發呆而已。

他們無言的看著小樹蟲破舊不堪的招牌，許久後馮想想才抬頭瞄了葉信司一眼，而對方也不耐煩的瞅著她，馮想想緊抿著唇，似乎想起了什麼，最後竟憋不住放聲笑了出來。

葉信司被她的情緒轉折搞得困惑不已，便又聽見她笑著說：「哈哈！長舌三八怪！」馮想想捧著肚子笑，「什麼叫長舌三八怪？」

「……閉嘴。」

葉信司扒了扒頭髮，煩躁的撿起石頭扔到了牆角，石子喀啪一聲，又滾回了他腳邊。他轉頭看著還笑得正開心的馮想想，「我越來越搞不懂妳了。」

馮想想好一陣子才收住笑聲，她抹抹眼角，喘了口氣。這才緩緩道：「反正不管如何輿論是不會停止的，那我躲還不行嗎？」

「躲？這可不像妳。」葉信司在她身旁蹲下，見馮想想也蹲了下來，他便斜了一眼，「恭喜妳，和某人在一起後連膽子都沒了。」

馮想想同樣揚著嘴角，這時卻換成了苦笑，「我也不知道以前的我會怎麼做啊。」她聲音悶悶的，卻在空蕩的小樹蟲裡迴盪著。

「我以前總說有仇必報……但事實上跟誰都無冤無仇的，不過是被誰欺負了我就奉還，單純的小打小鬧而已。所以我就在想，我的那些反抗，或許也只是一種——自尊心吧？」她停頓了一會兒，彷彿也在思考，接著才繼續說道：「那天……事情被曝光的時候，我也想做些什麼來洩恨，可是我無能為力，因為他們說的都是事實，我的確喜歡宿衍，這不是誤會，也不是謊言。我唯一困惑的是……我喜歡他，這事除了對不起我媽，我沒有對不起任何人，為什麼我們卻因此被人抹黑、批判，難道是我做錯了什麼嗎？」

「妳沒有錯，錯的是那些人，看熱鬧不嫌事大，只他媽會煽風點火。」葉信司低聲道：「不過撇除這些不說，他們消息倒是傳得很快，連我都有聽說——王正愷就是在論壇散布消息的人對吧？」

馮想想站起身，詫異的看著葉信司，「你怎麼會知道？」

「王正愷家的動靜還挺大的，他以前惹了什麼麻煩家裡也一聲不吭。所以那次被默默轉學，基本上就等於被放棄——妳猜他們這次打算怎麼處置王正愷？」

「怎麼處置？」

「他們家庭複雜，這眾所皆知吧？」葉信司頗為不屑，「大房的兒子早看他不爽很久了，所以就趁這次把他送到國外的寄宿學校，那學校在當地還滿有名的，名義上是好好教育，事實上就是『長期寄宿』，再更難聽點，就是監禁了。」

馮想想靜了下來，除此之外竟然就沒有任何感想了。她只是無奈說道：「你知道的也太多了吧。」

葉信司聳肩，「王正愷這個下場也算是給宿允川一個交代，別說沒特別封鎖消息，就只差沒敲鑼打鼓大聲宣告：『王正愷這死屁孩被消聲滅跡嘍！老王實在痛心疾首，也請宿家大大高抬貴手，放過我們小小王家吧。』——笑屁啊？」

馮想想顫抖著肩膀，被葉信司狠狠一瞪，反而笑得更大聲了。

「你今天是怎麼了啊？」她模仿著葉信司的口吻，怪腔怪調的說：「請放過我們小小王家吧——」

葉信司聽了冷笑道：「是啊馮想想，妳一遇到宿衍人生就變成了一場鬧劇，妳就儘管笑，」他說到一半卻又頓了頓，隨後竟換了個語氣，神情還有些無奈，「就笑大聲點，別再哭了。」

馮想想的笑聲戛然而止，她瞪向葉信司，就知道他是故意耍白痴，只為了逗她開心。

葉信司受不了她此刻的眼神，忍不住罵道：「瞪屁啊？」

馮想想垂下嘴角，葉信司明明都知道的。

如果有人對她不好，她會因此變得更堅強，如果有人待她好……她反而會想哭的。

葉信司對這樣的氣氛束手無策。他嘆了口氣，看著手機上的時間說道：「該走了。」

「這就走了？」馮想想不滿，「我都還沒跟你說感想。」

「……什麼感想？」

「我的感動啊，而且我還有很多話想對你說——喂！阿司！」馮想想看著他急躁離開的背影，莞爾一笑。她與葉信司之間果然不適合這種氣氛，他馬上就會彆扭的不行。

她鎖上了小樹蟲的門，才追向葉信司。只不過她剛跑出小巷轉角，便看見了葉信司的背影，他看起來正在和某人說話。馮想想探頭一看，不禁愣了愣，宿衍就站在巷子外的大樹下，樹影婆娑的映在宿衍的臉上，他看了過來，嘴角噙著一抹微笑，看著特別溫柔。

葉信司這時也轉過頭來，他隨意的朝她揮了揮手，便不發一語的離開了。

馮想想站在原地，宿衍走上前來，問道：「愣著做什麼？」

「你怎麼知道我在這裡？」

「妳不接我電話，我只好找葉信司了。」

「你有打給我？」馮想想拿出手機，果然看見了幾通未接來電。「抱歉……我沒注意到。」她很快又抬起頭笑說：「沒想到你跟阿司還能和平共處啊，有進步喔。」

宿衍戳了戳馮想想的腦袋，「我跟他確實無話可說，但事關於妳，他不會不管的。」

「當然，我們是好朋友嘛。」馮想想得意道，「他可是比你有義氣多了，哪像你，我搬走那天你一句話都不跟我說。」

宿衍無聲的笑了笑，他牽起馮想想的手。

「走吧，我帶妳去個地方。」他低聲說：「我有話想跟妳說，妳不也是嗎？」

「……什麼？」

「我看妳最近魂不守舍，腦袋裡不知道在想什麼。」宿衍看向她，重複道：「如果妳有話想說，那就好好告訴我。」

馮想想微微一怔，她緊握著宿衍的手，輕聲應了一聲。

「好。」

◆

地下酒店的穿堂盡頭，有一幅兩層樓高的壁畫。

畫裡有著紅磚矮牆、藤蔓，還有遠處的綿延山景，那兒有一棵孤單的大樹，以及綁在上頭的鞦韆。

宿衍已有許多年沒再去過，不知那裡的景色有沒有變。

如今他帶著馮想想來到這壁畫前，他腳踩的不再是坑疤的泥土地，空氣中不再有潮溼、乾草與肥料的味道，他的身後沒有了錯縱蜿蜒的道路，更不會因此迷失方向。

他不會再羨慕誰有鞦韆，因為馮想想送了他一個，他腰側的傷痕依然存在，但午夜夢迴之際他不再感到刺痛。

自從結束了和馮丹瑜的那段通話之後，宿衍想的就那麼多了。

馮想想仰起頭，並後退了幾步，將這壁畫完整的放進眼裡，她知道陳尹柔房裡也有相同的畫作，卻不知道其中原因。

「這是我媽的最後一幅畫。」宿衍總算出聲，他語調平靜的說：「是畫給葉力恆的。」

馮想想微愣，她看向宿衍，「葉叔？」

「……她在畫這幅畫的時候，大概是她最幸福的時候——也是最自由的。」

當時的陳尹柔坐在很高的梯椅上，宿衍就站在這裡仰望她。當時的宿衍幾乎不敢相信，媽媽竟也有真心的笑容。

「葉力恆或許是為了這幅畫才一直守在這裡。」宿衍垂下眼簾，「我會如此排斥他們，並不是因為誰虧欠誰，我只是一時無法接受……我不被任何人需要。」

宿衍伸出手，猶豫的摸上了馮想想的臉頰。

「宿衍，我需要你。」她的心一放軟，便下意識的在宿衍手心裡蹭了蹭，她喃喃道：「非常需要你。」

宿衍的眼神溫暖而專注，「所以我欠妳，也欠妳媽一個道歉。」

馮想想抬眼看著他，就像一隻溫馴的小動物，「那你能不能誠實告訴我——你還恨我媽嗎？」

宿衍記得馮想想很久之前也曾問過他相同的問題，只是他當時沒有回答。

「說『恨』太嚴重，我從沒恨過誰。」宿衍低聲說道，「我以前的所作所為全是幼稚的報復心態。我是不甘心，但我也早放下了。」

馮想想揚起嘴角，這才終於放心了，她問：「真的？」

「真的。」宿衍不由得跟著她笑了，「我今天就是為了告訴妳，我不會再受我爸擺布，我會一直待在這裡。」

馮想想聞言竟又一愣，她緩緩的收起笑容，而宿衍卻神色不變，他問：「那妳呢，想對我說的是什麼？」

馮想想緊緊抿著脣，宿衍能感受到她的動搖，於是他安撫的哄道：「說吧，想想。」

宿衍靜靜的等待她出聲，他捧著馮想想的臉與她對視，直到她的眼神逐漸變得堅定。

「我媽要去日本，她在那裡有朋友。她說，那至少是一個見不到宿亢——你爸的地方。」

「……嗯。」

「還有，我最近在學校其實不大好過，雖然我不在意這些，但我不能不在意我媽。」馮想想緊緊抓著宿衍，指尖有些泛白了。「所以我想了很多天，我真的猶豫了很久很久——我還是決定跟我媽一起走。」

宿衍沉默了一會兒，最後開口說道：「嗯，我知道。」

「你知道？」馮想想詫異的看著他。

「妳媽曾打給我，她說她會去日本，讓我好好照顧妳。那個時候我就知道了，」宿衍捏著她的臉，「知道馮想想會離開這裡。」

「所以……你早就知道我媽會跟你爸攤牌了？」

宿衍沒有回答，但結果不言而喻了。

「那你也猜到我會跟我媽走？」

「不是猜，是確定。」

馮想想聽了有些心慌，她急忙說道：「我只是不放心我媽，所以去陪陪她——我、我會回來的，你不要誤會。」

宿衍笑了笑，「我知道，所以我會在這裡等妳。」

「你是真的這麼想？」

「真的。」

「什麼嘛……」馮想想扁著嘴，說話有了嗡嗡的鼻音，「這才不像是你會說的話。」

此時的地下酒店特別安靜，宛如真成了一個地下空間，然而窗外有風，也有擺動的枝枒，太陽的光束把壁畫照耀的熠熠生輝，畫裡的鞦韆彷彿擺動了起來。

馮想想原本害怕宿衍誤會，因為她明明說了喜歡他，卻還離開他，她不要宿衍這麼想。

可是她的心卻奇蹟似的平靜了下來，宿衍的雙眼讓她安心，她甚至能從中感覺到他們對彼此擁有同樣的信任。

「是，這不像我會說的話。」宿衍這麼回答。

他微微勾起嘴角，並認真的看著馮想想，才又低聲說道：「但我愛妳啊。」

學期末，馮想想遞交了休學申請。葉信司始終陪伴在她身邊，他們之間沒有多餘的對話，葉信司支持她的任何決定，甚至幫她歸還了學生證。

休業式當天的天氣非常好，艷陽高照，操場被曬得幾乎要冒出熱氣，彷彿一碰就會燙傷人。只有小草直挺著腰桿子，再隨著微風輕輕搖曳，一副無所畏懼的模樣。

炎熱的溫度並沒有影響大家的心情，同學們沉浸在即將放暑假的喜悅裡，馮想想淺淺的吐氣，假裝可以把滿腔的鬱結給吐出來，她就覺得一身輕了。

此時應該是個告別的時機，然而在校園裡的幾千人之中，馮想想唯一捨不得的就只有葉信司了。他就站在隊伍的前方，手拿班旗，站著三七步，主任還在臺上叨叨絮絮，讓葉信司聽得直打呵欠。

馮想想不禁莞爾一笑，刺眼的陽光打在了眾人之上，一眼望去卻只有葉信司是最特別的。

在結束休業式的下午，他們一起回到了公寓，葉信司忙進忙出，將她們的行李全搬進了葉力恆的車上。室內的傢俱好不容易才重見天日，此刻又被重新蓋上了防塵布，它們的主人來去匆匆，如今又將再次踏上旅途。

在前往機場的路上，馮想想看見街邊的金桔樹已經開滿了花，這讓她想起了那幾簇百日草，她竟然忘了在離開宿家前再好好看一眼。

不知道是否是錯覺，機場的氛圍總是特別的，有人踏上歸途，就有人為離情別緒所苦。下午的太陽躲進雲裡，依稀還能從雲層間看見湛藍的顏色，風徐徐吹來，也就沒那麼熱了。

葉信司給了馮丹瑜一個擁抱，祝她旅行愉快，之後才將馮想想擁入懷裡，他一聲不吭的抱了許久，他們彼此都知道這個擁抱所隱藏的感情是多麼深厚。

葉信司抬起眼，終於在馮想想耳邊輕聲說了一句話：「想想……看看後面吧。」

馮想想鬆開了葉信司，她深深的吸了口氣，才緩慢的回過頭。而葉信司與馮丹瑜對視一眼，便先行去櫃檯了。

宿衍就站在機場外，他與馮想想之間還隔著大片厚重的玻璃牆，宿衍沒有進去，是因為他隨時都有理由把馮想想強留下來，但他不願這麼做。

他與馮想想就這麼站在原地，距離彼此很遠，卻沒人往前一步，這是兩人擁有的默契，因此他們才如此遙遙相望著。

不知過了多久，宿衍才微微一笑，他無聲的說：「去吧。」

馮想想眼睛酸澀的眨了眨，她笑著點點頭，便轉身跟上了馮丹瑜。

宿衍緊盯著馮想想的背影，直到她的影子被人群淹沒，他才極為緩慢的移開目光，並離開了此處。上車後，他靜了片刻，才對同在車內的宿允川說道：「還有時間。」

宿允川沒有回應，他看著窗外沉思著。直到司機啟動了引擎，他還是不發一語，宿衍那句話的用意本是提醒宿允川還有時間讓他道別，但此時又覺得沒必要了。

不論這人之前費了多少心思，卻不願面對當一個人萬念俱灰時所做出的決定，所以最終只能虛無的畫下句點。

在這片綠樹濃蔭的樹林之中，民宿就隱身在此，建築物前是不大完整的毛絨草地，中間隔著一條道路，對面便是一片薰衣草田。

這是當地登記多年的老民宿了，儘管下一代接手後重新做了裝潢，也特意留下了部分舊痕跡，恰好增添了些許老味道與歲月故事。

王靜阿姨在民宿外養了一隻紀州犬與兩隻秋田，她笑說這才是民宿的鎮店之寶。

馮想想伸了懶腰，朝著民宿旁的小山丘喊了幾聲，山丘旁有條向上的狹窄泥土路，那兒有清澈的小溪，如果仔細聽，就算在民宿裡也能聽見潺潺的流水聲。

馮想想沒看見狗的身影，她拿出飼料晃了晃，接著再喊了幾聲，馬上就能看見那三隻「鎮店之寶」從泥土路竄了出來，正哈哈的吐著舌頭，圍著馮想想興奮的打轉。

她笑罵道：「只有吃飯的時候才會聽話！」

自從來到這裡，馮想想便開始幫忙一些內務，她對日語一竅不通，能做的事情有限，尤其這裡除了特殊節慶外，平均入住的旅客並不多，於是她與馮丹瑜就有了不少時間能到處晃晃。

而宿衍在不久前正式進入了 Endless Hotel 實習，他一邊要應付學業，因此開始忙碌了起來。他與馮想想偶爾會用電話聯絡，但他們通話的時間很短，就算宿衍基乎不講工作上的事情，馮想想有時還是能從他的聲音中感受到他的疲倦，所以馮想想時常傳訊息給他，卻不敢主動通話。

馮想想餵完了三隻狗，便坐在一旁打訊息。

「宿衍，好久沒聽見你的聲音了。還記得我上次跟你說的花火節嗎？這幾天民宿來了不少參加慶典的外地人，這是我來到民宿後第一次那麼忙碌！」

馮想想頓了頓，她想說的話其實還有好多好多，可是她並不希望宿衍特意擠出時間回覆她。於是刪刪減減後就只剩下一句日常。

「結果我媽和王靜阿姨竟然一起偷溜出去！看在她最後帶了很多吃的回來的份上……我就消氣了。」

不久後她收到了宿衍的回覆。

「我也想聽妳的聲音。」

雖然只有簡短的一句，但這就夠讓她開心了。

當晚宿衍打給了她，馮想想立刻就接起電話，「宿衍！」

宿衍低笑幾聲，問她：「該睡了，還那麼有精神？」

馮想想這才覺得不好意思，她摸摸鼻子纏著宿衍說了好多話，她說她忘了跟宿衍提起民宿外的那片薰衣草田，王靜說花期會到九月，但現在才是正漂亮的時候。

她自顧自的說了一堆，才想起該讓宿衍好好休息了，不過當她說了再見後，對方卻怎麼都不願掛上電話。

「那你也說說話嘛……至少告訴我你最近過得好不好。」

「說不上來，」宿衍低聲說道，「也沒什麼好不好的……就是想妳。」

馮想想臉一紅，掀起棉被就往裡面躲，她嘿嘿一笑，才勉強轉移話題問：「你爸還有為難你嗎？感覺你最近要處理的事情實在太多了，你才剛進公司，就不能放慢步調嗎……他是不是還在為了我媽的事情而為難你？」

宿衍聞言沉默了半晌，才緩緩說：「他沒有為難我。」

宿衍並不願提起宿允川，但今天卻難得聊了他幾句。他說宿允川能快速振作這並不稀奇，但他能如此快速的忘了一個人，這才讓宿衍忍不住懷疑，他的心到底是什麼做的。

當晚結束通話後，馮想想躲在棉被裡整理思緒，最後偷偷啜泣了起來，原因是想念宿衍，還有為了她那個又傻又笨的母親。

日子匆匆的流逝，馮想想與宿衍已經有一個多月沒講過電話了，而民宿也正好迎來了最冷清的時候。

那是日本的盂蘭盆節，很多人都休假返鄉了，街上幾乎沒半個旅客，但返鄉的人潮一下子增加不少，馮想想下午跟王靜去買菜的時候就被堵在了路上。

到了夜晚，她與馮丹瑜一起參加了當地的祭典活動，並在一旁跟著學習盂蘭盆舞。

回到民宿時馮想想已經很疲倦了，於是她草草沖了澡便上床睡覺，到了深夜，她的手機忽然響起來，她一見是宿衍，便拍拍臉頰要自己清醒點。

「抱歉，那麼晚打給妳。」宿衍輕聲問道：「睡了嗎？」

「躺在床上……還沒睡著……」馮想想模糊的說。

宿衍聽聲音就知道她想睡了，卻不捨得結束，「不然妳閉上眼睛聽我說，等妳睡著了，我就掛電話。」

馮想想忍不住笑了，「你怎麼了啊？真難得。」

「沒有，我就只是想這麼做。」

「宿衍，」馮想想的語氣有些擔心，「你怎麼了？」

宿衍微微一頓，這才緩緩說道：「其實那天跟妳說了我爸的事情後，我就開始後悔了。妳那晚一定不好受吧？」

「嗯，不過不是你的問題，我只是在替我媽難過。老實說，我媽以前為了他不只做過一件傻事，所以我才那麼難受，我不明白這樣到底值不值得？」

「這我無法回答妳，不過——」宿衍猶豫了幾秒，還是開口說道：「我前天在他桌上發現了你們的民宿資訊，上面有張照片，就是妳說的薰衣草田。」

「……」馮想想許久都說不出話來。

那個男人即便家財萬貫，卻買不起像樣點的幸福。只要想到宿衍原有可能會變成那樣的人，馮想想內心便是一陣後怕。

馮想想閉上雙眼，思緒複雜，許久後她聽見宿衍輕輕嘆了口氣，說道：「別想了，先睡吧。」

「宿衍，」馮想想有些鼻酸，便難得任性了一次，「你說過會等我睡著才掛電話的。」

宿衍笑了笑，「嗯，妳快睡。」

「宿衍……」

「嗯？」

馮想想的語氣開始變得含糊，她碎碎念了一陣，有些話宿衍聽不清，但還是安靜的陪著她。

馮想想最後喃喃道：「我好想你啊……」
宿衍在電話另一頭按著太陽穴，久久無法平靜。

隔日一早短暫的下了點小雨，馮想想已經有了經驗，她拿著袋子前往小溪邊，民宿的三隻狗最愛把東西藏在那附近，只要碰到下雨泥土一鬆落，牠們埋藏的「寶物」就全破土而出了。
幸好天氣很快便恢復晴朗，陽光溫煦，才剛到下午就幾乎沒有下過雨的痕跡了。
宿衍未曾在這個時間打來，馮想想才剛幫忙清理完浴場，身上沾了水的工作服都還沒來得及換下，她便急忙接起手機，深怕下一秒宿衍就掛斷了。
馮想想笑瞇瞇的回到房間，摘下頭巾，「這個時間怎麼有空打給我呀？」
「太久沒聊了，想一次補回來。」
「真的？那今天可以聊多久？很久很久嗎？」
宿衍笑了，「嗯，很久很久。」
馮想想有些興奮的跳上床，兩人又黏糊糊的說了一些害羞的話，馮想想才開始說起今天一早發生的事情——她去了小溪邊收拾鎮店之寶們惹出的麻煩。
「你猜牠們藏了什麼？上個月不見了一個碗盆，還有老闆的一隻鞋子，全都在那找到了。」馮想想無奈道：「牠們就只會無辜的看著我！」
「不開心？上次不是才說想養嗎？」
「沒有不開心啦！我還是很喜歡牠們啊！」
「那如果以後養了，妳想幫狗取什麼名字？」宿衍故意說道：「就叫『想想』好了？」
「否決！」馮想想不滿，「這樣就有兩個想想了。」

宿衍忍笑，「那叫——森？森林的森。」

馮想想噗哧一笑，「為什麼，你哪來的想法啊？」

「因為馮想想就在裡面，對吧？」

她這下真的搞不懂了，她疑惑的問道：「什麼意思？」

宿衍笑了笑沒有回答，馮想想頓了數秒，才猛然記起這間民宿就叫「森」，她微微一怔，轉眼便立刻跳下床，她用最快的速度開了窗，並跑出陽臺。她俯瞰底下的一片薰衣草田，還有站在不遠處的那個人。

宿衍也仰頭望向她。

「好久不見。」他說。

「你……你怎麼來了？」

宿衍還是沒有回答，他只是勾起嘴角微笑著。這讓馮想想回憶起了某日，宿衍就和她此刻一樣站在陽臺上，從高處看著她……那便是馮想想第一次進入宿衍的城堡裡。

她收起手機，連忙跑下樓，她衝向了宿衍，用力的撲進他懷裡——

「宿衍！」

「抱歉，說好要等妳回來……」宿衍輕聲說道，「但我沒辦法只乖乖等妳。」

聽過狼與狐狸的故事嗎？

當結局改寫，狼最終逃過了死劫。

狼拚命的跑回森林，再次找到了狐狸。

狼問狐狸，妳又跑去哪了？我差點就被農夫給打死了。

狐狸對狼說，那我得再跑得更遠一點，不讓你找到我。

狼很生氣，他張揚著爪子，問狐狸為什麼。

狐狸說：「因為你只會欺負我、威脅我，要我替你去找食物！」

狼聽了便黯淡的收起爪子，他耷拉著腦袋說道：「因為妳害怕我、不信任我，但我想和妳一起吃頓晚餐。」

狐狸疑惑的歪著腦袋，狼見狀便小心翼翼的靠上前。

他說我在等妳找頓好吃的，可是我永遠吃不夠。我想讓農夫知道狼的厲害，但我是隻窩囊的狼，只能暗自等著妳來救我。

等待著，狼不擅表達。

狼望著薰衣草田，等待著一隻狐狸。

這隻叫想想的狐狸，就是狼的愛情。

全文完

番外　麥穗的寶石

—Endless—

他辦公室裡的那扇窗，也許能將整座城市盡收眼底吧？

馮想想站在大樓外的轉角，抬頭望著那扇窗，心裡如此想著。

仔細一算，她與宿衍已經有半個月未見，所以當宿衍出差回來，馮想想就立刻來到公司。

她蹲在角落裡什麼也不做，專心的盯著手機看，太陽緩慢的西落，馮想想被藏進大樓的陰影裡。

「妳在哪？還在公司嗎？」

馮想想剛收到訊息，都還沒來得及回覆，對方就打了過來，她激動的起身，蹲麻的雙腳一時還沒適應，她倚靠在牆上，趕緊接起電話。

「妳在哪兒？不是要妳別等了嗎？」

「還能在哪兒……你們公司外面啦。」馮想想咕噥道：「好啊，那就別等，我要回去了。」

馮想想停頓了一會兒，見宿衍竟然真的不說話，她頓時委屈的問：「我真的要走了喔？」接著便賭氣切掉通話，「再見！」

她揉了揉乾澀的雙眼，拐著腳準備離開，卻撞上一抹人牆，馮想想推開對方，那人又把她按進懷裡。

「妳的腳怎麼了?」

「……」

「想想，說話。」

「腳麻了啦。」馮想想說完，反而有點不好意思，「還不是為了等你!」

宿衍低笑道：「知道了，都是我的錯，妳別生氣。」

「你剛剛為什麼不說話?我都說我要走了。」

「我在電梯裡，其他人都好奇我在跟誰講電話，我怎麼哄妳?」

「……誰要你哄。」

宿衍輕聲道：「想想啊。」

如今的宿衍早已抹去當年的反抗心態，成為了一個「成熟」的大人。他聽從公司的安排，盡忠職守，不再迷失自我，儘管他對外又重新戴起笑臉迎人的面具，但那已經不再是為了生存，而是對工作的尊重。

反倒是馮想想，她還是當年的模樣，有些倔強，有些衝動，以及最重要的一點，她依然對宿衍沒轍，每當她想發脾氣，最後都像在撒嬌似的……那麼讓他喜歡。

馮想想一定毫無自覺吧。

宿衍撫摸著她的背，就只有她能讓他發自內心的笑，那麼多年過去了，這點從未改變。

宿衍的嘴脣貼近她的耳畔，他難得想說些甜言蜜語，卻被突如其來的交談聲打斷了。

「剛才有看到協理嗎?妳猜他匆匆忙忙的跑去哪裡?」

馮想想嚇了一跳，趕緊把宿衍推開。宿衍靠在牆上，無奈的看著她。

附近又有人說道：「拜託妳別再問了，宿衍哪是我們一介凡胎碰得起的。」

「誰說要碰了，只是好奇不行嗎？」

馮想想抬起眼，而宿衍只是揚起嘴角對她笑了笑。

「他那麼年輕就升AVP，平時對人也都笑咪咪的樣子，誰知道他心裡在想些什麼。」

「所以啊！」那人激動的說，「能不好奇嗎？你們剛才在電梯裡沒聽到嗎？手機那頭是女生的聲音，何況這是我們第一次見他那麼急躁吧？會議一結束人就消失了。」

馮想想聞言抿起脣，她強壓笑意，沒想到宿衍靠了上來，明知故問：「笑什麼？」

馮想想撇過頭，又被宿衍轉了回來，她只好壓低音量回答道：「笑你笨，讓人看笑話。」

「這才不是笑話，」宿衍故作嚴肅，「這是我女朋友。」

馮想想臉一紅，那些女孩的談話聲再次傳了過來。

「你們說，宿衍是不是真的在跟那個誰交往？」

「哪個誰？」

「不是一直有高層想把女兒介紹給他嗎？像最近的王總，他女兒不就黏宿衍黏得緊，跟屁蟲似的。」

「不一定吧，我看他每次都避開了呀。」

「私底下呢？人家王麗是寇蒂斯的高材生，長得又漂亮，我要是男的也會心動。」那人感嘆道：「他們都是勝利組，哪像我們，只能在會議裡端茶遞資料……」

「誰叫他們有個有錢的老爸呢——慘了，經理回來了啦！」

一陣慌忙的腳步聲離去後，馮想想與宿衍也沉默了下來。

許久後，馮想想瞪著宿衍問：「誰是你的跟屁蟲？」

宿衍解釋道：「我沒理過她。」

「我怎麼不知道『一直』有人想把女兒介紹給你啊？」

宿衍沒辦法，只好直說：「因為我認為沒必要，第一我不可能答應，第二如果我說了，妳又得鬧彆扭。」

「我不是鬧彆扭，我是吃醋！」馮想想打他一拳，「如果那個王麗真的喜歡你怎麼辦？你們每天一起工作，如果日久生情怎麼辦？你一點都不懂我的心情，王麗那麼優秀，就連我都聽說過她，如果——」

「馮想想。」宿衍無奈的打斷她，「妳不相信我嗎？」

「我當然相信你，」她垂下腦袋，「可是你越優秀，我就對自己越沒自信。」

「那妳真的太小看我了。」宿衍抬起她的下巴，左右看了看，「那麼多年就只喜歡妳這張臉，我還會去喜歡別人？」

「你不能喜歡別人！」

宿衍嘆了口氣，將她抱入懷裡，「馮想想，妳怎麼越來越笨了？」

「什麼啊……」

「妳別裝傻，我拚命趕進度，就是為了提早結束出差回來見妳，德國有多遠，妳會不知道嗎？」宿衍低聲說道：「別逼我啊。」

馮想想摸摸他的背，「知道了，可是我也沒有逼你呀……」

「還記得我去年對妳說的話嗎？」

馮想想靠上宿衍的肩膀，聽著他說：「已經七年了，我們還是只能在公司外見面。」

「宿衍……沒事的。」

「等我在公司真正立足，我不會再讓妳那麼委屈。」宿衍在她耳朵落下一吻，「我一定會把妳，帶回家。」

— Strelitzia reginae —

那棟公寓旁的巷子裡，幾年前開了一家沒有招牌的小酒館，菜單上印有一朵天堂鳥。

這裡的酒類繁多，老闆卻從不喝酒，加上她的廚藝並不好，菜單上只有幾道常見的關東煮與日本燉菜，據說老闆曾在日本居住過，但味道還是差強人意。

儘管如此，這家小酒館仍有許多忠實顧客，因為老闆極擅長交際的手腕，來的人就算不點菜，也會喝杯酒與她閒話家常，這不禁讓人好奇老闆曾經的職業與經歷。

更讓人好奇的，是位於角落的半開放式包廂。

此時店門傳來鈴響，馮想想進門，只有她會把老闆煮的餐點吃得津津有味。

她看了一眼角落的包廂，神情有些複雜，讓一旁的人更好奇了。

其中一人壓低聲音問道：「小魚呀，那男的總是在固定的時間來，還聽說他一坐就是半天，那個人到底是誰啊？」

馮丹瑜嘴邊掛著淺淺笑意，沒有正面回答。

她倒了杯酒，遞給他，輕聲說道：「和你們一樣是顧客呀。」

這裡的人都是聰明人，一下就看出了馮丹瑜並不想聊，也就喝著酒轉移話題了。

直到夜深，小酒館從不在午夜後營業，之後的幾人打聲招呼離開了，而馮想想給了媽媽一個眼神後也關上門。

馮丹瑜垂下眼，聽著從包廂內傳來放下茶杯的輕微碰撞聲，同時陷入了思考。

自從回到臺灣，她就用了從前的積蓄開了這家小店面，她不再在意「小魚」對她的影響，這個稱呼對如今的她來說已經毫無意義，因為她早已釋懷，過去的那段是她抹不掉的回憶，可要說是後悔，她也沒有後悔的感覺。

馮丹瑜看向包廂，她當然知道所有人對裡頭的人抱有好奇，那人總是在每個禮拜二西裝筆挺的出現，他會點一杯茶，就這麼安靜的坐在那裡。包廂的布簾擋住他的臉，誰也不知道他是誰。

當然，除了小魚。

男人將布簾掀開，緩慢的走了出來，他從未主動與馮丹瑜說過一句話，卻又總是待到最後一刻，付完茶水錢就離開。

此時也是如此，輕輕的與馮丹瑜擦肩，最終出了酒館的門。

而馮丹瑜也是一如往常的想，算了吧，就這樣吧。

男人出了門後，目光與門外的馮想想撞個正著，馮想想微微一愣，立刻站直了身體。

她張了口，欲言又止，而男人似乎沒有察覺，他沒留下隻字片語，離去的背影卻訴盡了一切。

— Gem —

「想想，我一定會帶妳回家。」

當時的他們站在田野間，眼前是被風吹出波紋的碧綠麥苗，頭頂上是晚霞，身旁是裊裊炊煙。

幾年前，馮想想回臺灣完成了學業，目前則是一名珠寶設計師……的助理。

曾經，她弄壞了宿衍的年輪項鍊，費盡心思的想將它修好，而那個世界上僅有兩個的珍貴扣環，便是馮想想永遠的遺憾。

也許……這多少有影響到她，並啟發了她對飾品的興趣吧。

當時，馮想想與設計師一同來到這個村莊，並打算在此長住一個月來獲取靈感。直到第四天的傍晚，她的宿衍也出現在這兒。

宿衍風塵僕僕的趕來，只因為幾日後他又要出差一趟，這樣下來，他與馮想想不知得多久不見。於是他提著一個行李箱，與馮想想相對而望。

這讓馮想想回憶起她與設計師的小女兒曾有過的對話，小女孩看著馮想想的手機桌布，表情認真的問馮想想：「我看到妳跟他手牽手，他是妳的白馬王子嗎？」

馮想想不禁莞爾，也認真的說道：「他不是我的白馬王子，但他是我最喜歡的人。」

女孩看著媽媽設計的項鍊，又問：「就像喜歡寶石一樣喜歡嗎？」

馮想想頓時不知道該如何回答，過了許久她才笑了。

她輕聲說：「他就是寶石。」

那個時刻，那片還未結成麥穗的綠色稻田，她的寶石就站在那裡。

他們看著同一片風景，宿衍的行李還放在腳邊，因為他又得馬上趕去機場，而他之所以來，要的不過是一個溫暖的擁抱。

最後宿衍緊緊擁著她，深深吸了口氣，他說我遲早會帶妳回家。

「想想，我一定會帶妳回家。」

番外完

後記　第十個祕密

內有伏筆劇透，建議先閱讀正文再看後記喔。

跟大家講小祕密之前，首先想感謝一直對我不離不棄的讀者朋友們。

在寫這本書的時候，幾乎每條留言、私訊都在為我加油，可見生產的過程有多艱難，謝謝大家，你們的冬弟終於不再難產。你們的支持就是我最大的動力，我愛你們。

接著是給予我許多幫助的兩位編輯。

謝謝尤莉像個姊姊一樣照顧我、為我操心，總是包容任性又鑽牛角尖的我，不厭其煩的和我討論劇情，引導我跳出框架，甚至願意陪我打掉重練。謝謝妳，我的小仙女編輯。

謝謝章敏每次用心給我的建議，雖然章敏總是謙虛的說給我的幫助不多，其實我收穫可大了，尤其一直到現在依然給我信心和力量，非常非常感謝。

最後——終於能跟大家分享我悄悄為這本書寫下的十個小祕密。

冬冬很貪心，一直希望能為角色們賦予生命，謝謝大家願意看到這裡。

一、梧桐花代表初戀。

二、籠中鳥象徵失去的自由。

三、被毒殺的小鸚象徵錯誤的愛情。

四、狐狸總是獨來獨往，而狼卻是重視團體並擁有大局意識的動物，正和宿衍與馮想想截然相反，代表著生長環境所帶來的影響。

五、地下酒店，象徵著故事的開端。

小魚和宿允川在地下室相識，而小魚在那擁有了意外的孩子——馮想想。她代表著小魚當時的心境——想念你。

六、酒店裡的壁畫為陳尹柔所作，代表著憧憬，而同一幅畫作放在她的房內，象徵遺憾。

畫裡的風景對陳尹柔來說是美好的回憶，但宿衍卻曾被遺忘在那裡，他流淌著血，腰側刻上傷痕，象徵著美好的反面——美夢與惡夢。

七、第八塊石頭埋葬的小鸚，象徵陳尹柔的愛情，而第二次埋葬的母貓，是馮丹瑜的愛情。

八、布穀鳥鐘，每整點響一次，代表無法避免而重蹈覆轍的情節。

杜鵑鳥的習性，代表愛情的惡習與規則。

布穀鳥的叫聲象徵希望，所以時間一到，宿衍遞上藥罐，於是陳尹柔的殞落，代表了她的解脫。

九、書裡鮮少露面的葉力恆，他象徵著感情裡不被輕易找到的純粹與永恆。

十、德國女孩賣的薰衣草花束，最後被馮想想紀念在廢棄教堂裡。以及故事結尾的薰衣草花田，花語是等待愛情。

或者是不少人耳熟能詳的那句話：「只要用力呼吸，就能看見奇蹟。」

一月的美好冬季
冬冬先生

國家圖書館出版品預行編目資料

想想她 / 冬先生作. -- 初版. -- 臺北市：
POPO 出版：家庭傳媒城邦分公司發行，民 108.01,
面； 公分. -- (PO 小說 ; 31)
ISBN 978-986-96882-2-2(平裝)

857.7 107022534

PO 小說 31

想想她

作　　者／冬先生
企畫選書／簡尤莉
責任編輯／吳思佳
總 編 輯／劉皇佑
行銷業務／林政杰
版　　權／李婷雯

總 經 理／伍文翠
發 行 人／何飛鵬
法律顧問／元禾法律事務所　王子文律師
出　　版／城邦原創 POPO 出版　城邦原創股份有限公司
台北市中山區民生東路二段 141 號 6 樓
電話：(02) 2509-5506　傳真：(02) 2500-1933
POPO 原創市集網址：www.popo.tw　POPO 出版網址：publish.popo.tw
電子郵件信箱：pod_service@popo.tw
發　　行／英屬蓋曼群島商家庭傳媒股份有限公司城邦分公司
聯絡地址：台北市中山區民生東路二段 141 號 11 樓
書虫客服服務專線：(02) 25007718．(02) 25007719
24 小時傳真服務：(02) 25001990．(02) 25001991
服務時間：週一至週五 09:30-12:00．13:30-17:00
郵撥帳號：19863813　戶名：書虫股份有限公司
讀者服務信箱 email：service@readingclub.com.tw
城邦讀書花園網址：www.cite.com.tw
香港發行所／城邦（香港）出版集團有限公司
地址：香港灣仔駱克道 193 號東超商業中心 1 樓
email：hkcite@biznetvigator.com
電話：(852) 25086231　傳真：(852) 25789337
馬新發行所／城邦（馬新）出版集團 Cité(M)Sdn. Bhd.
41, Jalan Radin Anum, Bandar Baru Sri Petaling,
57000 Kuala Lumpur, Malaysia.
電話：(603) 90578822　傳真：(603) 90576622
email：cite@cite.com.my

封面設計／苡汨婣
印　　刷／漾格科技股份有限公司
經 銷 商／聯合發行股份有限公司
電話：(02) 2917-8022　傳真：(02) 2911-0053

□ 2019 年 (民 108) 1 月初版
□ 2022 年 (民 111) 6 月初版 2.5 刷
Printed in Taiwan.

定價／ 280 元

 ISBN 978-986-96882-2-2